KB267218

클래시컬
차이니즈
중국소설 20

즐거운지식 42

명작소설 읽으며 한문 실력 업그레이드!

클래시컬 차이니즈

중국소설 20

최금옥 편저

이담 Books

• 서 문 •

　모교에서 다년간 교양 한문을 가르치면서 느낀 점은 교재의 한문 원문들이 너무 딱딱한 내용 위주로 되어 있어 좀 더 재미있게 한문을 읽을 수 있는 방법이 있었으면 하는 생각이었다. 중국문학의 한 장르로 한문소설이 있는데 짧으면서도 재미있는 이야기들이 많아 수업시간에 스토리를 들려주면서 한문 예문을 들어 주기에도 좋고 해서 아예 그것을 한문 학습의 보충교재로 엮어 보고자 하는 마음이 생겼다. 그러니까 한문을 경전, 역사, 사상자료 뿐만 아니라 중국문학의 스토리가 있는 짧은 한문소설텍스트를 통해서 공부해 보는 방법을 생각한 것이다.

　이 책에 뽑은 소설은 중국한문소설, 정확히는 文言(문언)소설이다. 문언소설이란 한문으로 쓰인 소설이다. 문체의 측면에서 볼 때 중국소설은 문언소설과 白話(백화: 즉 구어)소설로 나눌 수 있는데 이 소설들은 바로 한문으로 쓰여진 문언소설들이다. 중국 전통소설 중 우리에게 잘 알려진 명대 4대 기서 ≪수호전≫, ≪삼국지≫, ≪서유기≫, ≪금병매≫ 등은 백화체의 소설로 고전한문이 아니라 현대 중국어에 가까운 언어로 쓰인 장편소설이다. 문언소설은 그에

비해 순수 한문으로 쓰인 편폭이 짧은 단편소설이다. 중국 소설 중 명청대 백화체소설이 중요한 위상을 갖고 있음에도 이 책에서 한대로부터 청대까지의 소설 중 한문소설만을 추려서 뽑은 것은 한문소설을 하나의 고유한 장르로 생각하고 그것을 통해 소설도 읽고 한문도 익힐 수 있게 하자는 취지에서이다. 즉 이 책의 중국소설은 중국의 모든 다양한 소설을 대상으로 하여 그중에서 뽑은 게 아니고 한문을 익히기 위한 목적에서 한문으로 된 소설만을 중심으로 하여 뽑은 것이다.

한문은 고문이고 지금은 현대 중국어가 쓰이고 있지만 아직도 한문은 생명력을 가지고 있다. 중국 정치인들이 정상회담에서 漢詩(한시)나 ≪周易(주역)≫의 한 구절을 인용한다든가 또 우리나라에서도 각종 사자성어로 한 해를 평가하는 말을 압축적으로 표현해 낸다든가 하는 식으로 한문이나 한자는 현대에도 활용되고 있는 생명이 남아 있는 언어이다. 비록 그 쓰임이 적기는 하지만 항상 우리의 일상생활과 함께 호흡하고 있다. 물론 명대에 백화체 소설이 유행했어도 한문으로 된 문언소설이 따로 존재했던 것에 비하면 현대에는 한문창작이 거의 사장되어 가는 느낌이 있지만 통사적으로 볼 때 한문소설은 고대로부터 청대에 이르기까지 끊임없이 명맥을 이어 온 하나의 독립된 장르이고 따라서 한문 또는 한자의 생명이 잔존하는 현대에도 여전히 읽을 가치가 있는 것이다. 작품의 내용에 담긴 중국인의 생각이 여전히 유효한 면이 있고 그것을 담은 문자, 즉 한자도 여전히 유효한 문자이기 때문이다.

특히 한문이나 한자 어휘를 늘리고 싶은 사람은 이 한문소설이란 장르를 잘 살펴볼 필요가 있다. 우리가 영어실력을 늘리기 위해 영어로 된 소설을 읽듯이 한문에 익숙해지고 한자 어휘를 늘리기 위해서는 한문 소설을 읽는 것이 가장 재미있게 공부하는 방법일 것이다. 이 책에서는 한대로부터 청대까지의 한문 소설 중에서 대표적인 작품 20편을 골라 뽑았는데, 이들은 진시황을 암살하려는 자객 형가의 이야기를 쓴 비장한 스토리의 <燕丹子(연단자)>라든가 한 번 마시면 천 일 동안 취하므로 죽은 줄 알고 묻었는데 3년 뒤 살아났다는 괴이한 이야기를 쓴 <千日酒(천일주)>, 귀공자가 장안으로 과거시험 보러 갔다가 기녀와 눈이 맞아 여비로 준 재산을 다 탕진하고 장의사에서 곡을 하는 일을 하다가 부친을 만나 죽도록 얻어맞고 걸인이 되었다가 다시 사랑했던 기녀의 뒷바라지로 과거에 급제하게 되었다는 <李娃傳(이와전)>이라든가 저승에 간 아버지의 누명을 벗기려 저승으로 쫓아가 백방으로 노력하나 현실을 반영한 음계의 부패한 사회 속에서 죽도록 고생하다 끝내는 옥황상제의 아들을 만나 부패한 염라대왕의 무리가 엄정한 판결을 받고 아버지와 아들이 다시 이승으로 풀려나온다는 효자이야기 <席方平(석방평)>에 이르기까지 재미있는 내용의 소설들이 실려 있다.

비록 어려운 한자가 많이 등장하지만 원문과 함께 친절하게 한자풀이 및 주석을 달아 놓았기에 자전을 들추지 않고도 이 한 권만을 들고 원문과 한자풀이를 대조해 보면서 독해를 해 볼 수 있다. 영어 소설을 읽을 때는 웬만한 단어는 아니까 흥미를 좇아 읽으면서 사전을 들추지 않고 넘어갈 수가 있는데 한문소설은 표의문자인 한자로 쓰여 있어 새로운 단어가 많이 등장한다. 그런데 초학자가 어려운 한자가 나올 때마다 자전을 들추려면 얼마나 번거로운가! 이 책은 자전을 들출 필요 없이 이 한 권만을 들고 한자풀이가 된 것을 보아 가면서 소설을 읽을 수가 있게 편리하게 꾸며졌다. 초보적인 한문 실력을 갖춘 사람들이라면 어려운 구문이 새로 나오지 않기 때문에 구문 익히기에 애쓸 필요 없이 새로운 한자의 뜻을 찾아보면서 읽으면 된다. 많은 작품은 아니지만 20편을 다 읽고 나면 중국의 한문소설에 대해 개관할 수 있고 중국의 전통 문화, 대중생활, 궁중생활, 가족관념, 사후세계관 등을 이해할 수 있게 되고 더불어 많은 한자들을 익힐 수 있을 것이다.

한문 수준으로 본다면 이 작품들은 초급한문에서 중급한문 모두에 해당된다고 할 수 있다. 한문을 완벽히 익히고 싶은 사람은 번역을 보지 말고 한자풀이를 근거로 하여 스스로 원문을 몇 번이고 독해를 해 보면 언젠가는 절로 스토리가 다 해독되는 것을 체험하게 될 것이다. 그러면 수수께끼를 푼 듯 뿌듯한 느낌이 들 것이고 표의문자로서 함축적이고 우아한 품격이 있는 한문 문장의 묘미에 빠져들 것이다.

끝으로 이 책은 하나의 중국 소설장르인 한문소설을 사적으로 총괄한 번역서이기도 하므로 한문에 관심이 없는 일반 독자라도 중국 전통의 한문소설들이 어떤 내용인가 한번 관심을 갖고 읽어 보아도 좋을 것이다. 어려서부터 서양 번역서들을 읽고 자란 요즘시대 사람들은 중국소설 속의 세계관이나 신기한 생각들에 대해 신선한 충격을 받고 고래의 동양적 세계관을 재발견하게 될 것이다.

"문학은 달콤하지만 인류학은 흥미롭다."

꼭 10년 전 영국 옥스퍼드대 연수시절 지도교수였던 리디아 시아마 박사는 "인류학이 취재하는 것과 비슷하다"는 기자의 얘기에 이같이 대답했다. 이탈리아 베니스 출신으로 대학에서는 영문학을 전공했다는 시아마 박사는 역시 대학에서 영문학을 전공한 기자의 눈높이에서 이같이 말했던 것이다.

그러나 '클래시컬 차이니즈 중국소설 20'을 통해 접한 중국문학은 달콤함만으로는 설명할 수 없는 무엇이 있었다. 일 때문에, 또 취미 삼아 국문학과 영문학 개론서를 틈틈이 읽고 있는 기자는 중국문학의 말할 수 없는 복잡다단함에 처음에는 당황했다. 왕이 100년 이상 다스리다 강을 거슬러 올라온 시체를 재상으로 삼는 이야기(촉왕본기)는 황당했고, 자객 형가가 진시황을 암살하려는 이야기(연단자)는 중간과정에 대한 지루할 정도의 설명과 어이없는 결말 때문에 답답했다. 그러나 중국문학의 매력은 바로 여기에 있었다.

소설읽기를 자꾸 방해하는 얄팍한 논리를 머릿속에서 걷어내고 중국인의 세계관에 대한 조그마한 이해만 빌리면 중국문학은 말할 수 없는 재미와 감동을 준다.

한 젊은이가 천오백냥에 팔아버린 어리석은 귀신(종정백)과 한국 민담에 나오는 우렁각시를 연상시키는 백수소녀(백수소녀)는 어렸을 때 들은 옛이야기 주인공 그대로이다.

'남가일몽(南柯一夢)'이란 유명한 고사성어를 낳은 순우분의 덧없는 꿈(남가태수전)과 선비와 기녀의 곡절 가득한 사랑이야기(이와전)는 시공을 초월한 환타지이다. 두 작품 모두 끊임없이 새롭게 해석되어 삶의 지혜를 전하는 고전의 원형들이다.

문학적으로 다듬어진 고전의 보고(寶庫) '세설신어'를 지은 유의경의 작품에서는 지괴소설(유신, 완조)과 지인소설(순거백)이 각기 한 편씩 실렸다.

당 태종 이세민과 관련된 실제인물을 소재로 한 듯한 의협소설(규염객전)이나 한나라 황후 조비연의 역사적 이야기를 부연한 소설(조비연별전)은 중국 역사에 대한 호기심을 자극한다.

힘자랑하다 어린 협객에게 진 명대의 건아라는 인물(진회건아전)을 통해 삶의 자세를 가다듬게 되고, 인간세상을 이승과 저승에서 천상계까지 확대한 중국인의 세계관(석방평)에 압도된다.

특히 '규염객전'에 나오는 '귀한 사람이 흥기할 때에는 반드시 현명한 신하를 만나게 되는 법이오. 호랑이가 휘파람을 불면 바람을 일으키고 용이 읊조리면 구름이 모이는 것은 결코 우연한 일이 아니라오(起陸之貴, 際會如期, 虎嘯風生, 龍吟雲萃, 固非偶然也)' 같은 구문은 두고두고 곱씹고 싶은 말이다.

'중산랑전'에 나오는 '인자함의 정도가 우둔함에 이르는 것은 실로 군자들이 찬동하지 않는 것이다(仁陷於愚, 固君子之所不與也)' 같은 구문에서는 깨달음을 얻은 듯한 기쁨에 가슴이 벅차오른다.

물론 중국문학의 변화무쌍함을 맘껏 즐길 수 있었던 것은 수준 높은 작품만을 골라 짜임새 있게 정리한 이 책 덕분이다.

영어원서이건 한문원서이건 모르는 낱말을 찾으려다 지쳐 아예 책 읽기를 포기한 경험을 갖고 있는 사람도 있을 것이다. 그러나 이 책은 굳이 번거롭게 자전을 찾지 않아도 세심한 한자풀이와 꼼꼼한 주석이 읽기 쉽게 만들어준다. 한두 편 읽다보면 몇 줄이라도 원문에 도전해보고 싶은 마음이 생긴다. 깔끔한 번역과 친절한 해제로 벌써 중국소설사가 머릿속에 그려진다.

얼마 전 TV에서 '노·사·정' 대담 프로그램 배경에 한자로 '勞·使·政'이 아닌 '勞·社·政'이란 글씨가 보이는 것이 아닌가.' 공영방송의 수준을 보여주는 것 같아 얼굴이 화끈거렸다. 급히 방송국에 아는 기자에게 알려줘야지 하고 전화번호를 찾는데 방송이 끝나버렸다. 아무리 '잉글리시 디바이드'시대라지만 한자문화권에 살고 있는 대한민국 국민들이 수준 있게 살아가려면 한자와 한문은 어느 정도 익혀야 한다.

이 책은 '중국 고전'이란 바다에서 '한자'라는 도구를 사용해 삶의 지혜를 건져 올릴 수 있게 도와주는 친구다. 많은 사람들이 곁에 두고 정답게 지냈으면 한다.

동아일보 김진경 기자

중국소설을 이해하기 위하여 잠시 중국소설사에 관해 언급해 보
겠다. 루쉰이 1924년 7월 서안에서 강연하여 후에 서북대학출판부
에서 강연집으로 출판된 ≪중국소설의 역사적 변천≫(총 6강)에서
는 중국소설의 흐름을 첫째, 神話(신화)에서 神仙傳(신선전), 둘째,
六朝(육조)시기의 志怪(지괴)와 志人(지인)소설, 셋째, 당대의 傳奇
(전기), 넷째, 송대의 說話(설화), 다섯째, 명대 소설의 양대 주류−
神魔(신마)의 싸움을 이야기한 것과 인간세상에서 벌어지는 일들을
이야기한 것, 여섯째, 청대소설의 4대 유파(擬古派/의고파, 諷刺派/
풍자파, 人情派/인정파, 俠義派/협의파)와 그 말류로 나누었다. 여
기에서 당대의 전기소설까지는 文言(문언)소설류에 속하고 송대의
설화와 명청대의 소설은 주로 白話(백화)소설이다. 그러나 송대의
설화와 명청대의 백화체 소설이 유행할 때에도 여전히 일각에서는
文言(문언)체 소설이 쓰였다.

서경호 교수의 ≪중국소설사≫에 언급된 '문언소설의 흐름' 부
분을 보면 명대 이전의 문언소설에 해당되는 이야기들은 대부분
필기의 형식으로 쓰였고 독립적인 작품집을 만들어 내지 못하였는

데 명대에 와서 문언체 이야기들이 작품집으로 묶이면서 소설이라는 항목으로 분류되고 품격을 지닌 상품을 찾고 있던 고급독자를 대상으로 하는 문화상품으로 독서시장에 등장하였다고 한다. 또 역사를 소재로 한 이야기들이 講史(강사)의 전통을 벗어나 읽는 문언체로 쓰였는데 이처럼 서면어가 백화체에서 문언체로 바뀐 것은 중국소설사상 중요한 현상으로서 통속적 오락의 범주를 벗어나지 못하는 백화체 이야기가 다시 문언체로 쓰였다는 것은 소설이 만개하여 문인들의 문언체 세계로 잠식해 들어온 것이라고 하였다.

명대 문언소설은 오랫동안 지속되어 온 문인문화에서 출발한 것으로 육조의 志怪(지괴)와 당송 傳奇(전기)소설의 전통을 이어받고 거기에 새로운 소재를 첨가하여 이루어진 것이다. 이렇게 볼 때 '문언소설'이란 명칭은 송대 '설화'나 명청대 백화체 소설과 비교하여 볼 때 '구어체' 소설이 아닌 '필기체' 소설로서 명대소설의 한 흐름을 이루었던 소설인 셈인데 후대에 이 명칭은 중국 '古小說'을 가리키는 통칭으로 쓰였다. 즉 백화문이 아닌 한문으로 쓰인 先秦(선진)시대부터 淸(청)대까지의 소설을 의미한다. 張力偉(장력위)·馮瑞生(풍서생)이 評釋(평석)한 ≪小說別裁(소설별재)≫(≪중국전통문화별재≫ 총서의 하나) 서문에서는 책이름을 '소설별재'라고 이름 붙였지만 엄격히는 '문언소설별재'라고 이름 붙여야 마땅하고 그 이유는 先秦(선진)시대부터 淸(청)나라 때까지의 문언단편소설들을 뽑은 것으로 백화소설은 한 편도 들어 있지 않기 때문인데, 송대 이후 소설의 주류인 백화소설이 하나도 선록되지 않은 것은 백화소설은 번역할 필요가 없고 또 하나는 백화소설이 장편이 많기 때문이라고 하였다. 이렇게 볼 때 문언소설은 선진시대부터 청대까지

의 편폭이 짧은 단편 한문소설을 지칭하는 말로 볼 수가 있다. 중
국소설이 다양하지만 이 한문소설만으로도 중국소설의 한 흐름을
일별해 볼 수 있고 또 앞에서 언급했듯이 구어체인 백화체 소설이
나온 뒤에 명대에 문언소설이 유행하였다는 점에서 시대성을 초월
한 문체로서의 한문소설이란 맥락에서 별도의 장르로 주목해 볼
필요가 있다.

이 책에서는 중국의 문언소설을 앞에 언급한 ≪소설별재≫의 대
분류를 참고하여 漢(한)대로부터 淸(청)대까지 시대별로 총 20편을
골라 뽑았다. 체제는 작자소개, 원문, 한자풀이 및 주석, 번역, 해제
의 순으로 하였고 편폭이 긴 작품은 임의로 작게 문단을 나누고 번
호를 붙여 놓았다.

• 차 례 •

漢代逸史小說

- 한대(B.C.206~220)에 나온
正史(정사)에서 빠진 역사이야기를
쓴 소설

1. 蜀王本紀

揚雄

작자 소개

揚雄(양웅: B.C.53 - A.D.18)은 전한(前漢) 말 蜀郡(촉군) 成都人(성도인)이다. 자가 子雲(자운)이고 위인됨이 편안하고 자기 마음대로였다. 말을 더듬어 빨리 말하지 못했지만 박학하였고 문장으로 세상에 이름났다. 成帝(성제) 때에 <甘泉賦(감천부)>, <河東賦(하동부)>, <長楊賦(장양부)> 등을 지었는데 武帝(무제) 때의 賦(부)의 대가 司馬相如(사마상여)를 많이 모방했다. 후에는 詞賦(사부)가 浮薄(부박)하다 여기고 짓지 않았고, ≪太玄(태현)≫을 지어 ≪周易(주역)≫을 모방하였고, ≪法言(법언)≫을 지어 ≪論語(논어)≫를 모방하였다. 桓譚(환담)은 그의 글을 논하여 문장의 대의가 지극히 깊고 의론이 성인에 부끄럽지 않다고 하였다.

원문

蜀王之先名蠶叢, 後代名曰柏濩, 後者名曰魚鳧. 此三代各數百歲, 皆神化不死. 其民亦頗隨王化去.

時蜀民稀少. 後有一男子名曰杜宇, 從天墮止朱提; 一女子名利, 從江源井中出, 爲杜宇妻. 乃自立爲蜀王, 號曰望帝, 治汶山下邑曰郫. 化民往往復出.

望帝積百餘歲, 荊有一人名鱉靈, 其尸亡去, 荊人求之不得. 鱉靈尸隨江水上至郫, 遂活, 與望帝相見. 望帝以鱉靈爲相.

時玉山出水, 若堯之洪水. 望帝不能治, 使鱉靈決玉山, 民得安處. 鱉靈治水去後, 望帝與其妻通, 慚愧, 自以德薄, 不如鱉靈, 乃委國授之而去, 如堯之禪舜.

鱉靈卽位, 號曰開明帝. 帝生盧保, 亦號開明.

望帝去時, 子規鳴. 故蜀人悲子規鳴而思望帝. 望帝, 杜宇也.

● ● ● 한자풀이 및 주석

[蠶叢(잠총)] - 蠶은 누에 잠. 잠총은 옛날 蜀王(촉왕)의 이름.

[柏濩(백호)] - 백은 측백나무 백. 호는 퍼질 호, 기슭 물 떨어질 확.

[魚鳧(어부)] - 鳧는 물오리 부.

[墮(타)] - 떨어질 타. cf. 墜는 떨어질 추.

[朱提(주제)] - 산 이름. 지금의 雲南省(운남성) 昭通縣(소통현)에 있었다. 흰 은이 많이 나서 세칭 朱提銀(주제은)이라고 한다. 주제를 은의 대칭으로 쓰기도 한다.

[江源(강원)] - 양자강의 근원. 北周(북주) 때에는 지금의 四川省(사천성) 松潘縣(송반현) 서쪽에 있는 현이었다.

[汶山(민산)] - 민산. 汶은 물 이름 문, 산 이름 민의 두 가지 뜻이 있고 산 이름일 때 岷(민)과 같다.

[郫(비)] - 고을 이름 비. 지금의 사천성에 있었음.

[荊(형)] - 가시나무 형. 땅 이름. 고대 중국을 나눈 九州의 하나. 지금의
　　　　　호남성, 호북성 일대.

[鱉靈(별령)] - 鼈靈(별령)과 같음. 鼈은 자라 별.

[決(결)] - 터질 결. 막아 놓은 것을 제거하여 물을 이끌어 내다.

[慙愧(참괴)] - 부끄러워 함. 慚은 慙과 같다.

[禪(선)] - 선위하다. 天位를 물려주다.

[子規(자규)] - 杜鵑(두견)새.

● ● ● **번역**

촉왕의 선조의 이름은 잠총이고 그 다음은 이름이 백호이고 그 다음은
이름이 어부였다. 이 삼대는 각기 수백 세를 살며 모두 신선이 되었고
죽지 않았다. 그 백성들 또한 자못 왕을 따라 신선이 되었다.

당시 촉나라엔 백성이 적었다. 후에 한 남자가 이름을 두우라 하였는데
하늘에서 떨어져 내려와 주제산에 머물렀고 한 여자가 이름을 리라 하
였는데 강원의 우물에서 나와 두우의 처가 되었다. 그리고 두우는 촉왕
이 되어 호를 망제라 하였고 문산 아래의 비라는 읍을 다스렸는데 신선
이 된 백성들이 왕왕 또 나타났다.

망제가 백여 년을 다스렸을 때 형초지방에 별령이라는 자가 있었는데
그 시체가 없어졌다. 형초지방 사람들이 구해도 찾지 못했는데 별령의
시체는 강물(양자강)을 거슬러 위로 비읍에 이르러 마침내 살아나 망제
와 만나게 되었다. 망제는 별령을 재상으로 삼았다.

당시에 옥산에서 물이 넘쳐 마치 요임금 때의 홍수와 같았다. 망제는
홍수를 다스릴 수가 없어 별령더러 옥산에 물길을 터서 백성들이 편안
하게 하도록 하였다. 별령이 홍수를 다스리러 간 후 망제는 별령의 처
와 사통하였고 이것이 부끄러워져서 스스로 덕이 박하여 별령만 못하
다 여겨 나라를 그에게 맡기고 떠났으니 요임금이 순임금에게 선양한

것과 같았다.

별령이 즉위하고 호를 개명제라 하였다. 개명제는 노보를 낳았는데 그역시 호를 개명이라 하였다.

망제가 떠나간 후 자규가 울었기에 촉나라 사람들은 자규가 슬피 울면 망제를 그리워하게 되었다. 망제는 두우이다.

●●● 해제

이 작품은 고대 蜀(촉: 현재의 중국 사천성)지방의 전설적인 이야기를 썼는데 司馬遷(사마천)의 역사서 ≪史記(사기)≫에서 本紀(본기)·世家(세가)·書(서)·表(표)·列傳(열전)으로 나눈 체제를 따라 제왕의 연대기인 '本紀(본기)'를 따서 '촉왕본기'라는 역사서적 형식을 취하였다. 하지만 망제의 애정고사가 주된 이야기 주제이다.

여기에 나오는 강은 양자강을 가리키고 형초지방은 양자강의 중류지역이다. 현대에 양자강 하구에서 상류로 철갑상어가 거슬러 올라가 알을 낳고 하류로 해서 바다로 되돌아갔다가 1년 뒤에 다시 알을 낳은 곳으로 되돌아온다는데 별령의 시체가 강을 거슬러 올라갔다는 것은 이런 자연현상을 보고 신화적으로 재구성한 것은 아닌가 싶다.

고대의 현실적인 큰 문제는 홍수를 다스리는 治水(치수) 사업인데 이고사의 핵심적 줄거리는 바로 이 치수 사업으로 해서 불륜이 발생하고 망제가 자진해서 촉나라를 떠난다는 비극이다. 촉나라를 떠난 망제의 혼은 두견새가 되었기에 두견새가 슬피 울면 사람들은 망제를 떠올리게 된다는 것이다. 唐(당)나라 시인 李商隱(이상은)의 <錦瑟(금슬)>시에 "망제의 춘심은 두견새에 기탁하였네./望帝春心托杜鵑"라 읊었으니 이 고사는 애정문제로 촉나라에서 떠난 망제가 촉 땅을 그리워하며 두견새가 되어 슬피 운다는 애절한 애정고사의 典故(전고)인 셈이다. 그렇게 볼 때는 심금을 울리는 애정고사가 되겠지만 한편으로는 정치적 색채도 있다. 양웅의 생존 시에 王莽(왕망)의 新(신)나라(A.D.9 - 24)가 섰으므로 망제가 왕위를 내준 것이 요임금이 순임금에게 선양한 것과 같았다고 한 것은 왕망의 易姓(역성)혁명을 비판하는 것이 될까 봐 이렇게 썼을 수도 있다. 그렇다면 망제는 자기의 덕이 별령만 못하다고 왕위를 선양하고 촉 땅을 떠났고 그 후로 두견새가 되어 슬피 울게 되고 사람들이 망제를 그리워한다 하였으니 왕망의 신나라를 두둔한 것이기는 해도 사람들은 한나라 왕을 그리워한다는 의미로 풀이해 볼 수 있다.

2. 幽王褒姒

劉向

●●● 작자 소개

劉向(유향)은 漢(한)나라 楚元王(초원왕) 劉交(유교)의 4대째 손으로 자가 子政(자정)이고 본명은 更生(갱생)이다. 글을 잘 지었고 간편하게 지내며 위의를 차리지 않았다. 오로지 경술에 전념하여 낮에는 書傳(서전)을 읽고 밤에는 천문을 살피며 항시 새벽까지 잠자지 않았다. 宣帝(선제) 때에 諫大夫(간대부)가 되었고 다시 給事中(급사중)이 되었다. 일에 연루되어 면직되었다가 다시 기용되자 이름을 向(향)이라 바꾸고 郎中(낭중)에 배수되었다가 光祿大夫(광록대부)로 옮겨졌다. 음양설로 당시 정치의 득실을 논하였는데 말이 몹시 곧았다. 元帝(원제) 때 中壘校尉(중루교위)가 되었는데 당시 외척 왕망이 권력을 독점하였고 유향은 중용을 받지 못하였다. ≪洪範五行傳(홍범오행전)≫, ≪列女傳(열녀전)≫, ≪列仙傳(열선전)≫, ≪新序(신서)≫, ≪說苑(설원)≫ 등 책을 썼다. ≪漢書(한서)36≫에 傳(전)이 있다.

●●● 원문

幽王惑於褒姒, 出入與之同乘, 不恤國事, 驅馳弋獵不時, 以適褒姒之意. 飲酒流湎, 倡優在前, 以夜續晝.
褒姒不笑, 幽王乃欲其笑, 萬端故不笑. 幽王爲烽燧大
鼓, 有寇至則擧; 諸侯悉至, 而無寇, 褒姒乃大笑. 幽
王欲悅之, 數爲擧烽火. 其後不信, 諸侯不至. 忠諫者
誅, 唯褒姒言是從. 上下相諛, 百姓乖離. 申侯乃與繒、
西夷、犬戎共攻幽王. 幽王擧烽燧徵兵, 莫至. 遂殺幽
王於驪山之下, 虜褒姒, 盡取周賂而去.

●●● 한자풀이 및 주석

[褒姒(포사)] - 주나라 유왕 때 총애를 받았던 미녀의 이름. 褒는 기릴
　　　　　　포, 성 포. 姒는 동서 사.
[乘(승)] - 탈 승. ex) 乘馬(승마).
[恤(휼)] - 구휼할 휼. 돌보다.
[驅馳(구치)] - 말을 몰아 빨리 달림. 驅는 몰 구, 馳는 달릴 치.
[弋獵(익렵)] - 사냥을 함. 弋은 '주살 익'으로 새의 사냥을 가리키고 獵
　　　　　　은 '사냥할 렵'으로 짐승의 사냥을 가리킨다.
[適(적)] - 맞을 적. ex) 適意(적의) ……뜻에 맞음.
[流湎(류면)] - 음주에 빠짐. 沈溺(침닉). 또는 제멋대로 하여 맺고 끊음
　　　　　　이 없음. 방자하고 절도가 없음.
[倡優(창우)] - 광대, 배우. '倡'은 소리하는 사람이고 '優'는 놀이하는
　　　　　　사람. 娼優(창우).
[萬端(만단)] - 온갖 방법. 端은 실마리 단.
[烽燧(봉수)] - 변방에서 발생한 變亂(변란)을 알리기 위하여 울리던 횃
　　　　　　불과 연기. '烽'은 밤에 올리던 횃불, '燧'는 낮에 올리는
　　　　　　연기.
[寇(구)] - 도둑 구. 외적의 침략.
[悉(실)] - 다, 모두.

[悅(열)] - 기쁠 열.

[數(삭)] - 자주 삭.

[誅(주)] - 벨 주. 죽이다.

[諛(유)] - 아첨할 유.

[乖離(괴리)] - 어그러져 동떨어짐. 乖는 어그러질 괴, 배반하다. 離는
　　　　　　　떠날 리.

[申侯(신후)] - 周나라 幽王(유왕) 때 사람. 姜씨 성. 申侯의 딸이 유왕의
　　　　　　　후비가 되어 태자 宣臼(선구)를 낳았지만 유왕이 포사를
　　　　　　　총애하여 申后와 태자를 폐하였다. 申侯가 노하여 西夷,
　　　　　　　犬戎과 함께 유왕을 공격하여 驪山(여산) 아래에서 유왕을
　　　　　　　죽이고 제후들이 태자 선구를 세웠는데 이가 平王이다.

[繒(증)] - 비단 증. 여기서는 고대 나라 이름. 姒姓이었고 夏나라 禹임
　　　　　금의 후예라고 한다. 춘추시대에 莒(거)나라에 의해 멸망당했
　　　　　다. 옛 성이 지금의 산동성 棗莊(조장)시 동쪽에 있다.

[徵兵(징병)] - 군대를 부르다.

[驪山(여산)] - 지금의 陝西省(섬서성) 臨潼縣(임동현) 동남에 있던 지명.
　　　　　　　진시황의 능이 여기 있고 당나라 현종의 華淸宮(화청궁
　　　　　　　＝여산궁)도 여기에 지었다.

[虜(로)] - 포로 로.

[賂(뢰)] - 뇌물 뢰. 財貨(재화).

●●● 번역

유왕은 포사에게 빠져 그녀와 함께 수레를 타고 출입하며 국사를 돌보
지 않았다. 불시로 말을 달려 사냥함으로써 포사의 마음에 들고자 하였
고 방자하게 술 마시며 배우들을 앞에 두고 밤낮으로 놀았으나 포사는
웃지 않았다. 유왕은 그녀가 웃게 하려고 온갖 짓을 하였으나 웃지 않
았다. 유왕은 봉홧불을 올리고 큰 북을 쳐서 오랑캐가 온 것처럼 하였
더니 제후들이 모두 왔으나 오랑캐는 없자 이에 포사가 크게 웃었다.

유왕은 그녀를 기쁘게 하고자 자주 봉홧불 올리기를 하니 그 후로는 믿지 않아서 제후들이 오지 않았다. 충간하는 자들은 죽이고 오직 포사의 말만 따랐다. 위아래로 아첨들을 하고 백성들은 어그러져 떠나갔다. 신나라 제후가 이에 증, 서이, 견융과 함께 유왕을 공격하였다. 유왕은 봉홧불을 올려 병사들을 부르려 하였으나 아무도 오지 않았다. 마침내 여산 아래에서 유왕을 죽이고 포사를 포로로 잡고 주나라 재물을 모두 빼앗아 갔다.

●●● 해제

이 이야기는 周(주)나라를 쇠망의 길로 빠져들게 한 유왕과 미녀 포사의 이야기를 양치기 소년의 거짓말 이야기와 같은 우화적 필치로 간결하면서도 정연하게 써내었다.

유왕은 周나라 12대 왕 – 西周(서주) 말의 왕으로 미녀 포사에 빠져 정치를 돌보지 않아 B.C.770년 도읍을 빼앗기고 살해되었고 이어 아들 平王(평왕)이 동쪽 洛邑(낙읍: 현재의 낙양)으로 도읍을 옮겨 東周(동주), 즉 春秋戰國(춘추전국)시대로 이어지게 된다. 춘추시대에는 주 왕실이 약해져 春秋五覇(춘추오패)가 번갈아 중원을 호령하는 등 천자는 명분만 남았으므로 사실 유왕은 주나라를 기울게 한 장본인이다.

중국의 유사 이래 三代(삼대)로 불리는 夏(하), 殷(은), 周(주)는 모두 이렇게 미인에 빠져 나라를 잃은 것이 두드러진 특징이다. 하나라 桀王(걸왕)은 有施氏(유시씨)의 나라를 정벌했을 때 진상받은 말희라는 미녀에게 빠져 벽과 기둥에 보석을 뿌려 박은 호화로운 궁전을 짓고 광대한 정원의 나무들마다 고기를 걸어 놓고 술 연못을 파고 뱃놀이를 즐기다가 백성의 원성을 샀는데 이때 천명을 받들어 무도한 걸왕을 벌한다고 선언한 은나라 湯王(탕왕)에게 정벌당하였다. 탕왕이 세운 은나라도 28대 紂(주)왕에 이르러 역시 酒池肉林(주지육림)을 차려 놓고 有蘇氏(유

소씨)를 정벌했을 때 헌상받은 미녀 妲己(달기)에게 빠져 놀면서 간언하는 신하들을 炮烙(포락)의 형벌(구리 기둥에 기름을 바르고 불 위에 가로 걸쳐 놓고 그 위를 걷다 불 위에 떨어져 죽게 하는 형벌)로 죽게 한 폭군이었다. 간언하는 충신들을 죽이자 西伯(서백) 昌(창)이 "은나라의 거울은 멀리 있지 않다(殷鑑不遠: 은감불원)."—즉 하나라 걸왕이 그 예라는 뜻—고 말한 사자성어는 여기에서 나왔다. 武王(무왕)이 이 紂王(주왕)을 정벌하여 周(주)왕조가 세워졌다. 하나라 걸왕과 은나라 주왕을 멸한 것은 역사상 민심을 잃은 폭군을 정벌한 것으로 정당한 정벌이란 '放伐(방벌)'로 간주된다. 이렇게 세워진 주나라도 유왕에 이르러 역시 비슷한 식으로 쇠망의 길에 접어든 것이다.

　이 소설의 역사 스토리는 ≪國語(국어)≫와 ≪史記 · 周本紀(사기 · 주본기)≫에도 보인다.

3. 燕丹子

無名氏(무명씨: 작자 미상)

●●● **원문1**

燕太子丹質於秦, 秦王遇之無禮, 不得意, 欲求歸. 秦王不聽, 謬言: "令烏白頭, 馬生角, 乃可許耳." 丹仰天嘆, 烏卽白頭, 馬生角. 秦王不得已而遣之. 爲機發之橋, 欲陷丹. 丹過之, 橋爲不發, 夜到關, 關門未開, 丹爲鷄鳴, 衆鷄皆鳴, 遂得逃歸. 深怨于秦, 求欲復之, 奉養勇士, 無所不至.

●●● **한자풀이 및 주석**

[燕(연)] - 周대의 제후국. 北燕은 姬姓(희성)이고 周公奭(주공석)의 후예로 지금의 하북성 북부와 요녕성 서쪽에 있었으며 전국칠웅의 하나로 秦나라에 의해 멸망되었다. 南燕은 姞姓(길성)으로 黃帝의 후예로 전하며 하남성 延津縣(연진현) 동북부에 있었다. 여기서는 전국칠웅의 하나였던 북연을 가리킨다. 옛날 하북성의 별칭이 연이기도 했고 주로 하북성 북부를 가리킨다.

[丹(단)] - 붉을 단. 또는 성씨의 하나.

[質(질)] - 볼모 질. 인질 질.
[謬(류)] - 그릇될 류. 속이다.
[機發之橋(기발지교)] - 기계를 장치한 다리. 기계가 움직이면 다리가
　　　　　　　　무너져 사람을 죽이게 한다.
[陷(함)] - 빠질 함.
[逃(도)] - 도망칠 도.

●●● 번역

연나라 태자 단이 진나라에 인질로 잡혔는데 진왕이 그를 무례하게 대우하자 마음이 불편하여 돌아가기를 구하였으나 진왕이 듣지 않고 터무니없이 말하기를 "까마귀 머리가 희게 하고 말에 뿔이 나게 한다면 허락할 수 있다."라고 하였다. 단이 하늘을 우러러 탄식하니 까마귀 머리가 곧 희어지고 말에 뿔이 났다. 진왕은 부득이하게 그를 보내 주었다. 장치를 설치한 다리를 만들어 단을 빠뜨리려 하였는데 단이 거기를 지났지만 장치가 발동하지 않았다. 밤에 관문에 이르렀는데 관문이 열리지 않자 단이 닭 울음소리를 내니 뭇 닭들이 모두 울어 마침내 도망쳐 돌아올 수 있었다. 진나라에 대해 심히 원망하여 그에 복수할 것을 바래서 용맹한 무사를 봉양하며 그들을 대함에 마다하지 않는 바가 없었다.

●●● 원문2

丹與其傅麴武書曰: "丹不肖, 生於僻陋之國, 長於不毛之地, 未嘗得睹君子雅訓, 達人之道也. 然鄙意欲有所陳, 幸傅垂覽之! 丹聞丈夫所恥, 恥受辱以生於世也; 貞女所羞, 羞見劫以虧其節也. 故有刎喉不顧, 據

鼎不避者, 斯豈樂死而忘生哉, 其心有所守也. 今秦王
反戾無常, 虎狼其行, 遇丹無禮, 爲諸侯最, 丹每念之,
痛入骨髓. 計燕國之衆, 不能敵之, 曠年相守, 力固不
足. 欲收天下之勇士, 集海內之英雄, 破國空藏, 以奉
養之. 重幣甘辭, 以市於秦, 秦貪我賂而信我辭, 則一
劍之任, 可當百萬之師, 須臾之間, 可解丹萬世之恥.
若其不然, 令丹生無面目於天下, 死懷恨於九泉, 必令
諸侯指以爲笑, 易水之北, 未知誰有, 此盖亦子大夫之
恥也. 謹遣書, 願熟思之!"

●●● 한자풀이 및 주석

[傅(부)] - 스승 부. 임금, 왕세자, 왕세손의 교육을 맡은 벼슬아치.

[麴武(국무)] - 스승의 이름. 麴은 누룩 국.

[不肖(불초)] - 아버지를 닮지 않았음. 아버지의 덕망이나 유업을 제대로
       잇지 못한 못난 아들을 가리키는 말. 肖는 닮을 초.

[僻陋(벽루)] - 궁벽한 두멧구석. 후미질 벽, 좁을 루.

[睹(도)] - 볼 도. ex) 目睹(목도): 눈으로 보다.

[鄙意(비의)] - 비루한 뜻. 鄙는 도량이 좁다, 어리석다의 뜻인데 자기와
       관련된 것을 겸칭하는 데 쓰이므로 '자기의 뜻'을 낮추어
       말한 것이다. ex) 鄙懷(비회): 천박한 생각, 자기 생각의
       겸칭.

[垂覽(수람)] - 보는 것을 베풀다. 즉 보다. 垂는 베풀 수, 覽은 볼 람.

[見劫(견겁)] - 겁탈을 당하다. 見은 피동태의 뜻.

[虧(휴)] - 이지러질 휴.

[刎喉(문후)] - 刎은 목 벨 문, 또는 자르다. 喉는 목구멍 후.

[據鼎(거정)] - 솥을 지키다. 솥 옆에 있다는 뜻. 據는 의거하다, 굳게 지

키다. 鼎은 솥 정.
[反戾(반려)] - 위배하다. 어긋나다. 戾는 어기어질 려.
[骨髓(골수)] - 뼈와 골수. 髓는 골수 수. 뼈 속에 들어 있는 누른 빛의
연한 물질.
[曠年(광년)] - 긴 세월을 지냄 또는 오랜 세월. 曠은 '비우다, 허송하다,
사이에 두다'의 뜻.
[藏(장)] - 감출 장.
[重幣(중폐)] - 중한 재물. 幣는 비단 폐, 예물, 재물 폐. ex) 幣帛(폐백):
폐백.
[須臾(수유)] - 잠깐 사이.
[易水(역수)] - 하북성 서부에 있는 강물 이름. 형가가 진왕을 암살하러
떠날 때 연 태자 단이 이곳에서 餞別(전별: 전송) 잔치를
했다.

●●● **번역**

단은 그 태부 국무에게 글을 올려 말하기를, "제가 불초한데다 외지고
누추한 나라에서 태어나 불모의 땅에서 자라 일찍이 선생님의 고아한
훈계와 달인의 도를 이해하지 못했습니다. 그러나 누추한 마음으로 진
술하고자 하니 태부께서 보아 주시기 바랍니다. 저는 장부가 부끄러워
하는 바는 욕됨을 받고서 세상에 사는 것이고 정숙한 여인이 수치스러
워하는 바는 겁탈을 당해 그 절개를 어그러뜨리는 것이라 하였습니다.
그러므로 어떤 이가 자신의 목구멍을 자르기를 꺼리지 않았고 사람을
삶는 솥 곁에서 피하지 않았다는 것은 어찌 죽음을 즐겨 생을 잊은 것
이겠습니까? 그 마음에 지키는 바가 있기 때문입니다. 지금 진왕은 하
늘의 이치를 위반하고 그 행동을 범이나 이리처럼 하고 있습니다. 저를
무례하게 대한 것이 제후 중에 최고이니 저는 매번 그것을 생각할 때마
다 골수에 한이 맺힙니다. 연나라 인구를 따져 볼 때 그를 대적할 수가
없는데 오래도록 이렇게 지낸다면 힘이 실로 부족할 겁니다. 천하의 용

맹한 무사를 거두고 세상의 영웅을 모아서 나라의 재물을 다 쏟아 봉양
하려 합니다. 귀중한 재물과 감언으로 진나라에 교역하면 진나라는 저
의 재물을 탐하여 저의 말을 믿을 것인즉 용맹한 무사의 한 칼이 백만
의 군대에 필적하여 잠깐 사이에 저의 만세의 수치를 풀 것입니다. 만
약 그렇지 못하면 저로 하여금 살아도 천하에 면목이 없게 하고 죽어도
구천에서 한을 품게 할 것입니다. 분명 제후들로 하여금 손가락질하며
웃음거리로 삼고 역수의 북쪽은 누구의 차지가 될지 모르니 이는 역시
대부들의 치욕이기도 합니다. 삼가 글을 올리니 원컨대 자세히 살펴주
시기 바랍니다."

●●● 원문3

麴武報書曰: "臣聞快於意者虧於行, 甘於心者傷於性.
今太子欲滅悁悁之恥, 除久久之恨, 此實臣所當糜軀碎
首而不避也. 私以爲智者不冀僥倖以邀功, 明者不苟從
志以順心, 事必成, 然後擧, 身必安, 而後行, 故發無
失擧之尤, 動無蹉跎之愧也. 太子貴匹夫之勇, 信一劍
之任, 而欲望功, 臣以爲疏. 臣願合縱於楚, 幷勢於趙,
連衡於韓、魏, 然後圖秦, 秦可破也. 且韓魏與秦外親
內疏, 若有倡兵, 楚乃來應, 韓魏必從, 其勢可見. 今
臣計從, 太子之恥除, 愚鄙之累解矣. 太子慮之!"
太子得書不悅, 召麴武而問之. 武曰: "臣以爲: 太子行
臣言, 則易水之北永無秦憂, 四鄰諸侯必有求我者矣."
太子曰: "此引日縵縵, 心不能須也." 麴武曰: "臣爲太
子計熟矣, 夫有秦, 疾不如徐, 走不如坐. 今合楚趙,

幷韓魏, 雖引歲月, 其事必成, 臣以爲良." 太子睡臥不
聽. 麴武曰: "臣不能爲太子計. 臣所知田光其人深中
有謀, 願令見太子." 太子曰: "敬諾."

●●● 한자풀이 및 주석

[悁悁(연연)] - 화가 나서 속을 끓이는 모양.
[麋軀碎首(미구쇄수)] - 몸이 문드러지고 머리가 부수어지다. 麋는 싸라
　　　　　　　　기 미, 문드러질 미.
[冀(기)] - 바랄 기.
[僥倖(요행)] - 요행.
[邀功(요공)] - 공을 맞이하다, 즉 공을 이루다. 邀는 맞을 요, 오는 것을
　　　　　　　기다리다.
[苟(구)] - 구차할 구.
[失擧之尤(실거지우)] - 거사를 그르치는 허물. 尤는 허물 우.
[蹉跎之愧(차타지괴)] - 蹉跎는 발을 헛디뎌 넘어짐 또는 기회를 놓침.
　　　　　　　　蹉跎之愧는 기회를 놓치는 부끄러움.
[疏(소)] - 멀 소. 서투르다. 거칠다.
[外親內疏(외친내소)] - 겉으로는 친하고 속으로는 멀다.
[倡兵(창병)] - 倡은 번창할 창, 인도할 창. 倡兵은 군대를 일으킴.
[愚鄙之累(우비지루)] - 愚鄙는 어리석고 저속하다의 뜻으로 자기의 재
　　　　　　　　능에 대한 겸사. 愚鄙之累는 어리석은 자기 재
　　　　　　　　능의 누.
[召(소)] - 부를 소.
[縵縵(만만)] - 완만하다. 늘어지다.
[諾(낙)] - 허락할 낙.

국무가 글에 답하여 말하기를 "저는 뜻에 유쾌한 것은 행동에 이지러짐이 있고 마음에 달콤한 것은 본성에 상함이 있다 들었습니다. 지금 태자께서는 속을 끓게 하는 치욕을 없애고 오랜 원한을 제거하시고자 하는데 이것은 실로 제가 몸이 부서진다 하더라도 피할 수 없는 일입니다. 제가 생각건대 지혜로운 자는 요행을 바라지 않고서 공을 이루고 밝은 자는 뜻대로 하는 것에 구애받지 않고서 마음에 맞게 한다고 생각합니다. 일이 반드시 이루어질 때인 연후에야 거사를 하고 마음이 반드시 편안한 때인 후에야 행동에 옮긴다면 일을 발함에 거사를 그르치는 허물이 없고 움직임에 실수하는 부끄러움도 없습니다. 태자께서 평범한 자의 용기를 귀히 사서 한 칼에 죽이는 임무를 맡겨서 공을 바라신다면 저는 허술할 것이라 여깁니다. 원컨대 초나라에 합종하고 조나라와 세력을 병합하고 한나라 위나라와 연형한 후에 진나라를 치기를 도모한다면 진나라를 격파할 수 있습니다. 한나라 위나라는 진나라와 겉으로는 친하나 속으로는 소원하니 만약 군대를 동원하면 초나라가 와서 응하고 한나라 위나라가 반드시 따르리니 그 위세는 볼만할 겁니다. 이제 저의 계책을 따르신다면 태자의 치욕이 제거되고 어리석은 저의 누가 해결될 것입니다. 태자께서는 그것을 헤아리십시오."

태자가 편지를 받고 기쁘지 않아 국무를 불러서 물었다. 국무가 대답하기를 "저는 태자께서 저의 말대로 하신다면 역수의 북쪽으로 영원히 진나라에 대한 걱정이 없게 되고 사방의 제후들이 분명 저희를 구하는 자가 있을 것이라 생각합니다." 태자가 말했다. "이것은 시일을 끄는 완만한 일이라 마음으로 따를 수가 없다." 국무가 말하였다. "저는 태자님을 위해 오래 계책을 세웠습니다. 저 진나라에 대해서는 서두름은 천천히 하는 것만 못하고 달려감은 앉아 있음만 못합니다. 이제 초나라 조나라와 합종하고 한나라 위나라와 연형하는 것은 비록 세월이 걸리지만 그 일은 반드시 이루어지리니 저는 좋은 생각이라고 생각합니다.”
태자는 누워 잠자면서 듣지 않았다. 국무가 말하기를 “저는 태자님을
위해 계책을 도모할 수 없습니다. 제가 아는 전광이 사람됨이 깊은 가
운데 계책을 감추고 있으니 원컨대 태자님을 뵙게 하십시오.” 태자가
말하였다. “삼가 그렇게 하기를 허락하노라.”

●●● 원문4

田光見太子, 太子側階而迎, 迎而再拜. 坐定, 太子丹
曰: “傅不以蠻域而丹不肖, 乃使先生來降弊邑. 今燕國
僻在北陲, 比於蠻域, 而先生乃不羞之, 丹得侍左右, 睹
見玉顏, 斯乃上世神靈保佑燕國, 今先生設降辱焉.” 田
光曰: “結髮立身, 以至于今, 徒慕太子之高行, 美太子之
令名耳. 太子將何以敎之?” 太子膝行而前, 涕淚橫流曰:
“丹嘗質於秦, 秦遇丹無禮, 日夜焦心, 思欲復之. 論衆則
秦多, 計强則燕弱, 欲曰合縱, 心復不能. 常食不識位,
寢不安席. 縱令燕秦同日亡, 則爲死灰復燃, 白骨更生.
願先生圖之!” 田光曰: “此國事也, 請得思之.” 於是舍光
上館, 太子三時進食, 存問不絶.

●●● 한자풀이 및 주석

[側階(측계)] - 섬돌 옆에 비끼다. 側은 곁 측. 階는 섬돌 계.
[蠻域(만역)] - 오랑캐 나라. 蠻은 오랑캐, 미개 민족.
[弊邑(폐읍)] - 자기 나라를 겸칭한 것.
[僻(벽)] - 치우칠 벽. 후미지다.

[北陲(북수)] - 북쪽 변방. 陲는 변방 수. 근처, 경계.

[比(비)] - 견줄 비, 이웃 비. 맞다, 합당하다.

[羞(수)] - 부끄러울 수.

[侍(시)] - 모실 시.

[結髮(결발)] - 머리를 땋음 또는 혼인하여 남자는 상투를 틀고 여자는
　　　　　　쪽을 지는 일. 여기서는 전자의 뜻.

[令名(영명)] - 훌륭한 이름.

[膝行(슬행)] - 무릎을 꿇고 가다. 膝은 무릎 슬.

[涕淚(체루)] - 눈물. 涕는 눈물 체, 울 체. 淚는 눈물 루.

[焦心(초심)] - 마음을 졸임, 속을 태움. 焦는 그을릴 초. ex) 焦燥(초조):
　　　　　　애태우며 마음을 졸임.

[縱(종)] - 설사. 가령.

[死灰復燃(사회부연)] - 죽은 재가 다시 타오르다. 灰는 재, 燃은 사를 연.

[舍(사)] - 집 사, 둘 사.

●●● 번역

전광이 태자를 알현하니 태자는 계단 옆에 서서 맞이하고, 맞이하고서
는 재배를 하였다. 좌정하고서 태자 단이 말하기를 "사부께서 연나라
땅이 외지다고 여기지 않으시고 또 제가 불초하다 여기지 않고서 선생
을 우리나라로 왕림하게 하였습니다. 지금 연나라는 북쪽 변방에 치우
쳐 있어 오랑캐 땅이나 같지만 선생은 그것을 수치스럽게 여기지 않으
셔서 제가 좌우에서 모시면서 옥안을 뵐 수 있게 되었으니 이것은 전대
의 신령께서 연나라를 보우하사 선생을 욕되이 강림하게 하신 것입니
다." 전광이 말하기를 "머리털 묶고 입신한 이후 지금에 이르기까지 태
자님의 높은 행실을 사모하고 아름다운 이름을 훌륭히 여기기만 해 왔
습니다. 이제 태자께서는 장차 무엇을 가르쳐 주길 바라십니까?" 태자
가 무릎을 끌고 앞으로 나아가 눈물을 줄줄 흘리면서 말하기를 "제가
일찍이 진나라에 인질로 잡혔었는데 진나라가 저를 무례하게 대하여

밤낮으로 마음을 태우며 그것에 보복하고자 생각하였습니다. 수를 논하면 진나라가 많고 강성함을 따지면 연나라가 약하니 합종하고자 하여도 마음으로는 또 이루어질 수 없다고 생각되었습니다. 항상 먹어도 맛을 모르겠고 잠자도 자리가 편치 않습니다. 설령 연나라와 진나라가 같은 날 망한다 하더라도 죽은 재가 다시 타오르고 백골이 다시 살아날 것입니다. 원컨대 선생께서는 도모해 주십시오.” 전광이 말하기를 “이는 국사이니 청컨대 생각할 수 있게 해 주십시오.” 이에 전광을 상급 숙소에 머물게 하고 태자가 삼시로 식사를 올리고 문안을 드림이 끊임이 없었다.

●●● 원문5

如是三月, 太子怪其無說, 就光, 辟左右問曰: “先生旣垂哀恤, 許惠嘉謀, 側身傾聽, 三月於斯. 先生豈有意歟?” 田光曰: “微太子, 固將竭之. 臣聞騏驥之少, 力輕千里, 及其疲朽, 不能取道. 太子聞臣時已老矣. 欲爲太子良謀, 則太子不能; 欲奮筋力, 則臣不能. 然竊觀太子客, 無可用者: 夏扶, 血勇之人, 怒而面赤; 宋意, 脉勇之人, 怒而面靑; 武陽, 骨勇之人, 怒而面白. 光所知荊軻, 神勇之人, 怒而色不變. 爲人博聞强記, 體烈骨壯, 不拘小節, 欲立大功. 嘗家於衛, 脫賢大夫之急十有餘人. 其餘庸庸不可稱, 太子欲圖事, 非此人莫可.” 太子下席再拜曰: “若因先生之靈, 得交於荊君, 則燕國社稷長爲不滅. 唯先生成之!” 田光遂行. 太子自送, 執光手曰; “此國事, 願勿泄之!” 光笑曰: “諾.”

[辟左右(벽좌우)] – 밀담하기 위하여 곁에 있는 사람들을 물리침. 辟은
　　　　　치우다, 제거하다.
[垂(수)] – 드리울 수.
[嘉謀(가모)] – 훌륭한 계책. 훌륭한 모략.
[傾聽(경청)] – 귀를 기울여 들음. 傾은 기울일 경.
[微(미)] – 아니다. 非와 같음.
[竭(갈)] – 다할 갈. 다 고한다는 뜻.
[騏驥(기기)] – 천리마. 騏는 털총이 말로 푸르고 검은 무늬가 장기판처
　　　　　　럼 줄이 진 말.
[疲朽(피후)] – 疲는 피로할 피, 朽는 썩을 후.
[奮(분)] – 떨칠 분.
[竊(절)] – 몰래.
[荊軻(형가)] – 형가. 荊은 가시나무 형, 지방, 나라 이름 형, 여기서는
　　　　　　성. 軻는 굴대 가.
[博聞强記(박문강기)] – 널리 사물을 보고 듣고 이를 잘 기억함.
[庸庸(용용)] – 평범한 모양. 아주 작은 것.
[社稷(사직)] – 토지신과 곡신(穀神). '국가'의 의미.
[勿(물)] – 말 물. 부정 명령문에 쓰임.
[泄(설)] – 누설하다. ex) 漏泄(누설).

●●● **번역**

이렇게 삼 개월이 되었는데 태자는 그가 말이 없는 것이 이상하여 전광
에게 나아가 좌우를 물리치고 묻기를 "선생께서 기왕에 긍휼히 여겨 좋
은 계책을 베풀기를 허락하신 후 몸을 기울여 경청한 지 이제 삼 개월
이 되었습니다. 선생께서 어찌 무슨 뜻이 없겠습니까?" 전광이 말하기
를 "태자님이 아니시더라도 실로 장차 다 고하고자 하였습니다. 저는

듣건대 젊은 천리마는 천 리를 달리는 것을 가벼이 여기나 그것이 피로하고 지친 후에는 도를 따를 수 없다고 하였습니다. 태자께서 제게 물으실 때 저는 이미 늙었습니다. 태자님을 위해 좋은 계책을 세우려 해도 태자께서 받아들일 수 없을 겁니다. 근력을 떨치고자 하는 것은 제가 해낼 수가 없습니다. 그런데 몰래 태자님의 객을 살펴보니 쓸 만한 사람이 없습니다. 하부는 피가 용맹한 사람으로 노하면 얼굴이 붉어지고 송의는 맥이 용맹한 사람으로 노하면 얼굴이 푸르러지고 무양은 골이 용맹한 사람으로 노하면 얼굴이 희어집니다. 전광이 아는 형가는 신령이 용맹한 사람으로 노하여도 안색이 변하지 않습니다. 사람됨이 널리 듣고 기억에 강하며 체격이 뛰어나고 골격이 장대한데 소소한 일에 구애받지 않고 큰 공을 세우려고 합니다. 일찍이 위나라에 집을 두고 살았는데 현명한 대부의 위급함을 구해 준 것이 열 사람이 넘습니다. 그 나머지 사람들은 별 볼일 없어 일컬을 만하지 못하니 태자께서 일을 도모하시려면 이 사람이 아니면 아무도 안 될 것입니다.” 태자가 자리에서 내려와 재배하며 말하기를 “선생의 영험함으로 인하여 형가와 교유를 맺게 된다면 연나라의 사직은 길이 멸하지 않을 것입니다. 오직 선생께서 그것을 이루실 겁니다.” 전광은 마침내 떠났다. 태자가 몸소 전송하며 전광의 손을 잡고 말하기를 “이는 국사이니 원컨대 누설하지 말아 주시오.” 전광이 웃으며 말하기를 “알겠습니다.”

●●● 원문6

遂見荊軻, 曰: “光不自度不肖, 達足下於太子. 夫燕太子, 眞天下之士也, 傾心於足下, 願足下勿疑焉.” 荊軻曰: “有鄙志, 嘗謂心向意投, 身不顧; 情有異, 一毛不拔. 今先生令交於太子, 敬諾不違.”

田光謂荊軻曰: "盖聞士不爲人所疑. 太子送光之時, 言
'此國事, 願勿泄', 此疑光也. 是疑而生於世, 光所羞
也." 向軻吞舌而死. 軻遂之燕.

●●● 한자풀이 및 주석

[度(탁)] – 헤아릴 탁.
[鄙志(비지)] – 자기의 뜻을 낮추어 표현한 말.
[拔(발)] – 뽑다.
[違(위)] – 어길 위.
[吞舌(탄설)] – 혀를 삼키다. 吞은 삼킬 탄.

●●● 번역

드디어 형가를 만나 말하기를 "내가 불초함을 헤아리지 못하고 태자께
그대를 알려 드렸네. 연나라 태자는 실로 천하의 선비인데 그대에게 마
음이 기울었으니 원컨대 그대는 의심하지 마시게." 형가가 말하기를
"저의 뜻이 있으니 일찍이 의기투합하는 바에는 몸을 돌보지 아니하고
실로 제 마음과 다름이 있는 사람이라면 터럭 하나라도 뽑지 않겠다 하
였습니다. 이제 선생께서 태자에게 교유하게 하셨으니 삼가 받아들이고
어김이 없도록 하겠습니다." 전광이 형가에게 일러 말하기를 "대개 선
비란 남에게 의심을 받지 않는다고 들었네. 태자가 나를 전송할 때에
말하기를 '이는 국사이니 원컨대 누설하지 마시오.'라 하였으니 이는
나를 의심한 것이라. 의심을 받고서 세상에 사는 것은 내가 부끄러워하
는 바이다." 형가를 향해 혀를 삼키고는 죽었다. 형가는 드디어 연나라
로 갔다.

荊軻之燕. 太子自御虛左, 軻援綏不讓. 自坐定, 賓客滿坐. 軻言曰: "田光褒揚太子仁愛之風, 說太子不世之器, 高行厲天, 美聲盈耳. 軻出衛都, 望燕路, 歷險不以爲勤, 望遠不以爲遐. 今太子禮之以舊故之恩, 接之以新人之敬, 所以不復讓者, 士信於知己也." 太子曰: "田先生今無恙乎?" 軻曰: "光臨送軻之時, 言太子戒以國事, 恥以大夫而不見信, 向軻吞舌而死矣." 太子驚愕失色. 歔欷飮淚曰: "丹所以戒先生, 豈疑先生哉! 今先生自殺, 亦令丹自棄於世矣." 茫然良久, 不怡昏昏.

●●● 한자풀이 및 주석

[虛左(허좌)] – 上席(상석)을 비움. 賢者(현자)를 禮(예)로 대우함.

[援綏(원수)] – 수레 손잡이 줄을 끌어당김. 援은 당길 원, 綏는 수레 손잡이 줄.

[褒揚(포양)] – 칭찬하고 추어올림.

[厲天(려천)] – 하늘에 떨치다. 厲는 높다, 떨치다.

[盈耳(영이)] – 귀에 가득하다. 盈은 가득할 영.

[遐(하)] – 멀 하.

[無恙(무양)] – 별 탈이 없다. 恙은 병, 근심.

[驚愕(경악)] – 경악하다. 驚은 놀랄 경, 愕은 놀랄 악.

[歔欷(허희)] – 흐느껴 욺. 歔는 흐느낄 허. 欷는 흐느낄 희.

[飮淚(음루)] – 飮泣(음읍)과 같음. 눈물을 먹음.

[茫然(망연)] – 멀고 끝이 없는 모양. 어이 없어하는 모양. 정신을 잃은 모양.

[不怡(불이)] – 기쁘지 않음. 怡는 기쁠 이.

[昏昏(혼혼)] - 정신이 가물가물하고 희미함.

형가는 연나라로 갔다. 태자가 스스로 수레를 몰아 상석인 왼쪽을 비워 주었고 형가는 수레 손잡이 줄을 당기며 사양하지 않았다. 좌정한 후로 빈객들이 가득하였다. 형가가 말하기를 "전광이 태자님의 인애한 기풍을 높이 칭찬하시고 태자님이 불세출의 인물로 높은 행실이 하늘같이 높고 훌륭한 명성이 귀에 가득하다 하셨습니다. 제가 위나라 도읍을 나올 때 연나라 길을 바라다보며 험한 길을 지나도 힘들다 여기지 않았고 멀리 보여도 멀다 여기지 않았습니다. 지금 태자님께서는 옛 친구의 은덕으로 예우하시고 새로운 손님처럼 공경하여 대접하시는데 사양하지 않은 까닭은 선비는 지기를 서로 믿기 때문입니다." 태자가 말하였다. "전광 선생은 지금 안녕하신지요?" 형가가 말하였다. "전광은 저를 전송할 때에 태자님이 국사라고 경계시키셨다며 대부임에도 신임을 못 얻었음을 치욕으로 여겨 저를 향하여 혀를 삼키고 죽었습니다." 태자가 경악하여 낯빛을 잃었다. 흐느끼며 눈물을 삼키며 말하기를 "제가 선생을 경계시킨 것은 어찌 선생을 의심해서였겠습니까? 이제 선생이 자살하셨으니 역시 저를 세상에서 버리게 하였습니다." 오랫동안 망연하여 혼혼히 편안치 못하였다.

太子置酒請軻. 酒酣, 太子起爲壽. 夏扶前曰: "聞士無鄕曲之譽, 則未可與論行; 馬無服輿之技, 則未可與決良. 今荊君遠至, 將何以敎太子?" 欲微感之. 軻曰: "士有超世之行者, 不必合於鄕曲. 馬有千里之相者, 何必

出於服輿? 昔望當屠釣之時, 天下之賤夫也, 其遇文王,
則爲周師. 騏驥之在鹽車, 駑之下也, 及遇伯樂, 則有
千里之功. 如此在鄕曲爾後發善, 服輿爾後別良哉!" 夏
扶問荊軻, 何以敎太子. 軻曰: "將令燕繼召公之迹, 追
甘棠之化, 高欲令四三王, 下欲令六五霸, 於君何如也?"
坐皆稱善, 竟酒無能屈. 太子甚喜, 自以得軻, 永無秦憂.

●●● 한자풀이 및 주석

[置酒(치주)] - 술자리를 베풀다. 置는 둘 치, 베풀 치.

[爲壽(위수)] - 축수를 하다. 壽는 목숨 수, 축수하다.

[鄕曲之譽(향곡지예)] - 鄕里(향리)의 명예, 한 지방의 작은 명예. 譽는
기릴 예.

[服輿之技(복여지기)] - 수레를 끄는 기술. 服은 마소에게 수레를 메운
다는 뜻. 輿는 수레.

[決(결)] - 결단하다, 판단하다.

[屠釣(도조)] - 가축을 잡고 낚시하는 것, 옛날에 천한 일을 하는 것을
가리켰음. 太公(태공) 望(망) 즉 呂尙(여상)은 나이 들어
朝歌(조가)에서 소를 잡고 磻溪(번계)에서 낚시질하는 일
을 하다 周文王을 만나 등용되었음.

[賤(천)] - 천할 천.

[鹽車(염거)] - 소금수레.

[駑(노)] - 노둔할 노.

[伯樂(백락)] - 春秋(춘추)시대 秦(진)나라 사람 孫陽(손양)으로 말을 잘
볼 줄 알았던 사람으로 유명하다. 후대에 말을 잘 감별할
줄 아는 사람의 대명사로 쓰였다.

[爾後(이후)] - 연후. 爾는 그러할 이.

[繼(계)] - 이을 계.

[召公(소공)] - 周 文王의 庶子로 이름은 奭(석)이다. 武王이 紂王(주왕)을 멸
　　　　할 때 北燕에 봉해졌다. 무왕 다음 成王 때 三公이 되어 周公
　　　　과 함께 다스렸으므로 二伯이라 불리어 召伯이라고도 한다.
[甘棠之化(감당지화)] - ≪史記·燕召公世家≫에 "소공이 北燕에 봉해
　　　　진 후 향읍을 순행할 때 사당나무 아래에서 재
　　　　판을 하고 정사를 베풀었는데 후백으로부터 서
　　　　민에 이르기까지 각자 알맞은 자리를 얻어 직무
　　　　를 잃은 자가 없었다. 소공이 죽은 뒤 백성들은
　　　　소공의 정치를 흠모하여 사당나무를 감히 베지
　　　　못하였고 그것을 노래로 불러 <甘棠>시를 지
　　　　었다."라고 하였다. <甘棠>은 ≪詩經≫의 시
　　　　이고 '甘棠之化'는 소공의 정치의 교화를 뜻한다.

●●● 번역

태자가 술자리를 벌여 놓고 형가를 청하였다. 술이 무르익었을 때 태자
가 일어나 축수하였다. 하부가 앞으로 나와 말하기를 "선비에게 마을의
칭송이 없으면 높은 행동을 함께 논할 수 없고 말에게 수레를 끌 기술
이 없으면 함께 좋은 말인지 알 수 없다고 들었습니다. 지금 형 군께서
먼 곳에서 오셨는데 장차 무엇으로써 태자님을 가르쳐 주시겠습니까?"
조금 그를 격동시키고자 하였다. 형가가 말하기를 "선비에게 세상에 뛰
어난 행실이 있는 자는 반드시 마을의 쓰임에 합치되어야 할 필요가 없
고 말이 천 리를 달리는 상이 있는 것이 하필 수레를 끄는 것에서 나오
겠습니까? 옛날에 태공망이 소를 잡고 낚시를 할 때는 천하의 천한 남
자였습니다만 그가 문왕을 만난 후 주나라의 태사가 되었습니다. 천리
마가 소금수레에 매어 있으면 노둔한 하급 말이지만 백락을 만나게 된
다면 천 리를 달리는 공이 있게 됩니다. 이와 같은데 마을에서 훌륭함
을 발하고 수레를 끌어서 재주를 나타내겠습니까?" 하부가 형가에게 묻

기를 무엇으로써 태자를 도울 것인가 하였다. 형가가 말하기를 “연나라
로 하여금 소공의 자취를 잇고 <감당>시의 교화를 따라 위로 삼대의
서너 왕과 나란히 하고 아래로 대여섯 춘추패왕과 같게 한다면 군자님
들은 어떻겠습니까?” 좌중이 모두 훌륭하다 하였고 술이 다 파하도록
그를 굽힐 수가 없었다. 태자가 심히 기뻐 형가를 얻었으니 영원히 진
나라에 대한 근심이 없어졌다고 여겼다.

● ● ● 원문9

後日, 與軻之東宮, 臨池而觀. 軻拾瓦投蛙. 太子令人奉
盤金, 軻用抵, 抵盡復進. 軻曰: “非爲太子愛金也, 但臂
痛耳.” 後復共乘千里馬. 軻曰: “聞千里馬肝美.” 太子卽
殺馬進肝. 曁樊將軍得罪於秦, 秦求之急, 乃來歸太子,
太子爲置酒於華陽之臺. 酒中, 太子出美人能琴者. 軻
曰: “好手琴者!” 太子卽進之. 軻曰: “但愛其手耳.” 太子
卽斷其手, 盛以玉盤奉之. 太子嘗與同案而食, 同床而寢.

● ● ● 한자풀이 및 주석

[東宮(동궁)] - 태자의 궁.
[拾瓦(습와)] - 기와를 줍다. 拾은 주을 습, 瓦는 기와 와.
[投蛙(투와)] - 개구리에게 던지다. 投는 던지다, 蛙는 개구리.
[抵(저)] - 던지다.
[臂(비)] - 팔.
[肝(간)] - 간.
[曁(기)] - 미치다. 이르다.
[樊(번)] - 울타리 번. 여기서는 성씨.

[華陽之臺(화양지대)] – 화양대. 화양은 옛 지명으로 華山(화산)의 남쪽
이며 지금의 陝西省(섬서성) 商縣(상현).

[寢(침)] – 잠잘 침.

며칠 후에 형가와 동궁엘 가서 연못가에서 살펴보았다. 형가가 기왓장
을 주워 개구리에게 던졌다. 태자가 사람을 시켜 금덩어리 쟁반을 받들
어 오게 하자 형가가 그것으로 던졌고 던지기를 다하자 다시 내왔다.
형가가 말하기를 "태자님을 위해 황금을 아낀 것이 아닙니다. 팔이 아
파서일 따름입니다." 후에 다시 함께 천리마를 탔다. 형가가 말하기를
"천리마의 간이 맛있다고 들었습니다." 태자는 즉시 말을 죽여 간을 올
렸다. 얼마 후 진나라 번 장군이 진나라에 득죄하자 진나라가 그를 급
히 수배하니 와서 태자에게 귀의하였다. 태자는 그를 위해 화양대에서
술자리를 벌였다. 술자리 중에 태자가 거문고를 잘 타는 미인을 내놓았
는데 형가가 말하기를 "거문고를 잘 타는구나." 하니 태자가 그녀를 올
렸다. 형가가 말하기를 "단지 그 손을 좋아할 뿐입니다." 태자가 즉시
그 손을 잘라서 옥쟁반에 담아 받들어 올렸다. 태자는 일찍이 형가와
상을 같이하여 밥을 먹고 침대를 같이하여 잠을 잤다.

● ● ● **원문10**

後日, 軻從容曰: "軻侍太子, 三年於斯矣. 而太子遇軻
甚厚: 黃金投蛙, 千里馬肝, 姬人好手, 盛以玉盤, 凡
庸人當之, 猶尚樂出尺寸之長, 當犬馬之用. 今軻常侍
君子之側, 聞烈士之節, 有重於泰山, 有輕於鴻毛者, 但
問用之所在耳, 太子幸教之!" 太子斂袂正色而言曰: "丹

嘗游秦, 秦遇丹不道, 丹恥與俱生. 今荊君不以丹不肖, 降辱小國, 今丹以社稷干長者, 不知所謂." 軻曰: "今天下强國, 莫强於秦. 今太子力不能威諸侯, 諸侯未肯爲太子用也. 太子率燕國之衆而當之, 猶使羊將狼, 使狼追虎耳." 太子曰: "丹之憂計久, 不知安出." 軻曰: "樊於期得罪於秦, 秦求之急. 又督亢之地, 秦所貪也. 今得樊於期首, 督亢地圖, 則事可成也." 太子曰: "若事可成, 擧燕國而獻之, 丹甘心焉. 樊將軍以窮歸我, 而丹賣之, 心不忍也." 軻黙然不應.

●●● 한자풀이 및 주석

[從容(종용)] – 자연스럽고 태연한 모양. 조용히 부드럽게 말하는 모양.

[姬(희)] – 아가씨. 여자의 미칭.

[凡庸人(범용인)] – 평범한 사람.

[尺寸之長(척촌지장)] – 尺寸은 한 자와 한 치로 얼마 안 되는 수량이나 거리. 작은 장점.

[重於泰山(중어태산)] – 태산보다 무겁다.

[輕於鴻毛(경어홍모)] – 기러기 털보다 가볍다.

[斂袂(렴메)] – 옷소매를 거두다. 斂은 거둘 렴, 袂는 옷소매.

[干長(간장)] – 干에는 참여하다, 간여하다의 뜻이 있다. 우두머리에 있다는 뜻.

[使羊將狼(사양장랑)] – 양으로 하여금 이리를 거느리게 하다.

[使狼追虎(사랑추호)] – 이리로 하여금 호랑이를 쫓게 하다.

[督亢(독항)] – 옛 지명. 전국시대 燕나라의 기름진 땅. 지금의 하북성 涿州(탁주)시 동남쪽에 督亢陂(독항피)가 있는데 그 일대가 독항 땅이었다.

[獻(헌)] - 바치다.
[默然(묵연)] - 침묵하는 모양. 默은 묵묵할 묵.

●●● 번역

며칠 지나서 형가가 종용히 말하기를 "제가 태자를 모신 지 지금까지 삼 년이 되었습니다. 태자께서는 저를 심히 두터이 대하셔서 황금을 개구리에게 던지게 했고, 천리마의 간, 미희의 어여쁜 손을 옥쟁반에 바치셨는데 평범한 사람이라도 그것을 당하면 미력이라도 기꺼이 바쳐 견마의 노고를 드러내려 할 것입니다. 지금 제가 항상 태자님을 곁에서 모셨는데 열사의 절개는 태산보다 무겁고 또 기러기 털보다 가벼운 것이라고 들었습니다. 어느 곳에 쓰임을 받느냐를 묻는 것이니 태자께서는 가르쳐 주십시오." 태자가 소매를 걷고 정색하며 말하기를 "제가 일찍이 진나라에 있을 때 진왕이 저를 무도하게 대하여 저는 그와 함께 사는 것이 치욕스럽습니다. 지금 형 군께서는 저를 불초하다 여기지 않고 작은 나라에 왕림하셨는데 저는 사직을 담당하는 자로서 뭐라 말씀 드려야 할지 모르겠습니다." 형가가 말하기를 "지금 천하의 강국은 진나라보다 강한 나라가 없습니다. 지금 태자님의 힘은 제후들을 위협할 수가 없고 제후들은 태자님을 위해 움직이려 하지 않습니다. 태자께서 연나라 국민을 이끌고 대항한다면 마치 양으로 이리를 거느리게 하는 것과 같고 이리로 하여금 호랑이를 쫓게 하는 것과 같을 따름입니다." 태자가 말하기를 "제가 오래도록 계책을 근심하였는데 어떻게 해야 할지 모르겠습니다." 형가가 말하기를 "번어기가 진나라에 득죄하여 진나라에서 그를 급히 찾고 있습니다. 또 독항의 땅은 진나라가 탐하는 바입니다. 이제 번어기의 머리와 독항의 지도를 얻을 수 있다면 일은 이룰 수가 있습니다." 태자가 말하기를 "만약 일이 이루어진다면 온 연나라를 받들어 바친다 해도 저는 마음에 달게 여기겠습니다. 그러나 번

장군은 궁하여 저에게 귀의하였는데 제가 그를 판다는 것은 마음으로
차마 할 수 없습니다." 형가가 묵묵히 대답하지 않았다.

●●● 원문11

居五月, 太子恐軻悔, 見軻曰: "今秦已破趙, 兵臨燕, 事
已迫急, 雖欲長侍足下, 計安施之? 今欲先遣武陽, 如
何?" 軻怒曰: "何太子所遣往而不還者, 竪子也! 軻所以
未行者, 待吾客耳."
於是軻潛見樊於期曰: "聞將軍得罪於秦, 父母妻子, 皆
見焚燒, 求將軍, 邑萬戶, 金千斤. 軻爲將軍痛之. 今有
一言, 除將軍之辱, 解燕國之恥, 將軍豈有意乎?" 於期
曰: "常念之, 日夜飮淚, 不知所出, 荊君幸敎, 願聞命矣." 軻
曰: "今願得將軍之首, 與燕督亢地圖, 進之秦王必喜, 喜
必見軻, 軻因左手把其袖, 右手揕其胸, 數以負燕之罪,
責以將軍之仇, 而燕國見陵雪, 將軍積忿之怒除矣." 於
期起, 扼腕執刀曰: "是於其日夜所欲, 而今聞命矣." 於
是自剄. 頭垂背後, 兩目不瞑. 太子聞之, 自駕馳往, 伏
於期尸而哭, 悲不自勝. 良久, 無奈何, 遂函盛於期首
與督亢地圖獻秦. 武陽爲副.

●●● 한자풀이 및 주석

[恐(공)] - 두려워할 공.
[悔(회)] - 후회할 회.

[迫急(박급)] – 급박하다. 迫은 닥칠 박. 急은 급할 급.

[遣(견)] – 보낼 견.

[豎子(수자)] – 더벅머리 아이. ‘애송이’라고 남을 얕잡아 이르는 말. 豎
　　　　　　는 더벅머리 수.

[潛見(잠견)] – 몰래 만나다. 潛은 몰래.

[焚燒(분소)] – 불사르다. 焚은 불사르다, 燒는 사를 소.

[除(제)] – 제거하다.

[把(파)] – 한 손으로 쥐다. 잡을 파.

[袖(수)] – 소매 수.

[揕(침)] – 찌를 침.

[胸(흉)] – 가슴 흉.

[數(수)] – 책하다, 죄목을 하나하나 들어 책망하다. 수죄할 수.

[負(부)] – 저버리다.

[仇(구)] – 원수 구.

[見陵(견릉)] – 깔봄을 당하다. 見은 피동태.

[雪(설)] – 씻을 설. ex) 雪辱(설욕) : 치욕을 씻다.

[積忿(적분)] – 마음에 오래 두고 쌓여 온 원한. 積은 쌓을 적, 忿은 성
　　　　　　낼 분.

[扼腕(액완)] – 성이 나거나 분해서 주먹을 불끈 쥠. 扼은 잡다, 움키다.
　　　　　　腕은 팔뚝.

[剄(경)] – 목 벨 경.

[瞑(명)] – 눈 감을 명.

[駕(가)] – 수레에 말을 매다.

[馳(치)] – 달릴 치.

[伏(복)] – 엎드릴 복.

[尸(시)] – 주검 시. 시체.

[函盛(함성)] – 담다. 函은 상자 함, 넣을 함. 盛은 담을 성.

[副(부)] – 버금 부. 곁따르다.

오 개월이 지나자 태자는 형가가 후회할까 두려워 형가를 만나 말하기를 "지금 진나라가 이미 조나라를 격파하고 군사가 연나라에 다가와 일이 이미 급박하니 비록 그대를 오래 모시고자 하나 계책을 어떻게 쓰시겠습니까? 이제 먼저 무양을 보내는 것이 어떻겠습니까?" 형가가 노하여 말하기를 "어찌 태자께서는 가서 돌아오지 못할 사람을 파견하시려 합니까? 애송이 같은 사람입니다. 제가 행동하지 않는 것은 저의 객을 기다리기 때문입니다."

이리하여 형가는 번어기를 만나 말하기를 "장군이 진나라에 득죄하여 부모와 처자가 다 불태워졌고 장군을 구하기를 만 호의 읍과 천 근의 황금으로 한다 들었습니다. 저는 장군을 위해 애통해합니다. 지금 한마디 말이 장군의 욕됨을 제거하고 연나라의 치욕을 씻게 할 수 있는데 장군의 의향은 어떠합니까?" 번어기가 말하기를 "항상 그것을 생각하며 밤낮으로 눈물을 삼키고 어찌할 바를 몰랐는데 형 군께서 가르침을 주신다면 원컨대 명령을 듣겠습니다." 형가가 말하기를 "지금 원컨대 장군의 머리를 얻어 연나라의 독항의 지도와 함께 진나라 왕에게 올리면 왕이 필히 기뻐하리니 기뻐서 저를 만날 것입니다. 제가 왼손으로 그 옷소매를 잡고 오른손으로 그 가슴을 찔러 연나라를 괴롭힌 죄를 따져 묻고 장군의 원수를 꾸짖는다면 연나라의 수치는 씻어지게 되고 장군의 쌓인 분노는 제거될 것입니다." 번어기가 일어나 주먹을 불끈 쥐고 칼을 집어 말하기를 "이는 제가 밤낮으로 바라던 것인데 이제야 명을 들었습니다."

이리하여 스스로 목을 잘랐다. 머리가 등 뒤로 떨어지고 두 눈은 감지 못하였다. 태자가 그것을 듣고 스스로 말을 달려 가서 번어기의 시체 앞에 엎드려 곡하며 슬픔을 이기지 못하였다. 오래 지나 어찌할 수가 없어 마침내 번어기의 머리와 독항의 지도를 담아 진나라에 바쳤다. 무양이 부사로 따라갔다.

●●● 원문12

荊軻入秦, 不擇日而發. 太子與知謀者, 皆素衣冠, 送
之易水之上. 荊軻起爲壽, 軻曰: "風蕭蕭兮易水寒, 壯
士一去兮不復還!" 高漸離擊筑, 宋意和之. 爲壯聲則發
怒沖冠, 爲哀聲則士皆流涕. 二人皆乘車, 終已不顧也.
二子行過, 夏扶當車前刎頸以送二子.
行過陽翟, 軻買肉, 爭輕重, 屠者辱之. 武陽欲擊, 軻
止之.

●●● 한자풀이 및 주석

[擇日(택일)] – 운수가 좋은 날을 가려 고름.
[蕭蕭(소소)] – 쓸쓸한 소리. 바람 소리.
[高漸離(고점리)] – 전국시대 연나라 사람. 筑(축)을 잘 연주했고 형가와
친했다. 형가가 진왕을 암살하지 못하고 죽은 후 고
점리는 축을 잘 연주한 덕으로 진왕의 총애를 받게
되었는데 축에 납을 넣어 두고 진왕에게 던져 형가
의 원수를 갚으려 하였다가 맞추지 못해 피살되었다.
[擊(격)] – 칠 격.
[筑(축)] – 악기 이름 축. 거문고 비슷한 대나무로 만든 악기.
[沖(충)] – 찌를 충.
[刎頸(문경)] – 목을 베다. 頸은 목 경.
[陽翟(양적)] – 지명. 전국시대 韓(한)나라의 도읍.

형가가 진나라에 들어가는데 택일하지 않고 떠났다. 태자와 모략을 아는 자들이 모두 소복 의관을 차려 입고 역수가에서 그를 전송했다. 형가가 일어나 축수했다. 형가가 말하기를 "바람은 쓸쓸하고 역수는 차가운데 장사는 한 번 가서는 돌아오지 않으리." 고점리가 축을 두드렸고 송의가 그에 화답했다. 장한 소리를 낼 때는 노함이 관을 치솟게 하고 슬픈 소리를 낼 때는 선비들이 모두 눈물을 흘렸다. 두 사람이 모두 수레에 타고는 마침내 뒤돌아보지 않고 떠났다. 두 사람이 길을 지날 때 하부가 수레 앞에서 스스로 목을 잘라 두 사람을 전송하였다. 길이 한나라 양적을 지날 때 형가가 고기를 샀는데 무게를 두고 다투니 도살자가 욕했다. 무양이 치려 하였으나 형가가 그것을 막았다.

● ● ● **원문13**

西入秦, 至咸陽, 因中庶子蒙白曰: "燕太子丹畏大王之威, 今奉樊於期首與督亢地圖, 願爲北藩臣妾." 秦王喜, 百官陪位, 陞戟數百, 見燕使者. 軻奉於期首, 武陽奉地圖. 鐘鼓幷發, 群臣皆呼萬歲. 武陽大恐, 兩足不能相過, 面如死灰色. 秦王怪之. 軻顧武陽前謝曰: "北藩蠻夷之鄙人, 未見天子, 願陛下少假借之, 使得畢事於前." 秦王謂軻曰: "取圖來進." 秦王發圖, 圖窮而匕首出. 軻左手把秦王袖, 右手揩其胸, 數之曰: "足下負燕日久, 貪暴海內, 不知饜足. 於期無罪而夷其族. 軻將海內報仇. 今燕王母病, 與軻促期. 從吾計則生, 不從則死!" 秦王曰: "今日之事, 從子計. 乞聽琴聲而死." 召姬人鼓琴.
琴聲曰: "羅縠單衣, 可掣而絶. 八尺屛風, 可超而越. 轆
轤之劍, 可負而拔." 軻不解音. 秦王從琴音負劒拔之, 於
是奮袖超屛而走. 軻拔匕首擲之, 決秦王耳, 入銅柱, 火
出燃, 秦王還, 斷軻兩手. 軻因倚柱而笑, 箕踞而罵曰: "吾
坐輕易, 爲豎子所欺, 燕國之不報, 我事之不立哉!"

●●● 한자풀이 및 주석

[咸陽(함양)] - 지명. 옛 秦(진)나라 땅. 지금의 陝西省(섬서성) 長安縣
　　　　　　　(장안현) 동쪽. 渭城(위성)의 옛 터가 있다.
[中庶子(중서자)] - 옛 관직 이름.
[蒙(몽)] - 蒙嘉(몽가). 진왕이 총애하던 신하.
[北藩(북번)] - 북쪽 경계. 藩은 경계 번, 변방을 지키는 王家(왕가)의 附
　　　　　　　庸國(부용국).
[陪位(배위)] - 자리를 모시다. 陪는 모실 배.
[陛戟(폐극)] - 창을 들고 御殿(어전)의 섬돌 아래에서 수비함, 또는 그 병사.
[蠻夷(만이)] - 남방 오랑캐와 동방 오랑캐. 고래로 漢族들은 자기나라를
　　　　　　　중심으로 하여 사방의 이민족을 東夷(동이), 西戎(서융),
　　　　　　　南蠻(남만), 北狄(북적)이라고 하였음.
[假借(가차)] - 용서함. 못 본 체함. 寬容(관용).
[畢事(필사)] - 일을 마치다. 畢은 다할 필.
[圖窮(도궁)] - 지도가 다 펴지다. 窮은 다하다, 끝나다.
[匕首(비수)] - 짧은 칼. 단도.
[饜足(염족)] - 물릴 정도로 실컷 먹고 마심.
[夷(이)] - 멸하다, 죽여 없애다.
[促期(촉기)] - 기일을 재촉하다. 促은 재촉할 촉.
[羅縠(라곡)] - 羅는 비단 라, 縠은 주름비단 곡, 명주 곡.

[掣(철)] – 당길 철.

[屏風(병풍)] – 병풍.

[超(초)] – 넘을 초, 초과할 초.

[越(월)] – 넘을 월.

[轆轤(녹로)] – 두레박 따위의 줄을 걸치는 도르래나 고리. 轆轤劍(녹로
　　　　　 검)은 칼자루를 옥으로 녹로 형태로 장식한 검.

[擲(척)] – 던질 척.

[倚柱(의주)] – 기둥에 기대다. 倚는 기댈 의, 柱는 기둥 주.

[箕踞(기거)] – 두 다리를 쭉 뻗고 앉음. 예의에 벗어난 앉음새.

[罵(매)] – 욕할 매.

[坐(좌)] – 기인하다, 말미암다.

[輕易(경이)] – 얕봄.

●●● 번역

서쪽으로 진나라에 들어서 함양에 이르러 중서자 몽을 통해 아뢰어 말
하기를 "연나라 태자 단이 왕의 위엄을 두려워하여 지금 번어기의 머리
와 독항의 지도를 받들고 원컨대 북방 제후국 신첩이 되기를 바라나이
다." 진왕이 기뻐하여 백관들을 도열하게 하고 수백 개의 창이 에워싼
상태로 연나라 사자를 만났다. 형가는 번어기의 머리를 받들고 무양은
지도를 받들었다. 종과 북이 아울러 울리고 여러 신하들이 모두 만세를
외쳤다. 무양은 크게 두려워 두 발이 걸음을 뗄 수가 없었고 얼굴이 죽
은 잿빛 같았다. 진왕이 그것을 이상히 여겼다. 형가가 무양을 돌아다
보고 나아가 사죄하여 말하기를 "북쪽 제후국 오랑캐의 비천한 사람이
천자를 뵙지 못하였습니다. 원컨대 폐하께서는 조금 관용을 베푸시어
앞에서 일을 마치게 해 주십시오." 진왕이 형가에게 말하기를 "지도를
올리거라." 진왕이 지도를 펴니 지도가 펼쳐지며 비수가 나왔다. 형가
가 왼손으로 진왕의 옷소매를 잡고 오른손으로 그 가슴을 찔러 그를 꾸

짖어 말하기를 "그대는 연나라를 오래 괴롭히고 천하에 탐욕과 포학함을 자행하고도 만족을 모른다. 어기가 죄가 없는데도 그 일족을 죽였다. 나는 장차 천하의 복수를 하겠다. 지금 연나라왕의 모친은 병이 나서 나에게 기일을 재촉하고 있다. 내 말을 들으면 살 것이고 듣지 않으면 죽을 것이다." 진왕이 말하기를 "오늘의 일은 그대의 말을 따르겠다. 구걸하건대 거문고 연주를 들으며 죽게 해 달라." 무희를 불러 거문고를 뜯게 했다. 거문고 노래 소리가 말하기를 "비단 홑옷을 잡아 끊을 수가 있다네. 팔 척 병풍을 뛰어넘을 수가 있다네. 녹로검을 등 뒤에서 뽑을 수가 있다네." 형가는 그 소리를 못 알아들었다. 진왕은 거문고 소리에 따라 등 뒤의 칼을 뽑아 들고 소매를 떨치고 병풍을 뛰어넘어 달아났다. 형가가 비수를 뽑아 그에게 던졌으나 진왕의 귀를 찢고 구리 기둥에 박히니 불이 타올랐고 진왕이 돌아와 형가의 두 손을 잘랐다. 형가는 기둥에 의지하여 웃으며 두 다리를 쭉 펴고 주저앉아 꾸짖어 말하기를 "내가 얕본 것 때문에 애송이에게 속아 연나라의 복수를 못 했고 내 일을 이루지 못했구나."

●●● 해제

이 작품은 戰國七雄(전국칠웅)의 하나로서 서쪽에 위치해 있으면서 당시 가장 강대했던 秦(진)나라 왕을 변방인 동북지역에 위치했던 燕(연)나라 태자 丹(단)이 荊軻(형가)라는 자객을 시켜 암살하려 했다가 실패한 이야기를 적은 것이다. 여기에서의 秦王(진왕)은 천하통일 이전의 강대한 진나라 왕으로 천하통일 후에는 秦始皇(진시황)이 된 인물이다. 주변에 항상 호위무사를 두고 가까이에 남이 접근할 수 없게 하였는데 여러 차례 자객들이 진왕을 죽이려 한 적이 있다. 영화 ≪英雄(영웅)≫도 진왕을 암살하려는 자객이야기의 하나이나 이 형가의 이야기는 아니다.

전국시대에 진나라는 서쪽에 위치해 있으면서 전국칠웅이라 불렸던 나머지 여섯 나라와 세력을 다투고 있었다. 서쪽 진나라를 제외한 여섯 나라는 齊(제), 楚(초), 趙(조), 衛(위), 韓(한), 燕(연)으로 연나라는 지금의 중국의 동북지역에 해당하는 변방국이다. 이 연나라의 태자 단이 진나라에 인질로 잡혀 굴욕을 당했던 것을 치욕으로 여기고 복수를 위해 절치부심하며 계략을 세우다 결국 용맹한 자객 형가에게 대사를 부탁하게 된다. 형가에게 진왕을 죽이는 일을 맡기기까지 여러 단계를 거치고 많은 희생이 따르는데 시일이 흘러 진나라가 조나라를 격파하고 연나라까지 핍박해 오자 태자 단은 형가에게 계책을 재촉한다. 형가는 진나라에서 죄를 짓고 도망 온 번어기라는 장군의 머리와 진나라가 탐내는 연나라 독항 땅의 지도를 내준다면 진왕은 기뻐서 형가를 만나려 할 것이고 이때 암살을 시도하겠다고 한다. 이리하여 번어기의 머리와 독항 땅 지도를 상자에 담아 길을 떠나는데 연나라 사람들이 역수가에까지 전송을 한다. 전송할 때에는 술자리가 있게 마련인데 이때 형가가 읊은 <역수가>는 중국 시에 있어 비장한 노래로 손꼽힌다.

이렇게 많은 사람의 희생을 치르고 진왕 앞에 이르러 원래 계획했던 대로 진왕의 가까이로 가게 되는 틈을 타 진왕이 지도를 펴는 순간 지도 속에 감추었던 비수를 뽑아 들고 왼손으로 진왕의 옷소매를 부여잡고 오른손으로 가슴을 압박하며 진왕의 죄를 꾸짖는데 일이 다 이루어지려는 순간 진왕이 기지를 발휘해 죽기 전에 거문고 연주를 듣게 해 달라고 하고 연주 소리에 담긴 신호대로 형가가 잡은 옷소매를 등 뒤의 칼을 뽑아 잘라내고 병풍을 넘어 도망친다. 이리하여 그렇게 많은 단계를 거치고 희생을 치른 치밀한 계책은 수포로 돌아간다.

지금의 중국의 소수민족 음악을 들으면 가사를 알아듣기 힘든데 당시 서로 문자가 달랐던 전국칠웅은 의당 말도 달랐을 것이다. 현대 중국어도 표준 중국어를 쓰지 못하면 방언이 너무 발달해 알아들을 수가 없다. 형가의 대사를 그르친 것은 바로 이 방언 때문이다. 이 소설의 묘사에 따르면 어떻게 격노해도 얼굴색이 변하지 않는다는 담대한 자객 형가였지만 너무 담대해서 진왕의 소원을 들어주었는지 어이없게 일을 그르친 것이다.

≪史記 · 刺客列傳(사기 · 자객열전)≫에는 형가의 인물형상이 여기에서와 달리 남이 무섭게 노려보거나 큰 소리로 꾸짖으면 겁에 질려 도망치는 소심한 인물로 나오는데 그러나 매사에 침착하고 생각이 치밀한 면은 있다고 기록했다. 진왕을 암살하는 장면도 여기에서는 거문고 노랫소리에 따라 진왕이 도망친 것으로 설정되어 있으나 ≪사기열전≫에서는 진왕의 신하가 손에 들고 있던 약주머니를 형가에게 던져 왕을 구하는 것으로 되어 있다. 대체적인 스토리는 ≪사기열전≫과 비슷하므로 실제의 일을 소재로 삼았으면서도 소설적으로 재구성한 것으로 보인다.

漢魏六朝志怪小說

- 한대로부터 육조(266 - 589) 시기에
쓰여진 괴이한 내용을 적은 소설들

4. 蔣濟亡兒

曹丕

曹丕

●●● 작자 소개

曹丕(조비)는 삼국시대 魏(위)나라 文帝 曹操(조조)의 長子이다. 이름이 조이고 字가 子桓(자환)이다. 조조가 죽은 뒤 승상직을 이어받아 위나라 왕에 봉해졌다. 建安 말년 獻帝(헌제)를 폐위시키고 漢나라를 찬탈하여 洛陽(낙양)에 도읍하고 국호를 魏라고 하였다. 문학을 좋아하였고 박식하여 저술에 힘썼다. 유명한 《典論》과 시부 100여 편이 있다. 이 소설은 《列異傳(열이전)》에 실려 있다. 《隋書·권33·經籍志》에 雜傳의 하나로 《列異傳》 3권이 기록되어 있고 魏 文帝 撰이라고 되어 있으니 이 소설의 원래 작자는 曹丕이다. 그러나 《舊唐書·經籍志》와 《新唐書·藝文志》에는 晉대 張華(장화)가 撰하였다고 되어 있다. 따라서 魯迅(노신)의 《中國小說史略》에서는 이 소설이 "文帝 후에 후인이 좀 덧보태거나 撰者가 假托하였는지 알 수 없다."고 하였다. 실제로 소설에 등장하는 蔣濟(장제)는 실존인물이고 위나라 明帝 때 사람이니 먼저 조비가 쓴 것을 후인이 덧보태어 개작한 듯하다.

●●● 원문

蔣濟爲領軍, 其妻夢見亡兒涕泣曰: "死生異路! 我生

時爲卿相子孫, 今在地下爲泰山伍伯, 憔悴困辱, 不可
復言. 今太廟西謳士孫阿, 今見召爲泰山令, 願母爲白
侯, 屬阿, 令轉我得樂處."

言訖, 母忽然驚寤. 明日白濟. 濟曰: "夢爲爾耳, 不足
怪也." 明日暮, 復夢曰: "我來迎新君, 止在廟下, 未發之
頃, 暫得來歸. 新君明日日中當發, 臨發多事, 不復得
歸. 永辭於此! 侯氣强難感悟, 故自訴於母. 願重啓侯,
何惜不一試驗也." 遂道阿之形狀, 言甚備悉.

天明, 母重啓侯曰: "昨又夢如此: 雖云夢不足怪, 此何
太適適, 亦何惜不一驗之?" 濟乃遣人詣太廟下推問孫阿,
果得之, 形狀證驗, 悉如兒言. 濟涕泣曰: "幾負吾兒!"

於是乃見孫阿, 具於其事. 阿不懼當死, 而喜得爲泰山令,
惟恐濟言不信也. 曰: "若如節下言, 阿之願也. 不知賢子
欲得何職?" 濟曰: "隨地下樂者與之." 阿曰: "輒當奉敎!"
乃厚賞之. 言訖, 遣還.

濟欲速知其驗, 從領軍門至廟下, 十步安一人, 以傳阿
消息. 辰時傳阿心痛, 巳時傳阿劇, 日中傳阿亡. 濟泣
曰: "雖哀吾兒之不幸, 且喜亡者有知."

後月餘, 兒復來語母曰: "已得轉爲錄事矣.!"

●●● 한자풀이 및 주석

[蔣濟(장제)] - 삼국시대 魏(위)나라 사람이다. 字(자)는 子通(자통)이고
　　　　　위나라 明帝(명제) 때 中護軍(중호군)이 되었는데 諫言

(간언)으로 이름이 알려졌다. ≪삼국지≫ 14에 보인다.

[領軍(영군)] – 東漢(동한) 말 曹操(조조)가 승상을 할 때 만든 직위로 승상부의 속관이고 후에 中領軍(중령군)으로 이름을 바꾸었다가 魏晉(위진)시대에 領軍將軍(영군장군)으로 개칭했고 禁軍(금군)을 통솔하였다.

[亡兒(망아)] – 죽은 아들. 亡은 잃을 망.

[卿相(경상)] – 執政(집정)하는 大臣(대신).

[伍伯(오백)] – 役卒(역졸). 伍長(오장)과 같음. 한 대오의 장. 다섯 사람을 伍(오)라 하고 그 수장을 伍長(오장) 또는 伍伯(오백)이라 함.

[憔悴(초췌)] – 초췌하다.

[困辱(곤욕)] – 곤욕스럽다.

[太廟(태묘)] – 제왕의 祖廟(조묘). 여기서는 태산에 위치한 태묘.

[謳士(구사)] – 찬가를 부르는 사람.

[白(백)] – 여쭈다, 사뢰다.

[侯(후)] – 제후 후, 여기서는 부친을 뜻함.

[屬(촉)] – 부탁하다. ex) 屬託(촉탁): 부탁하거나 의뢰함.

[訖(글)] – 마칠 글.

[驚寤(경오)] – 놀라 깨어나다. 寤는 깰 오.

[頃(경)] – 잠깐 경.

[永辭(영사)] – 영원히 하직하다.

[難感悟(난감오)] – 깨닫게 하기에 어렵다. 悟는 깨달을 오.

[訴(소)] – 호소하다.

[重啓(중계)] – 다시 알려 주다. 重은 거듭 중, 啓는 알려 주어 깨닫게 하다.

[道(도)] – 말하다.

[形狀(형상)] – 형상.

[備悉(비실)] – 충분히 갖춤.

[適適(적적)] – 알맞음. 딱 들어맞는다는 뜻.

[驗(험)] – 시험하다.

[詣(예)] – 나아갈 예. 가다.

[推問(추문)] - 미루어 물어봄.

[果(과)] - 과연.

[證驗(증험)] - 증험하다.

[幾(기)] - 거의 기. 하마터면.

[懼(구)] - 두려워할 구.

[節下(절하)] - 장수에 대한 경칭. 麾下(휘하)와 같음.

[隨(수)] - 따를 수.

[輒(첩)] - 오로지.

[奉敎(봉교)] - 敎旨(교지)를 받듦.

[安(안)] - 자리 잡을 안. 배치하다의 뜻.

[辰時(신시)] - 오전 7시에서 9시. 12시의 다섯째 시.

[巳時(사시)] - 오전 9시에서 11시. 12시의 여섯째 시.

[劇(극)] - 심할 극. 심하게 아프다.

[錄事(녹사)] - 한나라 때 州郡(주군)의 主簿(주부)에 상당하는 직위로
　　　　　　　錄事參軍(녹사참군)이라고도 하며 여러 관서의 문서를
　　　　　　　기록하는 것을 관장하고 선악을 따지는 직위이다.

●●● 번역

장제가 영군직을 하는데 그 부인의 꿈속에 죽은 아들이 눈물을 흘리며
말하기를 "생과 사는 길이 다릅니다! 제가 생시에는 고관의 자손이었지
만 이제 지하에서는 태산령의 병졸이 되어 초췌하게 곤욕스럽게 지내
는 것을 이루 말로 할 수가 없습니다. 지금 태묘의 서쪽에 노래 부르는
손아는 이제 불리워서 태산령이 될 것입니다. 원컨대 모친께서는 부친
께 알려 손아에게 부탁하여 저를 즐거운 자리로 옮겨 가게 해 주십시
오." 말을 마치자 어미는 홀연 놀라 깨어났다. 이튿날 장제에게 말하니
장제가 말하기를 "꿈이 그러할 따름이니 괴이하게 여기기엔 부족합니
다." 이튿날 저녁에 다시 꿈에 나타나 말하기를 "제가 새로운 상관을
맞이하러 와서 묘 아래에 머물러 있는데 아직 출발하기 전에 잠시 돌아

왔습니다. 새로운 상관은 내일 낮 중에 출발하게 될 것이고 출발하면
일이 많아 다시 돌아올 수가 없으니 여기에서 영원히 하직하고자 합니
다. 아버지는 기질이 강하여 감동시키기 어려우므로 고로 모친께 하소
연하는 것입니다. 원컨대 다시 아버지에게 일러 한 번 시험해 보도록
하시면 어떨까요?” 마침내 손아의 형상을 말해 주었는데 말이 몹시 자
세하였다.

날이 밝자 모친이 다시 장제에게 일러 말하기를 “어제 또 이렇게 꿈을
꾸었습니다. 비록 꿈이라 이상할 것 없다시지만 이는 어찌나 자세합니
까? 한번 증험해 보시지 않으시겠습니까?” 장제가 이에 사람을 보내 태
묘 아래로 가서 손아라는 사람을 물어 찾도록 하였다. 과연 그를 찾았
는데 형상이 증험하기를 아들이 말한 바와 같았다. 장제가 눈물을 흘리
며 말하기를 “내가 하마터면 아들을 저버릴 뻔했구나!” 이에 손아를 만
나 그 일을 갖추어 말하니 손아는 죽는 것은 두려워하지 않고 태산령이
된다는 것을 기뻐하였다. 오직 장제의 말이 믿을 수 없을까만 걱정하였
다. 말하기를 “만약 그대의 말과 같이 된다면 저는 소원이 없겠습니다.
귀하의 아들이 무슨 직위를 얻고자 하는지 모르겠군요.” 장제가 말하기
를 “지하세계의 즐거운 직책에 맞추어 그에게 직위를 주면 됩니다.” 손
아가 말하기를 “오로지 명을 받들겠습니다.” 이에 그에게 후한 상을 주
고 말을 마치자 돌아가게 했다.

장제는 그 효과를 속히 알고자 하여 영군 문으로부터 묘 아래에까지 열
걸음마다 한 사람을 배치하여 손아의 소식을 전하게 하였다. 신시에 손
아의 심장이 아프다는 전갈이 왔고 사시에 손아가 심히 아프다는 전언
이 왔고 낮에 손아가 죽었다는 전언이 왔다. 장제가 울며 말하기를 “비
록 내 아들의 불행을 슬퍼하지만 또한 죽은 자에게 지각이 있기를 바란
다.” 후에 몇 달 뒤에 아들이 다시 꿈에 와서 모친에게 말하기를 “녹사
자리로 이미 옮겨 갔습니다.”라 하였다.

　　이 작품은 고관 장제의 아들이 저승에서 고생스럽게 살다가 모친의 꿈에 호소하여 곧 저승으로 올 손아라는 사람에게 오면 더 나은 자리로 옮겨가게 해 달라고 부친에게 부탁하게 하고 결국 부친의 부탁으로 손아가 저승에 가서 아들을 좋은 자리로 옮겨 주고 아들이 또 모친의 꿈에 나타나 고맙다고 인사했다는 괴이한 이야기를 적은 것이다. 현대에도 죽은 시아버지가 며느리의 꿈에 나타나 도로를 내느라고 자기의 무덤이 훼손되게 되는 것을 막아 달라고 호소한 사실이 TV에서 방영된 적이 있는데 꿈이 저승과 이승을 연결하기도 하는 괴이한 현상은 비단 고대에만 있는 일은 아닌 듯하다.

　　이 소설에는 현실세계와 지하세계라는 이승과 저승, 즉 양계와 음계라는 이분법적 사고가 뚜렷이 나타나고 있다. 陰陽(음양)이라는 관념을 司馬遷(사마천)은 전설시대 때 黃帝(황제)가 창제했다고 보았는데 그 밖에도 ≪周易(주역)≫에서 기원했다, 남녀의 성기에서 기원했다, 자연에서 형상을 취하였다는 등 여러 설이 있다. 학계에서는 지형방위를 표현하는 것에서 점차 자연계의 상호 작용 현상을 해석하는 것으로 발전하였고 결국엔 추상적이고 철학적인 음과 양의 관념이 되었다고 본다. 이렇게 전통이 오랜 음양설은 戰國(전국)시대에 陰陽五行說(음양오행설)을 제창하는 학파로서 陰陽家(음양가)가 있었다. 추연을 대표로 하는 음양가는 인류사회의 발전이 水, 火, 木, 金, 土의 다섯 세력의 지배를 받는다는 '五德終始(오덕종시)', '五德轉移(오덕전이)'설을 제창했는데 이러한 음양오행설은 漢(한) 武帝(무제)때 유학자인 동중서에 의해 체계화되어 중국인의 사상에 지대한 영향을 끼쳤다. 음양만을 놓고 볼 때 음과 양은 천지간의 두 기본 요소 및 역량으로 피차 대립하거나 상호 작용을 하는데 암수나 자웅, 강약, 강유, 취하고 줌, 폐하고 흥함, 생과 사 등 다양한 개념으로 이해할 수 있다. 이런 음양의 관점에서 볼 때 현실세계에 사는 것은 陽界(양계)에 사는 것이고 죽은 사후세계는 陰界(음계)에 해당된다. 중국인은 현실세계를 양계로서 중시하는 관념이 강한데 그것은 유가사상에서 현실세계의 질서를 중요시 여기는 것을 보아도 알 수 있다. 이 소설을 통해서 중국인은 양계인 현실을 중요시한 나머지 음계까지도 현실세계의 모방 또는 연장이라고 생각하고 있음을 알 수 있다.

　중국인 張力偉(장력위)·馮瑞生(풍서생)이 評釋(평석)한 ≪小說別裁(소설별재)≫에서는 이 소설을 두고 고관의 권세가 얼마나 심하면 음계의 일까지도 장악하여 간섭하는가라고 개탄하였는데 신분의 유동성이 허용되지 않는 고대 전제군주체제에 대해 일변 그런 해석을 해 볼 수도 있지만 여기에서의 초점은 동서고금을 통해 일관된 한 가족의 가족애라고 할 수 있다. 양계와 음계가 꿈으로 연결되는 신비로움, 그것을 관통하는 깊은 가족애가 소설에서 말하려는 바라고 보아야 할 것이다.

5. 宗定伯

曹丕

이 소설 역시 앞의 <蔣濟亡兒>의 작자인 조비의 작으로 ≪列異傳
(열이전)≫에 실려 있다. ≪열이전≫ 외에 干寶(간보)의 ≪搜神記(수신
기)≫에도 실려 있어 당시에 많이 유행하던 이야기였던 듯하다.

南陽宗定伯, 年少時, 夜行, 逢鬼. 問曰: "誰?" 鬼曰:
"鬼也." 鬼曰: "卿復誰?" 定伯欺之, 言: "我亦鬼也."
鬼問: "欲至何所?" 答曰: "欲至宛市." 鬼言: "我亦欲
至宛市." 共行數里. 鬼言: "步行太亟, 可共迭相擔也."
定伯曰: "大善!" 鬼便先擔定伯數里. 鬼言: "卿太重,
將非鬼也?" 定伯言: "我新死, 故重耳." 定伯因復擔
鬼, 鬼略無重. 如是再三.
定伯復言: "我新死, 不知鬼悉何所畏忌?" 鬼曰: "唯

不喜人唾." 於是共道遇水, 定伯因命鬼先渡, 聽之了無聲. 定伯自渡, 漕漼作聲. 鬼復言: "何以作聲?" 定伯曰: "新死不習渡水耳, 勿怪!" 行欲至宛市, 定伯便擔鬼至頭上, 急持之. 鬼大呼, 聲咋咋, 索下. 不復聽之, 徑至宛市中, 著地化爲一羊, 便賣之. 恐其便化, 乃唾之. 得錢千五百, 乃去. 於時言: "定伯賣鬼, 得錢千五百."

●●● 한자풀이 및 주석

[南陽(남양)] – 지명. 秦(진)나라가 설치한 郡(군)으로 河南省(하남성) 옛 南陽府(남양부)와 湖北省(호북성) 옛 襄陽府(양양부)를 포함한다.

[逢(봉)] – 만날 봉.

[卿(경)] – 작위가 대등한 사람을 일컫는 말.

[欺(기)] – 속일 기. ex) 欺瞞(기만).

[宛市(완시)] – 宛(완) 시장. 宛은 지명으로 옛날 楚(초)나라 땅인데 지금의 하남성 남양에 있었다.

[亟(극)] – 빠를 극.

[迭(질)] – 번갈아, 교대로.

[擔(담)] – 멜 담.

[悉(실)] – 모두 실.

[畏忌(외기)] – 두려워하고 꺼리다. 두려워할 외, 꺼릴 기.

[唯(유)] – 오직. 다만.

[唾(타)] – 침 타. ex) 唾液(타액): 침.

[渡(도)] – 건널 도.

[了(료)] – 깨닫다.

[漕漼(조최)] – 배로 실어 나를 조, 깊을 최.

[便(편)] - 곧.
[持(지)] - 붙들다. 가질 지.
[咋咋(색색)] - 깨물 색, 색색은 큰소리.
[索下(색하)] - 내려오길 구하다.
[徑(경)] - 곧바로.
[著地(착지)] - 땅에 놓다.
[賣(매)] - 팔다.
[錢(전)] - 돈 전.

●●● 번역

남양인 종정백이 나이가 젊을 때 밤에 길을 가는데 귀신을 만났다. 묻기를 "누구냐?" 하니 귀신이 말하기를 "귀신이다." 귀신이 말하기를 "그대는 또 누구인가?" 종정백이 그를 속여 말하기를 "나 또한 귀신이다." 귀신이 물었다. "어디에 가려는가?" 답하여 말하기를 "완시에 가려한다." 귀신이 말했다. "나도 역시 완시에 가려고 한다." 함께 몇 리를 갔다. 귀신이 말했다. "걸음이 너무 빠르니 교대로 업고 갈 수 없는가?" 종정백이 말하기를 "아주 좋은 생각이다." 귀신이 곧 종정백을 업고 몇 리를 가는데 귀신이 말했다. "그대는 너무 무거우니 귀신이 아닌 것 아닌가?" 종정백이 말했다. "나는 막 죽어서 그래서 무거운 것이오." 종정백이 다시 귀신을 업어 보니 귀신은 거의 무게가 없었다. 이렇게 재삼 반복했다.

종정백이 다시 말했다. "나는 막 죽어서 귀신이 모두 무엇을 두려워하고 꺼리는지 모른다." 귀신이 말하기를 "오직 사람의 침을 싫어한다." 이리하여 함께 길을 가다 강물을 만나게 되었는데 종정백이 귀신더러 먼저 건너라 하고는 들어 보니 아무 소리가 없었다. 종정백이 스스로 건널 때엔 배로 실어 나르듯 소리가 났다. 귀신이 다시 말했다. "어째서 소리를 내는가?" 종정백이 말하기를 "막 죽어서 물을 건너는 걸 익히지 못해서일 뿐이니 이상히 여기지 마라.” 길이 완시에 이르려 하자 정백은 곧 귀신을 머리 위로 업어 매어 급히 그것을 붙들었다. 귀신은 크게 소리 지르며 깨무는 소리를 내며 내려가려고 애썼으나 그것을 들 어주지 않았다. 곧바로 완시에 이르러 땅에 놓으니 한 마리 양으로 바 뀌었기에 곧 그것을 팔았다. 그것이 곧 뭔가로 바뀔까 봐 그것에 침을 뱉었다. 천오백 냥을 받고 떠났다. 이때에 말하기를 “종정백이 귀신을 팔아서 천오백 냥을 얻었다.”라 한다.

●●● 해제

이 소설은 어렸을 적 즐겨 듣고 또는 남에게 들려주던 귀신 이야기 와 흡사하다. 우리의 귀신 이야기에도 깊은 산속에서 눈이 하나인 귀신 을 만났을 때 귀신이 “넌 누구냐?”라고 하면 “난 두 눈 달린 귀신이 다.” 이렇게 대응하는 귀신 이야기가 있는데 여기서도 주인공 종정백은 젊은이지만 귀신을 만나서도 놀라지 않고 귀신을 속이고 동행하며 귀 신의 약점을 알아 두어 그것을 활용하여서 양으로 바뀐 귀신에게 침을 뱉어 변하지 못하게 하고 그것을 팔아 돈까지 벌었다는 이야기이다.

이런 이야기는 당시에 유행하던 귀신 이야기로서 앞의 ＜蔣濟亡兒 (장제망아)＞에서 양계가 음계에 힘을 발휘하는 것처럼 중국인은 현실 세계를 양계로서 중시하였으므로 귀신을 제압하기 수월한 존재로 생각 했음을 알 수 있다. (≪소설별재≫(전출)참조.)

6. 韓憑夫婦

干寶

●●● 작자 소개

干寶(간보)는 晉(진)나라 新蔡(신채) 사람으로 자가 令升(영승)이다. 박학다재하여 조정에 불려 著作郎(저작랑)이 되었다. ≪晉紀(진기)≫를 지었는데 곧게 쓰면서도 완곡하게 하여 모두들 좋은 史書(사서)라고 하였다. 또 陰陽(음양)의 術數(술수)를 좋아하였다. 세상에 전하는 ≪搜神記(수신기)≫[1]는 간보가 지었다고 되어 있다. 이 소설은 ≪수신기≫ 권 11에 실려 있다. ≪晉書(진서)≫ 82에 그에 관한 글이 있다.

●●● 원문

宋康王舍人韓憑, 娶妻何氏, 美. 康王奪之. 憑怨, 王囚之, 淪爲城旦. 妻密遺憑書, 繆其辭曰: "其雨淫淫, 河大水深, 日出當心." 旣而王得其書, 以示左右, 左右

---

1) ≪搜神記≫는 20권으로 된 책으로 옛 판본에 간보의 찬이라고 되어 있다. 역사에 칭하기로는 간보가 부친의 노비가 되살아난 일에 느낀 바 있어 고금의 신령스럽고 기이한 일들을 수집하여 이 책을 만들었다고 한다. 별도로 ≪搜神後記≫라는 책도 전한다. ≪四庫全書總目提要≫의 子部, 小說家類에 있다.

莫解其意. 臣蘇賀對曰: "其雨淫淫, 言愁且思也; 河大
水深, 不得往來也; 日出當心, 心有死志也." 俄而憑乃
自殺.

其妻乃陰腐其衣. 王與之登臺, 妻遂自投臺: 左右攬之,
衣不中手而死. 遺書於帶曰: "王利其生, 妾利其死, 願
以尸骨賜憑合葬!"

王怒, 弗聽, 使里人埋之, 塚相望也. 王曰: "爾夫婦相
愛不已, 若能使塚合, 則吾弗阻也." 宿昔之間, 便有大
梓木生於二塚之端, 旬日而大盈抱. 屈體相就, 根交於
下, 枝錯於上. 又有鴛鴦雌雄各一, 恒棲樹上, 晨夕不
去, 交頸悲鳴, 音聲感人. 宋人哀之, 遂號其木曰: "相
思樹"; "相思"之名, 起於此也. 南人謂此禽卽韓憑夫
婦之精魂.

今睢陽有韓憑城. 其歌謠至今猶存.

●●● 한자풀이 및 주석

[康王(강왕)] - 전국시대 宋(송) 高宗(고종)의 封號(봉호).
[舍人(사인)] - 관직 이름. 본래 궁중 내인의 뜻이었으나 후에는 친근한
　　　　　　좌우관리를 뜻했다.
[韓憑(한빙)] - 전국시대 송나라 대부. 韓朋(한붕)이라고도 한다.
[娶(취)] - 장가들 취.
[奪(탈)] - 빼앗을 탈.
[囚(수)] - 가둘 수.
[淪(륜)] - 망하다, 몰락하다.
[城旦(성단)] - 진한대의 형벌 이름. 매일 일찍 일어나 성을 쌓는 일에 4

년 동안 복역시키던 형벌.

[密(밀)] - 몰래.

[繆(류)] - 어그러지다. 속이다. 다르다. 변하다.

[淫淫(음음)] - 흐르는 모양. 늘어나는 모양.

[旣而(기이)] - 얼마 지나서.

[俄而(아이)] - 조금 있다가. 俄는 잠시 아.

[陰腐(음부)] - 몰래 썩히다. 陰은 몰래. 腐는 썩을 부.

[攬(람)] - 잡을 람.

[中手(중수)] - 손에 잡히지 않다. 中은 들어맞다. 닿다.

[帶(대)] - 허리띠 대.

[尸骨(시골)] - 주검과 해골.

[賜(사)] - 하사할 사.

[合葬(합장)] - 합장.

[弗(불)] - 不과 같음. 주로 동사를 부정한다.

[埋(매)] - 매장하다.

[塚(총)] - 무덤 총.

[爾(이)] - 너희. 이인칭.

[阻(조)] - 말리다.

[宿昔(숙석)] - 宿夕과 같음. 하룻밤. 잠깐 사이.

[梓木(재목)] - 가래나무. 梓는 가래나무 재.

[端(단)] - 끝 단.

[旬(순)] - 열흘 순.

[鴛鴦(원앙)] - 원앙새.

[恒(항)] - 항상 항.

[棲(서)] - 깃들 서.

[晨夕(신석)] - 아침저녁으로.

[禽(금)] - 날짐승 금.

[睢陽(수양)] - 縣(현) 이름. 秦(진)나라가 설치한 곳으로 河南省(하남성)
　　　　　商丘縣(상구현) 남쪽이었다. 南朝(남조) 宋(송)나라 때에
　　　　　는 지금의 安徽省(안휘성) 壽縣(수현)이었다.

[歌謠(가요)] - 가요.

송나라 강왕의 사인 한빙이 하씨를 아내로 맞이하였는데 아름다웠다. 강왕이 그녀를 빼앗았다. 한빙이 원망하자 왕이 그를 가두고 성을 쌓는 일을 시켰다. 아내가 몰래 한빙에게 편지를 보내었는데 그 글귀를 변형시켜 말하기를 "비가 음울히 내리고 강물은 크게 불었는데 해가 나와 중앙에 있네." 얼마 지나 왕이 그 편지를 얻고는 좌우 신하들에게 보이니 아무도 그 뜻을 이해하는 자가 없었다. 신하 소하가 대답하여 말하기를 "비가 음울히 내린다는 것은 근심하고 또 그리워한다는 것이고 강물이 크게 불었다는 것은 왕래할 수 없다는 것이고 해가 떠서 중앙에 있다는 것은 마음에 죽을 뜻이 있다는 것입니다." 얼마 지나 한빙은 곧 자살하였다.

그 부인이 몰래 자기의 옷을 썩혔다. 왕이 그녀와 누대에 올랐을 때 부인이 마침내 스스로 누대에서 떨어졌다. 좌우에서 그녀를 잡았으나 옷이 손에 잡히지 않아 죽었다. 허리띠에 유서를 남겨 말하기를 "왕은 제가 살기를 바라나 첩은 죽음을 바라나이다. 원컨대 시체라도 한빙과 합장케 하여 주소서!"

왕은 노하여 듣지 않고 마을 사람을 시켜 매장하게 하였는데 무덤이 서로 바라다보게 하였다. 왕이 말하기를 "너희 부부가 서로 아낌없이 사랑하는데 만약 무덤이 합치게 한다면 내가 막지 않겠다." 밤사이에 곧 큰 가래나무가 두 무덤 끝에 생겨나 열흘 만에 크게 한 아름만큼 자랐다. 서로 뒤엉켜 뿌리는 아래에서 얽히고 가지는 위에서 얽혔다. 또 원앙새 암수 각각 한 마리가 항시 그 나무 위에서 살며 아침저녁으로 떠나지 않고 목을 늘여 슬피 울었는데 소리가 사람을 감동시켰다. 송나라 사람이 그것을 슬퍼하여 드디어 그 나무를 이름 하여 '상사나무'라 하였는데 '상사'라는 말은 여기에서 생긴 것이다. 남쪽 사람들은 이 새가 곧 한빙 부부의 정령이 깃든 새라고 한다.[2]

지금 수양에는 한빙 성이 있다. 그 가요가 지금까지도 전한다.

●●● 해제

이 소설은 고금의 신령스럽고 기이한 일과 인물의 이야기를 모아 놓은 ≪搜神記(수신기)≫의 한 편으로 시대배경은 戰國(전국)시대이다. 강왕이 신하인 한빙의 아름다운 부인을 빼앗고 한빙을 멀리 성 쌓는 일을 하러 보내 버렸지만 그들 부부의 사랑이 굳건하여서 결국은 둘 다 자살하여 죽은 뒤 그들의 두 무덤에서 상사나무가 자라 서로 얽혔고 거기에 그들의 정령이 깃든 원앙새 암수 두 마리가 날아다녔다는 애절한 부부애를 적은 이야기이다.

부인이 죽음을 결심하고 자살을 암시하는 편지를 한빙에게 보낼 때 시로써 말하고자 하는 바를 함축적으로 전달하였는데 이는 중국의 전통이다. 공자가 "시(= ≪詩經(시경)≫)를 공부하고도 외교사절로 가서 제대로 응대하지 못한다면 무슨 소용이 있겠느냐?"고 하였는데 옛날엔 중요한 대화를 산문적인 직설법으로 하지 않고 시구로 함축적으로 뜻을 전달하는 풍조가 있었음을 알 수 있다.

부인은 주위의 감시로 자살에 성공하지 못할까 봐 옷을 썩혀 누대에 올랐을 때를 틈타 떨어져 죽은 것은 치밀하게 작전을 짠 것으로 견고한 죽음에의 의지를 보여 준다. 이러한 견고한 부부애는 결국 죽은 뒤에 상사나무와 원앙새로 화하였다.

이와 비슷한 내용을 서사시로 써서 더 먼저 나온 작품으로 東漢末(동한말)의 <孔雀東南飛(공작동남비)>가 있다. 그 내용은 젊은 초중경 부부가 다정한 사이였는데 시어머니의 미움을 받아 초중경의 처가 쫓겨난다. 처는 쫓겨나면서도 다른 사람과 결혼하지 않을 것을 맹세하나 친정 부모형제들은 재혼을 강요한다. 어쩔 수 없이 재혼하게 되자 처는

---

2) ≪列異傳≫에는 일설로는 나비로 화했다고 기록되어 있다.

자살을 선택한다. 그 이야기를 들은 초중경도 나뭇가지에 목을 매어 자
살한다. 두 집안에서 그 부부를 합장해 주었더니 그 무덤가에서 한 쌍
의 원앙새가 서로 마주 보며 울며 놀았다 한다. 이 두 작품 모두 굳건
한 부부애가 죽음을 초월하여 이어진 것으로서 원앙새나 상사나무 등
자연물이 인간과 생명적 유대가 있다고 믿고 있음을 알 수 있다.

7. 千日酒

干寶

앞의 소설 <한빙부부> 참조.

狄希, 中山人也, 能造千日酒. 飮之, 千日醉. 時有州人, 姓劉, 名玄石, 好飮酒, 往求之. 希曰: "我酒發來未定, 不敢飮君."

石曰: "縱未熟, 且與一杯, 得否?" 希聞此語, 不免飮之. 復索, 曰: "美哉! 可更與之." 希曰: "且歸, 別日當來. 只此一杯, 可眠千日也!" 石別, 似有色, 至家醉死, 家人不之疑, 哭而葬之.

經三年, 希曰: "玄石必應酒醒, 宜往問之." 旣往石家, 語曰: "石在家否?" 家人皆怪之曰: "玄石亡來, 服以闋矣." 希驚曰: "酒之美矣, 而致醉眠千日, 今合醒矣."

乃命其家人, 鑿塚破棺看之, 塚上汗氣徹天, 遂命發塚,
方見開目張口, 引聲而言曰: "快者, 醉我也!" 因問希
曰: "爾作何物也? 令我一杯大醉, 今日方醒, 日高幾許?"
墓上人皆笑之, 被石酒氣沖入鼻中, 亦各醉臥三月.

●●● 한자풀이 및 주석

[狄希(적희)] - 사람 이름. 狄에는 북방 오랑캐의 뜻이 있지만 여기서는
　　　　　　성씨로 쓰였다.
[中山(중산)] - 중산은 옛날의 나라 이름으로 春秋(춘추) 말기에 鮮虞人(선
　　　　　　우인)이 세웠고 지금의 河北省(하북성) 定縣(정현), 唐縣(당
　　　　　　현) 일대였다. ≪周禮 · 天官 · 酒正(주례 · 천관 · 주정)≫에
　　　　　　"三曰淸酒(삼왈청주)"라 하였고 鄭玄(정현)의 주에 "청주는
　　　　　　지금 중산에서 겨울에 양조하여 여름까지 가서 술이 이루어
　　　　　　진다."라 하였다. 劉玄石(유현석/劉元石: 유원석이라고도 함)이
　　　　　　중산의 술집에서 천일주를 마시고 취했기에 '중산'은 좋은
　　　　　　술의 대명사로도 쓰인다.
[哭(곡)] - 곡을 하다.
[葬(장)] - 장사 지내다.
[經(경)] - 지날 경.
[怪(괴)] - 이상히 여기다. 괴이할 괴.
[服(복)] - 복을 입다. 복상하다.
[闋(결)] - 탈상하다.
[驚(경)] - 놀랄 경.
[醒(성)] - 깰 성.
[鑿(착)] - 뚫을 착. 열다.
[塚(총)] - 무덤 총.
[破棺(파관)] - 관을 부수다. 破는 깨트릴 파.
[汗氣(한기)] - 땀 기운.

[徹(철)] – 뚫을 철. 통하다.
[爾(이)] – 그대. 이인칭.
[幾許(기허)] – 얼마나.
[墓上(묘상)] – 묘 근처. ex) 湖上(호상): 호숫가.
[沖(충)] – 찌를 충.
[鼻(비)] – 코 비.

●●● 번역

적희는 중산사람으로 천일주를 만들 수가 있었다. 그것을 마시면 천 일 동안 취한다. 당시 마을 사람 중에 성이 유씨이고 이름이 현석인 자가 술 마시기를 좋아하였기에 가서 그것을 구하였다. 적희가 말하기를 "내 술이 발효가 덜 되어서 당신에게 마시게 할 수가 없다." 현석이 말하기를 "설사 익지 않았다 하더라도 한 잔 줄 수는 없겠는가?" 적희는 이 말을 듣고는 그에게 마시게 하지 않을 수 없었다. 다시 구하며 말하기를 "훌륭하도다! 더 줄 수는 없는가?" 적희가 말하였다. "우선 돌아가라, 다른 날 오시오. 이 술 한 잔으로도 천 일 동안 취할 수 있다오." 현석이 이별하였는데 붉은 빛이 있는 듯하더니 집에 이르러 취하여 죽었다. 집안사람들이 의심하지 않고서 울면서 그를 장사 지냈다. 삼 년이 지나 적희가 말하기를 "현석은 응당 술에서 깨어났으리니 가서 물어봄이 마땅하겠다." 현석의 집에 가서는 말하기를 "현석이 집에 있습니까?" 집안사람들이 모두 그를 이상히 여겨 묻기를 "현석이 죽은 뒤 복상도 마쳤소." 적희가 놀라 말하기를 "술이 훌륭하여 천 일 동안 취하여 자게 하는데 지금 응당 깨어났을 겁니다." 이에 그 집안사람들에게 명하여 무덤을 파고 관을 뜯어 그를 보게 하였다. 무덤 위로는 땅 기운이 하늘을 찌르고 드디어 무덤을 파게 하니 비로소 눈을 뜨고 입을 벌려 목소리를 늘여 말하는 게 보였다 "통쾌하도다, 나를 취하게 한 것이!" 이에 적희에게 묻기를 "당신은 무슨 술을 만든 것인가? 나로 하여금 한 번에 크게 취하여 오늘에야 깨어나게 하였으니, 해는 얼마나 높이 떴는가?” 묘가의 사람들이 모두 웃었는데 현석의 술기운이 코를 찌른 사람은 역시 각기 세 달을 취해 누웠다.

●●● 해제

이 소설은 천 일 동안 취하는 술을 마신 사람을 죽은 줄 알고 무덤에 묻었다가 삼 년 뒤에 무덤을 파 보니 막 술에서 깨어났다는 스토리의 기괴한 이야기이다. 같은 소설이 張華(장화)의 ≪博物志(박물지)≫에도 실려 있지만 간보의 작품이 더 완정하다.

천일주를 두고 청대 梁章鉅(양장거)의 ≪浪迹叢談(낭적총담)≫에선 “술 이름을 천일주라 한 것은 그 양조의 일수가 긺을 말한 것인데 후인들이 천 일 동안 취하는 술이라고 견강부회하였다.”고 하였는데 이 소설이 지어진 晋(진)나라 이전부터 양조일수가 천 일이 넘는 술이 있었는지도 모른다. ≪周禮·天官·酒正(주례·천관·주정)≫의 注(주)에 “淸酒(청주)는 지금의 中山(중산)에서 겨울에 양조하여 다음 여름에 완성된다.”라고 한 바가 있으니 꼭 천 일은 아니어도 몇 달을 두고 양조한 술이 예부터 있었을 것이다.

이 소설은 천 일 동안 양조한 술이 아니라 천 일 동안 취하는 술 이야기로서 괴이한 일을 주로 적은 六朝(육조) 志怪小說(지괴소설)의 특징을 잘 보여 준다. 단순히 괴이하기만 한 것이 아니라 코믹한 이야기이다. 과장되고 코믹하고 신묘한 이야기로서 엄격한 교훈적인 뜻은 없는 듯하다.

8. 白水素女

陶潛

●●● 작자 소개

陶潛(도잠)은 東晉(동진) 尋陽(심양) 柴桑人(시상인)으로 자가 淵明
(연명)이다. 혹은 이름이 淵明이고 자는 元亮(원량)이라고도 한다. 뜻이
고결하여 영리를 도모하지 않았다. 彭澤令(팽택령)이란 낮은 벼슬을 하
였는데 80여 일 만에 한 해가 끝나 갈 때가 되어 郡(군)에서 縣(현)으로
관리를 파견해 오자 허리띠를 매고 맞이해야 했는데 도잠은 "내가 어찌
다섯 되의 쌀 녹봉 때문에 허리를 꺾어 시골 소인배에게 절을 할쏘냐?"
하고는 그날 당장 관직을 버리고 <歸去來辭(귀거래사)>를 지어 전원
으로 돌아갈 뜻을 나타내었다. 전원에 돌아와서는 安貧樂道(안빈낙도)
하며 시를 짓고 술을 즐기며 직접 농사를 지어 생활하였다. 그 뒤로도
관직을 주었으나 나가지 않았다. 세상에서는 靖節先生(정절선생)이라고
칭한다. 저서로 ≪陶淵明集(도연명집)≫이 있다. 중국의 대표적 전원시
인으로서 송대에 蘇軾(소식)에 의해 특히 주목받았다.

●●● 원문

晉安帝時, 侯官人謝端, 少喪父母, 無有親屬, 爲鄰人所養. 至年十七八, 恭謹自守, 不履非法. 始出居, 未有妻, 鄰人共憫念之. 規爲娶婦, 未得.

端夜臥早起, 躬耕力作, 不舍晝夜. 後於邑下, 得一大螺, 如三升壺, 以爲異物, 取以歸, 貯甕中, 畜之十數日. 端每早至野, 還, 見其戶中有飯飲湯火, 如有人爲者; 端謂鄰人爲之惠也. 數日如此, 便往謝鄰人. 鄰人曰: "吾初不爲, 是何見謝也?" 端又以鄰人不喻其意. 然數爾如此, 後更實問, 鄰人笑曰: "卿已自娶婦, 密著室中炊爨, 而言我爲之炊耶?" 端默然心疑, 不知其故.

後以雞鳴出去, 平旦潛歸, 於籬外窺其家中, 見一少女從甕中出, 至竈下燃火. 端便入門, 徑至甕所視螺, 但見女, 乃到竈下, 問之曰: "新婦從何處來, 而相爲炊?" 女大惶惑, 欲還甕中, 不能得去.

答曰: "我天漢中白水素女也. 天帝哀卿少孤, 恭愼自守, 故使我權爲守舍炊烹. 十年之中, 使卿居富得婦, 自然還去. 而卿無故竊相窺掩, 吾形已現, 不能復留, 當相委去. 雖然, 爾後自當少差, 勤於田作漁采治生. 留此殼去, 以貯米穀, 常可不乏." 端請留, 終不肯. 時天忽風雨, 翕然而去.

端爲立神座時節祭祀. 居常饒足, 不致大富耳, 於是鄉人以女妻之. 後仕至令長云. 今道中"素女祠"也.

[安帝(안제)] - 東晉(동진) 제10대 왕.

[侯官(후관)] - 후한 때 설치한 현인데 지금의 福建省(복건성) 閩侯縣(민
　　　　　　후현)이라는 설과 甘肅省(감숙성), 陝西省(섬서성)에 있었
　　　　　　다는 설이 있지만 동진시대 이야기이니 복건성이 가장
　　　　　　유력하다.

[喪(상)] - 잃을 상. 죽을 상.

[親屬(친속)] - 친척(親戚).

[鄰(린)] - 이웃 린.

[恭謹(공근)] - 공경하고 삼감. 예의 바르고 조심스럽다.

[不履非法(불리비법)] - 법이 아닌 것은 행하지 않다. 履(리)는 밟을 리.

[憫念(민념)] - 불쌍히 여기고 염두에 두다.

[規(규)] - 꾀하다.

[躬耕力作(궁경역작)] - 몸소 농사지으며 부지런히 일하다.

[不舍晝夜(불사주야)] - 밤낮을 가리지 않고.

[螺(라)] - 소라. 우렁이.

[三升壺(삼승호)] - 세 되들이의 주전자. 升은 되 승.

[貯(저)] - 쌓아 두다. 갈무리해 두다.

[甕(옹)] - 독 옹. 항아리.

[畜(휵)] - 기르다, 먹이다.

[飯飲(반음)] - 밥과 음료.

[湯火(탕화)] - 끓는 물과 뜨거운 불.

[喩(유)] - 깨닫다.

[數爾(삭이)] - 자주. 數은 자주 삭, 爾는 그러할 이.

[炊爨(취찬)] - 밥을 짓다. 炊는 불 땔 취, 爨은 불 땔 찬, 밥 지을 찬.

[平旦(평단)] - 새벽. 黎明(여명).

[潛歸(잠귀)] - 몰래 돌아오다.

[籬(리)] - 울타리.

[窺(규)] - 엿볼 규.

[竈(조)] - 부뚜막 조.

[徑(경)] - 곧바로.

[惶惑(황혹)] - 두려워하여 당혹함. 두려워하여 갈팡질팡함.

[還(환)] - 돌아갈 환.

[天漢(천한)] - 은하수.

[權(권)] - 권세 권. 잡다.

[炊烹(취팽)] - 밥하고 요리하다. 烹은 삶을 팽.

[竊(절)] - 몰래.

[窺掩(규엄)] - 엿보다. 엿볼 규, 엿볼 엄.

[委去(위거)] - 미련 없이 버리고 떠나감.

[殼(각)] - 껍질 각.

[乏(핍)] - 결핍되다.

[翕然(흡연)] - 봉황이 나는 모양.

[神座(신좌)] - 神主(신주), 위패.

[饒足(요족)] - 넉넉함. 饒는 넉넉할 요.

[仕(사)] - 벼슬.

[令長(영장)] - 진한대에 만 호 이상의 縣(현)을 다스리는 자를 令(영)이
　　　　　　　라 하고 만 호가 안 되는 자를 長(장)이라 하였는데 후에
　　　　　　　'令長'으로 縣令(현령)을 가리키게 되었다.

●●● 번역

진나라 안제 때에 후관 사람 사단은 어려서 부모를 여의고 친척이라곤
없어 이웃 사람들이 보살펴 주었다. 나이가 십칠팔 세 되기까지 삼가
공손히 자기를 지키고 법에 어긋나는 일을 하지 않았다. 처음 나가 살
았는데 처가 없어 이웃 사람들이 모두 그것을 불쌍히 여겼다. 취할 만
한 여자를 찾았으나 얻지 못했다.

사단은 밤에는 자고 아침엔 일어나 몸소 힘들여 경작하고 밤낮으로 허
비하지 않았다. 후에 읍 아래에서 큰 소라 하나를 주웠는데 세 되들이

의 주전자 같아서 이상한 물건이라 여기고 가지고서 돌아와 항아리 속에 넣어 두고 십여 일 동안 놓아두었다. 사단이 매일 아침 들에 나갔다가 돌아오면 그 집안에 밥과 마실 것과 국과 불이 보여 마치 누군가 만든 것 같았다. 사단은 이웃 사람들의 은혜라고 여겼다. 이와 같기를 며칠이 되자 곧 가서 이웃 사람에게 사례하였다. 이웃 사람들이 말하기를 "내가 처음부터 한 일이 아닌데 어찌 사례를 받는가?" 사단은 또 이웃 사람이 그 뜻을 깨닫지 못한다고 여겼다. 그러나 여러 번 이와 같자 후에는 다시 실제대로 물으니 이웃 사람이 웃으며 말하기를 "그대가 이미 스스로 마누라를 얻어서 몰래 방 안에 감추어 밥을 짓게 하고는 내가 그것을 했다고 하는 건가?" 사단은 묵묵히 마음으로 의심스럽게 여겼으나 그 까닭을 알지 못했다.

후에 닭이 울 때 나갔다가 아침에 몰래 돌아와 울타리 밖에서 그 집 안을 살펴보니 한 소녀가 항아리 속에서 나와 부뚜막으로 가서 불을 지폈다. 사단이 곧 문안에 들어가 곧바로 항아리의 소라를 보니 (소라는 없고) 오직 여자만 보였기에 부뚜막 아래로 가서 그녀에게 물었다. "신부는 어느 곳에서 왔는데 나를 위해 밥을 짓는가?" 여자가 크게 놀라 항아리로 되돌아가려 했으나 그럴 수가 없었다. 답하여 말하기를 "나는 하늘 은하수의 백수 소녀입니다. 천제가 그대가 어려서 고아가 된 후 공손히 자기를 지켰기에 나를 시켜 집을 지키며 밥을 하게 하였는데 십 년 안에 그대를 부유하게 하고 부인을 얻게 하면 자연히 돌아갈 참이었습니다. 그런데 그대가 무고히 몰래 나를 훔쳐보아 내 형체가 이미 드러났으니 다시는 더 머물 수가 없고 미련 없이 떠나야 합니다. 그러나 이후로 스스로 조심하시고 밭 갈기와 물고기 잡고 나무 캐는 일에 부지런하십시오. 이 소라껍질을 남기고 가니 그것에 쌀을 담으면 항상 부족함이 없을 겁니다." 사단이 머물기를 청하였으나 끝내 듣지 않았다. 이 때 하늘에서 홀연 비바람이 불더니 홀연히 떠나갔다.

사단이 신주를 세우고 때에 맞춰 제사를 지냈다. 살아감에 항상 풍요로

웠으나 큰 부자가 되지는 않았다. 이리하여 이웃 사람들이 딸을 주어 마누라로 삼게 하였다. 후에 벼슬이 현령에 이르렀다 한다. 지금 그 길의 "소녀사"가 이것이다.

●●● 해제

이 작품 역시 신령스럽고 괴이한 이야기를 적는 志怪(지괴)소설의 한 특성을 보여 준다. 현실세계 속에서 외롭고 성실하게 살아가는 고아 청년에게 하늘에서 내려보낸 백수 소녀가 모습을 감추고 도와주다가 드디어는 청년에게 정체가 발각되어 하늘로 돌아가 버리고 만다는 것으로 현실에서 일어나기 어려운 이야기를 하고 있다.

백수 소녀는 인간세계에 사는 사단의 배필로 온 것이 아니라 사단이 부유해지고 부인을 얻게 되면 돌아갈 참이었다는 것에서 남몰래 은덕을 베푸는 천사처럼 느껴진다. 우리나라 민담에도 우렁이에서 각시가 나와서 몰래 집안일 밭일을 다 해 놓는다는 이야기가 전하는데 우렁각시라는 존재는 그렇게 자신도 모르게 누군가 밥을 해 놓거나 좋은 일을 해 놓고 정체를 밝히지 않는 존재로서 여기에서의 백수 소녀와 흡사하다. 이러한 백수 소녀의 존재는 다른 사람들이 다들 어느 정도 행복하게 산다는 전제하에 홀로 외롭게 성실히 사는 사람에게 하늘에서 형평에 맞게 상으로 내려보내 준 존재로서 현실의 불공정성을 바로잡고자 하는 심리에서 탄생된 이야기인 듯하다.

이 소설은 도연명의 작으로 전하는 ≪搜神後記(수신후기)≫에 실린 것인데 명대로부터 현재까지 학자들이 이 책을 도연명의 작이 아닌 것으로 의심하고 있다. 도연명같이 초탈하고 광달한 사람이 어찌 이런 괴이한 志怪(지괴)소설을 지었겠느냐는 것이다. 그러나 명대 沈士龍(심사룡)은 "글귀가 고아하여 당나라 이후 사람이 지을 수 있는 바가 아니다."라고 하였고 현대 魯迅(노신)도 ≪중국소설의 역사적 변천(中國小

說的歷史的變遷)≫에서 "육조시대 사람들은 결코 의식적으로 소설을 지은 것이 아니라 그들은 귀신의 일이나 인간사를 같은 것으로 보았고 모두 사실로 여겼다."고 하였으니 도연명의 시대엔 이런 소설이 자연스러운 이야기였을 수도 있다.

9. 鐘繇

陸氏

작자 陸氏(육씨)는 작품 끝의 '叔父(숙부) 淸河太守(청하태수)'라는 말로 미루어 晉(진)나라 때 문학가 陸雲(육운)의 조카라고 추정할 수 있다. 육운은 자가 士龍(사룡)이고 형 陸機(육기)와 함께 二陸(이륙)으로 불렸다. 淸河內史(청하내사)라는 벼슬을 한 바가 있어 세상에서 陸淸河(육청하)로 불렸다. 관직이 大將軍右司馬(대장군우사마)에까지 올랐는데 바른말로 형과 함께 섬기던 成都王(성도왕)을 거슬렀기에 형제가 다 죽음을 당했다. 그의 조카로 추정되는 이 작품의 작자 육씨에 대해서는 알려진 바가 없고 ≪異林(이림)≫이란 책과 干寶(간보)의 ≪搜神記(수신기)≫와 ≪幽明錄(유명록)≫ 등에 이 이야기가 그의 작으로 전한다(≪異林≫에는 이 작품 한 편만 전한다).

鐘繇嘗數月不朝會, 意性異常. 或問其故, 云: "常有好婦來, 美麗非凡." 問者曰: "必是鬼物, 加殺之." 婦人

後往, 不卽前, 止戶外. 繇問: "何以?" 曰: "公有相殺
意." 繇曰: "無此." 乃勤勤呼之, 乃入. 繇意恨恨, 有
不忍之心. 然猶斫之傷髀. 婦人卽出, 以新綿拭血竟路.
明日, 使人尋迹之, 至一大塚, 木中有好婦人, 形體如
生人, 著白練衫, 丹繡兩當, 傷左髀, 以兩當中綿拭血.
叔父淸河太守說如此.

●●● 한자풀이 및 주석

[鐘繇(종요)] – 魏(위)나라 潁川(영천) 사람. 漢(한)나라 말 侍中(시중),
　　　　　尙書僕射(상서복야)를 지냈고 魏나라로 바뀐 후 太傅(태
　　　　　부)가 되어 定陵侯(정릉후)에 봉해졌다. 서예를 잘 써서
　　　　　胡昭(호소)와 더불어 "胡肥鐘瘦(호소는 살쪘고 종요는 말
　　　　　랐다.)"라 칭해졌다.
[朝會(조회)] – 모든 관원이 함께 正殿(정전)에 모여 왕께 朝見(조현)함.
[非凡(비범)] – 범상치 않다.
[殺意(살의)] – 죽이려는 마음.
[勤勤(근근)] – 성의를 다하는 모양.
[恨恨(한한)] – 한스러워 못 견디는 모양. 恨은 한할 한.
[不忍之心(불인지심)] – 차마 하지 못하겠는 마음.
[斫(작)] – 벨 작. 찍다.
[傷髀(상비)] – 넓적다리를 다치게 하다. 髀는 넓적다리, 장딴지.
[新綿(신면)] – 새 솜.
[拭血(식혈)] – 피를 닦다. 拭은 닦을 식.
[竟路(경로)] – 길을 끝까지 가다. 竟은 다할 경, 극에 이르다.
[尋迹(심적)] – 자취를 찾다. 尋은 찾을 심, 迹은 흔적 적.
[白練衫(백련삼)] – 흰 명주 적삼. 練은 모시, 명주 등을 잿물에 삶아서
　　　　　　　부드럽게 한 것, 누인 명주. 衫은 적삼 삼.

[丹繡(단수)] - 붉게 수놓음.
[兩當(양당)] - 조끼. 소매는 없고 가슴과 등에만 걸치는 옷.

●●● 번역

종요가 일찍이 몇 개월을 조회에 나가지 않았는데 마음 상태가 평상시와 달라 보였다. 어떤 사람이 그 까닭을 물으니 이르기를 "항상 아름다운 여인이 왔는데 아름답기가 뛰어나게 아름다웠다." 물은 사람이 말하기를 "필시 귀신일 테니 죽이십시오." 여인이 후에 가서는 즉시 앞으로 들어오지 않고 집 밖에 머물렀다. 종요가 물었다 "어째서인가?" 말하기를 "그대에게 저를 죽이려는 마음이 있어서지오." 종요가 말했다. "그런 일 없습니다." 근근이 그녀를 불러서 이에 들어왔다. 종요의 마음이 한스러워 못 견디는 듯, 차마 할 수 없는 듯하였는데 그러나 그녀를 베어서 넓적다리가 다치게 하였다. 여인이 즉시 나가 새 솜으로 피를 닦으며 길 끝까지 갔다. 이튿날 사람을 시켜 그녀의 자취를 추적하니 한 커다란 묘 앞에 나무 중에 아름다운 여인 같은 나무가 있는데 형체가 살아 있는 사람 같았고 흰 명주 적삼에 붉은 수가 놓인 조끼를 입었는데 왼쪽 넓적다리가 찍혀 있었고 조끼의 솜으로 피를 닦은 것이었다. 숙부 청하태수가 이와 같이 말씀하셨다.

●●● 해제

이 이야기는 사람과 귀신의 사랑이 종내는 이루어질 수 없는 두 다른 세계의 일임을 경고하고 뛰어나게 아름다운 여인을 가까이하여 본업을 소홀히 하는 것을 경계시키고 있다. 중국전통의 생각으로는 사람의 세계는 양계, 귀신의 세계는 음계로 생각해 볼 수 있는데 종요가 사람의 형상으로 접근해 온 미인과 만나다가 필경 귀신일 테니 죽이라는 충고에 따라 찾아온 미녀를 잔인한 마음으로 칼로 벤다. 미녀는 자기를 죽이려는 종요의 마음을 알았으나 그래도 다가왔고 종요도 차마 못 죽일 듯한 심경이었으나 끝내는 칼을 휘두른 것이다. 미녀는 피를 흘리며 사라졌고 다음 날 자취를 추적하니 묘가의 나무가 여인의 형상이었고 붉은 수가 놓인 옷을 입고 있었다는 것은 바로 나무가 미녀의 형상을 하고서 종요에게 찾아와 사랑을 나누었다는 것을 증명한다.

이것은 양계의 사람과 음계의 귀신의 사랑이 이루어질 수 없다고 경고하는 의미뿐 아니라 현실세계에서 미인에 미혹되지 말라는 강력한 충고로 보인다. 아름답기가 뛰어나게 아름다운 여인에게 남자의 마음이 미혹되기 쉬운데 현실에는 지켜야 할 체제가 있고 그것에 위협이 되는 미인이란 존재는 결국은 귀신이니 단칼에 베어 버리고 현실을 깨달으라는 이야기이다. 종요가 미인에 빠져 조회에 나가지 않았다는 것과 끝부분에 숙부가 이런 말씀을 하셨다고 적은 것은 다 현실을 중시하라는 경계의 뜻이다.

10. 劉晨、阮肇

劉義慶

●●● 작자 소개

劉義慶(유의경)은 南朝(남조) 宋(송)나라 사람으로 劉道憐(유도련)의 아들이다. 송 武帝(무제) 永初(영초) 연간(420 – 422)에 臨川王(임천왕)에 봉해졌다. 기호와 욕심이 적었고 문학을 좋아하였다. 그가 지은 책으로 ≪世說新語(세설신어)≫와 ≪幽明錄(유명록)≫이 있다. ≪宋書(송서)≫ 51에 그의 기록이 있다. ≪세설신어≫는 3권으로 되어 있고 劉孝標(유효표)의 주가 전하는데 唐나라 때는 ≪新書≫라고 하였고 오대와 송나라 때 ≪新語≫로 개칭하였다. 본래 ≪世說≫이란 명칭은 한나라 때 劉向에게서 비롯되었으나 그 책은 없어졌고 유의경이 모은 것을 ≪세설신어≫라고 한다. 德行(덕행), 言語(언어), 政事(정사), 文學(문학), 方正(방정), 雅量(아량), 識鑑(식감), 賞譽(상예), 品藻(품조), 規箴(규잠), 捷悟(첩오), 夙惠(숙혜), 豪爽(호상), 容止(용지), 自新(자신), 企羨(기선), 傷逝(상서), 棲逸(서일), 賢媛(현원), 術解(술해), 巧藝(교예), 寵禮(총례), 任誕(임탄), 簡傲(간오), 排調(배조), 輕詆(경저), 假譎(가휼), 黜免(출면), 儉嗇(검색), 汰侈(태치), 忿狷(분견), 讒險(참험), 尤悔(우회), 紕漏(비루), 惑溺(혹닉), 仇郤(구소) 등의 38분류로 되어 있다. 東漢으로부터 東晋에 이르기까지의 여러 가지 일들을 기록한 책이다.

이 작품은 ≪幽明錄(유명록)≫에서 뽑은 것인데 ≪유명록≫은 隋나라 때 이후로 산실되어 버렸고 지금은 단지 200여 편만이 남아 있는데 대부분이 짧은 이야기들이고 괴이하며 신령스런 내용들이다.

●●● 원문

漢明帝永平五年, 剡縣劉晨、阮肇共入天台山取穀皮, 迷不得返. 經十三日, 糧食乏盡, 飢餒殆死. 遙望山上, 有一桃樹, 大有子實; 而絶巖邃澗, 永無登路. 攀援藤葛, 乃得至上. 各啖數枚, 而飢止體充. 復下山, 持杯取水, 欲盥漱. 見蕪菁葉從山腹流出, 甚新鮮, 復一杯流出, 有胡麻飯糁. 相謂曰: "此必去人徑不遠." 便共沒水, 逆流二三里, 得度山, 出一大溪.

溪邊有二女子, 姿質妙絶, 見二人持杯出, 便笑曰: "劉、阮二郎捉嚮所失流杯來." 晨、肇旣不識之, 緣二女便呼其姓, 如似有舊, 乃相見欣喜問: "來何晚耶?" 因邀還家. 其家筒瓦屋. 南壁及東壁下各有一大床, 皆施絳羅帳, 帳角懸鈴, 金銀交錯. 床頭各有十侍婢. 敕云: "劉、阮二郎, 經涉山岨, 雖得瓊實, 猶尚虛弊, 可速作食." 食胡麻飯, 山羊脯, 牛肉, 甚甘美. 食畢, 行酒. 有一群女來, 各持五三桃子, 笑而言: "賀汝婿來." 酒酣作樂, 劉、阮欣怖交幷, 至暮令各就一帳宿, 女往就之, 言聲淸婉, 令人忘憂.

十日後, 欲求還去, 女云: "君已來是宿福所牽, 何復欲

還耶?" 遂停半年. 氣候草木是春時, 百鳥啼鳴, 更懷悲
思, 求歸甚苦. 女曰: "罪牽君當可如何?" 遂呼前來女子
有三四十人, 集合奏樂, 共送劉、阮, 指示還路.
旣出, 親舊零落, 邑屋改異, 無復相識. 問訊得七世孫,
傳聞上世入山, 迷不得歸. 至晉太元八年, 忽復去, 不
知何所.

●●● 한자풀이 및 주석

[明帝(명제)] - 後漢(후한) 제2대 군주.
[剡(섬)] - 옛 현 이름. 지금의 浙江省(절강성) 嵊縣(승현) 서남쪽에 있었다.
[天台山(천태산)] - 절강성 天台縣(천태현) 북쪽에 있는 산.
[穀皮(곡피)] - 곡식 껍질.
[迷(미)] - 길을 잃다. 미혹할 미.
[糧食(양식)] - 양식.
[乏盡(핍진)] - 죄다 없어짐.
[飢餒(기뇌)] - 주리다. 주릴 기, 주릴 뇌.
[殆(태)] - 거의.
[邃澗(수간)] - 깊을 수, 산골물 간.
[攀援(반원)] - 더위잡아 오름. 잡아끎.
[藤葛(등갈)] - 등나무 등, 칡 갈.
[啖(담)] - 먹을 담.
[枚(매)] - 줄기. 또는 낱개를 세는 단위.
[盥漱(관수)] - 세수를 하고 양치질을 함. 盥은 씻을 관, 漱는 양치질할 수.
[蕪菁葉(무청엽)] - 순무 잎사귀. 蕪菁은 순무.
[胡麻(호마)] - 참깨와 검은깨를 통틀어 이르는 말.
[飯糝(반삼)] - 밥 반, 밥알 삼.
[沒水(몰수)] - 물에 들어가다. 沒은 빠질 몰. ex) 沈沒(침몰).

[姿質(자질)] - 자태와 품위.

[捉(착)] - 잡을 착.

[嚮(향)] - 접때 향. 이전.

[緣(연)] - 인연 연.

[欣喜(흔희)] - 기뻐함.

[邀(요)] - 맞이할 요.

[筒瓦屋(통와옥)] - 대나무 기와집. 筒은 대통 통.

[絳羅帳(강라장)] - 진홍색 강, 비단 라, 장막 장. 진홍색 비단 장막.

[懸鈴(현령)] - 방울을 매달다.

[侍婢(시비)] - 모시는 여자 종.

[勅(칙)] - 조서 칙, 타이르다.

[經涉(경섭)] - 지나고 건너다.

[山岨(산조)] - 험한 산길. 岨는 험한 산길 조.

[瓊實(경실)] - 좋은 열매. 瓊은 옥 경.

[脯(포)] - 포 포.

[畢(필)] - 다할 필.

[賀(하)] - 축하하다.

[婿(서)] - 壻와 같음. 사위 서, 여기서는 남편의 뜻.

[淸婉(청완)] - 맑고 고움.

[宿福所牽(숙복소견)] - 오랜 복이 끌어온 바. 숙복의 宿은 '오래되다'의
뜻이 있음.

[啼鳴(제명)] - 울 제, 울 명.

[奏樂(주악)] - 음악을 연주함.

[零落(영락)] - 영락하다.

[問訊(문신)] - 소식을 묻다.

[太元(태원)] - 태원은 東晉(동진) 孝武帝(효무제)의 연호. 383년.

●●● 번역

한나라 명제 영평 5년, 섬현의 유신과 완조가 함께 천태산에 들어가 곡

식 껍질을 취해 먹으며 길을 잃어 돌아올 수가 없었다. 십삼 일이 지나 양식이 다 떨어져 굶주림에 거의 죽을 지경이었다. 멀리 산 위를 바라보니 한 그루 복숭아나무가 보이는데 열매가 아주 컸다. 그러나 깎아지른 바위와 깊은 산골물로 해서 아무리 해도 올라갈 길이 없었다. 등나무와 칡을 잡아당겨 도달할 수가 있었다. 각기 몇 개를 먹으니 굶주림이 그치고 배가 불렀다. 다시 산을 내려가다가 가진 잔으로 물을 떠서 양치질하고 씻을 참이었는데 무청 잎사귀가 산 중턱에서 흘러 내려오는 것이 보였는데 몹시 신선하였다. 또 잔 하나가 흘러나왔는데 참깨 밥쌀이 있었다. 서로 말하기를 "이는 필시 사람 사는 곳에서 멀지 않음이로다." 곧 함께 물에 들어가 물길을 거슬러 이삼 리를 가서 산을 넘으니 한 큰 시냇물이 나왔다.

시냇가에는 두 여자가 있었는데 자태가 빼어나게 아름다웠고 두 사람이 가진 잔을 내주는 걸 보고 웃으며 말하기를 "유 선생 · 완 선생 두 분이 전에 물에 흘린 잔을 가지고 오셨구나." 유신과 완조는 그녀들을 모르는데 두 여자가 곧 그들의 성을 부르니 예부터 아는 듯하였고 서로 만나자 기뻐하며 묻기를 "어찌 이리 늦게 오시나요?" 하며 집으로 맞이해 갔다. 그 집은 대나무 기와집이었다. 남쪽 벽과 동쪽 벽 아래에 각기 큰 침상이 하나씩 있었는데 모두 붉은 비단 장막을 쳤고 장막가에는 방울을 달았는데 금과 은이 섞여 있었다. 침상머리엔 각기 열 명의 시종이 있었다. 명령하여 말하기를 "유 선생 · 완 선생 두 분은 막힌 산을 건너와 비록 훌륭한 과실을 먹었다 해도 아직 허기가 있으리니 속히 음식을 만들거라." 호마 밥과 산양의 포와 소고기를 먹었는데 심히 맛이 좋았다. 먹기가 끝나고 술을 마셨다. 한 무리의 여자들이 와서 각기 네댓 개 복숭아를 들고 웃으며 말하기를 "당신의 서방님이 온 것을 축하합니다."라 하였다. 술이 무르익자 음악을 연주하는데 유신과 완조는 기쁨과 두려움이 교차하였고 저물녘이 되자 각기 한 장막으로 가서 머물게 되었는데 여자가 가서 따르니 목소리는 맑고 고와 사람으로 하여금 시름을 잊게 하였다.

열흘 후에 돌아가기를 청하니 여자가 말하기를 "그대가 온 것은 오랜 복을 받아 온 것인데 어찌 다시 돌아가려 하시오?" 하여 반년을 더 머물렀다. 기후와 초목은 봄날이고 온갖 새가 울어 대니 더욱 슬프고 그리워져 돌아가기를 애타게 바랐다. 여자가 말하기를 "죄가 그대를 끌어당기니 어찌하겠는가?" 드디어 여자 삼사십 명을 오게 하여 집합시켜 음악을 연주하고 유신과 완조를 함께 전송하며 돌아갈 길을 가리켜 주었다. 나와 보니 친구들은 없어지고 마을의 집은 바뀌어 다시 알아볼 길이 없었다. 소식을 물으니 칠 대째 손자가 있다는데 그 선조가 산에 들어가 길을 잃고 돌아오지 못했다고 한다. 진나라 태원 8년에 이르러 홀연 다시 떠났는데 어디로 갔는지 모른다.

●●● 해제

이 이야기는 한나라 명제 때 유신·완조 두 사람이 산에 들어가 곡식껍질을 취하다가 길을 잃었는데 도중에 복숭아를 따 먹고 기운을 차린 후 양치질하다 물에 떠내려온 무청 잎과 잔에 담긴 밥쌀을 보고 인가가 있음을 알았고 곧 물을 거슬러 가서 두 명의 선녀를 만나 선경 속에서 꿈같은 날을 보냈지만 두고 온 인간세상을 못 잊어 다시 인간세계로 나오니 시대는 바뀌어 동진시대이고 7대 손이 살고 있었고 그 후 그들은 또 홀연 어딘가로 떠났다는 신비스런 이야기이다.

이렇게 깊은 산에 들어가 길을 잃고 신비한 세계에 들어갔다 돌아왔다는 이야기는 동진시대 도연명의 <桃花源記(도화원기)>와 비슷하다. <도화원기> 역시 진나라 태원 연간의 이야기로서 한 어부가 시내를 따라 깊이 들어갔다가 길을 잃었는데 복사꽃 숲을 만나 복사꽃 숲이 다한 곳까지 가 보니 수원지가 나오고 자그마한 산과 굴이 보인다. 굴 안으로 들어가니 넓은 마을이 나오고 평화롭게 사는 사람들이 어부를 환대하며 자기들은 선조들이 秦(진)나라 때 난을 피해 이리로 와서 살기 시작한 후 세상과 단절되어 살고 있다고 한다. 그들은 한나라·위나라·진나라가 있다는 사실조차 모르고 평화롭게 살고 있다. 어부는 며칠 있다가 하직하고 세상으로 나오며 곳곳에 표시를 해 두지만 나온 후 태수에게 고하고 다시 그곳을 찾아도 끝내 찾을 수 없었다는 이야기이다.

같은 시기에 비슷한 이야기가 나온 것으로 보아 秦(진)나라 이후 漢(한)나라, 魏·蜀·吳(위·촉·오)의 삼국, 그리고 晉(진)나라가 있었지만 정치적 혼란기가 많았던 탓에 난을 피해 깊은 산속에 숨어 살았던 사람들이 이들 시기에 실제로 있었을지도 모른다. 두 작품 모두 복숭아와 관련이 있으니 한 가지 이야기가 변형된 듯도 하다. 어쨌든 <도화원기>의 평화로운 마을이 후대에 이상향으로 노래 불린 것처럼 유신·완조가 체험한 선녀들의 세계는 어지러운 인간세상과 다른 이상향이라고 할 수 있다. 이상향이 이 세계와 함께 존재한다고 믿는 점에서 시공을 초월한 세계관을 알 수 있다. 그림으로 비유한다면 중국 전통 그림에서 散點透視法(산점투시법)으로 봄과 겨울, 먼 곳과 가까운 곳이 동등하게 한 화폭에 출현하도록 그려 내는 것과 같이 이승과 유토피아가 그리고 이 시대와 옛 시대가 한 작품에 출현하는 것이다.

漢魏六朝志人小說

- 한대로부터 육조(266 – 589) 시기에
나온 인물의 이야기를 적은 소설들

11. 司馬相如

葛洪

●●● 작자 소개

葛洪(갈홍)은 晋(진)나라 句容(구용) 사람으로 자는 稚川(치천)이다. 自號(자호)를 抱朴子(포박자)라 하였다. 젊어서 공부를 좋아하였고 특히 신선술을 좋아하여 鄭隱(정은)에게 연단술을 배웠다. 交趾(교지)에 丹砂(단사)가 난다는 말을 듣고 가솔들을 이끌고 羅浮山(나부산)에 가서 연단에 몰두했다. 단약이 이루어진 뒤 몸은 남겨 두고 혼백이 빠져나가 신선이 되었다 한다. 저서로 ≪抱朴子(포박자)≫, ≪神仙傳(신선전)≫ 및 詩文(시문) 수백 편이 전한다. ≪晋書(진서)≫ 72에 기록이 보인다.

이 작품은 ≪西京雜記(서경잡기)≫에서 뽑은 것인데 ≪서경잡기≫는 6권으로 되었고 옛 판본은 혹은 漢(한)나라 劉歆(유흠)의 작이라 하고 혹은 晋(진)나라 葛洪(갈홍)의 작이라 하는데 실은 南朝(남조) 梁(양)나라 문학가 吳均(오균)의 작으로 갈홍이 유흠의 ≪漢書(한서)≫ 유고를 얻어 班固(반고)가 기록하지 않은 것을 책으로 만든 것이라고 기탁하고 있다. 즉 오균이 편찬하면서 갈홍이 편찬했다고 가탁한 것인데 갈홍과 관련이 있기는 있으므로 이런 설이 있는 것이다. 기록한 것은 다 한 무제 전후의 雜事(잡사)로서 수록한 내용이 풍부하다. ≪四庫全書總目提要(사고전서총목제요)≫의 子部(자부) 小說家類(소설가류)에 보인다.

司馬相如, 初與卓文君還成都, 居貧愁懣, 以所著鷫鸘
裘就市人陽昌貰酒, 與文君爲歡, 旣而文君抱頸而泣曰:
"我平生富足, 今乃以衣裘貰酒!" 遂相與謀, 於成都賣
酒. 相如親著犢鼻褌滌器, 以恥王孫. 王孫果以爲病, 乃
厚給文君, 文君遂爲富人.

文君姣好, 眉色如望遠山, 臉際常若芙蓉, 肌膚柔滑如
脂. 十七而寡, 爲人放誕風流, 故悅長卿之才而越禮焉.
長卿素有消渴疾, 及還成都, 悅文君之色, 遂以發痼疾.
乃作＜美人賦＞, 欲以自刺, 而終不能改, 卒以此疾至
死. 文君爲誄, 傳於世.

[司馬相如(사마상여)] – 漢나라 때 四川省 成都 사람. 자는 長卿(장경).
　　　　　　　　　　　젊어서 책을 좋아하였고 藺相如(인상여)의 위인
　　　　　　　　　　　됨을 흠모하였다. 말더듬이였으나 글은 잘 써서
　　　　　　　　　　　景帝 때 武騎常侍가 되었다가 병으로 면직되었다.
　　　　　　　　　　　武帝 때에 賦를 올려 벼슬을 받았다. ＜子虛賦＞,
　　　　　　　　　　　＜上林賦＞, ＜大人賦＞ 등이 유명하다. 揚雄이
　　　　　　　　　　　그의 賦작품을 인간세상 것이 아니라 신의 조화가
　　　　　　　　　　　이룬 것이라고 칭찬하였다.
[卓文君(탁문군)] – 한나라 때 臨邛(임공)의 대부호 卓王孫(탁왕손)의 딸
　　　　　　　　　　로 音律을 좋아하였는데 과부가 되어 집에 있었다.
　　　　　　　　　　사마상여가 탁 씨 집에 들러 술을 마시다가 거문고
　　　　　　　　　　연주로 그녀의 마음을 사로잡아 탁문군이 사마상여

와 야반도주하여 成都로 도망갔다. 집이 가난하여 다시 臨邛으로 돌아와 수레와 말들을 다 팔아 술집을 차려 놓고 술장사를 하였다. 사마상여는 쇠코잠방이를 입고 노비들과 섞여 시장에서 그릇을 닦고 탁문군은 술청에 앉아 술을 팔았다. 탁왕손이 매우 수치스럽게 여겨 부득이하게 재산을 나누어 주어 成都로 돌아가게 했다. 그 일이 ≪史記·司馬相如傳≫에 보인다.

[愁懣(수만)] − 근심하고 번민하다. 愁는 근심 수, 懣은 번민할 만.

[鷫鸘裘(숙상구)] − 鷫은 기러기, 鸘은 매. 둘 다 서방을 지킨다는 신조. 鷫鸘은 서방 신조, 기러기. 裘는 갖옷 구.

[陽昌(양창)] − 사람 이름인 듯하다.

[賖酒(세주)] − 술을 외상으로 삼. 賖는 세를 주고 남의 것을 빌리다.

[犢鼻褌(독비곤)] − 쇠코잠방이.

[滌器(척기)] − 그릇을 씻다. 滌은 씻을 척, 器는 그릇 기.

[姣好(교호)] − 얼굴이 아름다움. 姣는 예쁠 교.

[臉際(검제)] − 얼굴 가. 臉은 얼굴, 際는 가장자리.

[芙蓉(부용)] − 연꽃.

[肌膚(기부)] − 살갗. 肌는 살 기, 膚는 피부 부.

[柔滑(유활)] − 부드럽고 매끈하다.

[脂(지)] − 기름 지.

[寡(과)] − 과부 과.

[放誕(방탄)] − 터무니없이 큰소리를 침.

[悅(열)] − 기뻐하다.

[越禮(월례)] − 예에 어긋나는 일을 하다.

[消渴疾(소갈질)] − 소갈병. 말 더듬는 증세.

[痼疾(고질)] − 고질병. 오래된 병. 고치기 어려운 병. 痼는 고질 고.

[自刺(자자)] − 스스로 풍자하다.

[誄(뢰)] − 조문 뢰. 뇌문.

 번역

사마상여는 탁문군과 막 성도로 돌아왔을 때 가난하게 살며 근심에 싸여 자기가 입고 있던 기러기 털 갖옷을 시장사람 양창에게 전당 잡히고 술을 사와 탁문군과 함께 마셨다. 얼마 후 탁문군은 목을 안고 울며 말하기를 "나는 평생 풍족한 생활을 했는데 지금은 옷을 저당 잡히고 술을 마시는구나!" 이리하여 둘이 의논하여 성도에서 술을 팔기 시작했다. 사마상여는 몸소 앞치마를 두르고 설거지를 함으로써 탁문군의 아버지 탁왕손을 수치스럽게 했다. 탁왕손은 과연 골칫거리라 여겨 탁문군에게 후한 재물을 보내 탁문군은 드디어 부유해졌다.

탁문군은 아주 아름다워 두 눈썹은 멀리 푸른 산을 바라다보는 듯했고 얼굴빛은 항상 연꽃과 같았으며 피부는 흰 기름처럼 부드럽고 매끄러웠다. 열일곱에 과부가 되었는데 사람됨이 방종하고 풍류가 있었으므로 사마상여의 재주를 아껴 예를 지키지 않고 도망쳐 나와 산 것이다. 사마상여는 평소 말더듬이 증세가 있었는데 성도에 돌아오고서는 탁문군의 미모에 반하여 드디어 고질이 발병했다. 이에 <미인부>를 지어 그것으로써 스스로를 억제하고자 하였으나 종내 고칠 수가 없었고 마침내는 이 병으로 죽었다. 탁문군이 그를 애도하는 글을 지었는데 그것이 세상에 전한다.

 해제

이 작품은 漢(한) 武帝(무제) 때의 문인 사마상여의 이야기를 적은 것인데 사마상여가 너무 탐미적이어서 자기와 함께 사는 탁문군의 미모에 감동하여 고질병인 말더듬이 증세가 더욱 심해졌고 그것을 풍자하고자 <美人賦(미인부)>를 지었으나 백약이 무효로 그 때문에 죽고 말았다는 것이다.

한나라 때 특히 한 무제 때에 시와 산문의 중간 장르인 賦(부)가 유행하였는데 그 대표적인 賦(부) 작가가 사마상여이다. 그는 제후나 천자의 遊獵(유렵)의 장관을 읊은 <子虛賦(자허부)>, <上林賦(상림부)>를 지었고 또 무제에게 버림받은 長門宮(장문궁)의 진 황후를 위해 <長門賦(장문부)>를 짓기도 했다. 그는 명실 공히 한 무제 때 최고의 부작가로 후대 문인들이 그의 작품을 모방하여 많은 賦(부)를 창작했다.

그는 문필에 천재적인 재능이 있었으나 어려서부터 말더듬이였다. 그가 대부호 탁왕손의 집에서 술을 마시며 거문고를 연주하다 과부로 있던 탁왕손의 딸 탁문군의 마음을 끌어 야반도주하여 고향 성도로 간다. 그러나 먹고살 길이 없어 술장사를 하니 탁왕손이 그것을 수치스럽게 여겨 많은 돈을 주어 부유하게 해 주었다.

사마상여는 미인에게 현혹된 자기 자신을 스스로 풍자하고자 <美人賦(미인부)>를 지었다고 하는데 풍자는 당시 부 형식 중의 한 특징이다. 한대의 賦(부)는 천자나 왕의 遊獵(유렵)의 장관을 읊은 <상림부>, <자허부> 등이 모두 온갖 진기한 글자들을 나열하여 화려한 모습들을 형용하지만 끝 부분에서는 이렇게 사치스러우면 안 된다는 짤막한 말을 곁들여서 풍자를 하는 형식을 취하는데 <미인부> 역시 미인에 빠진 자기 자신을 풍자하고자 지었음에도 효과도 없이 죽고 만 것이다. 너무나 탐미적인 한 작가의 인물 이야기를 쓴 소설이다.

12. 趙夫人

王嘉

● ● ● **작자 소개**

王嘉(왕가)는 前秦(전진)시대 사람으로 安陽人(안양인)이다. 字(자)가 子年(자년)이고 맑은 기를 마시며 세상 사람들과는 어울리지 않는 方士(방사)였다. 절벽을 뚫고 굴에서 살았는데 제자가 수백 명이었고 아직 일어나지 않은 일을 다 알아맞힐 수가 있었다. 후에 姚萇(요장)에게 죽임을 당했다. 그가 죽는 날 어떤 사람이 언덕에서 그를 보았다 한다. 저서로 ≪拾遺記(습유기)≫가 있다. ≪晋書(진서)≫ 95에 기록이 보인다.

이 소설은 ≪습유기≫에서 뽑은 것이다. ≪습유기≫는 10권으로 된 책으로 전설의 三皇(삼황)시대로부터 後趙(후조)시대 石虎(석호)에 이르기까지 기록했는데 사적이 荒誕(황탄)하여 왕왕 역사서와 부합되지 않는다. 그러나 글들이 풍부하고 읽을거리가 많아 채취할 내용이 많다.

● ● ● **원문**

吳主趙夫人, 丞相達之妹. 善畫, 巧妙無雙, 能於指間以彩絲織爲雲霞龍蛇之錦, 大則盈尺, 小則方寸, 宮中謂之"機絶".

孫權常嘆魏蜀未夷, 軍旅之隙, 思得善畫者使圖山川地勢軍陣之象. 達乃進其妹, 權使寫九州江湖方嶽之勢. 夫人曰"丹青之色, 甚易歇滅, 不可久寶. 妾能刺繡, 作列國方帛之上, 寫以五嶽河海城邑行陣之形." 旣成, 乃進於吳主, 時人謂之"針絶". 雖棘刺沐猴、運梯、飛玄, 無過此麗也.

權居昭陽宮, 倦暑乃褰紫綃之帷. 夫人曰"此不足貴也." 權使夫人指其意思焉. 答曰: "妾欲窮慮盡思能使下綃帷而清風自入, 視外無有蔽礙, 列侍者飄然自凉, 若馭風而行也." 權欲善. 夫人乃析髮, 以神膠續之, 一神膠出鬱夷國, 接弓弩之斷弦, 百斷百續也. 乃織爲羅縠, 累月而成, 裁爲幔, 內外視之, 飄飄如煙氣輕動而房內自凉. 時權常在軍旅, 每以此幔自隨, 以爲征幕, 舒之則廣縱一丈, 卷之則可納於枕中, 時人謂之"絲絶".

故吳有三絶, 四海無儔其妙. 後有貪寵求媚者, 言夫人幻耀於人主, 因而致退黜. 雖見疑墜, 猶存錄其巧工. 吳亡, 不知所在.

●●● 한자풀이 및 주석

[吳主(오주)] - 삼국시대 吳(오)나라 군주 孫權(손권).

[趙達(조달)] - 삼국시대 吳나라 河南 사람. 九宮一算術(구궁일산술)을
　　　　　　익혀 날아가는 메뚜기들을 셀 수 있었고 숨어 있는 것들
　　　　　　을 쏠 때 맞히지 않는 것이 없었다. 그 술수를 남에게 알

려 주지 않았다. 손권이 군대를 끌고 정벌할 때 매번 조
달을 시켜 걸음을 세게 하면 모두 그의 말에 딱 들어맞
았는데 조달이 죽고는 그 술법이 전하지 않는다.

[彩絲(채사)] - 채색 실.

[雲霞(운하)] - 구름과 노을.

[龍蛇(용사)] - 용과 뱀.

[盈尺(영척)] - 한 자를 채우다. 盈은 찰 영, 尺은 자.

[方寸(방촌)] - 사방 한 치의 넓이. 얼마 안 되는 크기.

[未夷(미이)] - 아직 멸하지 못하다. 夷는 멸하다의 뜻.

[軍旅(군려)] - 군대. 전쟁.

[隙(극)] - 틈 극.

[九州(구주)] - 중국의 夏나라 禹임금이 전국을 아홉 개의 州로 나누었
다 함. 즉 冀(기), 兗(연), 淸(청), 徐(서), 豫(예), 荊(형),
揚(양), 雍(옹), 梁(량).

[方嶽(방악)] - 중국의 동서남북에 있는 네 산. 泰山(태산), 衡山(형산),
華山(화산), 恒山(항산)을 말함.

[丹靑(단청)] - 붉은빛과 푸른빛. 건축물에 여러 가지 무늬를 그린 채색.

[歇滅(헐멸)] - 없어지고 마멸되다.

[刺繡(자수)] - 수를 놓는 것.

[方帛(방백)] - 네모난 비단.

[行陣(행진)] - 군대의 列(열).

[棘刺(극자)] - 가시나무로 새기다.

[沐猴(목후)] - 원숭이.

[雲梯(운제)] - 성을 공격하는 데 쓰는 높은 사다리.

[飛玄(비현)] - 나는 제비. 玄은 오른편에 새 조 자를 붙여 쓰기도 한다.

[昭陽宮(소양궁)] - 원래는 漢나라 궁전 이름이었으나 후에는 后妃가 머
무는 궁전을 가리키는 말로 쓰였다.

[倦(권)] - 지칠 권.

[褰(건)] - 걷을 건.

[紫綃(자초)] - 자줏빛 생비단. 초

[帷(유)] - 장막 유.

[窮慮盡思(궁려진사)] - 사려를 다 짜내다.

[蔽礙(폐애)] - 가려지는 장애.

[飄然(표연)] - 바람에 가볍게 날리는 모양.

[馭風(어풍)] - 바람을 다스리다. 馭는 말을 부리다, 다스리다.

[析髮(석발)] - 머리카락을 쪼개다.

[神膠(신교)] - 신비한 아교. 膠는 아교 교.

[鬱夷國(울이국)] - 나라 이름. 밝혀지지 않은 나라임.

[弓弩(궁노)] - 활과 쇠뇌.

[羅縠(라곡)] - 비단. 羅는 비단 라, 縠은 주름비단 곡, 명주.

[幔(만)] - 장막 만.

[征幕(정막)] - 전장의 장막.

[舒(서)] - 펼 서.

[廣縱(광종)] - 너비와 길이.

[丈(장)] - 길이의 단위. 1뼘이 1尺이므로 그 10배인 10척을 1丈이라 한
         다. 또 1丈은 8尺이어서 성인 남자의 키와 같아 '어른, 길' 등
         의 뜻도 나타낸다.

[納(납)] - 들일 납.

[枕中(침중)] - 베개 속.

[儔(주)] - 짝.

[貪寵求媚(탐총구미)] - 총애를 탐하고 사랑을 구하다. 媚는 아첨하다,
                    사랑하다.

[幻耀(환요)] - 요술로 빛내다.

[退黜(퇴출)] - 물리치고 쫓아내다. 黜은 물리치다, 쫓다.

●●● **번역**

오나라 군주의 조부인은 재상 조달의 여동생이었다. 그림을 잘 그려 교
묘하기가 무쌍하였고 손가락 사이에 채색 실을 끼워 구름 노을과 용과
뱀 등 각종 도안을 넣은 비단을 짤 수 있었는데 큰 것은 한 자 남짓이
되었고 작은 것은 사방 한 마디쯤 되었으므로 궁중에서는 그것을 일러

'베 짜기의 최고'라 하였다.

손권은 자주 위나라 촉나라를 평정시키지 못한 것을 한탄하였는데 전쟁터의 한가한 틈에 그림 잘 그리는 사람을 구해 산수지리의 형상과 군대 진영의 형상을 그려 내게 하려고 생각했다. 승상 조달이 이에 그 여동생을 추천하니 손권이 구주의 강호와 사방의 산의 형상을 그려 내도록 시켰다. 조 부인이 말하기를 "단청의 색깔은 쉽게 마멸되어 버려 오랜 보물이 되기 어렵습니다. 제가 자수를 잘하니 네모난 비단 위에 여러 나라를 수놓고 오악과 강과 바다와 도시와 진영의 모습을 그려 내겠습니다." 이루어진 후 오나라 왕에게 바치니 당시 사람들이 그것을 '자수의 최고'라 하였다. 비록 가시나무로 새긴 원숭이, 교묘한 구름사다리, 날 수 있는 나무새라 하더라도 이것의 아름다움만 못하였다.

손권이 소양궁에 살 때 여름철에 더위에 지쳐 자줏빛 생비단 장막을 열어 놓았다. 부인이 말하기를 "이 장막은 귀중한 것이 못 됩니다." 손권이 부인더러 그 말의 뜻을 말해 보라고 하였다. 답하기를 "저는 갖가지 생각을 다하여 비단장막을 쳐 놓아도 맑은 바람이 절로 들어오고 밖을 보아도 가려지는 것이 없고 시중드는 도열한 사람들이 표연히 시원함을 느껴 마치 바람을 타고 다니는 것과 같이 하고자 합니다." 손권은 훌륭하다고 하였다. 부인은 이에 머리털을 가늘게 쪼개어 신묘한 접착제로 이어 붙였다. 신묘한 접착제는 울이국에서 생산되는 것이고 활과 쇠뇌의 끊어진 현을 붙이는 것으로 못 붙이는 것이 없었다. 이렇게 비단을 짰는데 몇 달이 걸려 완성되었다. 마름질하여 장막을 만드니 안팎에서 보면 표연히 안개같이 가볍게 움직이며 방 안이 절로 시원하였다. 당시 손권은 항상 군영에 있어 늘 이 장막을 가지고 다니면서 군중의 장막으로 삼았는데 펼치면 가로세로로 한 길이 되었고 말면 베개에 넣을 수 있어 당시 사람들이 그것을 "비단의 최고"라 하였다.

그러므로 오나라에 이 세 가지 뛰어난 것이 있었고 온 세상에 그 교묘함에 비교될 것이 없었다. 후에 총애를 탐하고 아첨을 하는 자가 부인이 요술로 군주를 미혹시킨다고 말하여 그 때문에 조 부인은 쫓겨나게 되었다. 비록 의심받고 쫓겨났지만 그래도 그 교묘한 솜씨는 기록하여 남겨졌다. 오나라가 망한 후 이것들은 어디에 있는지 모르게 되었다.

⬤⬤⬤ 해제

이 작품은 오나라 손권의 부인 조 부인이 女工(여공: 여자들이 하는 길쌈)에 재주가 뛰어나 그녀의 작품이 오나라의 三絶(삼절)이었는데 결국은 모함을 받고 쫓겨났다는 이야기로 역시 인물을 소재로 한 소설이다.

갖가지 그림을 그려 넣은 비단을 잘 짜 '機絶(기절)'이라 불렸고 손권과 대치하는 위나라 촉나라의 진영의 모습을 천하의 형세와 함께 비단에 자수로 수놓아 '針絶(침절)'이라 일컬어졌고 또 자신의 긴 머리카락을 잘게 쪼개어 아교로 붙여 비단을 짜서 장막을 만들어 손권이 군영에서 여름철 시원하게 지낼 수 있게 하였으므로 '絲絶(사절)'이라고 불렸다. 승상의 여동생이자 손권의 부인이면서도 이렇게 女工(여공)에 뛰어났던 조 부인은 그 뛰어남이 신묘한 경지여서 요술로 군주를 미혹시킨다는 모함이 그럴듯하게 받아들여져 쫓겨난 것이다. 섬세한 솜씨로 이러한 뛰어난 재주를 발하여 손권을 도왔는데 총애를 탐하는 다른 사람에게 모함을 받고 그 솜씨도 전해지지 않은 채 이렇게 인물소설의 기록으로 남았다.

문인 사대부의 재주의 뛰어남을 일컫는 말로 '詩·書·畵(시·서·화)' 三絶(삼절)이 있다. 시·서·화 삼절에 해당되는 뛰어난 작품들은 대개 후세에까지 보존되기 쉬운데 조 부인의 이 '삼절'에 해당하는 작품들이 오나라가 망하면서 다 사라져 버렸다는 것은 참 아쉬운 일이다.

13. 荀巨伯

劉義慶

●●● **작자 소개**

漢魏六朝(한위육조) 志怪小說(지괴소설)의 <유신·완조> 편의 작자
소개 참조.

●●● **원문**

荀巨伯遠看友人疾. 値胡賊攻郡, 友人於巨伯曰: "吾
今死矣, 子可去." 巨伯曰: "遠來相視, 子令吾去; 敗義
以求生, 豈荀巨伯所行耶?" 賊旣至, 謂巨伯曰: "大軍至,
一郡盡空, 汝何男子而敢獨止?" 巨伯曰: "友人有疾, 不
忍委之, 寧以我身代友人命." 賊相謂曰: "我輩無義之人,
而入有義之國." 遂班軍而還. 一郡幷獲全.

●●● **한자풀이 및 주석**

[荀巨伯(순거백)] – 漢대 許州 사람. 우의에 돈독한 사람으로 유명하다.

[値(치)] - 만날 치.
[胡賊(호적)] - 오랑캐 도적.
[敗義(패의)] - 의를 해치다. 敗는 해치다, 손상시키다.
[委(위)] - 버리다. 내버려 두다.
[我輩(아배)] - 우리들. 배는 무리 배.
[班軍(반군)] - 군대를 돌이키다. 班에는 돌이키다의 뜻이 있다.
[獲(획)] - 얻을 획.

●●● 번역

순거백이 멀리서 친구의 병문안을 왔다. 오랑캐 적군이 마을을 공격하는 참이라 친구가 거백에게 말하기를 "나는 이제 죽으니, 그대는 떠나거라." 거백이 말하기를 "멀리서 와서 서로 만났는데 그대가 나를 가라고 하니 의로움을 버리고 목숨을 구하는 것이 어찌 순거백이 할 바인가?" 적군이 이미 도착하자 거백에게 일러 말하기를 "대군이 와서 온 마을이 다 비었는데 그대는 어떤 남자이기에 감히 홀로 머물러 있는가?" 거백이 말하기를 "친구가 병이 났는데 차마 그를 버리지 못하겠으니 차라리 내 몸으로 친구의 목숨을 대신하게 하시오." 적군이 일러 말하기를 "우리들은 의로움을 모르는 사람들인데 의로운 나라에 들어왔도다." 마침내 군대를 수습해 돌아갔다. 온 마을이 모두 온전해졌다.

●●● 해제

이 작품은 순거백이란 인물의 의로움이 오랑캐를 감동시켜 전쟁까지 그치게 했다는 이야기이다. 짧은 작품이지만 순거백이 친구를 대신해 죽음을 불사하는 의로움을 보였고 야만적인 오랑캐이면서도 한 사람의 의로움에 감동되어 다 정복한 마을에서 군대를 수습해 돌아갔다는 이야기는 의로움의 힘이 얼마나 큰 것인가를 잘 보여 준다.

仁義(인의)는 유가사상에서 강조하는 덕목인데 오랑캐 군대가 漢(한)나라에 쳐들어왔다가 인의를 지키는 한 작은 인물 앞에서 거대한 문화적 힘을 느낀 것이다. 그들은 전쟁으로 얻는 노획물보다 인의의 덕목을 배운 것을 더 값지게 여기고 돌아갔으니 무력보다 의로움의 힘이 강함을 알 수 있다.

이와 더불어 생각해 볼 것으로 전쟁을 무력으로서 이기지 않고 신의로써 이긴 고대 중국의 또 하나의 예이다. 춘추시대 晉(진)나라 文公(문공)이 原(원)나라를 정벌하러 갈 때 대부들과 열흘 안에 함락시키기로 기약하였는데 열흘이 되어도 함락되지 않자 전쟁을 그만두고 떠난다. 原(원)땅에서 나온 자가 사흘이면 곧 함락될 거라고 전쟁을 계속하라고 권유하지만 열흘을 약속한 것을 지켜 전쟁을 그만둔 것이다. 이에 原(원)나라 사람들이 그의 신의에 감동하여 절로 귀의했고 이웃 衛(위)나라사람들까지 감동하여 귀의했다 한다. 이렇게 신의를 지킴으로써 전쟁을 하지 않고도 이긴 이야기는 역시 의로움의 중요성을 일깨운다.

唐宋傳奇小說

- 당송대(618 - 1279)에 쓰여진
인간세계의 여러 가지
이야기들을 쓴 소설

14. 南柯太守傳

李公佐

 ## 작자 소개

李公佐(이공좌: 770?-850?)는 唐(당)나라 隴西人(농서인)이고 字(자)가 顓蒙(전몽)이다. 進士(진사)가 되어 憲宗(헌종) 元和(원화)연간(806-820)에 江淮從事(강회종사)를 하다가 후에 그만두고 長安(장안)으로 돌아갔다. 武宗(무종) 會昌(회창: 841-846) 초에 楊府錄事(양부녹사)가 되었고 宣宗(선종) 大中(대중) 2년(848) 일에 연루되어 좌천되었다. 그가 지은 작품은 傳奇小說(전기소설)이 가장 유명하다. 지금 전하는 것으로 <南柯太守傳(남가태수전)>, <謝小娥傳(사소아전)>, <馮媼傳(풍온전)>, <古嶽瀆經(고악독경)>의 4편이 있다. ≪太平廣記(태평광기)≫ 475에 기록이 보인다.

 ## 원문1

東平淳于棼, 吳、楚游俠之士. 嗜酒使氣, 不守細行. 累巨財, 養豪客. 曾以武藝補淮南軍裨將, 因使酒忤帥, 斥逐落魄, 縱誕飲酒爲事. 家住廣陵郡東十里, 所居宅南

有大古槐樹一株, 枝幹修密, 清陰數畝. 淳于生日與群
豪, 大飲其下.

貞元七年九月, 因沈醉致疾. 時二友人於座扶生歸家, 臥
於堂東廡之下. 二友謂生曰: "子其寢矣! 余將秣馬濯
足, 俟子小愈而去." 生解巾就枕, 昏然忽忽, 彷彿若夢.
見二紫衣使者, 跪拜生曰: "槐安國王遣小臣致命奉邀."
生不覺下榻整衣, 隨二使至門. 見青油小車, 駕以四牡,
左右從者七八, 扶生上車, 出大戶, 指古槐穴而去. 使
者卽驅入穴中.

●●● 한자풀이 및 주석

[東平(동평)] – 지명. 지금의 山東省(산동성). 泰山郡(태산군)에 東平縣
(동평현)이 있었다.

[嗜酒(기주)] – 술을 좋아하다. 嗜는 좋아하다. ex) 嗜好(기호).

[累(루)] – 쌓을 루.

[武藝(무예)] – 무예.

[淮南(회남)] – 淮河(회하) 이남, 양자강 이북의 지역을 가리킨다. 지금은
安徽省(안휘성)의 중부를 의미한다.

[裨將(비장)] – 副將軍(부장군).

[忤(오)] – 거스를 오.

[斥逐(척축)] – 물리치고 쫓아내다. 斥은 물리칠 척, 逐은 쫓을 축.

[落魄(낙백)] – 영락함. 뜻을 얻지 못하는 모양.

[縱誕(종탄)] – 제멋대로 굶.

[廣陵郡(광릉군)] – 후한 때 세운 군 이름으로 옛 성이 江蘇省 江都縣
동북에 있었다. 남조 宋나라 때 세운 廣陵郡도 역시
강소성에 있었다. 그러나 唐五代 때에는 山西省에

있었다.

[宅(택)] - 집 택.

[槐樹(괴수)] - 홰나무. 콩과에 속하는 낙엽 교목.

[株(주)] - 그루 주.

[枝幹(지간)] - 가지와 줄기.

[修密(수밀)] - 길고 빽빽하다.

[畝(무)] - 이랑 무, 이랑 묘. 이랑의 도랑은 畎(견), 이랑의 두둑은 畝
　　　　(무). 또는 전답의 면적 단위로 6척 사방을 步(보)라 하고 100
　　　　步를 畝라 하고 秦(진)대 이후로는 240步를 畝라 하였다. 현
　　　　대는 약 100제곱미터가 1畝이다.

[貞元(정원)] - 唐나라 德宗의 연호. 貞元 7년은 791년.

[東廡(동무)] - 동쪽 처마. 廡는 처마, 집, 거느림 채의 뜻이 있다.

[秣馬(말마)] - 말에게 꼴을 먹이다. 秣은 꼴, 말을 먹이다의 뜻.

[濯足(탁족)] - 발을 씻다. 탁은 씻다. ex) 洗濯(세탁).

[俟(사)] - 기다릴 사.

[愈(유)] - 병 나을 유.

[解巾(해건)] - 두건을 풀다.

[彷彿(방불)] - 거의 비슷함.

[跪拜(궤배)] - 무릎을 꿇고 절함. 跪는 꿇어앉을 궤.

[下榻(하탑)] - 침상에서 내려오다. 榻은 길고 좁게 만든 평상.

[整衣(정의)] - 옷을 바로 하다. 整은 정돈할 정.

[牡(모)] - 길짐승 수컷.

[槐穴(괴혈)] - 홰나무 굴.

●●● 번역

동평 사람 순우분은 오나라·초나라 지방을 노니는 협객이다. 술을 좋
아하고 호기를 부리며 세세한 일에 구속받지 않았다. 많은 부를 쌓아
호객들을 길렀다. 일찍이 무예로써 회남군부장군에 임명되었는데 술 때
문에 장군의 비위를 거슬러 쫓겨나 낙백하여 제멋대로 술에 빠져 지내

는 것을 일삼았다. 집이 광릉군 동쪽 십 리 되는 곳에 있었는데 사는 집 남쪽에 큰 마른 홰나무 한 그루가 있었고 가지가 길고 무성하였으며 맑은 나무 그늘이 몇 무의 땅을 덮었다. 순우분은 날마다 여러 호객들과 그 아래에서 호방하게 술을 마셨다.

당나라 덕종 정원 7년 9월에 숙취로 인하여 병에 걸렸다. 당시 두 친구가 술자리에서 순우분을 부축하여 집으로 돌아갔고 당 동쪽 처마 아래에 누웠다. 두 친구가 그에게 말하기를 "그대는 좀 잠을 자시오. 우리는 말을 먹이고 발을 씻고 당신이 좀 나은 뒤 떠나겠소."라 하였다. 순우분은 두건을 풀고 베개를 베었는데 혼미하고 허전하며 마치 꿈을 꾸는 듯했다. 두 자줏빛 옷을 입은 사자가 순우분에게 무릎을 꿇고 절하며 "괴안국 왕이 소신들을 보내어 받들어 모셔 오시라 하였습니다." 순우분은 자기도 모르게 침상에서 내려와 옷을 가다듬고 두 사신을 따라 문으로 나갔다. 푸른 칠을 한 작은 수레가 보였고 네 필의 말이 매어 있으며 좌우에 따르는 자가 칠팔 명으로 순우분을 부축하여 수레에 오르게 하고 큰 문을 나서 마른 홰나무 동굴을 향하여 길을 떠났다. 사자는 곧 동굴 속으로 말을 몰았다.

●●● 원문2

生意頗甚異之, 不敢致問. 忽見山川風候、草木道路, 與人世甚殊. 前行數十里, 有郛郭城堞. 車者傳呼甚嚴, 行者亦爭辟於左右.

又入大城, 朱門重樓, 樓上有金書, 題曰 '大槐安國', 執門者趨奔走. 旋有一騎傳呼曰: "王以駙馬遠降, 令且息東華館." 因前導而去. 俄見一門洞開, 生降車而入. 彩檻雕楹, 華木珍果, 列植於庭下; 几案茵褥, 簾幃有膳, 陳設於庭上. 生心甚自悦. 復有呼曰: "右相且至."
生降祗奉. 有一人紫衣象簡前趨, 賓主之儀敬盡焉. 右
相曰: "寡君不以弊國遠僻, 奉迎君子, 托以姻親." 生曰:
"某以賤劣之軀, 豈敢是望!" 右相因請生同詣其所. 行可
百步, 入朱門. 矛戟斧鉞, 布列左右, 君吏數百, 辟易道
側. 生有平生酒徒周弁者, 亦趨其中. 生私心悦之, 不敢
前問. 右相引生升廣殿, 御衛嚴肅, 若至尊之所. 見一人
長大端嚴, 居正位, 衣素練服, 簪朱華冠. 生戰慄, 不敢
仰視. 左右侍者令生拜. 王曰: "前奉賢尊命, 不棄小国,
許令次女瑤芳, 奉事君子." 生但俯伏而已, 不敢致詞.
王曰: "且就賓宇, 續造儀式." 有旨, 右相亦與生偕還
館舍. 生思念之, 意以爲父在邊將, 因殁虜中, 不知存亡.
將謂父北蕃交通, 而致兹事. 心甚迷惑, 不知其由.

● ● ● 한자풀이 및 주석

[頗甚(파심)] – 자못 심히. 자못 파, 심할 심.
[風候(풍후)] – 풍물과 기후.
[殊(수)] – 다를 수.
[郛郭城堞(부곽성첩)] – 외성 부, 성곽 곽으로 郛郭은 성곽. 성 성, 성가
　　　　　　　　　퀴(성벽 위에 쌓은 나지막한 담.) 첩으로 城堞은
　　　　　　　　　성채.
[辟(피)] – 피하다.
[趨(추)] – 종종걸음으로 빨리 가다.
[奔走(분주)] – 분주하다.
[旋(선)] – 갑자기.

[駙馬(부마)] – 임금의 사위. 駙는 곁마 부.

[俄(아)] – 잠시 아.

[門洞(문동)] – 중국식 저택의 대문에서 집 안으로 통하는 지붕이 있는 통로.

[彩檻雕楹(채함조영)] – 채색 난간과 조각한 기둥.

[茵蓐(인욕)] – 자리깔개.

[簾幃肴膳(렴위효선)] – 주렴장막과 안주와 음식. 簾은 주렴, 幃는 장막, 肴는 안주, 膳은 반찬.

[祗奉(지봉)] – 공경하여 받듦. 공경할 지, 받들 봉.

[象簡(상간)] – 상아 홀. 象은 코끼리 상, 상아 상, 簡은 笏(홀)(= 임금을 뵐 때, 朝服에 갖추어 손에 쥐는 물건.)

[右相(우상)] – 右議政(우의정). 재상.

[寡君(과군)] – 덕이 적은 임금. 다른 나라 사람에게 자기 나라 임금을 일컫는 경칭.

[弊國(폐국)] – 자기 나라의 겸칭.

[遠僻(원벽)] – 멀고 외짐.

[姻親(인친)] – 査頓(사돈).

[賤劣之軀(천렬지구)] – 천하고 졸렬한 몸. 軀는 몸 구.

[詣(예)] – 나아갈 예.

[矛戟斧鉞(모극부월)] – 矛는 자루가 긴 창, 戟은 쌍지창, 斧는 도끼 부, 鉞은 도끼 월.

[辟易(벽역/피역)] – 놀라서 뒤로 물러남. 기세에 눌려 꽁무니를 뺌.

[酒徒(주도)] – 술을 즐기고 마시는 무리. 酒黨(주당).

[御衛(어위)] – 모시고 호위하다.

[嚴肅(엄숙)] – 엄숙하다.

[若(약)] – ～와 같다.

[至尊(지존)] – 지극히 존귀함. 제왕.

[素練服(소련복)] – 흰 누인 명주옷.

[簪(잠)] – 비녀 잠. 머리털을 끌어 올리거나 관이 벗어지지 않게 머리에 꽂는 물건.

[戰慄(전율)] – 두려워서 떪.

[尊命(존명)] – 임금의 분부.

[但(단)] - 다만 단.
[俯伏(부복)] - 부복하다. 구부려 엎드리다.
[而已(이이)] - ~할 따름이다. 한정형 어기조사.
[賓宇(빈우)] - 빈객의 처소. 손님 빈, 집 우.
[旨(지)] - 천자의 의향. 명령.
[偕(해)] - 함께 해. ex) 偕老(해로).
[邊將(변장)] - 변방의 장수.
[歿(몰)] - 죽다.
[虜(로)] - 포로 로. 옛날 중국에서 북방의 외족을 낮추어 부르던 말.
[北蕃(북번)] - 북방 제후국. 蕃은 울타리 번. 제후국 번.

●●● 번역

순우분은 마음속으로 자못 이상하게 생각하였으나 감히 질문하지 못했다. 홀연 산천과 풍물, 초목과 도로가 보였는데 인간세상과 많이 달랐다. 앞으로 수십 리를 가니 성곽과 성채가 보이는데 수레를 모는 자는 엄하게 호령을 했고 길 가는 사람들은 좌우로 피했다.

또 큰 성으로 들어갔는데 붉은색 문에 몇 층의 누각이 있고 누각에는 금빛 글씨가 있는데 이름 붙이기를 '대괴안국'이라 하였고 문을 지키는 자들이 바삐 뛰어다녔다. 갑자기 한 기병이 달려와 외치기를 "왕께서 부마가 먼 곳에서부터 오셨으니 동화관에서 좀 쉬시라고 하셨다."라 하고는 앞에서 인도하여 갔다. 잠시 뒤 문동이 하나 열린 것이 보였고 순우분은 수레에서 내려 들어갔다. 채색을 칠한 난간과 조각한 기둥, 아름다운 화목과 진기한 열매가 뜰아래에 나열해 있었고 탁자와 방석 주렴장막과 안주와 음식이 뜰 위에 차려져 있었다. 순우분은 마음에 심히 기뻤다. 다시 외치며 말하기를 "우승상이 오십니다." 순우분은 섬돌에서 내려와 공손히 받들었다. 한 자줏빛 옷을 입고 상아홀을 든 사람이 앞으로 나와 손님과 주인의 예를 삼가 나누었다. 우승상이 말하기를

"저희 군주께서는 저희 나라가 외지고 멀다고 여기시지 않고 군자를 맞이하시어 사돈을 맺고자 하십니다." 순우분이 말하기를 "천하고 졸렬한 제가 어찌 이런 바램을 가질 수 있겠습니까?" 우승상은 순우분을 청하여 왕이 있는 곳으로 가자고 하였다. 백 걸음쯤 가다가 붉은 문으로 들어갔다. 창과 도끼 등 병기를 든 자들이 좌우에 나열해 있고 수백 명의 시종이 길 옆에 서 있었다. 순우분과 평소 술을 마시던 친구 주변이란 자도 그 가운데 끼어 있었다. 순우분은 속으로 기뻤으나 감히 나가 묻지는 못했다. 우승상이 순우분을 끌어 너른 대전에 오르게 하였는데 호위하는 것이 삼엄하여 보아하니 국왕의 처소 같았다. 한 장대하고 단정 엄숙한 사람이 보였는데 반듯한 자리에 앉았고 흰 명주옷을 입고 붉은 왕관을 쓰고 있었다. 순우분은 두려워 떨며 감히 고개 들어 바라보지 못했다. 좌우의 시종들이 순우분에게 절을 올리게 하였다. 왕이 말하기를 "이전의 영존 대인의 분부로 우리 작은 나라를 버리지 않으시고 나의 둘째 딸 요방이 그대를 섬기게 허락하셨소." 순우분은 다만 엎드려 부복하며 한마디도 감히 올리지 못했다. 왕이 말하기를 "우선 빈객의 처소에 있다가 이어 결혼의식을 거행하도록 하시오." 성지를 받들어 우승상이 순우분과 함께 관사로 돌아갔다. 순우분은 마음속으로 생각하기를 부친이 변방을 지키던 장군이셨는데 포로로 잡혀 생사를 모르는데 어쩌면 부친이 계신 북방 제후국이 화친을 청해 이런 일이 생긴 걸까 싶었다. 마음이 심히 미혹되었으나 그 까닭을 알 수 없었다.

●●● 원문3

是夕, 羔雁幣帛, 威容儀度, 妓樂絲竹, 肴膳燈燭, 車騎禮物之用, 無不咸備. 有群女, 或稱華陽姑, 或稱靑溪姑, 或稱上仙子, 或稱下仙子, 若是者數輩. 皆侍從數

十, 冠翠鳳冠, 衣金霞披, 彩碧金鈿, 目不可視. 遨游
戲樂, 往來其門, 爭以淳于郎爲戲弄. 風態妖麗, 言詞
巧艶, 生莫能對. 復一女子謂生曰: "昨上巳日, 吾從靈
芝夫人過禪智寺, 於天竺院觀石延舞≪婆羅門≫, 吾與
諸女坐北牖石榻上, 時君少年, 亦解騎來看. 君獨强來
親洽, 言調笑謔. 吾與窮英妹結絳巾, 掛於竹枝上, 君
獨不憶念之乎? 又七月十六日, 吾於孝感寺侍上眞子,
聽契玄法師講≪觀音經≫. 吾於講下舍金鳳釵兩只, 上
眞子舍水犀合子一枚. 時君亦講筵中, 於師處請釵合視
之, 賞嘆再三, 嗟異良久. 顧余輩曰: '人之與物, 皆非
世間所有.' 或問吾氏, 或訪吾戀戀. 吾亦不答. 情意戀,
矚不舍. 君豈不思念之乎?" 生曰: "心中藏之, 何日忘
之." 群女曰: "不意今日與君爲屬."

●●● 한자풀이 및 주석

[羔雁(고안)] − 어린 양과 기러기. 옛날 卿大夫(경대부)끼리 주고받는 폐
　　　　　　　백으로 경끼리는 어린양을 대부끼리는 기러기를 폐백으
　　　　　　　로 썼음. 여기서는 예물의 뜻.
[幣帛(폐백)] − 신에게 바치는 비단. 또는 천자에게 예물로 바치는 비단.
[儀度(의도)] − 의식과 법도.
[妓樂(기악)] − 기생과 음악. 기생이 연주하는 음악.
[絲竹(사죽)] − 현악기와 관악기.
[咸備(함비)] − 다 갖추어지다. 다 함, 갖출 비.
[姑(고)] − 여자의 통칭. 시어머니나 고모의 뜻도 있음.
[數輩(수배)] − 여러 무리. 輩는 무리 배. ex) 先輩(선배).

[冠翠鳳冠(관취봉관)] - 취봉관을 쓰다. 앞의 冠은 명사가 동사로 쓰인
　　　　　　　　意動(의동)용법이다.
[衣金霞披(의금하피)] - 역시 앞의 衣는 의동용법으로 쓰였다. 황금 노
　　　　　　　　을빛 옷을 입다.
[金鈿(금전)] - 황금 비녀.
[遨游(오유)] - 놂.
[戲弄(희롱)] - 희롱하다.
[妖麗(요려)] - 요염하고 아름답다.
[巧艷(교염)] - 솜씨 있고 어여쁘다.
[上巳日(상사일)] - 음력 3월의 첫 巳日(사일). 이날 흐르는 물가에 가서
　　　　　　　　재앙을 떠는 풍속이 있음. 뒤에 3월 3일이 되었음.
[婆羅門(바라문)] - 인도 四姓(사성) 가운데 가장 높은 지위의 승족.
[北牖(북유)] - 북쪽 창. 牖는 창 유.
[石榻(석탑)] - 돌 탑상.
[解騎(해기)] - 기마를 풀다. 말에서 내려오다.
[親洽(친흡)] - 친하고 화합하다.
[笑謔(소학)] - 웃으면서 농지거리함.
[絳巾(강건)] - 붉은 수건.
[掛(괘)] - 걸 괘.
[金鳳釵(금봉채)] - 금봉황 비녀. 釵는 비녀 채.
[水犀合子(수서합자)] - 물소 뿔 상자. 犀는 물소 서.
[講筵(강연)] - 강의하는 자리. 講席(강석).
[矚(촉)] - 볼 촉. 바라보다.
[爲屬(위속)] - 혈족이 되다. 屬은 살붙이, 혈족.

● ● ● **번역**

이날 저녁에 양과 기러기, 폐백 비단, 위용 있는 의식과 법도, 가무와
관현악, 맛있는 음식과 등불, 수레와 기마 등 예물의 용품이 다 갖추어
지지 않은 것이 없었다. 수많은 여자들이 있는데 어떤 여인은 화양고,

어떤 여인은 청계고, 어떤 여인은 상선자, 어떤 여인은 하선자라 하며 이와 같은 여인들이 여럿이었다. 모두 시종이 수십 명이고 비취 봉황관을 썼고 황금 노을 옷을 둘렀는데 채색빛 황금빛 비녀들로 하여 눈을 뜨고 바라볼 수 없었다. 즐겁게 노닐면서 문간을 왕래하며 다투어 순우분을 가지고 장난을 쳤다. 자태가 요염하고 아름다우며 말솜씨가 어여뻐 순우분은 대답할 수가 없었다. 다시 한 여인이 순우분을 일러 말하기를 "지난번 상사일에 내가 영지부인을 따라 선지사에 갔는데 천축원에서 석연이 <바라문> 춤을 추는 것을 보았어요. 나와 여러 여인들이 북쪽 창 아래의 돌 탑상에 앉았는데 당시 그대는 소년이었고 역시 말에서 내려와 보았지요. 그대는 홀로 다가와 친하게 인사하며 담소를 나누며 놀았지요. 나와 궁영 여동생이 붉은 수건을 묶어서 대나무 가지에 걸었는데 그대는 그것이 생각나지 않나요?" "또 7월 16일에 내가 효감사에서 상진자를 모시면서 계현법사가 <관음경>을 설법하는 것을 들었지요. 나는 강단 아래에서 금봉황 비녀 두 개를 보시했고 상진자는 물소 뿔 보석함을 주셨지요. 당시 그대도 역시 법당에 있었는데 계현법사가 계신 곳에 가서 비녀와 보석함을 가지고 와서 구경했지요. 몇 번이고 감탄하면서 한참 동안 놀라워했지요. 우리를 돌아보며 말하기를 '이렇게 예쁜 사람과 물건들은 모두 인간세상의 것이 아니야.'라고 했지요. 우리들의 이름을 묻고 우리를 찾아오고자 연연해했지요. 우리는 대답하지 않았지요. 감정이 연연해하며 바라보기를 멈추지 않았지요. 그대는 어찌 그것을 기억하지 않나요?" 순우분이 말하기를 "마음속에 감추어 둔 일을 어느 날인들 잊겠어요."라고 대답했다. 여러 여인들이 말했다. "오늘 그대와 친척이 될 줄은 생각지 못했어요."

●●● 원문4

復有三人, 冠帶甚偉, 前拜生曰: "奉命爲駙馬相者." 中一人與生且故. 生指曰: "子非馮翊田子華乎?" 田曰: "然." 生前, 執手叙舊久之. 生謂曰: "子何以居此?" 子華曰: "吾放游, 獲受知於右相武成侯段公, 因以棲托." 生復問曰: "周弁在此, 知之乎?" 子華曰: "周生貴人也. 職爲司隷, 權勢甚盛, 吾數蒙庇護." 言笑甚歡. 俄傳聲曰: "駙馬可進矣." 三子取劍佩晃, 更衣之. 子華曰: "不意今日獲睹盛禮, 無以相忘也." 有仙姬數十, 奏諸異樂, 婉轉清亮, 曲調凄悲, 非人間之所聞聽. 有執燭引導者, 亦數十. 左右見金翠步障, 彩碧玲瓏, 不斷數里. 生端坐車中, 心意恍惚, 甚不自安. 田子華數言以解之. 向者群女姑姊, 各乘風翼輦, 亦往來其間. 至一門, 號 '修儀宮'. 群仙姑姊亦紛紛在側, 令生降車輦拜, 揖讓升降, 一如人間. 徹障去扇, 見一女子, 云號 '金枝公主'. 年可十四五, 儼若神仙. 交歡之禮, 頗亦明顯.

●●● 한자풀이 및 주석

[相(상)] – 相에는 곁꾼, 시중드는 사람의 뜻이 있으므로 여기서는 신랑
　　　　측 들러리의 뜻.
[馮翊(풍익)] – 郡(군)이름으로 陝西省(섬서성)에 있었고 北周(북주) 때에
　　　　폐하였다가 隋唐(수당)대에는 同州(동주)를 풍익군으로
　　　　바꾸었다.
[棲托(서탁)] – 깃들 서, 의지할 탁. 의탁하다.
[司隷(사례)] – 관직명. 三輔(삼보), 三河(삼하), 弘農(홍농)의 7郡(군)을
　　　　맡아보던 감찰관인데 唐(당)나라 때에는 폐지되었었다.
[蒙(몽)] – 입을 몽.

[庇護(비호)] - 감싸서 보호함. 庇는 덮을 비, 護는 보호할 호.

[冕(면)] - 冕旒冠(면류관) 면. 천자나 대부 이상의 귀인이 朝儀(조의)나
　　　　제례 때 정복에 갖추어 쓰던 관. 거죽은 검고 속이 붉으며 위
　　　　에는 직사각형의 판이 놓이고 판 앞으로 주옥을 꿴 끈인 旒
　　　　(류)를 늘여 놓았는데 천자는 12류, 제후는 9류, 상대부는 7
　　　　류, 하대부는 5류를 달았다.

[睹(도)] - 볼 도. ex) 目睹(목도): 목도하다. 눈으로 보다.

[奏(주)] - 연주하다.

[婉轉(완전)] - 순탄하고 원활하여 군색하지 아니함.

[凄悲(처비)] - 처량하고 슬프다.

[步障(보장)] - 대나무를 세우고 막을 친 울타리.

[玲瓏(영롱)] - 영롱하다.

[恍惚(황홀)] - 황홀하다.

[姑姊(고자)] - 여자 누이들.

[輦(련)] - 수레.

[揖讓(읍양)] - 손과 주인이 상견하는 예.

[徹(철)] - 거둘 철. 치우다.

[扇(선)] - 부채 선.

[儼(엄)] - 의젓할 엄.

[交歡(교환)] - 서로 즐거움을 나눔.

[明顯(명현)] - 밝게 나타남.

● ● ●　**번역**

다시 세 사람이 나타났는데 의관이 위엄이 있고 앞으로 나와 순우분에
게 절하며 말하기를 "왕명을 받들어 부마의 들러리가 된 사람들입니
다."라 하였다. 그중의 한 사람은 순우분과 예부터 아는 사이 같았다.
순우분이 가리키며 말하기를 "그대는 풍익군의 전자화가 아닌가?" 전
씨가 말하기를 "그러하옵니다." 순우분이 앞으로 나아가 그의 손을 잡

고 두 사람은 한참 옛이야기를 나누었다. 순우분이 말하기를 "그대는 어찌 이곳에 있는가?" 전자화가 말하기를 "저는 이곳에서 노닐다가 우승상 무성후 단공의 지우를 받아 이곳에 머물게 되었습니다." 순우분이 다시 묻기를 "주변이 여기에 있는데 그것을 아는가?" 전자화가 말하기를 "주 선생은 귀인이십니다. 지금 사례를 담당하고 있고 권세가 심히 대단하여 저는 여러 차례 그의 비호를 받았습니다." 담소가 심히 즐거 웠다. 조금 있다 전하는 소리가 말하기를 "부마께서는 들어오셔도 됩니다." 세 들러리는 곧 보검과 패옥, 면관을 가지고 순우분에게 갈아입혔다. 전자화가 말하기를 "오늘 그대의 성대한 결혼식을 보게 되리라곤 생각지 못했는데 앞으로 잊지 못할 것입니다."라고 하였다. 선녀 같은 여인 수십 명이 특이한 음악을 연주하였는데 부드럽고 맑으며 곡조가 처량하여 인간세상에서 듣는 것과 달랐다. 등불을 들고 인도하는 사람들도 역시 수십 명이었다. 좌우 양쪽에는 금빛 비취빛 울타리가 보이는데 채색 빛깔이 영롱하였고 몇 리를 계속되었다. 순우분은 수레 안에 단정히 앉아 마음이 황홀하여 심히 편안치 못하였다. 전자화가 몇 번 말을 걸어 긴장을 풀어 주었다. 아까 그 여인 자매들도 각기 봉황날개 수레를 타고 그 사이를 왔다 갔다 하였다. 한 문에 이르니 '수의궁'이라고 쓰여 있었다. 여러 선녀 자매들도 곁에서 분분히 움직이며 순우분이 수레에서 내려 인사하게 하였는데 읍하고 물러나며 오르고 내려감이 모두 인간세계와 같았다. 장막을 걷고 부채를 치우니 한 여인이 보이는데 '금지공주'라 하였다. 나이는 열네댓 살로 보이고 의젓함이 신선처럼 보였다. 술잔을 교환하는 등의 의례도 자못 밝았다.

●●● 원문5

生自爾情義日洽, 榮耀日盛, 出入車服, 游宴賓御, 次
於王者. 王命生與群寮備武衛, 大獵於國西靈龜山. 山

阜峻秀, 川澤廣遠, 林樹豐茂, 飛禽走獸, 無不蓄之.
師徒大獲, 竟夕而還.

生因他日, 啓王曰: "臣頃結好之日, 大王云奉臣父之命.
吾父頃佐邊將, 用兵失利, 陷落胡中, 爾來絶書信十七
八歲矣. 王旣知所在, 臣請一往拜覲." 王遽謂曰: "親家
翁職守北土, 信問不絶, 卿但具書狀知聞, 未用便去." 遂
命妻致饋賀之禮, 一以遣之. 數夕還答. 生驗書本意, 皆
父平生之迹, 書中憶念教誨, 情意委曲, 皆如昔年. 復問
生親戚存亡, 閭里興廢. 復言路道乖遠, 風烟阻絶, 詞
意悲苦, 言語哀傷. 又不令生來覲, 云: "歲在丁丑, 當與
汝相見." 生捧書悲咽, 情不自堪.

他日, 妻謂生曰: "子豈不思爲政乎?" 生曰: "我放蕩不
習政事." 妻曰: "卿但爲之, 余當奉贊." 妻遂白於王.

●●● 한자풀이 및 주석

[自爾(자이)] – 이로부터. 自는 …로부터.
[洽(흡)] – 화합할 흡.
[榮耀(영요)] – 번창하고 빛남.
[群寮(군료)] – 여러 벼슬아치. 무리 군, 벼슬아치 료.
[山阜(산부)] – 산. 阜는 언덕 부로 土山(토산)을 뜻함.
[峻秀(준수)] – 험준하고 수려하다.
[川澤(천택)] – 내와 못.
[豊茂(풍무)] – 풍성하고 무성하다.
[蓄(축)] – 기를 축.
[啓(계)] – 열 계. 여쭈다.

[頃(경)] - 요사이, 근래. 잠깐.

[佐(좌)] - 도울 좌.

[陷落(함락)] - 요새나 성이 적의 수중에 들어감.

[爾來(이래)] - 그로부터.

[拜覲(배근)] - 찾아뵙다. 찾아뵐 배, 뵐 근.

[遽(거)] - 갑자기. 재빨리.

[信問(신문)] - 소식. 편지왕래.

[具(구)] - 갖출 구. 구비하다.

[書狀(서장)] - 글. 편지. 狀은 문서, 편지.

[饋賀(궤하)] - 饋는 음식이나 물건을 보내다, 賀는 경하하다.

[驗(험)] - 증험할 험.

[敎誨(교회)] - 잘 가르쳐서 지난날의 잘못을 깨우치게 함.

[委曲(위곡)] - 찬찬하고 자상함.

[親戚(친척)] - 친척.

[閭里(여리)] - 마을. 閭는 이문 려. 동네 어귀에 세운 문. 周(주)대의 제
도에 25가구를 里라 하고 이에는 반드시 문이 있는데 이
를 閭라 하였다.

[興廢(흥폐)] - 흥성하고 폐함.

[乖遠(괴원)] - 떨어지고 멀다. 괴는 어그러지다, 떨어지다.

[風煙(풍연)] - 바람과 연기. 전쟁의 뜻.

[阻絶(조절)] - 길이 막히고 끊김.

[捧書(봉서)] - 편지를 받들다. 捧은 받들 봉.

[悲咽(비열)] - 슬퍼 목이 메다. 咽은 목멜 열.

[放蕩(방탕)] - 방탕하다.

[奉贊(봉찬)] - 받들어 돕다. 贊은 도울 찬.

●●● 번역

순우분은 그로부터 부부간의 정이 날로 좋아지고 영화를 얻음이 날로
성하여 출입하는 수레와 복식과 연회와 빈객의 접대가 왕에 버금가게

화려했다. 왕은 순우분과 여러 버슬아치들에게 군대를 정비하게 하고 나라 서쪽의 영귀산에서 사냥을 하였다. 산과 언덕은 준수하고 냇물은 광대하였으며 숲은 무성하여 날짐승과 들짐승이 없는 것이 없었다. 다들 크게 수확하고 저녁이 되어서야 돌아왔다.

순우분은 어느 날 왕에게 아뢰어 말하기를 "제가 근래 결혼하는 날에 대왕께서는 저의 부친의 명을 받들었다 하셨습니다. 부친께서는 변방의 장수를 보좌하셨는데 작전이 실패하여 오랑캐나라에 함락되었습니다. 그때로부터 소식이 통하지 않은 지 십칠팔 년이 되었습니다. 대왕께서 기왕에 부친이 어디 계신지 아신다면 저로 하여금 한 번 가서 뵙게 하여 주십시오." 왕이 급히 말하기를 "그대 부친은 북방의 땅을 지키고 계시고 우리는 서신왕래가 끊이지 않고 있소. 그대는 단지 편지를 써서 지금 상태를 알려 주면 되고 갈 필요는 없소." 순우분은 드디어 아내에게 명하여 선물할 예물을 올려 한꺼번에 보내었다. 며칠 뒤에 답신이 왔다. 순우분이 편지의 본 내용을 증험해 보니 모두 부친의 평소의 자취로 편지 중에 그리워하는 마음과 가르치는 말, 마음이 찬찬하고 자상하여 모두 옛날과 같았다. 또 순우분에게 친척이 누가 살아 계시며 마을은 여전한지 물었다. 또 말하기를 도로가 멀고 전쟁의 연기가 막고 있다 하는데 글귀가 슬프고 말이 애절하였다. 또한 순우분이 보러 오게 하지 않고 말하기를 "정축년이 되는 해에 장차 너와 만나게 될 것이다."라 하였다. 순우분은 편지를 받들고 슬피 흐느끼며 감정을 견디지 못하였다.

어느 날 부인이 순우분에게 말하기를 "그대는 어찌 정치를 하실 생각을 않는지요?" 순우분이 말하기를 "나는 방탕하여 정사를 익히지 못하였소." 부인이 말하기를 "그대가 하시기만 한다면 제가 당연히 받들어 돕겠어요." 부인이 드디어 왕에게 아뢰었다.

累日, 謂生曰: "吾南柯政事不理, 太守黜廢, 欲藉卿才,
可曲屈之. 便與小女同行." 生敦授教命. 王遂敕有司
備太守行李. 因出金玉、錦繡、箱匳、僕妾、車馬, 列
於廣衢, 以餞公主之行. 生少游俠, 曾不敢有望, 至是
甚悅. 因上表曰: "臣將門餘子, 素無藝術, 猥當大任,
必敗朝章. 自悲負乘, 坐致覆餗. 今欲廣求賢哲, 以贊
不逮. 伏見司隷隷川周弁, 忠亮剛直, 守法不回, 有毗
佐之器. 處士馮翊田子華, 淸愼通變, 達政化之源. 二
人與臣有十年之舊, 備知才用, 可托政事. 周請署南柯
司憲, 田請署司農, 庶使臣政績有聞, 憲章不紊也." 王
幷依表以遣之.

● ● ● **한자풀이 및 주석**

[黜廢(출폐)] - 쫓아내어 파면하다. 黜은 쫓을 출, 廢는 폐할 폐

[藉(자)] - 빌리다. 의존하다.

[曲屈(곡굴)] - 굽히다.

[敦授(돈수)] - 정성껏 받다.

[敕(칙)] - 조서 칙. 천자의 명령을 적은 문서. 여기서는 意動용법으로
　　　　쓰였음.

[有司(유사)] - 벼슬아치. 관리.

[行李(행리)] - 짐. 여행할 때의 짐.

[錦繡(금수)] - 비단과 수. 아름다운 옷.

[箱匳(상렴)] - 箱은 상자 상, 匳은 화장 상자 렴, 궤짝이나 함.

[僕妾(복첩)] - 남자 종과 여자 종. 僕婢(복비).

[廣衢(광구)] - 너른 네거리. 衢는 사통팔달의 도로.

[餞(전)] - 전별하다, 술과 음식을 대접하여 가는 사람을 전송하다.

[遊俠(유협)] - 호방하고 의협심이 있음.

[餘子(여자)] - 맏아들 이외의 아들.

[猥(외)] - 함부로 외. ex) 猥濫(외람): 하는 짓이 분수에 넘침.

[朝章(조장)] - 조정의 기강. 朝綱(조강).

[負乘(부승)] - 저버릴 부, 역사 승. 역사의 기록을 저버리다.

[坐(좌)] - 기인하다, 말미암다. 因(인)의 뜻. 그로 하여.

[覆餗(복속)] - 솥에 담은 것을 뒤집어엎음. 재상이 소임을 감당하지 못
하고 일을 그르침. 鼎餗(정속). 뒤집을 복, 죽(＝솥 안에
든 음식물) 속.

[不逮(불체)] - 미치지 못하다. 逮는 미칠 체. 不逮는 미흡한 점.

[伏(복)] - 살피다, 엿보다.

[毗佐(비좌)] - 보좌함. 輔佐(보좌). 毗는 도울 비.

[處士(처사)] - 벼슬하지 않고 초야에 묻혀 있는 선비.

[淸愼(청신)] - 청렴하고 신중함.

[通變(통변)] - 변화의 이치에 통함.

[備知(비지)] - 모두 알다. 자세히 알다.

[才用(재용)] - 재주와 능력.

[署(서)] - 벼슬, 관직. 서명하다.

[司憲(사헌)] - 관직명. 北周(북주)에서 설치한 것으로 곧 御史臺(어사대)
이다. 唐(당)나라 때에는 刑部(형부)의 다른 이름이었다.

[司農(사농)] - 관직명. 漢(한)대에 설치한 관직으로 돈과 곡식의 일을
장관하였는데 大司農(대사농)으로도 불렸고 九卿(구경)의
하나였다. 후대에도 계속 이어졌다.

[庶(서)] - 바라다.

[憲章(헌장)] - 법. 법적으로 규정한 규범.

[紊(문)] - 어지러울 문. ex) 紊亂(문란).

며칠 뒤에 왕이 순우분에게 말하기를 "우리나라 남가군에 정사가 잘 다스려지지 않아 태수를 파면하였는데 그대의 재주를 빌리고자 하니 굽히어 가길 바라오. 곧 딸과 함께 가시오."라 하였다. 순우분은 공경스럽게 임명을 받아들였다. 왕은 드디어 담당 관리에게 태수의 행장을 차리라고 명령했다. 이에 금과 옥, 수놓은 비단, 상자와 함, 종복과 시첩, 수레와 말들이 너른 네거리에 나열되어 공주의 행차를 전송하였다. 순우분은 젊어서 협객으로 노닐며 일찍이 관리가 되는 것을 바라지도 못했기에 이에 대단히 기뻤다. 그래서 표를 올려 말하기를 "신은 장수집안의 자식이지만 평소 이렇다 할 재주가 없었는데 외람되이 대임을 맡아 분명 조정의 기강을 망치지 않을까 합니다. 역사를 저버리고 담당한 일을 그르칠까 걱정입니다. 이제 널리 현명한 사람들을 모아 모자라는 점을 돕고자 합니다. 살펴보기에 사례 예천인 주변은 충성스럽고 강직하며 법을 지키고 사사롭지 않아 잘 보좌할 인물입니다. 처사 풍익 사람 전자화는 청렴 신중하고 변화에 통달하여 정치교화의 근원을 잘 알고 있습니다. 두 사람은 저와 십 년의 교우관계가 있어 그들의 재주를 완전히 알고 있으므로 정사를 맡길 만합니다. 주변에게는 남가군 사헌의 직책을 주시고 전자화에게는 남가군 사농의 직책을 주시어 저로 하여금 치적이 널리 퍼지게 하고 법규가 조리 있게 해 주시기 바랍니다." 왕은 상주한 표에 따라 직책을 주고 함께 가게 하였다.

其夕, 王與夫人餞於國南. 王謂生曰: "南柯國之大郡, 土地豊穰, 人物豪盛, 非惠政不能以治之. 況有周、田二贊. 卿其勉之, 以副國念."夫人戒公主曰: "淳于郎性

剛好酒，加之少年，爲婦之道、貴乎柔順. 爾善事之,
吾無憂矣. 南柯雖封境不遙, 晨昏有間, 今日暌別, 寧
不霑巾!" 生與妻拜首南去, 登車擁騎, 言笑甚歡. 累
夕達郡. 郡有官吏、僧道、耆老、音樂、車舉, 武衛,
鸞鈴, 爭來迎奉. 人物闐咽, 鐘鼓喧嘩, 不絕十里. 見
雉堞台觀, 佳氣鬱鬱. 入大城門, 門亦有大榜, 題以金
字, 曰 '南柯郡城'. 見朱軒榮戶, 森然深邃. 生下車省
風俗, 療病苦, 政事委以周、田, 郡中大理. 自守郡二
十載, 風化廣被, 百姓歌謠, 建功德碑, 立生祠宇. 王
甚重之, 賜食邑, 錫爵位, 居台輔. 周、田皆以政治著
聞, 遞遷大位. 生有五男二女. 男以門蔭授官, 女亦聘
於王. 榮耀顯赫, 一時之盛, 代莫比之.

●●● 한자풀이 및 주석

[豊穰(풍양)] − 결실이 잘됨. 풍년이 듦. 豊稔(풍임).
[勉(면)] − 힘쓸 면.
[副(부)] − 합당하다, 알맞다.
[柔順(유순)] − 부드럽고 순함.
[晨昏(신혼)] − 새벽과 해질 무렵.
[暌別(규별)] − 暌는 어길 규, 서로 떨어져 있을 규, 別은 이별할 별.
[霑巾(점건)] − (눈물로) 수건을 적시다.
[擁騎(옹기)] − 擁은 거느리다, 騎는 기병 기.
[僧道(승도)] − 승려와 도사.
[耆老(기로)] − 60세 이상의 늙은이. '耆'는 60세, '老'는 70세. 나이가
　　　　　　　많고 덕이 높은 사람.

[車轝(거여)] - 수레 거, 가마 여.

[鑾鈴(난령)] - 鑾輿(난여: 천자가 타는 수레)에 단 방울.

[闐咽(전인)] - 성할 전, 막힐 인.

[喧嘩(훤화)] - 시끄럽게 떠듦.

[雉堞(치첩)] - 성가퀴.

[鬱鬱(울울)] - 성대한 모양.

[榜(방)] - 방을 써 붙인다고 할 때의 방.

[朱軒(주헌)] - 옛날 중국의 고위 고관이 타던 붉은 칠을 한 수레.

[棨戶(계호)] - 棨는 고위관리가 행차할 때 쓰던 의장용 창. 戶는 집.

[邃(수)] - 깊숙할 수.

[省(성)] - 살필 성.

[療(료)] - 치료하다.

[載(재)] - 해, 년.

[祠宇(사우)] - 따로 세운 사당집.

[食邑(식읍)] - 功臣(공신)에게 하사한 采邑(채읍).

[錫(석)] - 줄 사. 주석 석.

[爵位(작위)] - 벼슬과 지위.

[台輔(태보)] - 삼공 또는 재상의 딴 이름.

[著聞(저문)] - 널리 소문남.

[遞遷(체천)] - 갈마들 체, 옮길 천.

[門蔭(문음)] - 功臣(공신)이나 고위 관리의 자제에게 과거시험을 통하지
　　　　　　 않고 벼슬을 주는 일.

[聘(빙)] - 예를 갖추어 부르다.

[顯赫(현혁)] - 뚜렷이 나타남.

●●● 번역

그날 저녁 왕과 부인이 나라 남쪽에서 전별잔치를 하였다. 왕이 순우분에게 말하기를 "남가군은 나라의 큰 군으로 토지가 비옥하고 인물이 많아 좋은 정치를 베풀지 않으면 그곳을 다스릴 수가 없다. 더욱이 주변과

전자화가 그대를 보좌하니 그대는 힘써 노력하여 나라의 바람에 합당하게 하라." 부인은 공주를 경계시켜 말하기를 "순우분은 성격이 강직하고 술을 좋아하며 거기에다 나이가 젊으니 부인으로서의 도리는 부드럽게 따름이 중요하다. 네가 그를 잘 섬긴다면 나는 근심이 없겠다. 남가군이 비록 먼 곳은 아니지만 아침저녁으로 떨어져 있으니 오늘 이별하는데 어찌 눈물로 수건을 적시지 않을 수 있겠느냐?" 순우분과 부인이 절을 올리고 남쪽으로 떠나는데 수레에 올라 기병을 거느리며 담소를 나누는 것이 몹시 즐거웠다. 며칠 밤이 지나 남가군에 도착하였다. 남가군의 관리와 스님과 도사, 장로, 악대, 거마, 호위무사, 수레방울들이 다투어 와서 영접하였다. 인산인해를 이루고 종소리 북소리 시끄러운 것이 십 리에 끊이지 않았다. 성가퀴와 정자, 누대를 바라다보니 장려한 모습이 굉장하였다. 큰 성문 안에 들어가니 문에는 또 큰 방이 붙어 있는데 금빛 글씨로 '남가군성'이라 쓰여 있었다. 성안으로는 붉은 칠의 수레와 의장을 차린 집들이 빽빽이 깊숙하게 들어차 있었다. 순우분은 수레에서 내려 풍속을 살피고 병들고 고통받는 자들을 위무하고 정사는 주변과 전자화에게 맡기니 군내가 크게 잘 다스려졌다. 남가군을 다스린 지 이십 년에 교화가 널리 퍼져 백성들은 노래 부르고 공덕비를 세우고 순우분의 생사당을 건립하였다. 왕이 심히 그를 중히 여겨 식읍을 하사하였고 작위를 내려 재상의 지위에 두었다. 주변과 전자화도 모두 정치로 이름이 나 높은 직위로 옮겨졌다. 순우분에게는 5남 2녀가 있었는데 아들들은 문음으로 관직을 얻었고 딸들은 왕족에게 시집갔다. 영예가 혁혁히 빛나 일시에 흥성하여 그에 비교할 사람이 없었다.

●●● 원문8

是歲, 有檀夢國者, 來伐是郡. 王命生練將訓師征之. 乃表周弁將兵三萬, 以拒賊之衆於瑤台城. 弁剛勇輕敵, 師

徒敗績. 弁單騎裸身潛遁, 夜歸城. 賊亦收輜重鎧甲而
還. 生因囚弁以請罪. 王幷舍之. 是月, 司憲周弁疽發
背, 卒. 生妻公主遘疾, 旬日又薨. 生因請罷郡, 護喪
赴國. 王許之. 便以司農田子華行南柯太守事. 生哀慟
發靷, 威儀在途, 男女叫號, 人吏奠饌, 攀轅遮道者不
可勝數. 遂達於國. 王與夫人素衣哭於郊, 候靈轝之至,
諡公主曰: '順儀公主'. 備儀仗羽葆鼓吹, 葬於國東十
里盤龍崗. 是月, 故司憲子榮信, 亦護喪赴國.

●●● 한자풀이 및 주석

[伐(벌)] - 정벌하다.

[練將訓師(련장훈사)] - 장수와 군사를 훈련시키다.

[征(정)] - 치다, 윗사람이 아랫사람의 무도함을 공격하여 바로잡다.

[將兵(장병)] - 병사를 거느리다. 將은 거느릴 장.

[拒(거)] - 막을 거.

[剛勇(강용)] - 굳세고 용감하다.

[輕敵(경적)] - 적을 가벼이 여기다.

[敗績(패적)] - 싸움에 크게 짐. 大敗(대패).

[裸身(라신)] - 裸는 벌거숭이 라. 벌거숭이의 몸.

[潛遁(잠둔)] - 몰래 도망치다. 潛은 몰래, 遁은 도망치다.

[輜重(치중)] - 군수품. 輜는 군량 등 짐을 나르는 휘장을 두른 수레.

[鎧甲(개갑)] - 갑옷. 鎧는 갑옷 개.

[囚(수)] - 가둘 수. ex) 罪囚(죄수).

[疽(저)] - 등창. 뿌리가 깊어 오래도록 치유되지 않는 악성 종기.

[遘疾(구질)] - 질환을 만남. 병이 듦. 遘는 만날 구.

[旬日(순일)] - 열흘. 旬은 열흘 순.

[薨(훙)] - 죽다. 주로 제후가 죽는 것. 천자가 죽는 것을 崩(붕)이라 하

고 제후가 죽는 것을 薨이라 함(≪禮記(예기)≫).

[罷(파)] − 그만두다. 파할 파.

[哀慟(애통)] − 애통해하다.

[發靷(발인)] − 장사 때 상여가 묘지를 향하여 집을 떠남. 發引(발인).

[奠饌(전찬)] − 奠은 제수, 신불에 올리는 물건, 받들어 올리다, 饌은 음식.

[攀轅遮道(반원차도)] − 수레끌채를 붙들고 길을 막다. 攀은 더위잡다,
　　　　　　　　　　매달리다, 轅은 수레끌채, 큰 수레의 양쪽에 대
　　　　　　　　　　는 두 개의 나무. 그 끝에 멍에를 걸어 마소에
　　　　　　　　　　씌워 끌게 한다. 遮는 막을 차. ex) 遮光(차광):
　　　　　　　　　　빛을 가림.

[候(후)] − 기다리다.

[靈轝(영여)] − 영구 수레. 轝는 가마 여.

[諡(시)] − 시호 시. 謚와 같음.

[羽葆(우보)] − 새의 깃으로 장식한 의장용 화려한 덮개. 엷은 비단으로
　　　　　　　만든 아름다운 우산.

●●● 번역

이 해에 단몽국이라는 나라에서 이 남가군을 정벌하러 왔다. 왕은 순우
분에게 명하여 장수를 훈련하여 그들을 징벌하게 하였다. 이에 표를 올
려 주변이 삼만 대군을 이끌고 요대성에서 적군에 대항하게 요청하였
다. 주변은 용맹을 믿고 적을 경시하여 병사들이 대패했다. 주변은 혈
혈단신 갑옷도 버리고 몰래 밤에 성으로 도망쳐 왔다. 적군도 군수품과
갑옷을 거두어 돌아갔다. 순우분은 이에 주변을 가두고 왕의 처분을 물
었다. 왕은 그들을 사면하였다. 이 달에 사헌 주변은 등 뒤의 독창이
발작을 일으켜 죽었다. 순우분의 부인인 공주도 병에 걸려 열흘 만에
죽었다. 순우분은 이에 군수직을 그만두고 공주의 영구를 가지고 도성
으로 돌아오기를 청했다. 왕이 그것을 허락했다. 그리고 사농 전자화로
하여금 남가태수직을 행하게 하였다. 순우분은 애통해하며 영구수레를

출발시켰고 의장대가 도로에 나서자 남녀들이 울부짖으며 사람들과 관리들이 술과 음식을 올리며 수레를 붙들고 도로를 막는 자가 이루 셀수 없었다. 드디어 왕성에 도착했다. 왕과 부인이 소복을 입고 교외에서 곡하며 영구가 오기를 기다렸고 공주에게 시호를 내려 '순의공주'라하였다. 의장대와 화려한 덮개와 악대를 준비하여 나라 동쪽 십 리 반룡강에 안장하였다. 이달에 죽은 사헌 주변의 아들 주영신이 역시 영구를 모시고 왕성으로 왔다.

●●● 원문9

生久鎭外藩, 結好中國, 貴門豪族, 靡不是洽. 自罷郡還國, 出入無恒, 交游賓從, 威福日盛. 王意疑憚之. 時有國人上表云: "玄像謫見, 國有大恐. 都邑遷徙, 宗廟崩壞. 釁起他族, 事在蕭牆." 時議以生侈僭之應也. 遂奪生侍衛, 禁生游從, 處之私第. 生自恃守郡多年, 曾無敗政, 流言怨悖, 鬱鬱不樂. 王亦知之, 因命生曰: "姻親二十餘年, 不幸小女夭枉, 不得與君子偕老, 良用痛傷." 夫人因留孫自鞠育之. 又謂生曰: "卿離家多時, 可暫歸本里, 一見親族. 諸孫留此, 無以爲. 後三年, 當令迎卿." 生曰: "此乃家矣, 何更歸焉?" 王笑曰: "卿本人間, 家非在此." 生忽若惛睡, 瞢然久之, 方乃發悟前事, 遂流涕請還. 王顧左右以送生. 生再拜而去, 復見前二紫衣使者從焉. 至大戶外, 見所乘車繩劣, 左右親使御僕, 遂無一人, 心甚嘆異.

[鎭(진)] - 진압하다.

[靡(미)] - 부정하는 말.

[洽(흡)] - 화합하다.

[賓從(빈종)] - 절친하여 거리낌이 없음.

[疑憚(의탄)] - 의심하고 꺼리다. 憚은 꺼릴 탄.

[玄像(현상)] - 현은 검은빛으로 하늘의 뜻. 하늘의 상.

[謫(적)] - 괴이한 雲氣(운기).

[遷徙(천사)] - 옮기다.

[崩壞(붕괴)] - 무너지다. 붕괴되다.

[釁(흔)] - 피 칠할 흔. 희생의 피를 그릇에 바르다.

[蕭牆(소장)] - 집 안, 내부. ex) 蕭牆之憂(소장지우): 내부에 존재하는
　　　　　　　　우환, 내란.

[侍衛(시위)] - 임금의 옆에서 호위하는 武官(무관).

[私第(사제)] - 사저. 第에는 집, 저택의 뜻이 있다.

[自恃(자시)] - 자기의 능력을 스스로 믿음. 恃는 믿을 시.

[怨悖(원패)] - 원망하고 어그러지다. 悖는 어그러지다.

[鬱鬱(울울)] - 울적하다.

[夭枉(요왕)] - 젊어서 죽음. 夭折(요절).

[鞠育(국육)] - 어린아이를 기름. 鞠은 기르다.

[惛睡(혼수)] - 정신이 흐릿하여 잠드는 듯함.

[瞢然(몽연)] - 어두운 모양. 瞢은 어두울 몽.

[御僕(어복)] - 거느리는 종복.

순우분은 변방을 진압하며 오래 태수를 했지만 나라 안 사람들과 교유
를 잘 맺어 귀족가문 및 호족들이 그와 융화되지 않은 자가 없었다. 남
가태수직을 그만두고 왕성으로 돌아온 후 돌아다님에 제한이 없고 절

친하게 교유하여 위세와 복이 날로 성하였다. 왕은 마음으로 그를 의심하고 꺼리기 시작했다. 이때 나라에 표를 올린 자가 말하기를 "하늘에 괴이한 기운이 보이니 나라에 큰 화가 있을 것입니다. 도읍은 옮겨져 가게 되고 종묘도 붕괴하게 될 겁니다. 이민족에게서 희생이 일어나지만 원인은 우리나라 안에 있습니다." 당시에 이는 순우분이 사치하고 참람하여 하늘이 내린 보응이라는 의론이 있었다. 드디어 순우분의 시위를 빼앗고 순우분이 교유하는 것을 금지시키고 사저에 그를 연금하였다. 순우분은 자기가 오랫동안 태수를 하는 중에 일찍이 정치를 잘못한 적이 없는데 이제 유언비어와 모함에 말려들어 울적하고 마음이 기쁘지 않았다. 왕도 역시 그것을 알아 순우분에게 명하여 말하기를 "혼인을 맺은 지 이십여 년에 불행히도 딸이 일찍 죽어 그대와 흰머리 되도록 해로하지 못하니 나의 마음도 애통하다." 왕후는 이에 손자들을 왕궁에 머물게 하여 스스로 길렀다. 또한 순우분에게 일러 말하기를 "그대는 집을 떠난 지 오래되었으니 잠시 집에 돌아가 친척들을 한 번 만나 보라. 손자들은 여기에 남겨두어도 걱정할 필요가 없다. 삼 년 뒤에 장차 그대를 맞이하리라." 순우분이 말하기를 "여기가 집인데 어디로 다시 돌아간단 말입니까?" 왕이 웃으며 말하기를 "그대는 본래 인간 세상 사람으로 집이 여기가 아니다."라 하였다. 순우분은 홀연 꿈속에 있는 듯 한동안 혼미하여졌다가 바야흐로 이전의 일들을 깨닫게 되고 드디어 눈물을 흘리며 돌아가기를 청했다. 왕은 좌우 측근을 불러 순우분이 돌아가는 것을 전송케 하였다. 순우분이 재배하고 떠나는데 다시 먼젓번의 두 자줏빛 옷을 입은 사자가 따라오는 것이 보였다. 대문 밖에 이르자 타고 갈 수레가 누추한 것이 보였고 좌우에서 친히 부리던 종복들이 마침내는 한 명도 없어 마음이 심히 괴이하였다.

生上車, 行可數里, 復出大城. 宛是當年東來之途, 山
川原野, 依然如舊. 所送二使者, 甚無威勢, 生逾怏怏.
生問使者曰: "廣陵郡何時可到?" 二使謳歌自若, 久乃
答曰: "少頃卽至." 俄出一穴, 見本里閭巷, 不改往日,
潸然自悲, 不覺流涕. 二使者引生下車, 入其門, 升其
階, 己身臥於堂東廡之下. 生甚驚畏, 不敢前近. 二使
因大呼生名數聲, 生遂發寤如初. 見家之僮僕擁篲於庭,
二客濯足於榻, 斜日未隱於西垣, 餘樽尚湛於東牖. 夢
中倏忽, 若度一世矣.

● ● ● **한자풀이 및 주석**

[宛(완)] – 완연히.
[依然(의연)] – 본디대로.
[逾(유)] – 점점, 더욱.
[怏怏(앙앙)] – 마음에 차지 않거나 야속하여 원망하는 모양. 원망할 앙.
[謳歌(구가)] – 노래를 부름. 謳는 노래할 구.
[少頃(소경)] – 잠깐, 잠시 동안.
[閭巷(려항)] – 마을.
[潸然(산연)] – 눈물을 하염없이 흘리는 모양. 潸은 눈물 흘릴 산.
[東廡(동무)] – 동쪽 처마. 廡는 처마, 거느림채.
[發寤(발오)] – 깨어나다. 寤는 깰 오.
[擁篲(옹수)] – 빗자루를 들고 있다. 篲는 비 수.
[濯足(탁족)] – 발을 씻다.
[西垣(서원)] – 서쪽 담장. 垣은 담장 원.

[餘樽(여준)] - 남은 술잔.
[湛(침)] - 담글 침, 적시다.
[倏忽(숙홀)] - 극히 짧은 시간. 倏은 갑자기 숙.

●●● **번역**

순우분이 수레에 올라 몇 리를 가니 다시 큰 성이 나타났다. 완연히 옛날 동쪽에서 오던 길이고 산천과 들판이 예와 같이 여전하였다. 전송하는 두 사자는 심히 위세가 없었고 순우분은 더욱 마음이 유쾌하지 못했다. 순우분이 사자들에게 묻기를 "광릉군에 언제 도착하게 됩니까?" 두 사자는 태연히 노래 부르며 한참 있다가 대답하기를 "잠시 있으면 곧 도착합니다."라 하였다. 조금 뒤에 한 동굴이 나오며 옛 마을 모습이 보였는데 옛 모습 그대로여서 슬픈 마음을 금하지 못하고 부지불식간에 눈물을 흘렸다. 두 사자는 순우분을 수레에서 내리게 하고 그 문으로 들어가 계단을 올라가니 자기의 몸이 당 동쪽 행랑채 아래에 누워 있었다. 순우분은 심히 놀라고 기이하여 감히 다가가지 못했다. 두 사자가 이에 크게 이름을 몇 번 부르니 순우분은 드디어 맨 처음처럼 잠에서 깨어났다. 집 안의 동복이 뜰에서 비질을 하고 있고 두 객은 탑상에서 발을 씻고 있는 것이 보였다. 석양은 서쪽 담장에 완전히 지지 않았고 남은 술잔이 동쪽 창 아래 아직 남아 있었다. 잠깐의 꿈이 한 세상을 산 것과 같았다.

●●● **원문11**

生感念嗟歎, 遂呼二客語之. 驚駭, 因與生出外, 尋槐下穴. 生指曰: "此卽夢中所經入處." 二客將謂狐狸木媚之所爲祟, 遂命僕夫荷斤斧, 斷擁腫, 折查枿, 尋穴究源. 旁可袤丈, 有大穴, 洞然明朗, 可容一榻. 根上有積土壤, 以爲城郭臺殿之狀. 有蟻數斛, 隱聚其中. 中有小臺, 其色若丹. 二大蟻處之, 素翼朱首, 長可三寸. 左右大蟻數十輔之, 諸蟻不敢近. 此其王矣. 卽槐安國都也. 又窮一穴, 直上南枝可四丈, 宛轉方中, 亦有土城小樓, 群蟻亦處中, 卽生所領南柯郡也. 又一穴, 西去二丈, 磅礴空圬, 嵌窞異狀, 中有一腐龜殼大如斗, 積水浸潤, 小草叢生, 繁茂翳薈, 掩映振殼, 卽生所獵靈龜山也. 又窮一穴, 東去丈餘, 古根盤屈, 若龍虺之狀. 中有小土壤, 高尺余, 卽生所葬妻龍崗之墓也. 追想前事, 感嘆於懷, 披閱窮迹, 皆符所夢. 不欲二客壞之, 遽令掩塞如舊.

●●● 한자풀이 및 주석

[嗟歎(차탄)] – 소리를 길게 빼어 감동의 뜻을 나타냄. 탄식함.

[驚駭(경해)] – 놀람. 驚愕(경악).

[經(경)] – 지날 경.

[狐狸(호리)] – 여우와 너구리.

[木媚(목미)] – 나무의 요괴. 媚는 도깨비, 요괴.

[祟(수)] – 빌미 수. 殃禍(앙화)를 입다.

[荷(하)] – 멜 하. ex) 手荷物(수하물): baggage.

[擁腫(옹종)] – 나무에 옹이가 많음.

[查枿(사얼)] – 查는 뗏목, 枿은 그루터기. 또는 새로 돋아나는 싹. 무성한 잎사귀.

[袤(무)] – 길이. 남북의 길이. 세로의 길이.

[洞然(동연)] - 밝은 모양. 洞은 밝을 동.

[蟻(의)] - 개미.

[斛(곡)] - 10되의 용량. 十斗曰斛.

[丹(단)] - 붉을 단.

[都(도)] - 수도.

[窮(궁)] - 다할 궁. 끝까지 가다.

[宛轉(완전)] - 눈썹이 아름답게 굽은 모양.

[磅礴(방박)] - 뒤섞여서 하나로 함. 가득 참.

[空圬(공오)] - 텅 빈 흙손. 圬는 흙손 오, 흙손질하는 사람.

[嵌窞(감담)] - 嵌은 동굴, 窞은 작은 구덩이.

[浸潤(침윤)] - 스며들어 적시다.

[翳薈(예회)] - 초목이 무성하게 덮여 있는 모양. 초목이 우거져 그늘을
　　　　　　이루고 있는 모양. 翳는 가릴 예, 薈는 무성할 회.

[掩映(엄영)] - 덮어서 가림. ‘映’은 ‘隱’의 뜻.

[盤屈(반굴)] - 盤曲(반곡). 산길 같은 것이 돌고 구부러짐.

[龍虺(용훼)] - 용과 뱀. 虺는 살무사 또는 작은 뱀.

[遽(거)] - 급히.

[掩塞(엄색)] - 덮어서 가림. 掩蔽(엄폐).

●●● 번역

순우분은 감개하여 탄식하고 드디어 두 객을 불러 그 이야기를 하였다.
크게 놀라 순우분과 밖으로 나가 홰나무 아래의 구멍을 찾았다. 순우분
이 가리키며 말하기를 “이곳이 내가 꿈속에 지나 들어갔던 곳입니다.”
두 객은 여우나 나무의 요괴가 앙화를 일으킨 것이라고 말하며 드디어
종복에게 도끼를 들고 오라고 명하여 나무의 옹이들을 찍어 내고 가지
의 무성한 잎을 꺾어 버리고 동굴을 따라 끝으로 가 보았다. 곁으로 세
로 한 길쯤 되는 큰 굴이 있는데 밝게 훤하고 탑상 하나를 들여놓을 만
했다. 뿌리 위에 있는 흙은 성곽과 누각들의 형상으로 여겨졌다. 개미

수만 마리가 그 속에 숨어 있었다. 가운데 작은 대가 있고 그 빛깔은 불그스름했다. 두 큰 개미가 거기에 있는데 흰 날개와 붉은 머리로 길이가 세 마디나 되었다. 좌우의 큰 개미 수십 마리가 그들을 보좌하고 있고 다른 개미들은 감히 다가가지 못했다. 이것이 그 왕이었다. 즉 괴안국의 도성인 것이다. 또 한 굴을 다 가 보니 위로는 곧바로 남쪽 가지로 네 길쯤 되는데 굽이진 네모난 모습으로 역시 토성과 작은 누각들이 있고 개미들이 그 가운데 있으니 곧 순우분이 다스렸던 남가군이다. 또 하나의 굴은 서쪽으로 두 길쯤 되는데 혼합하여 하나로 된 텅 빈 흙칠이 있어 동굴 구덩이 같은 특이한 형상에 가운데 썩은 거북의 껍질이 한 되 크기만 한데 빗물에 젖어 작은 풀들이 자라나 있고 무성하게 우거져 거북의 껍질을 다 덮고 있는데 이것이 순우분이 사냥했던 영귀산인 것이다. 또 하나의 굴을 다 가 보니 동쪽으로 한 길 남짓 떨어진 곳에 낡은 뿌리가 돌고 구부러진 것이 용과 뱀이 서린 형상 같았다. 가운데 약간의 흙이 있고 높이가 한 자 남짓인데 이것은 순우분이 부인을 장사 지낸 반룡강의 묘이다. 지난 일을 추억하여 생각하며 마음에 감탄하며 살펴보고 그 자취를 다 헤쳐 보니 모두가 꿈과 부합되었다. 두 객이 그것을 부서뜨리게 하고 싶지 않아 급히 이전처럼 덮어 두도록 했다.

●●● 원문12

時夕, 風雨暴發. 旦視其穴, 遂失群蟻, 莫知所去. 故先言 "國有大恐, 都邑遷徙." 此其驗矣. 復念檀夢征伐之事, 又請二客訪迹於外. 宅東一里有古涸澗, 側有大檀樹一株, 藤蘿擁織, 上不見日, 旁有小穴, 亦有群蟻隱聚其間. 檀夢之國, 豈非此耶? 嗟呼, 蟻之靈異, 猶不可窮, 況山藏木伏之大者所變化乎? 時生酒徒周

弁, 田子華幷居六合縣, 不與過從旬日矣. 生遽遣家僮
疾往候之. 周生暴疾已逝, 田子華亦寢疾於床. 生感南
柯之浮虛, 悟人世之倏忽, 遂棲心道門, 絕棄酒色. 後
三年, 歲在丁丑, 亦終於家. 時年四十七, 將符宿契之
限矣.

●●● 한자풀이 및 주석

[旦(단)] – 아침 단.
[遷徙(천사)] – 옮겨 가다. 두 글자 모두 옮기다의 뜻.
[涸澗(학간)] – 물 마를 학, 골물 간. 마른 물.
[檀(단)] – 박달나무 단. 자작나뭇과의 낙엽 교목.
[藤蘿(등라)] – 등나무의 덩굴.
[靈異(영이)] – 영묘하고 기이함.
[疾(질)] – 급히.
[候(후)] – 물을 후, 안부를 묻다.
[逝(서)] – 갈 서, 세상을 뜨다.
[浮虛(부허)] – 덧없고 허무함.
[棲心(서심)] – 棲는 깃들이다, 머무르다, 정한 자리에 두다. 棲心은 마
　　　　　　　 음을 붙이다.
[符(부)] – 부합하다.
[宿契(숙계)] – 前世(전세)부터의 인연. 여기서는 옛날의 약속.

●●● 번역

이날 저녁에 비바람이 몰아쳤다. 아침에 그 구멍을 보니 드디어 개미들
이 사라졌고 간 곳을 알 수 없었다. 그러므로 전에 말했던 "나라에 큰
우환이 있어 도읍을 옮긴다."라 한 것은 이것이 증험해 주었다. 다시

단몽국이 정벌하러 왔던 것을 생각하고 다시 두 객에게 청하여 밖에서 자취를 찾았다. 집 동쪽 한 리쯤 되는 곳에 마른 물줄기가 있고 곁에 커다란 한 그루 홰나무가 있는데 등나무 줄기가 감싸고 있어 위로 태양이 보이지 않고 곁에 작은 굴이 있는데 또한 개미들이 그 사이에 모여 있었다. 단몽국은 이것이 아니고 무엇이겠는가? 아아, 개미의 영이로움이 이렇게 끝이 없으니 하물며 산이나 나무에 숨어 있는 큰 짐승들의 변화함에 있어서이랴? 당시 순우분의 술벗인 주변과 전자화는 모두 육합현에 살고 있었는데 열흘토록 순우분에게 들르지 않았다. 순우분은 급히 동복을 보내 그들의 안부를 물었다. 주변은 독한 병으로 이미 죽었고 전자화도 역시 침상에 병들어 누워 있었다. 순우분은 남가군의 덧없음을 느끼고 인간세상의 짧음을 깨달았다. 그리하여 도교에 입문하여 주색을 끊었다. 후로 삼 년이 지나 정축년에 역시 집에서 죽었다. 이때 나이가 사십칠 세였는데 공교롭게도 옛적에 부친과 괴안국왕이 약속한 기한과 부합되었다.

●●● 원문13

公佐貞元十八年秋八月, 自吳之洛, 暫泊淮浦, 偶觀淳于生梦, 詢訪遺迹, 翻覆再三, 事皆摭實, 輒編錄成傳, 以資好事. 雖稽神語怪, 事涉非經, 而竊位著生, 冀將爲戒. 後之君子, 幸以南柯爲偶然, 無以名位驕於天壤間云.

●●● 한자풀이 및 주석

[公佐(공좌)] - 李公佐(이공좌), 이 글의 작자.

[貞元(정원)] - 당나라 德宗(덕종)의 연호 貞元(정원) 18년은 802년.
[暫(잠)] - 잠시 잠.
[泊(박)] - 배 댈 박, 머무르다.
[淮浦(회포)] - 淮水(회수) 어귀. 淮는 회수, 浦는 물가 포.
[覿(적)] - 보다, 만나다.
[詢訪(순방)] - 방문하여 의논함. 詢은 물을 순, 訪은 방문하다.
[摭實(척실)] - 주울 척, 사실 실.
[輒(첩)] - 문득, 곧.
[資(자)] - 資에는 도와준다는 뜻이 있다.
[稽神(계신)] - 稽에는 헤아리다, 상고하다의 뜻이 있으니 신령스러운 일
         을 생각했다는 뜻.
[竊位(절위)] - 지위를 훔침, 자격이 없으면서 벼슬자리에 머물러 있음.
[冀(기)] - 바랄 기.
[天壤(천양)] - 하늘과 땅. ex) 天壤之差(천양지차): 하늘과 땅처럼 큰 차이.

●●● 번역

이공좌가 정원 18년 가을 8월에 오지방에서 낙양으로 가다가 잠시 회하가에 숙박하였고 우연히 순우분과 마주쳐 남은 자취를 찾아보았는데 재삼 반복해 보아도 일이 모두 실제에 들어맞아 문득 기록으로 만들어 전을 써서 호사가에게 들려준다. 비록 신령스런 일에 괴이한 말들이고 일이 정도에 맞는 것은 아니지만 그러나 지위를 차지하고 있는 이름난 선비들이 장차 경계할 바로 삼기를 희망한다. 후일의 군자가 남가일몽을 우연한 것으로 여기고 명예를 천지간에 자랑하지 말기를 바란다.

●●● 해제

唐(당)나라 때에는 六朝(육조)의 志怪(지괴)소설의 전통을 이어 작가들이 의식적으로 다양한 내용의 傳奇(전기)소설을 창작하기 시작했는데

대부분의 전기소설은 中唐(중당)시기에 나왔고 이 소설 역시 중당시기에 나온 대표적인 소설이다. 내용상으로 분류한다면 풍자소설류에 속하는 것으로 순우분이 꿈속에 개미왕국에 가서 부마가 되어 남가군의 태수로 정치활동도 하고 슬하에 자녀를 두고 부귀와 영화를 누리며 살았지만 전쟁에 실패하고 공주도 죽는 등 실의를 겪고 원래의 현실세상으로 돌아온다는 내용으로 인생이 한바탕 꿈과 같음을 풍자한 소설이다.

순우분은 꿈에서 깨어나 함께 술 마시던 친구들과 홰나무의 구멍을 통해 둘러보고 그 안의 형상 및 개미떼들과 꿈속의 내용이 모두 부합하는 것을 보고 신령스러움을 느끼는데 작은 개미들의 세계의 영이로움이 이와 같으니 산이나 나무에 사는 큰 짐승들의 경우는 어떠하겠는가라는 것에서 남가일몽이 우연한 것이 아니라 치밀하게 돌아가는 세계의 형상임을 말해 주고 있다. 인생은 짧고 부귀란 덧없는 것임을 세상의 선비들, 특히 높은 지위를 차지하고 있는 사람들에게 알려 줌으로써 명예를 천지간에 자랑하지 말 것을 경계하고 있다.

南柯一夢(남가일몽)이란 유명한 단어는 바로 이 순우분의 덧없는 꿈을 일컫는 말로서 인생이 일장춘몽과 같고 부귀영화도 꿈속의 일에 불과하다는 풍자적 의미가 있다. 명나라 湯顯祖(탕현조)의 희곡에도 <南柯記(남가기)>가 있는데 역시 남가일몽을 적은 것으로 '臨川四夢(임천사몽)'의 하나이다.

같은 시기에 나온 비슷한 작품으로 沈旣濟(심기제)의 <枕中記(침중기)>가 있는데 그 내용 역시 盧生(노생)이라는 청년이 주막에서 도사 呂翁(여옹)의 베개를 베고 잠들어 꿈속에서 훌륭한 집에 장가들고 부귀영화를 누리다가 꿈에서 깨어나니 잠들기 전에 짓고 있던 기장밥이 아직 다 되지 않은 상태였다는 이야기이다. 탕현조는 이것도 <邯鄲記(한단기)>라는 명대 희곡으로 만들었다.

15. 李娃傳

白行簡

●●● 작자 소개

白行簡(백행간: 775?−826)은 唐(당)나라 사람으로 유명한 시인 白居易(백거이)의 아우이다. 자는 知退(지퇴)이고 貞元(정원: 785−804) 말 進士(진사)가 되었다. 밖으로 出任(출임)을 나갔다가 朝廷(조정)에 불려 左拾遺(좌습유)가 되었고 벼슬이 郎中(낭중)에 이르렀다. 그는 총민하고 글을 잘 지어 당시에 그의 辭賦(사부)가 칭송되었다. <李娃傳(이와전)>, <三夢記(삼몽기)> 등 傳奇小說(전기소설)을 지었는데 많은 사람들이 즐겨 읽었다. 敬宗(경종) 寶曆(보력)연간(825−826)에 죽었다. ≪唐書(당서)≫ 119에 기록이 보인다.

●●● 원문1

汧国夫人李娃, 長安之倡女也. 節行瑰奇, 有足稱者. 故監察御史白行簡爲傳述. 天寶中, 有常州刺史滎陽公者, 略其名氏, 不書, 時望甚崇, 家徒甚殷. 知命之年, 有一子, 始弱冠矣, 雋朗有詞藻, 迥然不群, 深爲時輩推

伏. 其父愛而器之, 曰: "此吾家千里駒也." 應鄕賦秀才
擧, 將行, 乃盛其服玩車馬之飾, 計其京師薪儲之費. 謂
之曰: "吾觀爾之才, 當一戰而霸. 今備二載之用, 且豊
爾之給, 將爲其志也." 生亦自負視上第如指掌.

● ● ● **한자풀이 및 주석**

[汧國(견국)] - 汧國은 <이와전>에 나오는 이와가 봉해진 '汧國夫人'
을 가리킨다. 후대에 '汧國'으로써 妓籍(기적)에서 벗어
나 자유로운 몸이 되어 결혼한 아름다운 기녀를 뜻하는
말이 되었다. 汧은 고대의 읍 이름으로 秦나라 때에는
陝西省(섬서성) 隴縣(농현) 서남쪽에 위치했던 縣(현)이다.

[長安(장안)] - 고대의 도성 이름. 지금의 西安(서안). 한나라 高祖(고조)
7년(B.C.200년) 이곳에 도읍을 정하였다. 그 뒤로 東漢(동
한) 獻帝(헌제) 초, 西晉(서진) 愍帝(민제), 前趙(전조), 前
秦(전진), 後秦(후진), 西魏(서위), 北周(북주), 隋(수), 唐
(당)이 모두 이곳에 도읍을 정했다. 西漢(서한) 말의 綠林
(녹림), 赤眉(적미), 唐(당) 말 黃巢(황소)가 일으킨 농민봉
기군도 여기에 도읍했었다. 漢(한)나라 때의 漢城(한성)은
惠帝(혜제) 때 지어졌고 지금의 西安(서안)시 서북쪽에
있었다. 隋(수)나라 때의 隋城(수성)은 文帝(문제) 때 지
어졌고 大興城(대흥성)이라 불렸으며 그 터가 지금의 서
안성과 성의 동쪽, 남쪽, 서쪽 일대를 포함한다. 唐 말에
는 옛 성의 북부에 新城(신성)을 개축하였는데 바로 지금
의 西安城(서안성)이다.

[倡女(창녀)] - 歌舞(가무)로 사람을 즐겁게 하는 여인. 또한 몸을 파는
기생을 뜻하기도 한다.

[瑰奇(괴기)] - 뛰어나고 기이함. 괴는 둥글고 모양이 좋은 옥. 아름답다,
훌륭하다, 진귀하다.

[監察御史(감찰어사)] - 관직명. 隋(수)나라 때 만들었다. 본래는 監察侍
　　　　　　御史였고 내외관리들을 규찰하는 것을 관장하였
　　　　　　다. 본래 秦(진)나라 때부터 御史(어사)를 두어
　　　　　　여러 郡(군)을 감찰하게 하였었다. 唐나라는 隋
　　　　　　나라를 이어받아 여러 관료들을 나누어 감찰하
　　　　　　게 하고 州縣(주현)의 訟事(송사), 군대, 제사,
　　　　　　출납 등의 일을 맡아보게 하였다. 淸(청) 말에
　　　　　　폐지하였다.
[天寶(천보)] - 唐(당) 玄宗(현종)의 연호. 742 - 755년.
[常州(상주)] - 常州府(상주부)가 지금의 江蘇省(강소성)에 있었음.
[甚殷(심은)] - 대단히 성하다. 殷은 성할 은.
[知命(지명)] - 천명을 앎, 50세의 딴 이름. 공자가 50세에 천명을 알았
　　　　　　다고 한 데서 온 말.
[弱冠(약관)] - 남자 나이 스무 살. 스무 살 전후의 나이.
[雋朗(준랑)] - 雋은 우수하다, 뛰어나다. 朗은 밝다, 유쾌하고 활달하다.
[詞藻(사조)] - 시문을 짓는 재능. 글의 수식.
[逈然(형연)] - 아득히 먼 모양. 逈逈(형형).
[推伏(추복)] - 받들고 엎드려 우러르다.
[千里駒(천리구)] - 천리마. 또래에서 가장 뛰어난 사람을 일컬음.
[鄕賦(향부)] - 鄕貢(향공)과 같다. 향공은 당나라 때 學館(학관)의 考試
　　　　　　(고시)를 거치지 않고 州縣(주현)에서 추천하여 과거시험
　　　　　　에 응시하던 선비를 가리킨다.
[秀才擧(수재거)] - 수재 시험. 수재는 漢(한)나라 때 孝廉(효렴)과 함께
　　　　　　선비를 뽑는 과거 이름이었고 東漢(동한) 때에는 光
　　　　　　武帝(광무제)의 이름을 諱(휘)하여 '茂才(무재)'라고
　　　　　　도 하였다. 唐초에는 明經科(명경과), 進士科(진사과)
　　　　　　와 함께 선비를 뽑는 과거시험의 하나였는데 얼마
　　　　　　있다 폐지되었다. 후에 唐宋(당송) 간에 무릇 과거시
　　　　　　험에 응시하는 자는 모두 수재라고 칭하였고 明淸
　　　　　　(명청)대에는 州縣(주현)의 학생들을 수재라고 하였다.
[薪儲之費(신저지비)] - 薪에는 땔나무, 봉급의 뜻이 있고 儲에는 마련

해 둔다는 뜻이 있으므로 생활에 쓰는 여러 비
용을 의미한다.
[一戰而覇(일전이패)] - 한 번 싸워서 이기다. 즉 한 번에 합격하다.
[二載(이재)] - 2년. 載에는 해의 뜻이 있다.
[上第(상제)] - 과거시험에서 첫째로 급제함.
[指掌(지장)] - 손바닥을 가리킴. 하기 쉬움.

●●● 번역

견국부인 이와는 장안의 기녀였다. 절조와 행실이 뛰어나고 기이하여 족
히 일컬어질 만하였다. 고로 감찰어사 백행간이 전하여 서술한다. 당 현
종 천보연간에 상주자사 형양공이란 자가 있었는데 그 성명은 생략하고
적지 않겠다. 당시에 명망이 심히 높았고 가솔들이 풍성하였다. 오십 세
가 되었을 때 한 아들이 갓 약관의 나이가 되었는데 준수하고 문재가
있어 아득히 무리 중에 뛰어나서 깊이 당시 동배들이 추숭하고 탄복하
였다. 그 부친이 그를 아끼고 인물로 생각하여 말하기를 "이 아이는 우
리 집의 천리마이다." 향공 수재시험에 응시하러 장차 떠나려 함에 옷과
기물과 수레와 말을 성대하게 준비하고 그가 서울에서 쓸 비용을 계산
하였다. 그에게 일러 말하기를 "내가 보기에 너의 재주로는 응당 한 번
응시해서 합격할 것이다. 이제 이 년 치의 비용을 준비한 것은 풍성하게
대 주어 뜻을 안심시키려는 것이다." 공자도 스스로 자부하기를 우등으
로 급제하는 것은 손바닥을 가리키는 것과 같이 쉽다고 여겼다.

●●● 원문2

自毗陵發，月餘抵長安，居於布政里. 嘗游東市還，自平
康東門入，將訪友於西南. 至鳴珂曲，見一宅，門庭不

甚廣, 而室宇嚴邃, 闔一扉. 有娃方凭一雙鬟青衣立, 妖
姿要妙, 絶代未有. 生忽見之, 不覺停驂久之, 徘徊不能
去. 乃詐墜鞭於地, 候其從者, 敕取之, 累眄於娃, 娃回
眸凝睇, 情甚相慕, 竟不敢措辭而去. 生自爾意若有失,
乃密徵其友游長安之熟者以訊之. 友曰: "此狹邪女李
氏宅也." 曰: "娃可求乎?" 對曰: "李氏頗贍, 前與通
之者, 多貴戚豪族, 所得甚廣, 非累百萬, 不能動其志
也." 生曰: "苟患其不諧, 雖百萬, 何惜!"

●●● 한자풀이 및 주석

[毗陵(비릉)] - 옛 지명. 본래는 춘추시대 吳(오)나라 季札(계찰)의 封地(봉
　　　　　　지) 延陵邑(연릉읍)이었고 西漢(서한) 때에 縣(현)을 두었는
　　　　　　데 治所(치소)가 지금의 江蘇省(강소성) 常州市(상주시)였
　　　　　　다. 후세에 지금의 강소성 상주일대를 비릉으로 부른다.

[抵(저)] - 이르다, 다다르다.

[嚴邃(엄수)] - 엄숙하고 깊숙하다. 邃는 깊을 수.

[闔(합)] - 문짝 합, 문을 닫다.

[扉(비)] - 문짝 비.

[娃(와/왜)] - 예쁠 왜, 와. 미녀.

[凭(빙)] - 기댈 빙.

[鬟(환)] - 쪽 진 머리 환.

[靑衣(청의)] - 푸른 빛깔의 옷. 신분이 낮은 사람이 입던 옷. 婢女(비녀)
　　　　　　를 가리킴.

[停驂(정참)] - 말을 세우다. 驂은 말의 총칭.

[詐(사)] - 속일 사.

[墜鞭(추편)] - 말채찍을 떨어뜨리다. 鞭은 채찍. ex) 鞭撻(편달): 채찍질
　　　　　　하여 일깨움.

[勅(칙)] - 조서 칙. 천자의 명령을 적은 문서. 명령하다의 뜻.

[眄(면)] - 한쪽 눈을 감고 소상히 보다. 곁눈질하다.

[回眸(회모)] - 눈동자를 돌이키다. 눈길을 주다. 眸는 눈동자.

[凝睇(응제)] - 엉길 응, 흘끗 볼 제, 맞아서 보다. 즉 마주 응시하다.

[措辭(조사)] - 글을 지을 때 문구를 적절히 배열하는 일. 말을 늘어놓다.

[密徵(밀징)] - 몰래 부르다. 徵은 부를 징.

[訊(신)] - 물을 신.

[狹邪(협사)] - 狹斜(협사). 花柳街(화류가). 원래는 장안의 유흥가 이름
　　　　　　　으로 길이 비스듬히 교차되고 좁아 수레도 지날 수 없었
　　　　　　　던 데서 온 말.

[頗贍(파섬)] - 자못 넉넉하다. 頗는 자못, 贍은 넉넉할 섬.

[諧(해)] - 화할 해, 이루어지다.

●●● 번역

비릉으로부터 출발하여 한 달 넘어 장안에 도착하여 포정리에 머물렀
다. 일찍이 동쪽 시장을 돌아보고 돌아오는데 평강동문으로 들어가서
장차 서남쪽의 친구를 방문할 참이었다. 명가곡에 이르렀을 때 집 한
채가 보였는데 문 안의 뜰은 크게 넓지는 않았지만 집 안이 엄히 깊숙
하고 한 문짝이 닫혀 있었다. 한 미녀가 양쪽 머리를 빗는 시녀에 기대
어 서 있는데 요염한 자태가 미묘하여 결코 보기 어려운 모습이었다.
공자가 홀연 그녀를 보고 부지불식간에 말을 멈추고 오래 배회하며 떠
나지를 못했다. 그리고는 짐짓 땅에 말채찍을 떨어뜨리고 뒤따르는 시
종을 기다려 그것을 주으라 하였다. 누차 이와를 곁눈질하니 이와가 눈
길을 주며 마주 응시하는데 정이 심히 사모하는 듯하였으나 끝내 말을
못 걸고는 떠났다. 공자는 그로부터 뜻에 무언가 잃은 듯하여 장안을
잘 노니는 그의 친구를 몰래 불러 물어보았다. 친구가 말하기를 "이는
기생 이 씨의 집이다." 말하기를 "이와를 얻을 수 있는가?" 대답하여

말하기를 "이 씨는 자못 풍족하여 전에 그녀와 통한 사람들은 다들 부
잣집 호족들로 얻은 게 심히 많으니 백만 냥을 가져가지 않고는 그 마
음을 움직이지 못할 것이다." 공자가 말하기를 "다만 이루어지지 않을
까가 걱정이지 백만 냥이라도 어찌 아깝겠으랴?"

●●● 원문3

他日, 乃潔其衣服, 盛賓從而往. 扣其門, 俄有侍兒啓扃.
生曰: "此誰之第耶?" 侍兒不答, 馳走大呼曰: "前時
遺策郎也." 娃大悦曰: "爾姑止之, 吾當整妝易服而出."
生聞之, 私喜. 乃引至蕭墻間, 見一姥垂白上僂, 卽娃
母也. 生跪拜前致詞曰: "聞兹地有隙院, 願税以居, 信
乎?" 姥曰: "懼其淺陋湫隘, 不足以辱長者所處, 安敢
言直耶?" 延生於遲賓之館, 館宇甚麗. 與生偶坐, 因
曰: "某有女嬌小, 技藝薄劣, 欣見賓客, 願將見之."

●●● 한자풀이 및 주석

[潔(결)] - 깨끗할 결.
[賓從(빈종)] - 내빈과 수행원.
[扣(구)] - 두드릴 구.
[啓扃(계경)] - 빗장을 열다. 경은 빗장 경.
[整妝(정장)] - 정돈할 정, 화장할 장.
[易服(역복)] - 옷을 바꿔 입다.
[蕭墻(소장)] - 門屛(문병). 가리개. 집 안 내부를 뜻하기도 함.
[僂(루)] - 구부릴 루. 곱사등이.
[跪拜(궤배)] - 무릎을 꿇고 절함.

[隙院(극원)] - 隙은 틈, 여가. 院은 뜰. 빈집을 뜻함.

[懼(구)] - 두려워할 구.

[淺陋(천루)] - 천박하고 고루함.

[湫隘(초애)] - 땅이 낮고 좁음. 낮고 습기가 많은 땅. 湫는 낮고 좁을
　　　　　　　초. 隘는 좁을 애.

[延(연)] - 끌 연. 인도하다.

[館宇(관우)] - 집 안.

[偶坐(우좌)] - 마주 대하여 앉음. 對坐(대좌). 중국식 의자는 탁자를 사
　　　　　　　이에 두고 좌우로 나란히 앉는 식이다.

[嬌小(교소)] - 아리따울 교, 딸 교.

[薄劣(박열)] - 엷고 졸렬하다.

[欣(흔)] - 기뻐할 흔. 기쁜 마음으로 받들다.

●●● 번역

며칠 후 옷을 깨끗이 입고 종복을 많이 거느리고 갔다. 그 문을 두드리
니 잠시 뒤 시녀가 문을 열어 주었다. 공자가 말하기를 "이곳은 누구의
집인가?" 시녀가 대답하지 않으니 말을 달려 크게 외치기를 "지난번 채
찍을 잃어버린 사람이오." 이와가 크게 기뻐 말하기를 "그대는 잠시 기
다리세요, 제가 마땅히 화장을 고치고 옷을 바꿔 입고 나오겠어요." 공
자가 그것을 듣고 속으로 기뻤다. 그리고는 집 안으로 인도하는데 한
여인이 흰머리를 늘어뜨리고 등이 굽어 있는데 곧 이와의 모친이었다.
공자가 무릎을 꿇고 말씀을 올려 가로되 "이곳에 비어 있는 집이 있다
고 들어 세 들어서 살고 싶은데 정말입니까?" 노파가 말하기를 "그곳이
누추하고 좁아서 귀한 이가 욕되이 거처하기에 부족할까 걱정이니 어
찌 감히 그렇게 하시라고 말하겠습니까?" 공자를 지빈관으로 데리고 갔
는데 집 안이 참으로 아름다웠다. 공자와 나란히 앉아 말하기를 "저에
게 어여쁜 어린 딸이 있는데 재주는 별로 없으나 손님을 뵙기를 바라오
니 원컨대 만나 보십시오."

乃命娃出, 明眸皓腕, 擧步艶冶. 生遂驚起, 莫敢仰視.
與之拜畢, 叙寒燠, 觸類妍媚, 目所未睹. 復坐, 烹茶
斟酒, 器用甚潔. 久之日暮, 鼓聲四動, 姥訪其居遠近.
生紿之曰: "在延平門外數里." 冀其遠而見留也. 姥曰:
"鼓已發矣, 當速歸, 無犯禁." 生曰: "幸接歡笑, 不知
日之云夕. 道里遙闊, 城內又無親戚, 將若之何?" 娃曰:
"不見責僻陋, 方將居之, 宿何害焉." 生數目姥, 姥曰:
"唯唯." 生乃召其家僮, 持雙縑, 請以備一宵之饌. 娃
笑而止之曰: "賓主之儀, 且不然也. 今夕之費, 願以貧
窶之家, 隨其粗糲以進之. 其餘以俟他辰." 固辭, 終不
許. 俄徙坐西堂, 帷幙帘榻, 煥然奪目; 妝奩衾枕, 亦
皆侈麗. 乃張燭進饌, 品味甚盛. 徹饌, 姥起. 生娃談
話方切, 詼諧調笑, 無所不至. 生曰: "前偶過卿門, 遇
卿適在屏間. 厥後心常勤念, 雖寢與食, 未嘗或舍." 娃
答曰: "我心亦如之." 生曰: "今之來, 非直求居而已,
願償平生之志. 但未知命也若何." 言未終, 姥至, 詢其
故, 具以告. 姥笑曰: "男女之際, 大欲存焉. 情苟相
得, 雖父母之命, 不能制也. 女子固陋, 曷足以薦君子
之枕席!" 生遂下階, 拜而謝之曰: "願以己爲廝養."
姥遂目之爲郎, 飲酣而散.

[皓腕(호완)] - 흰 팔. 皓는 흴 호, 腕은 팔 완.

[擧步(거보)] - 발을 내딛다.

[艶冶(염야)] - 요염하고 아름다움.

[寒燠(한욱)] - 추위와 더위. 날씨 이야기.

[觸類(촉류)] - 하나로부터 다른 것들까지.

[姸媚(연미)] - 예쁠 연, 아름다울 미.

[睹(도)] - 볼 도.

[烹茶斟酒(팽다짐주)] - 차를 끓이고 술을 따르다. 斟은 술 따를 짐.

[紿(태)] - 속일 태.

[遙闊(요활)] - 멀다.

[僻陋(벽루)] - 궁벽한 두멧구석. 후미질 벽, 좁을 루.

[雙縑(쌍겸)] - 縑은 합사비단 겸. 생명주.

[一宵之饌(일소지찬)] - 하루 저녁의 만찬. 宵는 밤 소. 饌은 반찬 찬.

[貧窶之家(빈구지가)] - 가난한 집. 貧窶는 가난에 찌듦.

[粗糲(조려)] - 거칠고 궂은 쌀. 변변하지 않은 음식.

[俟(사)] - 기다릴 사.

[辰(신)] - 날.

[帷幙帘榻(유막렴탑)] - 휘장과 주렴, 탑상.

[煥然奪目(환연탈목)] - 환연히 빛나 눈길을 빼앗다.

[妝奩衾枕(장렴금침)] - 화장 상자와 이불. 衾枕은 이불과 베개, 침구.

[侈麗(치려)] - 크고 아름다움.

[徹饌(철찬)] - 음식을 거두어 치움.

[詼諧(회해)] - 실없는 농담이나 익살스러운 말.

[厥後(궐후)] - 그 후.

[償(상)] - 갚다. 보상.

[詢(순)] - 물을 순.

[固陋(고루)] - 고집이 세고 변통성이 없음.

[曷(갈)] - 어찌.

[枕席(침석)] - 잠자리.
[厮養(시양)] - 하인. 厮는 하인 시. ex) 厮養卒(시양졸): 군졸. 나무를 하
　　　　　　　고 말을 먹이는 천한 사람.
[酣(감)] - 한창 성하다. 무르익다.

●●● 번역

이리하여 이와를 나오게 명하니 밝은 눈동자와 하얀 팔에 걸음걸이가
요염하였다. 공자는 놀라 일어나 감히 바라보지 못했다. 그녀와 인사를
마친 후 날씨 이야기를 나누었는데 움직임이나 말들이 모두 어여뻐 일
찍이 눈으로 본 적이 없는 바였다. 다시 앉아 차를 다리고 술을 마시는
데 그릇들이 매우 깨끗하였다. 한참 지나 날이 저물어 북소리가 사방을
울리니 노모는 공자가 이곳에서 멀리 사는가를 물었다. 공자가 속여 말
하기를 "연평문 밖 몇 리 떨어진 곳에 삽니다." 멀어서 머무르라고 하기
를 바란 것이다. 노모가 말하길 "북이 이미 쳤으니 마땅히 빨리 돌아가
서 금령을 어기지 말아야 합니다." 공자가 말하기를 "다행히 환대받고
담소하느라 날이 저문 줄도 몰랐습니다. 길은 멀고 성안에는 아는 친척
도 없으니 어찌하면 좋을까요?" 이와가 말하기를 "누추함을 마다 않으
시고 세 들어 살고자 하셨으니 숙박하시는 게 무슨 해가 되겠습니까?"
공자가 여러 차례 노모를 바라보자 노모가 말하기를 "좋습니다."라 하였
다. 공자는 이에 종복을 불러 합사비단을 가져다가 저녁 만찬의 비용으
로 쓰라 하였다. 이와가 웃으면서 막기를 "손님과 주인의 예는 그런 게
아닙니다. 오늘 저녁의 비용은 원컨대 이 빈천한 집에서 변변치 못한 음
식을 받들어 올리겠습니다. 그 나머지 (좋은 음식은) 다른 날을 기약하도
록 하지요." 고사하고 종내 받지 않았다. 잠시 후 서쪽 당으로 옮겨 앉
으니 장막과 주렴과 탑상이 눈을 황홀하게 하였다. 화장 상자와 침구도
모두 크고 아름다웠다. 촛불을 밝히고 음식을 들여오는데 맛이 아주 좋
았다. 식사가 끝나자 노모는 일어섰다. 공자와 이와는 담화가 무르익어

농담하고 웃으며 못 하는 말이 없었다. 공자가 말하기를 "전에 우연히 그대의 문을 지날 때 그대가 마침 병풍 사이에 있는 것을 보았소. 그 후로는 마음이 항상 그대를 생각하여 잠을 자거나 밥을 먹거나 일찍이 잊어 본 적이 없소." 이와가 답하여 말하기를 "저의 마음도 그와 같았어요." 공자가 말하기를 "이번에 온 것은 단지 세를 얻기 위해서가 아니오. 평소의 뜻을 이루기 위해서요. 다만 명이 어떠할지 모르겠소." 말이 끝나기도 전에 노모가 와서 그 까닭을 물으니 갖추어 대답했다. 노모가 웃으며 말하기를 "남녀 사이에는 큰 욕심이 존재하지요. 정이 서로 통했다면 비록 부모의 명이라 해도 어쩌지 못한답니다. 여자가 고루하여 어찌 군자의 잠자리에 추천할 만하겠습니까?" 공자가 드디어 섬돌에서 내려와 절하고 사례하여 말하기를 "원컨대 저를 노복으로 삼아 주십시오." 노모가 그를 사위로 불렀고 술을 한참 마신 후 돌아갔다.

●●● 원문5

及旦, 盡徙其囊橐, 因家於李之第. 自是生屛迹戢身, 不復與親知相聞, 日會倡優儕類, 狎戲游宴. 囊中盡空, 乃鬻駿乘及其家童. 歲餘, 資財僕馬蕩然. 邇來姥意漸怠, 娃情彌篤. 他日, 娃謂生曰: "與郞相知一年, 尙無孕嗣. 常聞竹林神者, 報應如響, 將致薦酹求之, 可乎?" 生不知其計, 大喜. 乃質衣於肆, 以備牢醴, 與娃同謁祠宇而禱祝焉, 信宿而返. 策驢而後, 至里北門, 娃謂生曰: "此東轉小曲中, 某之姨宅也, 將憩而覲之, 可乎?" 生如其言, 前行不逾百步, 果見一車門. 窺其際, 甚弘敞. 其靑衣自車後止之曰: "至矣." 生下, 適有一人出訪曰:

“誰?” 曰: “李娃也.” 乃入告. 俄有一嫗至, 年可四十餘, 與生相迎曰: “吾甥來否?” 娃下車, 嫗逆訪之曰: “何久踈絶?” 相視而笑. 娃引生拜之, 旣見, 遂偕入西戟門偏院. 中有山亭, 竹樹葱蒨, 池榭幽絶. 生謂娃曰: “此姨之私第耶?” 笑而不答, 以他語對. 俄獻茶果, 甚珍奇. 食頃, 有一人控大宛, 汗流馳至曰: “姥遇暴疾頗甚, 殆不識人, 宜速歸.” 娃謂姨曰: “方寸亂矣, 某騎而前去, 當令返乘, 便與郎偕來.” 生擬隨之, 其姨與侍兒偶語, 以手揮之, 令生止於戶外, 曰: “姥且歿矣, 當與某議喪事, 以濟其急, 奈何遽相隨而去?” 乃止, 共計其凶儀齋祭之用.

●●● 한자풀이 및 주석

[囊橐(낭탁)] – 자루, 전대. ‘囊’은 한쪽 끝만 튼 자루, ‘橐’은 양쪽 끝을
　　　　　튼 자루.

[第(제)] – 집, 저택.

[屛迹(병적)] – 屛은 숨다, 은퇴하다, 迹은 자취. 자취를 감추다.

[戢身(즙신)] – 戢은 거두다, 즉 몸을 거두어들이다.

[儕類(제류)] – 동료. 동아리. 儕等(제등).

[狎戱(압희)] – 狎은 너무 지나칠 정도로 가까운 것, 戱는 놀 희.

[鬻(육)] – 팔 육.

[蕩然(탕연)] – 흔적도 없는 모양.

[邇來(이래)] – 그 후, 그때 이후. 또는 요사이.

[怠(태)] – 태만하다.

[彌篤(미독)] – 더욱 미, 돈독할 독.

[孕嗣(잉사)] – 후사를 잉태하다.

[薦酹(천뢰)] - 酹酒(뇌주)를 올리다. 뇌주는 降神(강신)할 때 술을 땅에
　　　　　　뿌리는 일.
[質衣(질의)] - 옷을 저당 잡히다.
[肆(사)] - 저자, 가게.
[牢醴(뇌례)] - 희생을 잡아 빈객을 대접하는 예.
[禱祝(도축)] - 빎. 기도함.
[憩(게)] - 쉴 게. ex) 休憩室(휴게실): 휴게실.
[覲(근)] - 뵐 근. 만나 보다.
[際(제)] - 가장자리 제.
[弘敞(홍창)] - 넓고 큼.
[嫗(구)] - 할미 구. 여자.
[甥(생)] - 생질. 사위.
[逆訪(역방)] - 맞이할 역, 묻다. 맞이하며 묻다.
[踈絶(소절)] - 踈는 疎의 譌字(와자). 소원하다. 소식이 뜸하다.
[葱蒨(총천)] - 초목이 짙푸르게 무성한 모양.
[池榭(지사)] - 연못 지, 정자 사.
[控(공)] - 끌어당기다. 말고삐를 당기다.
[大宛(대완)] - 옛날 나라 이름. 서역 36국의 하나. 우수한 汗血馬(한혈
　　　　　　마)를 생산한다.
[殆(태)] - 거의.
[方寸(방촌)] - 사방 한 치의 넓이. 마음. 마음은 가슴속 방촌의 사이에
　　　　　　있다는 데서 온 말.
[擬(의)] - 헤아리다. ~하려고 하다.
[偶語(우어)] - 둘이 마주 대하여 이야기함.
[揮(휘)] - 휘젓다.
[歿(몰)] - 죽을 몰.
[凶儀(흉의)] - 흉한 의식. 즉 장례.
[齋祭(재제)] - 齋는 명복을 비는 불공, 祭는 제사.

아침이 되자 그의 짐 보따리들을 다 옮겨서 이와의 집에 살게 되었다. 이로부터 공자는 집 안에 들어앉아서 친지들과 소식도 전하지 않고 날마다 기예인들과 놀면서 마시고 먹고 놀았다. 주머니가 다 비어 가자 준마와 그 종복을 팔았다. 일 년 남짓 되자 재물과 종복과 말이 모두 탕진되어 버렸다. 그로부터 노모의 마음은 점차 냉담해졌으나 이와와의 정은 더욱 깊어졌다. 어느 날 이와가 공자에게 말하기를 "그대와 알고 지낸 지 일 년이 되었는데 아직까지 태기가 없습니다. 평소 듣건대 죽림의 신이 영험하다 하는데 장차 가서 술을 올리고 기도드리는 게 어떻겠습니까?" 공자는 그 계책을 모르고 크게 기뻐하였다. 이에 시장에 옷을 저당 잡히고 제수품을 마련하여 이와와 함께 절에 가서 거기에서 기도를 올리고 며칠 숙박하고 돌아왔다. 나귀를 채찍질한 후에 마을의 북쪽 문에 이르렀을 때 이와가 공자에게 말하기를 "여기에서 동쪽으로 돌면 작은 마을이 있는데 저의 이모님 댁이니 장차 쉬었다가 만나 뵙고 가는 것이 어떻겠습니까?" 공자가 그의 말대로 하니 앞으로 백 걸음을 못 가서 과연 작은 문 하나가 보였다. 그 안을 들여다보니 매우 드넓었다. 푸른 옷을 입은 하인이 수레 뒤에서 멈춰 말하기를 "다 이르렀습니다." 공자가 내리니 마침 한 사람이 나와 말하기를 "누구십니까?" "이와입니다."라고 하고는 들어가 고하였다. 잠시 뒤 한 여인이 나오는데 나이가 사십 남짓으로 보였고 공자를 맞이하면서 말하기를 "내 사위가 온 것 아니오?" 이와가 수레에서 내리니 여인이 맞이하며 묻기를 "어찌 오래도록 오지 않았느냐?" 마주 보며 웃었다. 이와가 공자를 끌어 그녀에게 절하게 하고 서로 만난 후 모두 함께 서극문의 한쪽 정원으로 들어갔다. 가운데 가짜 산과 정자가 있고 대나무가 짙푸르며 연못과 누대가 깊숙하고 우아하였다. 공자가 이와에게 말하기를 "이곳이 이모님의 사저입니까?" 웃으면서 대답하지 않고 다른 말로 응대했다. 잠시 뒤 차와 과일을 내왔는데 매우 진귀하였다. 밥을 다 먹어 갈 즈음 홀연 한 사람이 신속한 대완마를 타고 온몸에 땀을 흘리며 뛰어와 말하기를 "노모께서 갑자기 심한 병이 나서 사람조차 못 알아볼 지경이니 속히 돌아 가셔야 합니다." 이와가 이모에게 말하기를 "마음이 심히 혼란스럽습니다, 저는 말을 타고 먼저 가고 후에 말을 돌려보내드릴 테니 공자와 함 께 오시기 바랍니다." 공자가 그녀를 따라가려 했으나 그 이모는 시녀 와 마주 이야기하고는 손을 휘저어 공자를 집 밖에 멈추게 하고는 "이 모가 돌아가시게 되었네. 마땅히 더불어 상사를 의논해서 그 급한 일을 처리해야지 어찌하여 급히 따라가겠다는 것인가?" 이에 멈추고 함께 장 례 지내고 제사 지낼 일을 상의하였다.

<h2>●●● 원문6</h2>

日晚, 乘不至. 姨言曰: "無復命何也? 郎驟往覘之, 某當繼至." 生遂往, 至舊宅, 門扃鑰甚密, 以泥緘之. 生大駭, 詰其鄰人. 鄰人曰: "李本稅此而居, 約已周矣. 第主自收, 姥徙居而且再宿矣." 徵徙何處, 曰: "不詳其所." 生將馳赴宣陽, 以詰其姨, 日已晚矣, 計程不能達. 乃弛其裝服, 質饌而食, 賃榻而寢, 生患怒方甚, 自昏達旦, 目不交睫. 質明, 乃策蹇而去. 旣至, 連扣其扉, 食頃無人應. 生大呼數四, 有宦者徐出. 生遽訪之: "姨氏在乎?" 曰: "無之." 生曰: "昨暮在此, 何故匿之?" 訪其誰氏之第, 曰: "此崔尚書宅. 昨者有一人稅此院, 云遲中表之遠至者, 未暮去矣." 生惶惑發狂, 罔知所措, 因返訪布政舊邸. 邸主哀而進膳. 生怨懑, 絶食三日, 遘

疾甚篤, 旬餘愈甚. 邸主懼其不起, 徙之於凶肆之中. 綿
綴移時, 合肆之人, 共傷嘆而互飼之.

●●● 한자풀이 및 주석

[復命(복명)] – 명령을 받고 일을 처리한 사람이 그 결과를 보고함.
[驟(취)] – 달릴 취/추. 빠르다.
[覘(점)] – 엿볼 점/첨.
[某(모)] – 자기의 겸칭으로 쓰였음.
[門扃(문경)] – 문 문, 빗장 경.
[鑰(약)] – 자물쇠 약.
[緘(함)] – 봉함 함.
[駭(해)] – 놀랄 해.
[詰(힐)] – 물을 힐.
[徵(징)] – 캐어묻다.
[馳赴(치부)] – 달려가다. 赴는 향하여 가다, 달려가다.
[弛(이)] – 늦출 이, 바싹 쥔 것을 헐겁게 하다.
[質(질)] – 저당 잡히다.
[賃(임)] – 세내다.
[恚怒(에노)] – 성낼 에, 노할 노.
[睫(첩)] – 속눈썹 첩.
[質明(질명)] – 날이 샐 무렵. 새벽녘.
[策蹇(책건)] – 채찍질할 책, 굼뜬 말 건, 절뚝거리는 말을 채찍질하다.
[宦者(환자)] – 내시. 宦은 집안에서 신하로 일한다는 뜻의 會意字(회의자).
[匿(닉)] – 숨길 닉. ex) 隱匿(은닉): 숨기다.
[尚書(상서)] – 전국시대 처음 둔 관직. 掌書(장서)라고도 하며 서적을
　　　　　　관장한다는 뜻이다. 한 武帝 때 황권을 제고시키면서 황
　　　　　　제 좌우에서 일을 하고 문서를 장관하는 상서의 지위가
　　　　　　높아졌다. 한 成帝 때에는 상서에 5人을 두어 부서를 나

누기 시작했다. 당나라 때는 吏, 戶, 禮, 兵, 刑, 工의 6
部로 확정했다.

[遲(지)] - 기다릴 지.
[中表(중표)] - 친척관계로서의 내종, 외종, 이종.
[惶惑(황혹)] - 두려워하여 당혹함. 두려워하여 갈팡질팡함.
[罔知(망지)] - 모르다. 罔은 없다, 아니다. 부정의 뜻.
[舊邸(구저)] - 옛 저택.
[膳(선)] - 반찬 선.
[怨懣(원만)] - 원망할 원, 번민할 만.
[遘質(구질)] - 遘는 만날 구. 질환을 만남. 병듦.
[凶肆(흉사)] - 殯儀館(빈의관). 葬儀社(장의사)의 뜻.
[綿綴(면철)] - 이을 면, 이을 철.
[移時(이시)] - 시간이 지남.
[飼(사)] - 먹일 사.

●●● 번역

날이 저물어도 탈 것이 오지 않았다. 이모가 말하기를 "다시 보고가 없
는 것은 어째서인가? 그대는 빨리 가서 살펴보시오, 내가 곧 뒤따르리
다." 공자가 드디어 가서 옛집에 이르니 자물쇠가 굳게 닫혀 있고 진흙
으로 봉해져 있었다. 공자가 크게 놀라 그 이웃에게 물어보았다. 이웃
이 말하기를 "이 씨네는 본래 이 집에 세 들어 살았는데 대략 일 년이
되었고 주인이 집을 내놓으라고 해서 이 씨네가 이사한 지 이틀이 되었
습니다." 어느 곳으로 이사했는지 물으니 말하기를 "그곳은 모르겠습니
다." 공자는 선양으로 달려가서 그 이모에게 물으려 하였으나 날이 이
미 저물고 길이 멀어 도달할 수 없었다. 이리하여 복장을 풀고 그것을
맡겨 음식을 사서 먹고 침상을 세내 자려고 하였으나 공자는 분노와 고
뇌에 싸여 밤부터 아침까지 눈을 붙이지 못하였다. 날이 밝자 절뚝거리
는 말을 채찍질하여 떠났다. 이른 후 몇 번 문을 두드렸으나 식사 한

번 할 시간이 지나도록 반응이 없었다. 공자가 크게 서너 번을 외치니 관리 같은 사람이 천천히 나왔다. 공자가 그에게 급히 묻기를 "이모님은 계십니까?" 말하기를 "없습니다." 공자가 말하기를 "어제 저녁 여기에 계셨는데 어찌하여 감추는 게요?" 하고 누구의 집인가를 물으니 말하기를 "여기는 최상서의 댁이오. 어제 한 사람이 이 집을 세 얻어 멀리서 온 친척을 기다린다 하였는데 날이 저물기도 전에 모두 떠났소." 공자는 당혹하고 발광하여 어찌해야 할지를 몰랐다. 다시 포정리 옛 여관으로 갔다. 집주인은 슬퍼하면서 음식을 올렸다. 공자는 원망하고 답답하여 사흘 동안 밥을 못 먹고 심한 병에 걸렸다. 열흘이 지나니 병이 더욱 심해졌다. 여관주인은 그가 일어나지 못할까 두려워 빈의관으로 그를 보내 버렸다. 숨을 한동안 이어 가니까 그곳 사람들이 그를 가엾게 여겨 모두 탄식하며 그에게 먹을 것을 먹여 주었다.

●●● 원문7

後稍愈, 杖而能起. 由是凶肆日假之, 令執紼帷, 獲其直以自給. 累月, 漸復壯, 每聽其哀歌, 自嘆不及逝者, 輒嗚咽流涕, 不能自止. 歸則效之. 生聰敏者也, 無何, 曲盡其妙, 雖長安無有倫比. 初, 二肆之傭凶器者, 互爭勝負. 其東肆車輿皆奇麗, 殆不敵. 唯哀挽劣焉. 其東肆長知生妙絶, 乃醵錢二萬索顧焉. 其黨者舊, 共較其所能者, 陰敎生新聲, 而相贊和. 累旬, 人莫知之.

●●● 한자풀이 및 주석

[稍(초)] - 조금.

[愈(유)] - 나을 유.

[杖(장)] - 지팡이 장.

[繐帷(세유)] - 가늘고 설핀 베 세, 장막 유. 가늘고 설핀 베로 만든 장
　　　　　　　막. 靈帳(영장).

[直(치)] - 값 치. 품삯.

[嗚咽(오열)] - 목메어 욺.

[聰敏(총민)] - 총명하다, 영리하다.

[倫比(윤비)] - 同等(동등).

[傭(용)] - 품팔이하다.

[凶器(흉기)] - 장례 때 무덤에 함께 묻는 여러 가지 도구.

[唯(유)] - 다만.

[哀挽(애만)] - 애도하는 挽歌(만가).

[劣(열)] - 못나다. 못하다.

[醵(각/거)] - 술잔치. 술추렴. 추렴하다.

[索顧(색고)] - 찾아 고용하다.

[耆舊(기구)] - 耆老(기로)와 故舊(고구). 노인과 옛 친구.

●●● 번역

후에 조금 나은 후 지팡이를 짚고 일어설 수가 있었다. 이로부터 빈의
관에서는 날마다 그를 시켜 영장을 관리하여 그가 품삯을 얻어 자급하
도록 하였다. 몇 달 뒤에는 점차 튼튼하여졌는데 매번 그 애도가를 들
으면 스스로 죽은 사람만 못하다고 탄식하고 번번이 오열하며 눈물을
흘리며 그치지를 못했다. 돌아가서는 그것을 흉내 내었다. 공자는 총명
한 사람이라 얼마 가지 않아 그 미묘함을 곡진하게 흉내 내어 비록 장
안이라 해도 그에 비교할 만한 사람이 없었다. 당초 장안성에는 두 집
의 빈의관이 있었는데 서로 승부를 겨루고 있었다. 동쪽 빈의관의 수레
는 모두 아름다워 대적하기 어려웠다. 오직 만가만이 좀 뒤처졌다. 그
동쪽 빈의관 주인은 공자가 만가를 잘 부르는 것을 알고 이만 냥을 추

렴해서 그를 찾아 고용했다. 그 무리의 노인들 중 그들이 잘 부르는 것을 골라 몰래 공자에게 새로이 배우게 하며 서로 창화하였다. 몇 십 일이 지나도 아무도 그것을 아는 사람이 없었다.

● ● ● 원문8

其二肆長相謂曰: "我欲各閱所傭之器於天門街, 以較優劣. 不勝者, 罰直五萬, 以備酒饌之用, 可乎?" 二肆許諾, 乃邀立符契, 署以保證, 然後閱之. 士女大和會, 聚至數萬. 於是里胥告於賊曹, 賊曹聞於京尹. 四方之士, 盡赴趨焉, 巷無居人. 自旦閱之, 及亭午, 歷車輦輿威儀之具, 西肆皆不勝, 師有慚色. 乃置層榻於南隅, 有長髥者, 擁鐸而進, 翊衛數人, 於是奮髥揚眉, 扼腕頓顙而登, 乃歌《白馬》之詞. 恃其夙勝, 顧眄左右, 旁若無人. 齊聲贊揚之, 自以爲獨步一時, 不可得而屈也. 有頃, 東肆長於北隅上設連榻, 有烏巾少年, 左右五六人, 秉翣而至, 卽生也. 整衣服, 俯仰甚徐, 申喉發調, 容若不勝. 乃歌《薤露》之章, 擧聲淸越, 響振林木. 曲度未終, 聞者歔欷掩泣. 西肆長爲衆所誚, 益慚恥, 密置所輸之直於前, 乃潛遁焉. 四座愕眙, 莫之測也.

● ● ● 한자풀이 및 주석

[罰(벌)] – 벌
[許諾(허락)] – 허락

[符契(부계)] - 꼭 들어맞음. 符節(부절).

[里胥(이서)] - 마을의 관리.

[賊曹(적조)] - 관직명. 東漢(동한) 때 太尉(태위)의 屬官(속관) 및 각 郡
　　　　　　　縣(군현)에 적조를 두어 도적에 관한 일을 맡아보게 하였
　　　　　　　다. 뒤에는 도둑을 잡는 관리를 범칭하게 되었다.

[京尹(경윤)] - 京兆尹(경조윤). 관직명으로 한대에는 京兆지역을 관할하
　　　　　　　는 행정장관으로 직권이 郡(군)의 太守(태수)에 상당하였
　　　　　　　다. 후에는 수도지역의 행정장관을 칭하게 되었다.

[赴趨(부추)] - 나아갈 부, 달릴 추.

[巷(항)] - 거리 항.

[亭午(정오)] - 한낮. 正午(정오).

[慙色(참색)] - 부끄러운 빛.

[南隅(남우)] - 남쪽 모퉁이.

[髥(염)] - 구레나룻 염.

[擁鐸(옹탁)] - 안을 옹, 방울 탁. 방울을 안다.

[翊衛(익위)] - 도울 익, 호위할 위.

[扼腕頓顙(액완돈상)] - 누를 액, 팔뚝 완, 조아릴 돈, 이마 상. 팔뚝을
　　　　　　　　　　　잡고 머리를 굽히다.

[白馬(백마)] - 樂府(악부)시 雜曲歌辭(잡곡가사)의 이름으로 <白馬篇
　　　　　　　(백마편)>이 있다. 魏(위)나라 曹植(조식)이 백마를 탄 사
　　　　　　　람을 보고 지은 것으로 사람은 응당 공을 세워 나라를
　　　　　　　위해 힘을 다 바쳐야 하고 사사로운 것을 생각해서는 안
　　　　　　　된다는 것이다. 여기에서의 <白馬>가 이 <백마편>을
　　　　　　　가리키는지 확실치는 않으나 뒤에 나오는 <薤露(해로)>
　　　　　　　역시 악부시라서 개연성이 있다.

[恃(시)] - 믿을 시.

[夙(숙)] - 옛날, 옛날부터.

[顧眄(고면)] - 사방을 둘러봄.

[烏巾(오건)] - 검은 두건.

[秉翣(병삽)] - 잡을 병, 운삽 삽. 雲翣(운삽)은 발인할 때에 영구의 앞뒤
　　　　　　　에 세우고 가는 널판.

[俯仰(부앙)] - 우러러보고 굽어봄.

[申喉(신후)] - 목구멍을 당기다.

[薤露(해로)] - 樂府詩(악부시) <相和曲(상화곡)>의 하나로 고대의 挽
　　　　　　　歌(만가)이다.

[響(향)] - 소리.

[歔欷(허희)] - 흐느껴 욺.

[掩泣(엄읍)] - 얼굴을 가리고 욺.

[誚(초)] - 꾸짖을 초.

[慙恥(참치)] - 부끄럽고 수치스러움.

[輸(수)] - 지다. 패하다.

[潛遁(잠둔)] - 몰래 숨다.

[愕眙(악치)] - 놀랄 악, 눈여겨볼 치.

[測(측)] - 추측하다.

●●● 번역

그 두 빈의관의 주인들이 서로 일러 말하기를 "나는 각기 천문가에 장
의에 쓰는 기물을 늘어놓고 우열을 다투고 싶다. 이기지 못하는 자는
벌금 오만 냥을 내어 술과 음식 비용을 대는 게 어떻겠는가?" 두 빈의
관에서 허락하자 증인을 불러 세워 서명하여 보증으로 삼고 그런 후 열
람하게 했다. 남녀노소가 다들 모여 수만 명에 이르렀다. 이리하여 이
서가 적조에게 보고하고 적조가 경조윤에게 알렸다. 사방의 사람들이
모두 그곳으로 달려가 마을엔 사람이 없었다. 아침부터 열람을 하는데
정오가 되기까지 수레와 의장 등 용품을 보았는데 서쪽 빈의관의 것이
모두 이기지 못하여 그 수장이 부끄러운 빛이 역력했다. 남쪽 모퉁이에
층탑을 놓고 구레나룻 수염이 긴 사람이 방울을 안고 걸어 나왔고 호위
하는 사람이 여럿이었다. 이리하여 수염과 눈썹을 날리며 한 손으로 팔
뚝을 잡고 머리를 조아리고 올라가서 <백마> 노래를 불렀다. 예부터
잘했음을 믿고 고개를 돌려 좌우를 훑어보면서 방약무인하였다. 일제히

환호하는 소리가 들리니 스스로 일대의 독보적 솜씨로 능가할 자가 없
으리라 여겼다. 조금 지나서 동쪽 빈의관 주인이 북쪽 모퉁이에 탑상
두 개를 쌓고 흑두건을 쓴 청년들이 좌우에서 대여섯 명 호위하여 운삽
을 잡고 무대에 오르니 그가 바로 공자였다. 옷을 가다듬고 매우 천천
히 굽어보고 우러러보며 목을 늘여 소리를 내는데 모습이 (슬픔을) 이
기지 못하는 듯하였다. <해로> 노래를 부르는데 소리가 맑고 널리 울
려 나무를 떨게 할 정도였다. 곡이 끝나기도 전에 감동한 사람들이 눈
물을 훔쳤다. 서쪽 빈의관 주인은 대중의 비웃음을 받고 더욱 부끄러워
져 몰래 승부에 진 벌금을 앞에 놓고 슬그머니 사라졌다. 사방에서는
놀라 눈여겨보았지만 가수가 누구인지 추측해 내지 못했다.

●●● 원문9

先是天子方下詔, 俾外方之牧, 歲一至闕下, 謂之入計.
時也, 適遇生之父在京師, 與列者易服章, 竊往觀. 有
小竪, 卽生乳母婿也, 見生之擧措辭氣, 將認之而未敢,
乃泫然流涕. 生父驚而詰之, 因告曰: "歌者之貌, 酷似
郎之亡子." 父曰: "吾子以多財爲盜所害, 奚至是耶?"
言訖, 亦泣. 及歸, 竪間馳往, 訪於同黨曰: "嚮歌者誰,
若斯之妙歟?" 皆曰: "某氏之子." 徵其名, 且易之矣,
竪凜然大驚. 徐往, 迫而察之. 生見竪, 色動回翔, 將匿
於衆中. 竪遂持其袂曰: "豈非某乎?" 相持而泣, 遂載
以歸. 至其室, 父責曰: "志行若此, 汚辱吾門, 何施面
目, 復相見也?" 乃徒行出, 至曲江西杏園東, 去其衣
服. 以馬鞭鞭之數百. 生不勝其苦而斃, 父棄之而去.

[俾(비)] – 시키다. ……하게 하다.

[外方之牧(외방지목)] – 바깥 지방의 군수.

[服章(복장)] – 천자 이하 귀족이 입는 公服(공복)의 장식.

[竊(절)] – 몰래.

[竪(수)] – 豎의 俗字. 더벅머리 수.

[壻(서)] – 壻와 同字. 사위 서.

[擧措(거조)] – 드는 일과 놓는 일. 행동함과 정지함. 행동거지.

[泫然(현연)] – 눈물이 줄줄 흘러내리는 모양.

[酷(혹)] – 독할 혹. 매우.

[爲盜所害(위도소해)] – 도적에게 해를 입다. 爲……所는 피동태.

[奚(해)] – 어찌 해.

[訖(글)] – 마칠 글.

[凜然(늠연)] – 두려워하는 모양.

[回翔(회상)] – 새가 빙빙 돌면서 낢. 배회함.

[袂(몌)] – 소매 몌.

[汚辱(오욕)] – 더럽히고 욕되게 함.

[馬鞭(마편)] – 말채찍.

[鞭(편)] – 채찍질하다.

[斃(폐)] – 쓰러져서 죽다.

[棄(기)] – 버릴 기.

● ● ● **번역**

이에 앞서 천자가 막 조서를 내려 각 주의 군수들이 해마다 한 번 궁궐에 오게 하고 그것을 '입계'라 하였다. 이때에 공자의 부친이 마침 서울에 와서 동료들과 공복을 (편한 옷으로) 바꿔 입고 몰래 가서 보았다. 한 더벅머리 종복이 즉 공자의 유부(乳父)인데 공자의 행동거지와 말투

를 보고 그를 알아보았으나 감히 다가가지 못하고 눈물을 줄줄 흘리며
울었다. 공자의 부친이 놀라서 그 까닭을 물으니 고하여 말하기를 "노
래하는 사람의 모습이 마치 잃어버린 공자님 같습니다." 부친이 말하기
를 "내 아들은 많은 재물로 도적에게 해를 당했는데 어찌 이곳에 있겠
는가?" 말을 마치고 역시 울었다. 돌아갈 때 종복이 틈을 내어 말을 타
고 달려가 노래 부른 사람의 동료에게 묻기를 "아까 만가를 부른 사람
은 누구인가요? 어찌 이렇게 잘 부르나요?" 모두 말하기를 "모씨의 아
들이다." 이름을 물었으나 역시 바꾼 이름이었다. 종복은 크게 놀라 천
천히 가면서 가까이 다가가 그를 살폈다. 공자가 종복을 보고 안색이
변하여 배회하다 무리 속에 숨으려 하였다. 종복이 드디어 그의 옷소매
를 잡고 말하기를 "모 공자님이 아니신가요?" 서로 붙잡고 울다가 드디
어 태워서 돌아갔다. 집에 이르니 부친이 꾸짖어 말하기를 "행실이 이
와 같아 우리 가문을 더럽혔는데 무슨 면목으로 서로 다시 만나겠느
냐?" 그를 데리고 나가 곡강 서쪽의 살구나무 정원 동쪽의 외진 곳에서
공자의 옷을 벗기고 말채찍으로 수백 번을 치니 공자는 고통을 참지 못
하고 맞아 죽었다. 부친이 그를 버리고 떠났다.

●●● 원문10

其師命相狎昵者, 陰隨之, 歸告同黨, 共加傷嘆. 令二
人賚葦席瘞焉. 至則心下微溫, 擧之良久, 氣稍通. 因
共荷而歸, 以葦筒灌勺飲, 經宿乃活. 月餘, 手足不能
自擧, 其楚撻之處皆潰爛, 穢甚. 同輩患之, 一夕棄於
道周. 行路咸傷之, 往往投其餘食, 得以充腸. 十旬,
方杖策而起. 被布裘, 裘有百結, 襤褸如懸鶉. 持一破
甌巡於閭里, 以乞食爲事. 自秋徂冬, 夜入於糞壤窟室,

畫則周游廛肆.

[狎昵(압닐)] - 버릇없을 정도로 스스럼없다. 아주 친한 사이. 昵은 친할 닐.

[賚(뢰)] - 줄 뢰.

[葦席(위석)] - 갈대로 만든 자리.

[瘞(예)] - 묻을 예. 산소.

[荷(하)] - 멜 하.

[葦筒(위통)] - 갈대 대통.

[灌勺(관작)] - 물댈 관, 잔질할 작.

[經宿(경숙)] - 하룻밤을 묵음.

[楚撻之處(초달지처)] - 楚撻은 회초리로 매질을 함. 楚撻之處는 매질한 곳.

[潰爛(궤란)] - 潰는 문드러지다, 爛은 썩다.

[穢(예)] - 더러울 예.

[道周(도주)] - 길 주위.

[咸(함)] - 모두.

[布裘(포구)] - 베 포, 갖옷 구.

[襤褸(남루)] - 남루하다.

[懸鶉(현순)] - 옷이 해져서 너덜너덜한 것이 메추리의 꽁지깃이 빠진
          것과 같음.

[甌(구)] - 사발 구.

[巡(순)] - 돌다, 돌아다니다. ex) 巡察(순찰).

[乞食(걸식)] - 먹을 것을 구걸하다.

[自秋徂冬(자추조동)] - 가을부터 겨울까지. 自는 ……로부터, 徂는 이
          르러 미치다.

[糞壤(분양)] - 더러운 땅. 썩은 흙. 糞은 똥 분. 壤은 토양 양.

[廛肆(전사)] - 가게. 상점.

빈의관의 사부가 몰래 친한 동료를 시켜 그를 따라가게 하였는데 돌아와서 그 무리들에게 이르니 함께 애달파하고 탄식하였다. 두 사람에게 명하여 갈대 자리를 가지고 가 시체를 덮으라고 하였다. 이르고 보니 심장 아래 아직 체온이 있고 한참 동안 부축하니 기가 조금 통하였다. 그리하여 함께 메고 돌아와서 갈대줄기로 조금씩 국물을 축여 주어 한 밤 지나고 나니 살아났다. 한 달이 지나도 수족을 스스로는 들 수 없었고 매 맞은 곳은 모두 썩어 문드러져 더럽기 짝이 없었다. 동료들이 그것을 싫어해 어느 날 저녁 대로변에 버렸다. 길 가는 사람들은 모두 그를 불쌍히 여겨 왕왕 남은 음식을 던져 주어 주린 배를 채울 수 있었다. 백 일 정도 지났을 때 바야흐로 지팡이를 짚고 일어날 수 있었다. 베 갖옷을 걸쳤으나 수백 개의 기운 자리가 있어 남루하기가 메추리의 꽁지깃이 빠진 듯 너덜너덜했다. 깨진 그릇 하나를 가지고 거리를 돌아다니며 밥을 구걸하는 걸인이 되었다. 가을로부터 겨울까지 밤에는 분뇨 구덩이에 들어가 잤고 낮에는 시장거리를 돌아다녔다.

一旦大雪, 生爲凍餧所驅. 冒雪而出, 乞食之聲甚苦, 聞見者莫不凄惻. 時雪方甚, 人家外戶多不發. 至安邑東門, 循里垣, 北轉第七八, 有一門獨啓左扉, 卽娃之第也. 生不知之, 遂連聲疾呼: "飢凍之甚." 音響凄切, 所不忍聽. 娃自閤中聞之, 謂侍兒: "此必生也, 我辨其音矣." 連步而出. 見生枯瘠疥癘, 殆非人狀. 娃意感焉, 乃謂曰: "豈非某郎也?" 生憤懣絶倒, 口不能言, 頷頤

而已. 娃前抱其頸, 以繡襦擁而歸於西廂. 失聲長慟曰:
"令子一朝及此, 我之罪也." 絶而復蘇. 姥大駭奔至,
曰: "何也?" 娃曰: "某郎." 姥遽曰: "當逐之, 奈何令
至此." 娃斂容却睇曰: "不然, 此良家子也, 當昔驅高
車, 持金裝, 至某之室, 不逾期而蕩盡. 且互設詭計, 舍
而逐之, 殆非人行. 令其失志, 不得齒於人倫. 父子之
道, 天性也. 使其情絶, 殺而棄之, 又困躓若此. 天下
之人, 盡知爲某也. 生親戚滿朝, 一旦當權者熟察其本
末, 禍將及矣. 況欺天負人, 鬼神不佑, 無自貽其殃也.
某爲姥子, 迨今有二十歲矣. 計其貲, 不啻直千金. 今
姥年六十餘, 願計二十年衣食之用以贖身, 當與此子別
卜所詣. 所詣非遙, 晨昏得以溫凊, 某願足矣." 姥度其
志不可奪, 因許之.

<p>

●●● 한자풀이 및 주석

[凍餒(동뇌)] – 얼 동, 주릴 뇌.
[驅(구)] – 내몰다.
[冒雪(모설)] – 눈을 무릅쓰다.
[凄惻(처측)] – 처량하고 측은하다.
[循(순)] – 따르다, 의지하여 가다.
[里垣(이원)] – 마을 담장.
[閤(합)] – 쪽문 합, 대문 곁에 달린 작은 문.
[辨(변)] – 가려내다, 변별하다.
[枯瘠(고척)] – 마를 고, 파리할 척.
[疥癘(개려)] – 옴 개, 염병 려.

[頷頤(함이)] - 턱을 끄덕이다.

[頸(경)] - 목 경.

[繡襦(수유)] - 수놓은 저고리. 襦는 저고리 유. 허리까지 내려가는 저고
리로 겨울에 추위를 막는 옷.

[西廂(서상)] - 집의 서쪽 채.

[慟(통)] - 통곡하다.

[復蘇(부소)] - 다시 소생하다.

[斂容(염용)] - 용모를 단정히 하여 경의를 표함.

[却睇(각제)] - 시선을 물리치다.

[詭計(궤계)] - 교묘하게 남을 속이는 꾀. 詭策(궤책).

[舍(사)] - 버리다.

[齒於人倫(치어인륜)] - 인륜에 맞게 하다. 於는 '……에'의 뜻의 개사.

[困躓(곤지)] - 곤한 골, 넘어질 지.

[欺天負人(기천부인)] - 하늘을 속이고 사람을 저버리다.

[佑(우)] - 도울 우.

[自貽其殃(자이기앙)] - 스스로에게 그 재앙을 끼치다. 貽는 줄 이. 끼칠 이.

[迨(태)] - 미칠 태. ……에 이르다.

[貲(자)] - 대속하다, 물건의 값.

[啻(시)] - 뿐 시.

[贖身(속신)] - 값을 치르고 신체의 자유를 얻음. 돈을 주고 자유민이 됨.

[卜(복)] - 점치다.

[詣(예)] - 나아갈 예.

[溫淸(온청)] - 부모를 봉양하는 도리. 여름에는 시원하게 겨울에는 따뜻
하게 해드린다는 冬溫夏淸(동온하청)의 준말.

●●● 번역

하루는 대설이 내려 공자는 얼어 죽을 지경이었다. 눈을 뚫고 나가 걸
식하는 소리가 매우 고달파 듣는 사람이 측은해하지 않는 이가 없었다.
이 눈이 정말 심하게 내려 집집마다 바깥문을 대부분 닫아걸고 있었다.

안읍 동문에 이르러 담 길을 따라 북쪽으로 일곱, 여덟집 째 돌았을 때 한 집만이 왼쪽 문을 열어 놓고 있었는데 바로 이와의 집이었다. 공자는 그것을 모르고 계속하여 급히 외쳤다. "굶주림과 추위에 죽겠습니다." 목소리가 처절하여 차마 들을 수가 없었다. 이와가 누각 안에서 듣고 시녀에게 말하기를 "이는 필시 공자이시다. 난 그의 목소리를 알아낼 수 있다." 걸음을 달려 나왔다. 공자가 땔나무처럼 비쩍 마르고 온몸이 옴과 염병으로 거의 사람 형상이 아니었다. 이와는 마음이 감동되어 일러 말하기를 "공자님이 아니신가요?" 공자는 분함이 솟구쳐 땅에 쓰러져 한마디도 못 하고 턱만 끄덕였다. 이와가 그 목을 안고 수놓은 솜저고리로 그를 싸서 안고 서쪽 방으로 옮겼다. 실성하여 통탄하며 말하기를 "하루아침에 이렇게 되게 한 것은 저의 죄입니다." 기절했다가 다시 깨어났다. 노모가 크게 놀라 달려와 "어찌된 일인가?" 이와가 말하기를 "공자님이십니다." 노모가 급히 말하기를 "마땅히 쫓아 버리지 어째서 여기에 들였느냐?" 이와가 낯빛을 정색을 하고 마주 바라보며 "안 됩니다, 이 사람은 양가집 자제입니다. 지난날 높은 수레 타고 재물을 가지고 저희 집에 와서 얼마 못 가 모두 탕진해 버렸습니다. 또한 간사한 계책을 꾸며 그를 내쫓았는데 사람이 할 일이 아닙니다. 그로 하여금 뜻을 잃고 생부도 그를 치욕스럽게 여기도록 하였습니다. 부자의 도는 천성인데 결국엔 그 부친도 정을 끊고 그를 때려 죽여 시체조차 버렸습니다. 그로 하여금 고난에 넘어져 이 지경에 이르게 한 것입니다. 천하 사람들이 다 제가 한 짓인 걸 알 겁니다. 공자의 친척이 조정에 가득한데 어느 날 아침 권력을 가진 자가 본말을 다 알게 되는 날엔 장차 화가 미칠 것입니다. 하물며 하늘을 속이고 사람을 해친다면 귀신도 도와주지 않을 테니 스스로 화를 자초하지 않는 게 좋겠습니다. 저는 어머니의 딸로 지금까지 저를 이십여 년간 키워 주셨고 번 돈이 천 냥에 그치지 않습니다. 이제 어머니는 육십 세가 되었는데 청컨대 이십 년간의 식비와 제반비용을 모두 어머니에게 상환하여 몸값을 치

르고 이 사람과 다른 곳에 거처를 정하고 살겠습니다. 갈 곳은 이곳에
서 멀지 않은 곳으로 하여 아침저녁으로 문안드리며 보살피겠습니다.
그럼 저의 뜻은 흡족하겠습니다." 노모는 그 뜻을 꺾을 수가 없음을 알
고 허락해 주었다.

●●● 원문12

給姥之餘, 有百金. 北隅四五家, 稅一隙院. 乃與生沐
浴, 易其衣服, 爲湯粥通其腸, 次以酥乳潤其臟. 旬餘,
方薦水陸之饌. 頭巾履襪, 皆取珍異者衣之. 未數月, 肌
膚稍腴. 卒歲, 平愈如初. 異時, 娃謂生曰: "體已康矣,
志已壯矣, 淵思寂慮, 默想曩昔之藝業, 可溫習乎?" 生
思之曰: "十得二三耳." 娃命車出游, 生騎而從. 至旗
亭南偏門鬻墳典之肆, 令生揀而市之, 計費百金, 盡載
以歸. 因令生斥棄百慮以志學, 俾夜作晝, 孜孜矻矻. 娃
常偶坐, 宵分乃寐. 伺其疲倦, 卽諭之綴詩賦. 二歲而
業大就, 海内文籍, 莫不該覽. 生謂娃曰: "可策名試藝
矣." 娃曰: "未也, 且令精熟, 以俟百戰." 更一年, 曰:
"可行矣." 於是遂一上登甲科, 聲振禮闈. 雖前輩見其
文, 罔不斂衽敬羨, 願友之而不可得. 娃曰: "未也. 今
秀士苟獲擢一科第, 則自謂可以取中朝之顯職, 擅天下
之美名. 子行穢迹鄙, 不侔於他士. 當礱淬利器, 以求
再捷, 方可以連衡多士, 爭霸群英." 生由是益自勤苦,
聲價彌甚.

[沐浴(목욕)] - 머리 감을 목, 목욕할 욕.

[湯粥(탕죽)] - 탕과 죽.

[腸(장)] - 창자 장.

[酥乳(소유)] - 酥는 연유(소, 양의 젖을 정련한 음료), 乳는 젖 유.

[臟(장)] - 오장 장.

[薦(천)] - 드릴 천.

[履襪(이말)] - 신 리, 버선 말.

[肌膚(기부)] - 살과 피부. 살갗.

[腴(유)] - 아랫배 살찔 유.

[淵思寂慮(연사적려)] - 깊고 고요히 생각함.

[默想(묵상)] - 말없이 조용히 생각함.

[曩昔(낭석)] - 접때 낭, 옛 석.

[旗亭(기정)] - 술집, 요릿집. 문밖에 기를 세워 표를 한 데서 온 말.

[偏門(편문)] - 치우칠 편, 문 문.

[鬻(육)] - 팔 육.

[墳典(분전)] - 클 분, 전적 전. 책을 쌓아 놓고 파는 곳을 의미.

[揀(간)] - 가릴 간. 고르다.

[斥棄(척기)] - 물리칠 척, 버릴 기.

[俾夜作晝(비야작주)] - 밤을 보태 낮을 지음. 밤에도 공부한다는 뜻. ex)
　　　　　　　　　俾晝作夜(비주작야)는 낮을 보태 밤을 지음으로,
　　　　　　　　　밤낮을 가리지 않고 즐김.

[孜孜(자자)] - 부지런히 힘쓰는 모양. 孜는 힘쓸 자.

[矻矻(골골)] - 부지런한 모양. 矻은 돌 골.

[宵分(소분)] - 밤중. 宵는 밤 소.

[伺(사)] - 엿볼 사.

[疲倦(피권)] - 피로하여 싫증이 남.

[該覽(해람)] - 모조리 해, 볼 람.

[禮闈(예위)] - 고대 과거시험의 會試(회시)는 禮部(예부)에서 주관하였

기 때문에 禮闈(예위)라고 하였다

[斂衽(염임)] - 옷깃을 여밈. 복장을 단정히 함.

[敬羨(경선)] - 공경할 경, 부러워할 선.

[獲擢(획탁)] - 얻을 획, 뽑을 탁.

[顯職(현직)] - 높은 직위.

[擅(천)] - 멋대로 천. 멋대로 하다, 차지하다.

[行穢迹鄙(행예적비)] - 행실이 더럽고 자취가 비루하다.

[侔(모)] - 가지런하다.

[礱淬(농시)] - 갈 롱, 담금질할 시. 즉, 단련하다.

[捷(첩)] - 이길 첩. 승리.

[連衡(연횡)] - 連橫(연횡). 전국시대에 張儀(장의)가 주장한 외교 정책.
                韓(한), 魏(위), 趙(조), 燕(연), 齊(제), 楚(초)의 여섯 나라
                가 秦(진)나라와 동맹을 맺어 화친할 것을 주장한 정책.

[爭覇(쟁패)] - 천하의 覇權(패권)을 다툼.

[彌甚(미심)] - 더욱 심하다.

●●● 번역

노모에게 주고 남은 것으로 백 냥이 있었다. 북쪽 모퉁이 네댓 번째 집
에 빈집을 세 들어 살았다. 공자를 목욕시키고 그 옷을 갈아입히고 탕
과 죽으로 장을 통하게 하고 그다음엔 우유로 장을 윤택하게 했다. 열
흘 지나서 바야흐로 산해진미를 들게 했다. 두건과 신과 양말은 모두
진귀한 것을 골라 입혔다. 몇 달이 안 가 피부가 조금 풍만해졌고 일
년이 되자 온몸의 상처가 처음처럼 모두 나았다. 어느 날 이와가 공자
에게 말하기를 "몸이 이미 튼튼해졌고 뜻이 이미 장대해졌으니 깊이 곰
곰이 생각해서 지난날의 학업을 생각해 내어서 익힐 수 있겠습니까?"
공자가 생각하고 말하기를 "열에 두셋을 기억해 낼 수 있을 뿐입니다."
이와가 수레를 명하여 밖으로 나가며 공자가 말을 타고 따라갔다. 술집
남쪽 쪽문에 서적을 파는 곳으로 갔다. 공자더러 필요한 책을 고르라고

하고 그것을 사니 다 해서 백 냥이 들었다. 그것을 싣고서 돌아왔다. 공자에게 온갖 생각을 끊어 버리고 학문에 뜻을 두게 하여 밤을 낮으로 삼아 공부에 몰두하게 했다. 이와는 항상 옆에 앉았다가 한밤이 되어서야 잠이 들었다. 그가 지치고 권태로운 듯하면 즉 시부를 지어 보게 하였다. 이 년 만에 학업이 크게 진보하여 세상의 서적들을 다 둘러보지 않은 것이 없었다. 공자가 이와에게 말하기를 "이제 과거시험을 보러 가도 되겠소." 이와가 말하기를 "아직 안 됩니다. 정밀하게 익혀서 백 전백승하게 해야 합니다." 다시 일 년이 지난 후 "이제 가셔도 됩니다." 이리하여 드디어 갑과에 최우등으로 합격하여 예부고시 중 명성을 크 게 떨쳤다. 비록 선배라도 그의 글을 보고는 옷깃을 여미며 존경하지 않는 자가 없었고 그와 사귀고자 하여도 자격이 미흡했다. 이와가 말하 기를 "아직 안 됩니다. 지금의 수재들은 다만 시험에 합격하면 스스로 조정의 고관이 되고 천하의 명예를 차지했다고 여길 겁니다. 그러나 당 신의 행실은 더럽고 비루한 자취가 있으니 다른 독서인과 비교될 수가 없습니다. 아직 더 수련을 하셔서 문재를 더욱 높이어 다시 한 번 성공 하신다면 비로소 다른 독서인들과 나란히 교유하여 각 방면의 영재들 중에서 으뜸이 될 것입니다." 공자는 이로부터 더욱 열심히 노력하여 명망이 더욱 높아졌다.

●●● 원문13

其年遇大比, 詔徵四方之儁. 生應直言極諫策科, 名第一, 授成都府參軍. 三事以降, 皆其友也. 將之官, 娃謂生曰: "今之復子本軀, 某不相負也. 願以殘年, 歸養小姥. 君當結媛鼎族, 以奉蒸嘗. 中外婚媾, 無自黷也. 勉思自愛, 某從此去矣." 生泣曰: "子若棄我, 當自剄

以就死." 娃固辭不從, 生勤請彌懇. 娃曰：“送子涉江,
至於劍門, 當令我回." 生許諾. 月餘, 至劍門. 未及發
而除書至, 生父由常州詔入, 拜成都尹, 兼劍南采訪使.
浹辰, 父到. 生因投刺, 謁於郵亭. 父不敢認, 見其祖父
官諱, 方大驚, 命登階, 撫背慟哭移時. 曰：“吾與爾父
子如初."

●●● 한자풀이 및 주석

[大比(대비)] – 과거의 제1차 시험. 鄕試(향시). 3년에 한 번씩 각 省(성)
　　　　　　에서 실시되었음. 합격자에게는 擧人(거인)의 칭호가 주
　　　　　　어지며 禮部(예부)에서 실시하는 會試(회시)에 응시할 자
　　　　　　격이 주어짐.

[雋(준)] – 우수한 인재.

[直言極諫策科(직언극간책과)] – 直言極諫科(직언극간과). 唐나(당)라 때의
　　　　　　制科(제과)로 부정기적으로 거행하며 천
　　　　　　자가 親策(친책)하여 특수인재를 뽑는 데
　　　　　　썼다. 漢나라 때의 擧賢良文學(거현량
　　　　　　문학), 孝廉方正(효렴방정)과 유사하다.
　　　　　　그중에 賢良方正直言極諫科(현량방정직
　　　　　　언극간과)와 才識兼茂明於體用科(재식
　　　　　　겸무명어체용과)가 가장 보편적이었고 宋
　　　　　　대에도 계속되었다.

[成都府(성도부)] – 秦(진)나라 때 둔 蜀郡(촉군)·漢(한)나라, 晉(진)나라
　　　　　　때도 계승되었다. 隋(수)나라, 唐(당)나라 때는 그 지
　　　　　　역에 成都府(성도부)를 두었다. 宋(송)대에도 계속되
　　　　　　었고 元(원)대에는 成都路(성도로)가 되었고 明(명)대
　　　　　　에는 여전히 成都府라 하였다. 淸(청)나라 때도 그를

따랐다. 四川省(사천성)에 속하며 수도가 成都이고
華陽(화양) 2縣(현)을 成都(성도), 華陽(화양), 雙流
(쌍류), 溫江(온강), 新繁(신번), 金堂(금당), 新都(신
도), 郫(비), 灌(관), 彭(팽), 崇寧(숭녕), 新津(신진),
什邡(십방) 등 13縣 및 簡(간), 漢(한), 崇慶(숭경) 3
州로 나누었고 民國 때 폐지하였다.

[三事(삼사)] - 三公(삼공). 승상의 지위. 周(주)대에는 太師(태사), 太傅
(태부), 太保(태보)가 3공이었고 西漢(서한)은 丞相(승상),
太尉(태위), 御史大夫(어사대부)가 3공이었고 東漢(동한)
은 太尉(태위), 司徒(사도), 司空(사공)이 3공이었다. 唐宋
(당송)대에는 동한의 제도를 따라 太尉(태위), 司徒(사도),
司空(사공)을 3공으로 삼았는데 그러나 실질적인 직책은
아니었다. 明淸(명청)대에는 周나라 제도를 따라 太師(태
사), 太傅(태부), 太保(태보)를 3공으로 삼았다. 대신 중
최고의 영예로운 지위이다.

[結媛(결원)] - 우아한 여인과 맺다. 媛은 미인 원.

[鼎族(정족)] - 부귀한 집안.

[蒸嘗(증상)] - 겨울 제사와 가을 제사.

[婚媾(혼구)] - 혼인, 결혼.

[黷(독)] - 더럽힐 독. 욕되게 하다.

[懇(간)] - 정성 간, 간절하다.

[劍門(검문)] - 산 이름, 四川省(사천성) 劍閣縣(검각현) 북쪽에 있다. 縣
(현)으로는 唐나라 때 둔 것으로 元나라 때 폐하였고 古
城이 지금의 사천성 검각현 동북쪽에 있었는데 검문산으
로 인하여 그렇게 호칭한 듯하다.

[除書(제서)] - 관직에 봉하는 문서.

[拜(배)] - 벼슬을 내리다.

[成都尹(성도윤)] - 성도의 장관, 尹은 장관의 뜻.

[劍南(검남)] - 唐(당)나라 때 길 이름으로 貞觀(정관)시기에 둔 것으로
지금의 사천성 경내 劍閣 이남과 大江 이북 및 甘肅省
嶓冢山(파총산) 이남, 雲南省 동북변경 등 지역이고 成

都(성도)를 다스렸다.
[采訪使(채방사)] - 唐(당)나라 때 관리의 治績(치적)을 조사하던 관리의
　　　　　이름.
[浹辰(협진)] - 12일간. 浹에는 돌다, 일주하다의 뜻이 있는데 10干이 10
　　　　　일에 일주하는 것을 浹日, 12支가 12일에 일주하는 것을
　　　　　浹辰이라 한다.
[投刺(투자)] - 명함을 내놓음, 면회를 청함.
[郵亭(우정)] - 역참. 郵는 역참 우.
[諱(휘)] - 은휘하다. 높은 사람이나 죽은 사람의 이름을 부르기를 피하
　　　　　는 일.
[撫背(무배)] - 등을 어루만지다.
[慟哭(통곡)] - 통곡하다.
[爾(이)] - 너 이. 2인칭.

●●● 번역

그해에 최고 시험이 있어 조서를 내려 사방의 준재를 불렀다. 공자는
직언극간책과에 응시하여 일등으로 급제하여 성도부참군직을 임명받았
다. 삼사(태위, 사도, 사공) 이하의 관원들은 모두 그의 동료가 되었다.
장차 관직으로 나아가려 할 때 이와가 공자에게 일러 말하길 "이제 그
대의 본래 모습을 회복하였으니 저는 빚 진 것이 없습니다. 원컨대 남
은 여생을 돌아가 노모를 봉양하고 싶습니다. 그대는 마땅히 귀족가문
의 재원과 결혼하여 조상을 모셔야 합니다. 가문이 맞는 혼처를 고르고
스스로 욕되게 하지 마세요. 스스로 아끼도록 노력하시고 저는 이제 떠
나렵니다." 공자가 울면서 말하기를 "그대가 만약 나를 버린다면 나는
마땅히 목을 베어 죽어 버려야 합니다." 이와가 고사하고 따르지 않으
니 공자가 더욱 간절히 청하였다. 이와가 말하기를 "그대가 강을 건너
는 데까지 전송하고 검문에 이르면 마땅히 저를 돌아가게 해야 합니
다." 공자가 그러자고 하였다. 한 달 남짓 걸려 검문에 이르렀다. 공자

가 도착하기도 전에 조서가 왔는데 공자의 부친이 상주에서 성도윤으로 임명받아 검남채방사를 겸하게 되었다. 열이틀 지나서 부친이 도착했다. 공자는 면회를 청하여 당지의 역참에서 부친을 배알했다. 부친은 그를 못 알아보았으나 조부의 관직을 휘하는 것을 보고 비로소 크게 놀라 계단을 올라오게 명하고 한참 동안 등을 어루만지며 통곡했다. 말하기를 "나와 너는 처음처럼 부자이니라."

●●● 원문14

因詰其由, 具陳其本末. 大奇之, 詰娃安在. 曰: "送某至此, 當令復還." 父曰: "不可." 翌日, 命駕與生先之成都, 留娃於劍門, 築別館以處之. 明日, 命媒氏通二姓之好, 備六禮以迎之, 遂如秦晋之偶. 娃旣備禮, 歲時伏臘, 婦道甚修, 治家嚴整, 極爲親所眷尙. 後數歲, 生父母偕歿, 持孝甚至. 有靈芝産於倚廬, 一穗三秀, 本道上聞. 又有白燕數十, 巢其層甍. 天子異之, 寵錫加等. 終制, 累遷清顯之任. 十年間, 至數郡. 娃封汧国夫人, 有四子, 皆爲大官, 其卑者猶爲太原尹. 弟兄姻嬀皆甲門, 内外隆盛, 莫之與京. 嗟乎, 倡蕩之姬, 節行如是, 雖古先烈女, 不能逾也. 焉得不爲之嘆息哉! 予伯祖嘗牧晋州, 轉户部, 爲水陸運使, 三任皆與生爲代, 故諳詳其事. 貞元中, 予與隴西公佐, 話婦人操烈之品格, 因遂述汧国之事. 公佐拊掌竦聽, 命予爲傳. 乃握管濡翰, 疏而存之. 時乙亥歲秋八月, 太原白行簡云.

[翌日(익일)] - 다음 날, 이튿날.

[築(축)] - 쌓을 축. ex) 建築(건축).

[媒氏(매씨)] - 중매하는 사람, 媒婆(매파). 媒는 중매 매.

[六禮(육례)] - 혼인의 여섯 가지 예. 納采(납채), 問名(문명), 納吉(납길), 納徵(납징), 請期(청기), 親迎(친영).

[秦晋之偶(진진지우)] - 우의가 두터운 관계. 秦나라와 晋나라가 대대로 혼인을 한 데서 온 말.

[伏臘(복랍)] - 여름 삼복과 음력 12월.

[眷尙(권상)] - 眷은 돌보다, 총애하다, 尙은 숭상하다.

[偕歿(개몰)] - 모두 개, 죽을 몰.

[持孝(지효)] - 효도를 지키다.

[靈芝(영지)] - 영지버섯.

[倚廬(의려)] - 의지할 의, 오두막집 려. 부모의 喪中(상중)에 상주가 거처하던 방.

[穗(수)] - 이삭 수.

[巢(소)] - 깃들이다. 보금자리를 짓다.

[甍(맹)] - 용마루 맹. 용마루 기와.

[寵錫(총석)] - 사랑하여 물품을 하사함, 또는 그 물품.

[太原尹(태원윤)] - 태원의 장관. 태원은 본래 지세가 비교적 높은 넓은 평지인데 후에 지명이 되었다. 지금 산서성의 수도이다.

[姻媾(인구)] - 결혼함.

[甲門(갑문)] - 귀족가문.

[倡蕩之姬(창탕지희)] - 광대이고 방탕한 기녀.

[伯祖(백조)] - 큰할아버지.

[牧晋州(목진주)] - 진주목(= 진주자사)을 하다. 晋州는 唐(당)나라 때는 지금의 山西省(산서성) 臨汾縣(임분현).

[水陸運使(수륙운사)] - 水陸發運使(수륙발운사) 또는 水陸轉運使(수륙 전운사)라고도 함. 唐(당)나라 때 둔 관직으로

漕運(조운)에 관련된 일을 장관하였다.

[諳詳(암상)] - 욀 암, 상세할 상.
[操烈(조열)] - 절개와 열녀.
[拊掌(부장)] - 손바닥을 어루만지다. 拊는 어루만질 부.
[竦聽(송청)] - 송구해하며 들음. 竦은 삼갈 송.
[握管濡翰(악관유한)] - 붓대를 쥐고 먹을 적시다. 握은 쥘 악, 濡는 적
실 유. 翰은 붓.
[疏(소)] - 적을 소, 조목별로 써서 진술하다. 기록하다.

●●● 번역

계속하여 그간의 연유를 물으니 본말을 갖추어 진술하였다. 크게 빼어나
다 여겨 이와가 어디에 있는지 물었다. 말하기를 "저를 여기까지 전송하
였는데 다시 돌아가라 해야 합니다." 부친이 말하기를 "안 된다." 다음
날 아침 수레에 명하여 공자와 함께 성도에 먼저 가고 이와는 별관을
지어 머물게 했다. 다음 날 매파를 통해 두 성씨가 좋은지 알아보고 육
례를 갖추어 그녀를 맞이하여 드디어 우의가 두터운 배우자가 되었다.
이와는 결혼한 후 매해마다 때마다 제사를 잘 올리고 부인의 덕을 잘
닦아 집안을 엄정하게 다스리니 몹시 시어머니의 총애를 받았다. 그 후
몇 년 만에 공자의 부모가 다 돌아가시니 상을 치르는 것이 심히 지극
하였다. 그녀가 상을 지키는 오두막집 옆에 영지가 하나 자라났는데 이
삭 하나에 세 芝草(지초)가 나와 지방관은 층층이 위로 보고하였고 또
흰 제비 수십 마리가 그녀가 사는 방 용마루에 둥지를 틀었다. 천자가
기이하게 여겨 총애가 더욱 두터워졌다. 삼년상이 끝난 후 공자는 누차
훌륭한 관직으로 올라갔다. 십 년 동안 여러 군의 태수를 했다. 이와도
견국부인으로 봉해졌다. 네 명의 아이를 낳았는데 모두 높은 관직을 했
고 낮은 것이 태원부윤이었다. 형제들은 모두 귀족들과 결혼하였다. 안
팎으로 흥성하여 누구도 그 집안에 비교가 안 되었다. 아아, 방탕한 기

녀가 절조 있는 행실이 이와 같으니 비록 옛 열녀라 하더라도 그녀를 능가할 수 없을 것이니 어찌 그것에 탄식하지 않을 수 있겠는가? 나의 백조부가 진주자사를 했다가 뒤에 호부로 옮겨 갔고 수륙운사에 임명되었는데 전후 세 번 모두 공자와 교체하여 그의 사적에 대해 잘 알고 계셨다. 정원연간(785 ~ 804)에 나와 농서의 이공좌가 절부열녀의 고귀한 품덕을 담론하다가 내가 견국부인의 이야기를 하니 이공좌가 손바닥을 어루만지며 공경히 듣고는 나에게 그녀를 위해 전기를 쓰라고 당부하였다. 내가 곧 붓을 들어 먹을 적셔 상세하게 써 내려 후세에 전한다. 때는 을해년(795) 가을 팔월로 태원 사람 백행간이 적었노라.

●●● 해제

이 소설 역시 당나라 중당시기에 나온 전기소설로 분류상 애정소설 류에 속하고 蔣防(장방)의 ＜霍小玉傳(곽소옥전)＞과 함께 선비와 기녀의 사랑을 다룬 이야기이다.

상주자사의 아들인 귀공자가 과거를 보러 장안에 갔다가 기생 이와와 눈이 맞아 사랑에 빠져 이와의 집에 눌러 살면서 가지고 온 재물을 다 탕진하니 이와의 양어머니가 계책을 써 쫓아내어 장의사에서 곡을 하는 일을 하다 장안에 왔던 부친에게 발각되어 죽도록 맞고 버려져 걸인행세를 하다 다시 이와에게 발견되어 지극한 뒷바라지를 받고 과거에 급제하게 되고 부친과 화해하고 이와와 정식으로 결혼한다는 해피엔딩의 스토리이다.

선비와 기녀의 사랑 이야기인 ＜곽소옥전＞의 스토리는 시인 李益(이익)이 기생 곽소옥을 만나 서로 사랑하다 헤어지고 이익은 다른 여자와 결혼하는데 곽소옥은 이익을 끝내 잊지 못하고 병들어 죽고 이익은 곽소옥의 원혼 때문에 파탄에 이르고 만다는 비극이다.

비극적인 ＜곽소옥전＞에 비하면 ＜이와전＞은 귀공자가 이와에게 빠

져 모진 고생을 겪는다는 극적인 이야기와 이와가 미모만 출중한 여자
가 아니라 공자를 극진히 보살펴 본래의 모습을 되찾고 과거에 급제하
게 한다는 것에서 선비와 기녀라는 신분의 차이에서 비롯되는 갈등에
있어 남자가 치른 최대한의 대가, 기녀임에도 어느 양가집 여자 못지않
게 지극한 뒷바라지를 하여 공자를 보살핀 극진한 정성 등이 모두 잘
묘사되어 작품이 곡절 있고 깊은 감동을 준다.
　이와가 정식 결혼 후 견국부인에 봉해졌기에 <汧國夫人傳(견국부인
전)>으로도 불리는데 元(원)나라 때 石君寶(석군보)는 이를 바탕으로
<曲江池(곡강지)>를 지었고 明(명)나라 薛近兗(설근연)은 이를 바탕으
로 <繡襦記(수유기)>를 지었다. ≪太平廣記(태평광기)≫ 484 및 ≪唐
人說薈(당인설회)≫ 제14책에 보인다.

16. 虯髯客傳

杜光庭

● ● ● **작자 소개**

杜光庭(두광정)은 唐(당)나라 括蒼(괄창) 사람이다. 자는 賓聖(빈성)이고 道號(도호)를 東瀛子(동영자 또는 登瀛子: 등영자)라 하였다. 젊어서 경전과 역사서에 몰두하였고 글을 잘 지었다. 懿宗(의종)이 萬言科(만언과)를 설치하여 선비를 뽑았으나 합격하지 못하고 天台山(천태산)에 들어가 도사가 되었다. 僖宗(희종)이 蜀(촉) 땅에 갔을 때 두광정이 어명에 따라 應制(응제)의 문장을 지었었다. 王建(왕건)이 촉 땅을 점거하였을 때 廣成先生(광성선생)이란 號(호)를 하사하고 戶部侍郎(호부시랑) 직을 주었다. 저서로 ≪錄異記(녹이기)≫, ≪道敎靈驗記(도교영험기)≫, ≪墉城集仙錄(용성집선록)≫, ≪神仙感遇傳(신선감우전)≫, ≪洞天福地嶽瀆名山記(동천복지악독명산기)≫, ≪廣成集(광성집)≫ 등이 ≪四庫全書總目提要(사고전서총목제요)≫ 144에 보인다.

● ● ● **원문1**

隋煬帝之幸江都, 命司空楊素守西京. 素驕貴, 又以時亂, 天下之權重望崇者, 莫我若也, 奢貴自奉, 禮異人

臣. 每公卿入言, 賓客上謁, 未嘗不踞牀而見, 令美人
捧出. 侍婢羅列, 頗僭於上. 末年愈甚, 無復知所負荷、
有扶危持顚之心. 一日, 衛公李靖以布衣上謁, 獻奇策.
素亦踞見. 公前揖曰: "天下方亂, 英雄競起. 公爲帝室
重臣, 須以收羅豪杰爲心, 不宜踞見賓客." 素斂容而起,
謝公, 與語, 大悅, 收其策而退.
當公之騁辨也, 一妓有殊色, 執紅拂, 立於前, 獨目公.
公旣去, 而執拂者臨軒指吏曰: "問去者處士第幾? 住
何處?" 公具以對. 妓誦而去.

●●● 한자풀이 및 주석

[隋煬帝(수양제)] - 수나라 양제(605 - 617재위). 수나라는 581년 楊堅
　　　　　　　　(양견/隋文帝: 수문제)이 北周(북주)를 대체하여 稱帝
　　　　　　　　(칭제)하고 왕조를 열었다. 589년 남조의 陳(진)나라
　　　　　　　　를 멸하여 남북조로 분립된 국면을 통일하였다. 604
　　　　　　　　년 태자 楊廣(양광＝수양제)이 양견을 죽이고 자립
　　　　　　　　하였는데 포학무도하였으므로 각지 농민의 분분한
　　　　　　　　반란을 초래하였다. 618년 唐(당)나라에 의해 멸망당
　　　　　　　　하였다.
[幸(행)] - 거동, 임금의 외출.
[江都(강도)] - 郡(군) 이름. 隋(수)나라가 설치한 것으로 지금의 江蘇省
　　　　　　　(강소성) 江都縣(강도현)에 있었다.
[楊素(양소)] - 隋(수)나라 사람. 처음엔 北周(북주) 武帝(무제)를 섬기다
　　　　　　　가 후에 수 文帝(문제)를 따라 천하를 평정하고 공신으로
　　　　　　　서 越國公(월국공)에 봉해졌다. 煬帝(양제)가 선 후, 司徒
　　　　　　　(사도)에 배수되었고 밖으로 특이한 예를 내보여 안에서

그를 꺼렸다.

[西京(서경)] - 수양제가 洛陽(낙양)을 세워 東京(동경)으로 하자 長安
　　　　　(장안)을 西京(서경)이라 칭하였다.

[權重望崇(권중망숭)] - 권세가 중하고 명망이 높음.

[踞床(거상)] - 踞는 웅크릴 거. 箕坐(기좌)하다, 즉 두 다리를 앞으로 벌
　　　　　려 뻗고 앉다. 침상에서 두 다리를 벌려 뻗고 앉은 모습.

[捧(봉)] - 받들 봉. 양팔로 껴안다.

[僭(참)] - 참람할 참. 분수에 지나치다, 윗사람을 범하다.

[負荷(부하)] - 본래의 뜻은 짐을 지고 멤. 負擔(부담). 여기서는 책임의 뜻.

[扶厄持顚之心(부액지전지심)] - 扶厄은 재앙을 발동하다, 난을 일으키
　　　　　　　　　다. 持顚은 꼭대기를 가지다, 즉 맨 윗
　　　　　　　　　자리를 차지하다. 난을 일으켜 왕이 되
　　　　　　　　　려는 마음.

[李靖(이정)] - 唐(당)나라 三原(삼원) 사람. 자는 藥師(약사). 그의 삼촌
　　　　　이 그와 전쟁에 관련한 논쟁을 하면 매번 탄식하며 孫吳
　　　　　(손오)병법을 함께 이야기할 사람은 이 사람이 아니고 누
　　　　　가 있겠는가 하였다 한다. 高祖(고조) 때 行軍總管(행군총
　　　　　관)에 배수되었다. 太宗(태종)이 임금의 자리에 오르고는
　　　　　刑部尙書(형부상서) 겸 檢校中書令(검교중서령)직을 내렸
　　　　　다. 陰山(음산) 북쪽으로부터 大漠(대막)까지 경계를 개척
　　　　　하여 代國公(대국공)에 봉해졌다. 잠시 은퇴하였다가 吐谷
　　　　　渾(토곡혼)이 변경을 쳐들어오자 다시 西海道行軍大總管
　　　　　(서해도행군대총관)으로 일어나 출병하여 그 나라 왕을 바
　　　　　꿔 세우고 돌아왔고 衛國公(위국공)으로 바뀌었다. 후세사
　　　　　람이 그의 병법을 기록한 것이 <李衛公問對(이위공문대)>
　　　　　이다. ≪唐書(당서)≫ 93에 그의 이야기가 보인다.

[布衣(포의)] - 벼슬이 없는 일반인.

[揖(읍)] - 읍하다.

[收羅(수라)] - 망라하다.

[斂容(염용)] - 용모를 단정히 하여 경의를 표함.

[騁辨(빙변)] - 騁은 달릴 빙, 마음을 달림. 辨은 분별할 변. 시비를 마

음껏 분별하다.
[紅拂(홍불)] - 붉은 털이개.
[處士(처사)] - 벼슬하지 않고 초야에 묻혀 있는 선비.

●●● 번역

수양제가 강도를 행차할 때 사공 양소에게 서경을 지키라 명하였다. 양소는 신분이 귀함에 교만하고 또 시절이 어지러운 참에 천하의 권세 있고 명망 높은 자가 나만 한 이가 없다고 여기고 사치와 호화로움을 누리고 예의에 있어서도 다른 대신들과 달리 신경 쓰지 않았다. 매번 공경대부들이 말을 올리고 빈객들이 알현하러 오면 일찍이 침대에 다리를 앞으로 쭉 벌리고 만나 보고 미인들로 하여금 받들게 하였다. 모시는 여인들이 나열하여 자못 황제에게 참람됨이 있었다. 말년에는 더욱 심해져 책임이 무엇인지도 모르고 난을 일으켜 왕이 되려는 마음까지 가졌다. 하루는 위공 이정이 포의로써 알현을 하여 빼어난 계책을 올렸다. 양소는 역시 다리를 벌려 뻗고 만나 보았다. 위공이 나아가 읍하며 말하기를 "천하가 바야흐로 어지럽고 영웅들이 다투어 일어나고 있습니다. 공께서는 황실의 중신이시니 호걸들을 다스리는 데 마음을 써야지 다리를 벌리고 빈객을 맞이해서는 안 됩니다." 양소는 낯빛을 바꾸고 일어나 공에게 사죄하고 함께 말하고는 크게 기뻐하며 그 계책을 받아들이고 위공은 물러났다. 위공이 마음껏 바른말을 할 때 용모가 뛰어난 한 기녀가 붉은 털이개를 들고 앞에 서 있다가 홀로 공을 쳐다보았다. 공이 떠나자 털이개를 든 여인이 창가에서 서리에게 묻기를 "저분은 집안에서 몇째이신가? 어디에 사시는가?" 이정이 갖추어 대답해 주었다. 기녀는 암송하며 떠났다.

公歸逆旅. 其夜五更初, 忽聞叩門聲低者, 公起問焉. 乃紫衣戴帽人, 杖一囊. 公問誰. 曰: "妾, 楊家之紅拂妓也." 公遽延入. 脫衣去帽, 乃十八九佳麗人也. 素面畫衣而拜. 公驚答拜. 曰: "妾侍楊司空久, 閱天下之人多矣, 無如公者. 絲蘿非獨生, 願托喬木, 故來奔耳." 公曰: "楊司空權重京師, 如何?" 曰: "彼尸居餘氣, 不足畏也. 諸妓知其無成, 去者甚衆矣. 彼亦不甚逐也. 計之詳矣. 幸無疑焉." 問其姓, 曰: "張." 問其伯仲之次. 曰: "最長." 觀其肌膚儀狀、言辭氣語, 眞天人也. 公不自意獲之, 愈喜愈懼, 瞬息萬慮不安. 而窺戶者無停履. 數日, 亦聞追過之聲, 意亦非峻. 乃雄服乘馬, 排闥而去.

● ● ● 한자풀이 및 주석

[逆旅(역려)] – 旅館(여관). '逆'은 '迎'의 뜻으로 손님을 맞이한다는 뜻.

[五更(오경)] – 밤 3시에서 5시 사이.

[叩(고)] – 두드릴 고.

[戴帽(대모)] – 모자를 쓰다.

[囊(낭)] – 자루.

[遽(거)] – 급할 거.

[延入(연입)] – 끌어들이다.

[絲蘿(사라)] – 兎絲(토사)와 松蘿(송라). 넝쿨 식물.

[喬木(교목)] – 키가 크고 줄기가 굵은 나무.

[奔(분)] - 달릴 분.
[尸居餘氣(시거여기)] - 사람이 거의 숨져 가다. 죽음이 경각에 달려 있다.
[伯仲之次(백중지차)] - 형제 중의 항렬.
[肌膚(기부)] - 살과 피부.
[儀狀(의상)] - 용모나 태도.
[瞬息(순식)] - 눈을 깜짝이거나 숨을 한 번 쉼. ex) 瞬息間(순식간): 매
　　　　　우 짧은 시간.
[窺(규)] - 엿볼 규.
[履(리)] - 신 리. 발로 밟다. 걷다.
[峻(준)] - 준엄하다. 엄하고 심하다.
[雄服(웅복)] - 성대한 복장.
[排闥(배달)] - 밀칠 배, 작은 문 달. 문을 밀치다.

●●● 번역

공은 여관으로 갔다. 그날 밤 오경이 되었을 즈음 홀연 문을 낮게 두드리는 소리가 들려 공이 일어나 물었다. 자줏빛 옷에 모자를 쓴 사람으로 지팡이를 짚고 자루를 매고 있었다. 공이 누구냐고 물으니 말하기를 "첩은 양씨집의 붉은 털이개를 든 기녀입니다." 공은 급히 끌어들였다. 옷을 벗고 모자를 벗으니 열아홉 살 전후의 어여쁜 여인이었다. 화장 안 한 흰 얼굴과 어여쁜 옷으로 절을 올렸다. 공이 놀라 답례했다. 말하기를 "첩이 양사공을 모신 지 오래되어 천하 사람들을 많이 보았사온대 공과 같은 분이 없었습니다. 토사와 여라는 홀로 살 수 없는바 높은 나무에 의지하고자 달려왔사옵니다." 공이 말하기를 "양사공은 권세가 서울에서 가장 중한데 어찌하겠습니까?" 대답하기를 "그는 죽어 가는 시체나 한가지이니 두려워할 필요 없습니다. 여러 기녀들은 그가 대성할 수 없음을 알고 떠난 자가 심히 많습니다. 그도 또한 심하게 찾지는 않습니다. 그것을 상세히 고려했습니다. 의심하지 마시길 바랍니다." 그녀의 성씨를 물으니 "장씨입니다."라 하였다. 그녀의 항렬을 물으니

“장녀입니다.”라 하였다. 그녀의 피부와 용모와 태도, 말씨와 기운을 살펴보니 천상인 같았다. 공은 그녀를 얻으리라곤 생각지도 않았기에 생각할수록 더욱 기쁘고 또 두려워 순식간에 온갖 생각이 들어 불안하여 문간으로 내다보는 걸음을 멈추지 못했다. 며칠 뒤 뒤를 쫓는다는 소리를 들었지만 역시 준엄하지는 않았다. 이에 복장을 성대하게 하고 말을 타고 문을 박차고 떠났다.

●●● 원문3

將歸太原. 行次靈右旅舍, 旣設床, 爐中烹肉且熟. 張氏以髮長委地, 立梳床前. 公方刷馬, 忽有一人, 中形, 赤髯如虬, 乘蹇驢而來. 投草囊於爐前, 取枕欹臥, 看張梳頭. 公怒甚, 未決, 猶親刷馬. 張熟視其面, 一手握髮, 一手映身搖示公, 令勿怒. 急急梳頭畢.
斂衽問其姓. 臥客答曰: “姓張.” 對曰: “妾亦姓張. 合是妹.” 遽拜之. 問第幾. 曰: “第三.” 問妹第幾. 曰: “最長.” 遂喜曰: “今夕幸逢一妹.” 張氏遙呼: “李郞且來見三兄!” 公驟拜之. 遂環坐. 曰: “煮者何肉?” 曰: “羊肉, 計已熟矣.” 客曰: “飢.” 公出市胡餠. 客抽腰間匕首, 切肉共食. 食竟, 餘肉亂切送驢前食之, 甚速.

●●● 한자풀이 및 주석

[行次(행차)] − 여행 중 잠시 동안 머무는 곳.
[爐(로)] − 화로 로.
[烹肉(팽육)] − 삶은 고기.

[髮(발)] - 터럭 발. 모발.

[梳(소)] - 빗 소. 머리를 빗다.

[刷馬(쇄마)] - 刷는 쓸다. 털다. 말을 깨끗이 손질함.

[赤鬚(적염)] - 붉은 구레나룻. 鬚은 구레나룻 염. 귀밑에서 턱까지 잇달
　　　　　　아 난 수염.

[虯(규)] - 규룡 규. 양쪽 뿔이 있는 용. 虯鬚(규염)은 규룡처럼 구불구불
　　　　　한 수염.

[蹇驢(건려)] - 발을 저는 나귀.

[草囊(초낭)] - 풀잎으로 만든 자루.

[欹臥(기와)] - 欹는 기울 기, 와는 누울 와.

[熟視(숙시)] - 자세히 보다.

[搖(요)] - 흔들 요.

[畢(필)] - 마칠 필.

[斂衽(염임)] - 옷깃을 여밈. 복장을 단정히 함.

[驟(취)] - 빠르다. 신속하다.

[環坐(환좌)] - 둘러앉다.

[煮(자)] - 익히다.

[胡餠(호병)] - 밀가루를 반죽하여 참깨를 뿌려 구운 빵의 일종.

[抽(추)] - 뽑을 추.

[匕首(비수)] - 짧은 칼. 短刀(단도).

●●● 번역

장차 태원으로 돌아가려는 것이었다. 가는 길에 영우의 여관에서 침상
을 펴고 화로 위의 고기도 익어 가고 있었다. 장 씨는 머리가 길어 땅
에 닿아 침상 앞에서 서서 머리를 빗었다. 공이 막 말을 닦아 주고 있
는데 홀연 한 사람이 중간 키에 붉은 구레나룻수염을 규룡같이 기르고
절뚝거리는 말을 타고 왔다. 화로 앞에 풀잎으로 만든 자루를 던지고
비딱하게 침상에 베개를 베고 누워 장 씨가 머리 빗는 것을 바라보았

다. 이정은 보고서 몹시 노하였지만 뭐라 하지 않고 여전히 말을 빗질
했다. 장 씨는 그 남자의 얼굴을 잘 살피고는 한 손으로 긴 머리를 쥐
고 다른 손으로 몸을 공에게 흔들어 보이며 화를 내지 말라고 하였다.
급히 머리 빗기를 마쳤다. 옷깃을 여미고 성씨를 물었다. 누운 객이 답
하기를 "장씨라오." 대답하기를 "저도 장씨입니다. 동생이네요." 급히
그에게 인사했다. 항렬이 몇째인가 물었다. 말하기를 "셋째요." 그녀에
게 몇째인가 물었다. "장녀입니다." 마침내 기뻐 말하기를 "오늘 저녁
다행히도 여동생을 만났구나." 장 씨가 멀리 외치기를 "이씨 아저씨,
오셔서 셋째 오빠를 보세요." 공이 신속히 가서 그에게 인사했다. 드디
어 둘러앉았다. 말하기를 "굽고 있는 것은 무슨 고기요?" 말하기를 "양
고기입니다. 다 익었을 겁니다." 객이 말하기를 "배가 고프다." 공이 시
장에 나가 샤오빙을 사왔다. 객은 허리춤의 비수를 꺼내 고기를 잘라
함께 먹었다. 먹기를 마치고 남은 고기는 대충 썰어 나귀 앞에 갖다 주
고 먹게 하니 매우 빨리 먹어 치웠다.

●●● 원문4

客曰: "觀李郎之行, 貧士也. 何以致斯異人?" 曰: "靖
雖貧, 亦有心者焉. 他人見問, 故不言, 兄之問, 則不
隱耳." 具言其由. 曰: "然則將何之?" 曰: "將避地太
原." 曰: "然. 吾故非君所致也." 曰: "有酒乎?" 曰:
"主人西, 則酒肆也." 公取酒一斗. 旣巡, 客曰: "吾有
少下酒物, 李郎能同之乎?" 曰: "不敢." 於是開草囊,
取一人頭並心肝. 却頭囊中, 以匕首切心肝, 共食之.
曰: "此人天下負心者, 銜之十年, 今始獲之. 吾憾釋
矣." 又曰: "觀李郎儀形器宇, 眞丈夫也. 亦聞太原有

異人乎?" 曰: "嘗識一人, 愚謂之眞人也. 其餘, 將帥
而已." 曰: "何姓?" 曰: "靖之同姓." 曰: "年幾?" 曰:
"僅二十." 曰: "今何爲?" 曰: "州將之子." 曰: "似矣.
亦須見之. 李郎能致吾一見乎?" 曰: "靖之友劉文靜者,
與之狎. 因文靜見之可也. 然兄何爲?" 曰: "望氣者言
太原有奇氣, 使吾訪之. 李郎明發, 何日到太原?" 靖
計之日. 曰: "達之明日, 日方曙, 候我於汾陽橋." 言
訖, 乘驢而去, 其行若飛, 回顧已失.

●●● 한자풀이 및 주석

[隱(은)] - 숨기다. 감추다.

[具(구)] - 갖추다.

[避地(피지)] - 난을 피하여 타향에 거주하다.

[酒肆(주사)] - 술집.

[巡(순)] - 돌 순.

[下酒物(하주물)] - 술 마실 때 먹을거리. 안주.

[負心(부심)] - 양심을 어기다, 은혜를 배반하다.

[銜(함)] - 마음에 품다, 원망하다.

[憾(감)] - 유감.

[釋(석)] - 풀리다.

[儀形器宇(의형기우)] - 용모와 풍채.

[愚(우)] - 어리석을 우, 자기의 겸칭.

[將帥(장수)] - 장수.

[劉文靜(유문정)] - 唐(당)나라 武功(무공) 사람. 자는 肇仁(조인). 隋(수)
나라 말 晋陽令을 하였는데 唐太宗(당태종)과 친하
였다. 관직이 民部尙書(민부상서)에 이르렀다. 아우
가 무당을 불러 그에 연루되어 죽었다. ≪舊唐書(구

당서)≫ 57에 보인다.

[狎(압)] – 익숙할 압, 너무 지나칠 정도로 가깝다.

[曙(서)] – 새벽 서. 날이 밝다.

[候(후)] – 기다리다.

[汾陽(분양)] – 汾水의 북쪽 지역. 陽에는 강의 북쪽, 산의 남쪽의 뜻이
있다. 춘추시대 晉(진)나라에 속하였다. 지금의 山西省(산
서성) 지역.

[訖(글)] – 마칠 글.

● ● ● **번역**

객이 말하기를 "이 씨의 행색을 보니 가난한 선비 같구려. 어떻게 해서
이 같은 미인을 얻었소?" 말하기를 "저는 비록 가난하나 마음에 뜻이
있는 사람이오. 다른 사람들이 물었다면 대답하지 않았겠지만 형님이
물으니 감추지 않겠소." 갖추어 그 연유를 이야기해 주었다. "그러면
장차 어디로 가려 하오?" 대답하기를 "장차 태원으로 피신할까 합니
다." 말하기를 "그러하군요. 나는 당신과 같은 사람이 아니오." 말하기
를 "술이 있소?" 말하기를 "이 여관 서쪽이 바로 주점입니다." 말하고
는 가서 술 한 말을 사 왔다. 술이 돌자 객이 말하기를 "내게 약간의
술안주거리가 있다오, 이 씨가 함께 먹겠소?" 말하기를 "감히 그러겠습
니까?" 이리하여 풀 주머니 자루를 열고 한 사람의 머리와 심장과 간을
꺼내 머리는 도로 자루에 넣고 비수로 심장과 간을 잘라 함께 그것을
먹었다. 말하기를 "이놈은 천하의 배신자로 십 년 동안 벼르다가 오늘
에서야 잡았소. 내 유감이 풀렸다오." 또 말하기를 "이 씨의 용모와 풍
채를 보니 진짜 사나이요, 혹시 태원에 특별한 인물이 있는지 들었소?"
말하기를 "일찍이 한 사람을 알았는데 제가 보건대 그 사람만 진짜 위
인이고 나머지는 장수일 따름입니다." 말하기를 "무슨 성씨요?" 말하기
를 "저와 동성입니다." 말하기를 "나이가 몇입니까?" 말하기를 "겨우

이십입니다." 말하기를 "지금 무엇을 합니까?" 말하기를 "주의 장군의 아들입니다." 말하기를 "비슷하다. 역시 한 번 그를 보아야겠다. 이 씨가 나를 그와 한 번 만나게 해 줄 수 있소?" 말하기를 "저의 친구 유문정이란 자가 그와 아주 친합니다. 유문정을 통해 한 번 만날 수 있습니다. 그런데 형님은 무엇을 하려고 합니까?" 말하기를 "기운을 살피는 자가 태원에 기이한 기가 있다고 하여 나로 하여금 가 보게 하였소. 이 씨는 내일 출발하면 며칠이면 태원에 도착하오?" 이 씨가 날짜를 계산해 보고 말하기를 "도착한 다음 날 날이 밝으면 분양교에서 저를 기다리십시오." 말을 마치자 나귀를 타고 떠났는데 그 행동이 날듯하여 잠깐 사이에 보이지 않게 되었다.

●●● 원문5

公與張氏且驚且喜, 久之, 曰: "烈士不欺人. 固無畏." 促鞭而行.

及期, 入太原. 果復相見. 大喜, 偕詣劉氏. 詐謂文靜曰: "有善相者思見郎君, 請迎之." 文靜素奇其人, 一旦聞有客善相, 遽致使迎之. 使回而至, 不衫不履, 褐裘而來, 神氣揚揚, 貌與常異. 虬髯默然居末坐, 見之心死, 飲數杯, 招靖曰: "眞天子也!" 公以告劉, 劉益喜, 自負. 旣出, 虬髯曰: "吾得八九矣. 然須道兄見之. 李郎宜與一妹復入京. 某日午時, 訪我於馬行東酒樓, 樓下有此驢及瘦驢, 卽我與道兄俱在其上矣. 到卽登焉." 又別而去, 公與張氏復應之.

[促鞭(촉편)] – 채찍질을 재촉하다.
[詣(예)] – 나아갈 예.
[詐(사)] – 속일 사.
[素(소)] – 평소 소.
[不衫不履(불삼불리)] – 적삼도 입지 않고 신도 신지 않다.
[褐裘(갈구)] – 거친 모직물로 만든 갖옷.
[揚揚(양양)] – 뜻을 이루어 만족해하는 모양. ex) 意氣揚揚(의기양양)
[貌(모)] – 모습.
[招(초)] – 부를 초.
[瘦驢(수려)] – 수척한 나귀.

● ● ● **번역**

이 공과 장 씨가 놀라고 또 기뻐하고는 오래 있다가 "열사는 남을 속이지 않는다. 고로 두려워할 필요 없다." 채찍질을 재촉하여 길을 떠났다. 기일이 되어서 태원에 이르러 과연 다시 만났다. 크게 기뻐하며 함께 유 씨에게로 갔다. 유문정을 속여 말하기를 "관상을 잘 보는 사람이 낭군을 뵙고자 하니 그를 맞이하시지요." 유문정은 평소 그를 훌륭하다 여겼는데 일단 관상을 잘 본다는 사람이 있다 들었으니 급히 사람을 보내 그를 오게 하였다. 사신이 돌아와 공자가 이르렀는데 적삼도 입지 않고 신발도 신지 않고 갈옷을 입고 왔는데 기운이 양양하여 모습이 범상한 이와 달랐다. 규염이 묵묵히 말좌에 앉아 그를 보니 마음이 체념되어 몇 잔을 마시고 이정을 불러 말하기를 "참으로 천자로군요." 이공이 유문정에게 고하니 유문정이 더욱 기뻐하여 스스로 자부하였다. 나오고 나서 규염이 말하기를 "내가 보기에 팔구십은 그가 분명하오. 그러나 나는 아직 도형에게 그를 한 번 보라고 해야겠소. 이 씨와 여동생은 장안으로 돌아가시오. 모일 오후에 마행동 주점에서 나를 찾으시오. 주점 아래 나의 이 나귀와 다른 한 필의 수척한 나귀가 있으면 그것은 나와 도형이 모두 주점 위에 있다는 것이오. 도착하자마자 올라오시오." 말을 마치고는 곧 고별하였다. 이정과 장 씨는 응답했다.

●●● 원문6

及期訪焉, 宛見二乘. 攬衣登樓, 虯髥與一道士方對飲, 見公驚喜, 召坐圍飲, 十數巡, 曰: "樓下櫃中, 有錢十萬. 擇一深隱處駐一妹. 某日復會於汾陽橋."
如期至, 卽道士與虯髥已到矣. 俱謁文靜. 時方弈棋, 起揖而語. 少焉, 文靜飛書迎文皇看棋. 道士對弈, 虯髥與公傍待焉. 俄而文皇到來, 精采驚人, 長揖而坐. 神氣淸朗, 滿坐風生, 顧盼煒如也. 道士一見慘然, 斂棋子曰: "此局全輸矣! 於此失却局哉! 救無路矣! 復奚言!" 罷弈而請去. 旣出, 謂虯髥曰: "此世界非公世界. 他方可也. 勉之, 勿以爲念." 因共入京. 虯髥曰: "計李郎之程, 某日方到. 到之明日, 可以一妹同詣某坊曲小宅相訪. 李郎相從一妹, 懸然如磬. 欲令新婦祇謁, 兼議從容, 無令前却也." 言畢, 吁嗟而去.

●●● 한자풀이 및 주석

[宛(완)] – 완연히. 명료한 모양.
[攬衣(남의)] – 옷을 당기다. 攬은 당길 람.

[圍飮(위음)] - 둘러싸고 마시다.

[櫃(궤)] - 함 궤. 커다란 함.

[擇(택)] - 가리다, 고르다.

[駐(주)] - 머무를 주. 머무르게 하다. ex) 駐屯(주둔): 군대가 어떤 곳에
　　　　　진을 치고 오래 머무름.

[奕棋(혁기)] - 바둑. 圍棋(위기)와 같음.

[飛書(비서)] - 화살 따위에 편지를 매달아 날려 보냄. 편지를 급히 보냄.

[文皇(문황)] - 唐太宗(당태종) 李世民(이세민)을 가리킨다. 태종의 諡號
　　　　　(시호)가 文武大聖皇帝(문무대성황제)이기 때문에 그렇게
　　　　　부른다.

[傍(방)] - 곁, 옆.

[顧盼(고반)] - 돌아볼 고, 볼 반. 盼은 본래 미인이 눈을 움직이는 모양.

[煒如(위여)] - 眼光(안광)이 날카로운 모양. 밝은 모양.

[慘然(참연)] - 참담한 모양. 어두운 모양.

[斂(렴)] - 거두다.

[棋子(기자)] - 바둑돌.

[局(국)] - 판 국. 장기, 바둑, 윷 따위의 밭을 그린 판.

[輸(수)] - 지다, 패하다.

[罷奕(파혁)] - 바둑을 그만두다. 罷는 파할 파.

[勉(면)] - 힘쓸 면.

[坊曲(방곡)] - 동네, 마을.

[懸然(현연)] - 懸은 매달다의 뜻.

[如磬(여경)] - 경쇠와 같다. 如는 같을 여.

[祇謁(지알)] - 祇는 공경할 지. 조사로 쓰이기도 함. 謁은 만나보다.

[吁嗟(우차)] - 탄식하는 모양.

●●● 번역

기일이 되어서 이정이 가서 그를 찾으니 분명 두 필의 나귀가 주점 아
래 있었다. 그가 옷을 당겨 누각에 올라가니 규염객이 한 도사와 대면

하고 술을 마시고 있었다. 이정을 보고는 놀라고 기뻐하며 그를 불러 앉게 하고 둘러서 마시기를 열 몇 차례 하였다. 규염객이 말하기를 "아래층 궤짝에 십만 냥이 있소. 깊숙한 곳을 골라 여동생을 머물게 하시오. 모일에 다시 분양교에서 만납시다."

약속한 기일에 이정이 그곳으로 가니 도사와 규염객이 이미 와 있었다. 함께 유문정을 뵈러 갔다. 마침 바둑을 두고 있다가 일어나 읍하기에 말을 했다. 잠시 있다가 유문정이 화살에 편지를 매달아 날려 보내 이세민에게 바둑 두는 것을 구경하게 했다. 도사가 마주 바둑을 두고 규염객은 이정과 곁에서 구경했다. 잠시 뒤 이세민이 왔는데 풍채가 사람을 놀라게 할 만하였고 길게 읍하고는 앉았다. 기운이 상쾌하고 좌석 가득 바람이 불고 눈길을 돌리면 광채가 환하였다. 도사가 한 번 보고 낯빛이 참담하여져 바둑돌을 내려놓고 말하기를 "이번 판은 다 졌소. 이번 판은 모두 내주었으니 구할 방법이 없소. 또 무슨 할 말이 있겠소." 바둑을 그치고 고별을 고했다. 나온 후에 도사가 규염객에게 말하기를 "이곳의 천하는 너의 천하가 아니다, 기타 지방은 괜찮으니 노력해 봐라, 이곳의 일을 마음에 두지 마라." 곧 이정을 불러 서경으로 돌아갔다. 규염객이 이정에게 말하기를 "이 씨의 여정을 미리 계산해 보건대 모일이면 장안에 도착할 수 있을 게요. 도착한 이튿날 당신은 여동생과 함께 모 마을의 작은 집으로 와서 나를 찾으시오. 이 씨가 여동생과 상종하면서 집안이 청빈하여 아무 것도 없으니 나는 내 마누라로 하여금 당신네들을 만나보게 하고 같이 종용히 한담을 나누고 싶으니 미리 사양하지 마시오." 말을 마치고 한숨을 쉬고는 곧 떠났다.

●●● 원문7

公策馬而歸. 卽到京, 遂與張氏同往. 至一小板門, 子扣之, 有應者, 拜曰: "三郎令候李郎、一娘子久矣."

延入重門, 門愈壯麗. 婢四十人, 羅列廷前. 奴二十人,
引公入東廳. 廳之陳設, 窮極珍異, 巾箱、妝盒、冠
鏡、首飾之盛, 非人間之物. 巾櫛妝飾畢, 請更衣, 衣
又珍異. 旣畢, 傳云: "三郎來!" 乃虬髯紗帽裼裘而來,
亦有龍虎之狀, 歡然相見. 催其妻出拜, 盖亦天人也.
遂延中堂, 陳設盤筵之盛, 雖王公家不侔也.

⬤ ⬤ ⬤ 한자풀이 및 주석

[策馬(책마)] – 말을 채찍질하다. 策은 채찍 책.
[扣(구)] – 두드릴 구.
[東廳(동청)] – 동쪽 대청. 廳은 대청, 응접실.
[巾箱(건상)] – 수건 상자.
[妝盒(장렴)] – 화장품 갑.
[巾櫛(건즐)] – 수건과 빗, 낯을 씻고 머리 빗는 일.
[紗帽(사모)] – 벼슬아치들이 관복을 입을 때 쓰던 검은 깁으로 만든 모자.
[裼裘(체구)] – 裼는 갖옷 위, 正服(정복) 아래에 입는 등거리의 한 가지.
　　　　　　　裘는 갖옷 구.
[催(최)] – 재촉하다.
[盤筵(반연)] – 盤은 쟁반 반, 筵은 대자리 연.
[侔(모)] – 가지런할 모.

⬤ ⬤ ⬤ 번역

이정은 말을 채찍질하여 돌아갔다. 서울에 도착하자마자 드디어 장 씨
와 함께 갔다. 한 작은 판자문에 이르러서 공자가 그것을 두드리니 응
답하는 자가 있어 인사하여 말하기를 "삼랑께서 이 씨와 낭자를 오래

기다리게 하셨습니다." 이어서 안의 문으로 들어가니 문이 더욱 장려하
였다. 시녀 사십 명이 뜰 앞에 나열해 있었다. 노비 이십여 명이 공자
를 동쪽 응접실로 안내했다. 응접실에 진열해 놓은 것은 극도로 진귀한
것으로 수건 상자, 화장품 갑, 관과 거울, 머리 장식의 성대함이 인간세
계의 것이 아니었다. 머리 빗고 화장을 마치고 옷을 갈아입는데 옷 또
한 진귀했다. 다 마치고 나자 전하는 사람이 "삼랑께서 오셨습니다."
규염객이 오사모를 쓰고 갖옷을 휘날리며 오는데 역시 용과 호랑이의
상으로 반갑게 만났다. 그 부인을 재촉하여 나와 인사하게 하였는데 역
시 천상의 사람 같았다. 가운데 당으로 안내하였는데 성대하게 차려진
음식이 비록 왕실 귀족가문이라도 그와 같지 못할 것이다.

●●● 원문8

四人對饌訖, 陳女樂二十人, 列奏其前, 飮食妓樂若從
天降, 非人間之曲. 食畢, 行酒. 家人自堂東舁出二十
床, 各以錦繡帕覆之. 旣陳, 盡去其帕, 乃文簿鑰匙耳.
虬髯曰: "此盡寶貨泉貝之數. 吾之所有, 悉以充贈. 何
者? 欲以此世界求事, 當或龍戰二三十載, 建少功業. 今
旣有主, 住亦何爲? 太原李氏, 眞英主也. 三五年內, 卽
當太平. 李郞以奇特之才, 輔淸平之主, 竭心盡善, 必
極人臣. 一妹以天人之姿, 蘊不世之藝, 從夫之貴, 以
盛軒裳. 非一妹不能識李郞, 非李郞不能榮一妹. 起陸
之貴, 際會如期, 虎嘯風生, 龍吟雲萃, 固非偶然也. 持
餘之贈, 以佐眞主, 贊功業也, 勉之哉! 此後十年, 當東
南數千里外有異事, 是吾得事之秋也. 一妹與李郞可瀝

酒東南相賀." 因命家童列拜, 曰: "李郎一妹, 是汝主
也!" 言訖, 與其妻從一奴, 乘馬而去. 數步, 遂不復見.

●●● 한자풀이 및 주석

[饌(찬)] - 반찬 찬.
[列奏(열주)] - 나열하여 연주하다.
[若(약)] - ……와 같다.
[舁(여)] - 마주 들 여. 여럿이 맞들다.
[錦繡(금수)] - 수놓은 비단.
[帕(파)] - 휘장 파, 물건을 싸는 헝겊.
[覆(부)] - 덮을 부.
[文簿(문부)] - 문서와 장부.
[鑰匙(약시)] - 자물쇠 약, 열쇠 시.
[泉貝(천패)] - 泉에는 돈의 뜻이 있다. 돈이 널리 통용되는 이치가 마치
　　　　　　　샘물이 솟아나 흘러내리는 것과 같다는 것에 비유해서
　　　　　　　이르는 말이다. 貝도 돈의 뜻.
[悉(실)] - 모두.
[奇特之才(기특지재)] - 奇特은 보통이 아니고 특이함. 뛰어난 재주.
[輔(보)] - 돕다, 보좌하다.
[竭心(갈심)] - 마음을 다하다.
[蘊(온)] - 간직하다. 감추다.
[軒裳(헌상)] - 수레와 의상.
[際會(제회)] - 마침 서로 만남. 임금과 신하가 뜻이 맞아 만남. 際遇(제우).
[嘯(소)] - 휘파람 불 소.
[萃(췌)] - 모일 췌.
[贊(찬)] - 돕다.
[瀝酒(력주)] - 술을 거르다. 瀝은 거를 력, 물을 흘려보내다의 뜻이 있음.

네 명이 마주 앉아 식사가 끝난 후 여인 악무대 이십 인을 베풀어 그 앞에서 연주하게 하니 음식과 기악이 마치 하늘에서 내려온 듯 인간세계의 곡이 아니었다. 식사를 마친 후 술이 돌았다. 집안사람들이 당의 동쪽에서 이십 개의 침상을 가지고 왔는데 각기 금빛 수를 놓은 비단수건으로 덮여 있었다. 펼쳐 놓고서는 수건을 다 치우니 모두가 장부와 열쇠 같은 것들이었다. 규염객이 말하기를 "이것들은 모두 우리 집의 진귀한 재물과 돈의 항목이다. 내가 갖고 있는 것을 모두 다 증여하겠소. 어째서인가? 이 세상에서 사업을 하고자 하여 이삼십 년간 황제 지위 다툼을 한다면 혹여 약간의 공을 세울 수도 있을 것이다. 이제 지금 천하의 주인이 있으니 내가 여기에 살아 봐야 무엇 하겠소? 태원 이 씨는 진실로 영명한 군주요, 사오 년 내에 천하를 평정할 것이오. 이 씨의 뛰어난 재능으로 태평시대의 천자를 보좌하여 재능을 발휘한다면 분명 지위가 가장 높은 대신이 될 것이오. 여동생은 아름다운 외모에 세상에 드문 기예를 지녔으니 남편의 현귀함을 따라 높은 수레를 타고 화려한 옷을 입게 될 것이오. 여동생이 아니었더라면 이 씨의 재능을 몰랐을 것이고 이 씨가 아니었더라면 여동생을 부귀하게 하지 못할 것이오. 귀한 사람이 흥기할 때에는 반드시 현명한 신하를 만나게 되는 법이오. 호랑이가 휘파람을 불면 바람을 일으키고 용이 읊조리면 구름이 모이는 것은 결코 우연한 일이 아니라오. 이 씨는 내가 증여한 재산을 가지고 진정한 천자를 보좌하여 공업을 세울 수 있을 것이오. 노력하기를 바라오. 십 년 뒤에 동남쪽 수천 리 밖에서 특별한 사건이 발생한다면 이것이 바로 내가 대업을 이룬 때일 것이오. 여동생은 이 씨와 동남쪽으로 술을 뿌리고 축하해 주오." 이리하여 집안 종복들을 나열하게 명하고 이정 부부에게 인사하며 말하기를 "이제부터는 이 씨와 여동생이 너희들의 주인이다." 말을 마치고는 규염객은 부인과 한 명의 종복을 데리고 말을 타고 떠났는데 몇 걸음 안 가서 곧 보이지 않게 되었다.

●●● 원문9

公據其宅, 乃爲豪家, 得以助文皇帝締構之資, 遂匡天下. 貞觀十年, 公以左僕射平章事適南蠻. 入奏曰: "有海船千艘, 甲兵十萬, 入扶餘國, 殺其主自立. 國已定矣." 公心知虬髯得事也. 歸告張氏, 具衣拜賀, 瀝酒東南祝拜之. 乃知眞人之興也, 非英雄所冀. 況非英雄者乎? 人臣之謬思亂者, 乃螳臂之拒走輪耳. 我皇家垂福萬葉, 豈虛然哉. 或曰: "衛公之兵法, 半乃虬髯所傳耳."

●●● 한자풀이 및 주석

[據(거)] – 의거하다. 의탁하다.

[豪家(호가)] – 부와 세력이 있는 집안. 豪族(호족).

[締構(체구)] – 맺을 체, 얽을 구. 사업을 일으킨다는 뜻.

[匡(광)] – 바루다, 구제하다.

[貞觀十年(정관십년)] – 貞觀(627 – 649)은 唐 太宗 李世民의 연호. 636년.

[左僕射(좌복야)] – 관직명. 秦나라 때에 僕射(복야)라는 관직이 생겼고 후에 左右僕射로 나뉘었다. 唐나라 때에 본래 尙書令의 부관이었는데 상서령이 없어지면서 두 僕射가 재상이 되었다.

[適(적)] – 가다.

[南蠻(남만)] – 남쪽 오랑캐 나라.

[艘(소)] – 배 소. 배를 세는 말.

[夫餘國(부여국)] – 滿洲(만주) 고대 민족의 명칭. 퉁구스의 한 종족으로

부여국을 세웠음.

[冀(기)] – 바랄 기.
[謬(류)] – 그릇될 류.
[螳臂(당비)] – 버마재비의 팔뚝. 자기의 힘을 헤아리지 못함의 비유. 螳
　　　　은 사마귀 당.
[葉(엽)] – 세대, 시대.
[虛然(허연)] – 공허한 모양.

●●● 번역

이정은 그 집을 기반으로 부호가 되어 이세민이 창건하는 데 도움을 줄 수 있었고 드디어 천하를 통일하였다. 정관 십 년에 이정이 좌복야평장사로 남만에 갔다. 상주해오기를 "해선 천 척과 무장한 병사 십만이 부여국에 들어가서 그 군주를 죽이고 스스로 왕이 되었고 나라가 이미 세워졌습니다." 이정은 마음으로 규염객이 뜻을 이룬 것임을 알았고 돌아가 장 씨에게 고하고 옷을 갖추어 입고 축하하며 동남쪽에 술을 뿌리며 경하하였다. 이를 통해 진짜 천자의 흥기는 영웅이 바란다고 되는 것이 아니다. 하물며 영웅이 아닌 자에 있어서이랴? 신하로서 그릇되이 난을 일으키려 생각하는 자는 버마재비의 팔로 달리는 수레를 막아 내려고 하는 것과 같을 따름이다. 우리 이씨왕조가 만세토록 복을 누린 것은 어찌 거저 그런 것이겠는가? 혹자는 말하기를 "위공 이 씨의 병법은 반은 규염객이 전한 것이라 한다."

●●● 해제

　이 작품 역시 전기소설이 많이 나온 중당시기의 작품으로 내용상 분류를 한다면 의협소설류에 해당된다. 스토리는 이정이 수양제 때 재상 양소 밑에 있던 기녀를 만나 함께 도망치던 중 규염객을 만나게 되고 규염객은 이정을 통해 태원에 있는 이세민을 만나 보고 그의 위인됨이 천자의 기운을 가지고 있음을 확인한 후 황제가 될 꿈을 버리고 재산을 이정에게 물려주어 이세민을 돕도록 하고 자신은 부여로 가서 왕이 되었다는 이야기이다.

≪中文大辭典(중문대사전)≫에는 규염객을 다음과 같이 설명하고 있다.－규염객은 수나라 말기 張仲堅(장중견)을 가리킨다. 붉은 수염으로 해서 규염객이라 불렸다. 웅대한 재기가 있었는데 시대가 어지러운 때라 거사를 일으켜 천하를 가지려 하였다. 마침 기녀와 함께 달아나던 이정을 만나 함께 太原(태원)에 이르러 이세민을 친견하게 되고 영명한 군주라 여기게 된다. 이리하여 온 집안 재물을 이정에게 주고 떠나면서 이후로 십 년 뒤 동남쪽 수천 리 밖에서 특별한 일이 생기거든 자기가 일을 이룬 때로 알아 달라고 한다. 당 태종 貞觀(정관) 연간에 남만 오랑캐가 들어와 아뢰기를 해선 천 척과 십만의 군대가 부여국에 들어가 그 군주를 죽이고 스스로 왕이 되었다고 아뢰었는데 바로 규염객이 한 일이다.

이상을 볼 때 규염객전은 실제인물을 대상으로 하여 쓴 소설인 듯하다. 이 소설의 작자를 두광정이 아니라 張說(장열)이라고도 보는데 실제 있었던 일을 토대로 쓴 것이라 작자에 異同(이동)이 있는 듯하다. 그렇다면 규염객이 부여의 왕을 죽이고 스스로 왕이 되었다는 이야기도 실제와 부합되어야 하나 남방 오랑캐인 남만 오랑캐가 동남쪽으로 군대가 가서 부여국을 정복했다고 말한 것은 실제와 맞지 않는다. 중국의 남방에서 보아도 부여는 동남쪽이 아니고 수도인 장안에서 보아도 동남쪽이 아니기 때문이다. 아마도 가상의 나라를 부여에 假託(가탁)한 듯하다.

의협소설답게 규염객의 담대하고 호방한 모습과 천자의 기운을 한눈에 보여 주는 당 태종 이세민의 모습이 잘 묘사되었다. 당나라 때 인물을 평가하던 기준으로 身(신)·言(언)·書(서)·判(판)이 있는데 이세민을 보기만 하고 압도당하는 규염객의 모습은 身(신)을 첫 번째로 치던 당시의 관념을 반영한 듯하다.

17. 趙飛燕別傳

秦醇

●●● 작자 소개

秦醇(진순)은 北宋(북송) 중기의 사람으로 字(자)가 子復(자복)이고 安徽(안휘) 亳州(박주) 사람이다. 정확한 생몰년은 밝혀져 있지 않다. 그의 작품으로 역사류 전기소설인 <趙飛燕別傳(조비연별전)>과 애정류 전기소설인 <譚意歌傳(담의가전)>이 전하는데 <조비연별전>은 劉斧(유부)의 ≪靑瑣高議(청쇄고의)≫ 권7에 수록되어 있다.

●●● 원문1

余里有李生, 世業儒. 一日, 家事零替. 余往見之, 墙角破筐中有古文數冊, 其間有<趙後別傳>, 雖編次脫落, 尚可觀覽. 余就李生乞其文以歸, 補正編次以成傳, 傳諸好事者.

[儒(유)] – 術士(술사). 周(주), 秦(진), 漢(한) 대에는 어떤 전문지식이나
　　　　　기예를 갖고 있는 사람을 칭하는 데 쓰였다. 일반적으로는 孔
　　　　　子(공자)의 儒家(유가)학설을 신봉하는 사람을 가리킨다.
[零替(영체)] – 零落(영락)하다.
[破筐(파광)] – 부서진 광주리. 筐은 대바구니.
[乞(걸)] – 구걸하다.
[諸(저)] – 之於의 合音字(합음자).
[好事者(호사자)] – 일을 벌이기를 좋아하는 사람.

● ● ● **번역**

우리 마을 이 선생은 대대로 유학자였다. 하루는 집안이 영락하여 내가
가서 보니 담 모퉁이의 부서진 상자 속에 고문 서적이 여러 권 있는데
그중 <조황후별전>이 있었다. 비록 편차에 빠진 곳이 있었지만 그래
도 볼만하였다. 내가 이 선생에게 그 문장을 달라고 하여 돌아와서 편
차를 보정하여 <전>을 만들어 호사가들에게 전한다.

● ● ● **원문2**

趙后腰骨纖細, 善踽步行, 若人手執花枝, 顫顫然, 他
人莫可學也. 在主家時, 號爲飛燕. 入宮, 復引援其妹,
得寵, 爲昭儀. 昭儀尤善笑語, 肌骨秀滑. 二人皆稱天
下第一, 色傾後宮. 自昭儀入宮, 帝亦稀幸東宮. 昭儀
居西宮, 太后居中宮.
后日夜欲求子, 爲自固久遠計, 多以小犢車載少年子與

通. 帝一日惟從三四人往後宮, 后方與人亂, 不知左右
爭報, 後驚, 遽出迎帝. 后冠髮散亂, 言語失度, 帝亦
疑焉. 帝坐未久, 復聞壁衣中有人嗽聲, 帝乃出. 由是
帝有害后意, 以昭儀隱忍未發. 一日, 帝與昭儀方飲, 帝
忽攘袖瞋目, 直視昭儀, 怒氣怫然不可犯. 昭儀遽起, 避
席伏地, 謝曰: "臣妾旅孤寒, 下無强近之親, 一旦得備
後庭驅使之列, 不意獨承幸御, 濃被聖私, 立於衆人之
上. 恃寵邀愛, 衆謗來集. 加以不識忌諱, 冒觸威怒, 臣
妾願賜速死, 以寬聖抱." 因涕泣交下.

● ● ● 한자풀이 및 주석

[趙后(조후)] - 趙飛燕(조비연). 趙燕(조연)이라고도 한다. 漢(한) 成帝(성
　　　　　　　제)의 황후.

[纖細(섬세)] - 가늘 섬, 가늘 세. 섬세하다.

[踽步(우보)] - 느린 걸음. 踽는 띄엄띄엄 성기게 가는 모양.

[顫顫然(전전연)] - 떨리는 모양. 한들한들 흔들리는 모양. 顫은 떨릴 전.

[引援(인원)] - 끌어당기다.

[寵(총)] - 총애.

[昭儀(소의)] - 옛날의 여자 관직이름. 漢(한)나라 元帝(원제) 때 처음 설
　　　　　　　치했다. 妃嬪(비빈) 중의 제일급이다. 魏晋(위진)시대부터
　　　　　　　明(명)나라까지 모두 설치했지만 지위가 더 내려갔다.

[肌骨(기골)] - 살과 뼈. 피부와 뼈.

[後宮(후궁)] - 제왕의 妃嬪(비빈), 또는 그들이 거처하는 곳.

[東宮(동궁)] - 漢나라 때 太后(태후)가 거처하던 궁. 태후의 長樂宮(장락
　　　　　　　궁)이 未央宮(미앙궁)의 동쪽에 있었으므로 그렇게 부른다.

[太后(태후)] - 황제의 모친을 태후라 한다.

[中宮(중궁)] - 황후가 거처하는 곳. 그래서 황후를 중궁이라고도 한다.

[犢車(독거)] - 송아지가 끄는 수레. 犢은 송아지 독.

[失度(실도)] - 도를 잃다.

[嗽聲(수성)] - 기침 소리. 嗽는 기침할 수.

[隱忍(은인)] - 고생스러운 일을 참고 견디어 밖에 나타내지 않음. 꾹 참음.

[攘袖(양수)] - 옷소매를 걷어 올리다.

[瞋目(진목)] - 눈을 부릅뜸. 瞋은 부릅뜰 진.

[怫然(불연)] - 불끈 성내는 모양. 怫은 발끈할 불.

[伏地(복지)] - 땅에 엎드리다.

[驅使(구사)] - 자유자재로 다루어서 씀. 사람이나 가축을 마구 부림.

[幸御(행어)] - 사랑하여 가까이함. 침소 시중을 들게 함.

[聖私(성사)] - 聖恩(성은). 황제가 사사로이 총애함.

[恃寵(시총)] - 총애를 믿다. 恃는 믿을 시.

[謗(방)] - 헐뜯을 방. 비방.

[忌諱(기휘)] - 나라의 禁令(금령). 입에 올려 말하기를 꺼리는 것.

[冒觸(모촉)] - 冒는 무릅쓰다, 침범하다, 觸은 건드리다.

[賜(사)] - 하사하다.

[寬(관)] - 너그러울 관.

[聖抱(성포)] - 황제의 마음. 抱는 마음.

[涕泣(체읍)] - 눈물을 흘리며 욺.

●●● 번역

조 황후는 가는 허리에 섬세하였고 느린 걸음을 잘 걸었는데 사람이 손에 꽃가지를 들고 한들한들거리는 것 같아 다른 사람들은 따라 할 수가 없었다. 공주의 집에 있었을 때는 비연이라 호를 붙였다. 궁에 들어가서는 다시 그 여동생을 끌어들여 (여동생이) 총애를 얻었고 소의가 되었다. 소의는 특히 잘 웃고 말을 잘하였으며 피부와 뼈대가 빼어나게 매끄러웠다. 두 사람은 모두 천하제일로 칭송되었으며 후궁 중에 미색이 가장 뛰어났다. 소의가 입궁한 후로 황제는 동궁엘 잘 가지 않았다. 소의는 서궁에 살았고 태후는 중궁에 살았다.

조황후는 밤낮으로 아들을 얻고자 하여 스스로 오랫동안 계책을 세워 자주 작은 우마차에 젊은이를 태워 들여와 사통하곤 하였다. 황제가 하루는 삼사 명의 시종과 후궁엘 갔는데 황후는 바야흐로 남자와 어지러이 놀다가 좌우 시종들이 다투어 보고하는 것도 모르고 후에 깜짝 놀라 급히 나와 황제를 맞이했다. 황후의 관과 머리털이 흐트러졌고 말하는 것이 횡설수설이라 황제가 의심하였다. 황제가 앉은 지 얼마 안 되어 다시 벽의 옷 중에 어떤 사람의 기침소리가 나는 것이 들렸고 황제는 나가 버렸다. 이로부터 황제에겐 황후를 죽일 마음이 생겼는데 소의 때문에 꾹 참고 발설하지 않았다. 하루는 황제와 소의가 술을 마시는데 황제가 홀연 소매를 젖히고 눈을 부릅뜨며 소의를 똑바로 보는데 노기가 발끈하여 감히 쳐다볼 수 없었다. 소의는 급히 일어나 자리를 피해 땅에 엎드려 사죄하며 말하기를 "신첩이 미천하고 곤궁하여 아래로 든든한 친척이 없었는데 하루아침에 후궁에 들어와 폐하의 부림을 받는 사람이 되었고 뜻하지 않게 홀로 총애를 받아 깊이 성은을 입어 다른 사람들 위에 섰습니다. 총애를 홀로 독차지하니 많은 사람들의 헐뜯음을 받게 되었습니다. 거기에 피휘하는 걸 잘 몰라 천자의 위엄을 건드렸으니 신첩은 원컨대 속히 죽음을 내려 주시어 폐하의 마음을 풀어 드리고자 합니다." 하고 눈물을 흘리며 울었다.

●●● 원문3

帝曰: "汝無罪. 汝之姐, 吾欲梟其首, 斷其手足, 置於溷中, 乃快吾意." 昭儀曰: "何緣而得罪?" 帝言壁衣中事. 昭儀曰: "臣妾緣后得塡後宮, 后死, 則妾安能獨

生?　況陛下無故而殺一后，天下有以窺陛下也．願得
身實鼎鑊，體膏斧鉞．"因大慟，以身投地．帝驚，遽起
持昭儀曰："吾以汝之故，固不害后，第言之耳．汝何自
恨若是!"久之，昭儀方就座，問壁衣中人．帝陰窮其迹，
乃宿衛陳崇子也．帝使人就其家殺之，而廢陳崇．

●●●　한자풀이 및 주석

[汝(여)] – 너 여. 2인칭.

[姐(저)] – 누나 저. 손위 누이.

[梟(효)] – 목을 베어 매달다. 올빼미 효(올빼미는 어미 새를 잡아먹는
　　　　불효한 새라고 믿었기 때문에 이를 잡으면 나무 끝에 매달아
　　　　그 불효함을 세상 사람들에게 보인 데서 올빼미를 뜻하는 글
　　　　자가 되었다.).

[溷(혼)] – 뒷간. 돼지우리.

[塡(전)] – 메울 전. 채우다.

[陛下(폐하)] – 신하가 제왕을 일컫는 말. 섬돌 밑. 천자에게 상주할 때
　　　　직접 하지 않고 섬돌 아래에 있는 近臣(근신)을 통하여
　　　　한 데서 온 말.

[窺(규)] – 엿볼 규.

[鼎鑊(정확)] – 큰 솥, 가마솥.

[膏(고)] – 살찔 고, 기름칠 고. 은혜 고.

[斧鉞(부월)] – 작은 도끼와 큰 도끼. 형벌의 의미.

[慟(통)] – 서럽게 울 통. ex) 慟哭(통곡).

[第(제)] – 다만.

[宿衛(숙위)] – 궁중에서 경비를 담당하는 직위.

[廢(폐)] – 폐할 폐. 파면하다.

황제가 말하기를 "너는 죄가 없다. 너의 언니를 내 그 머리를 베어 버리고 그 수족을 잘라 변소에 버리면 내 마음이 시원해지겠다." 소의가 말하였다. "무슨 연유로 득죄하였습니까?" 황제가 벽 중의 옷 이야기를 했다. 소의가 말하기를 "신첩은 황후의 인연으로 후궁에 발탁되었는데 황후가 죽으면 첩이 어찌 홀로 살겠습니까? 하물며 폐하가 무고하게 한 황후를 죽이면 천하에서 폐하의 사생활을 눈치 챌 것입니다. 원컨대 제 몸을 끓는 솥에 던져지게 하고 도끼질의 형벌을 받게 해 주십시오." 하고는 크게 통곡하며 몸을 땅에 던졌다. 황제가 놀라 급히 일어나 소의를 붙잡으며 말하기를 "내 너 때문에 황후를 죽이지 않겠다. 다만 말한 것뿐이다. 어찌 이리 한탄하는 것이냐?" 한참 뒤에 소의는 자리에 앉아 벽 중의 옷 주인공을 물었다. 황제가 몰래 그 뒤를 조사하니 숙의 진승의 아들이었다. 황제가 사람을 보내 그 집에 가서 그를 죽이고 진승을 파면했다.

昭儀往見后, 具述帝所言, 且曰: "姐曾憶家貧, 飢寒無聊, 使我共鄰家女爲草履, 入市貨履市米, 一日得米歸, 遇風雨, 無火可炊, 飢寒甚, 不能成寐, 使我擁姐背, 同泣. 此事姐豈不憶耶? 今日幸富貴, 無他人次我, 而自毀如此! 脫或再有過, 帝復怒, 事不可救, 身首異地, 爲天下笑. 今日, 妾能拯救也; 存歿無定, 或爾妾死, 姐尚誰援乎?" 乃涕泣不已, 后亦泣焉. 自是帝不復往後宮, 承幸御者, 昭儀一人而已.

[曾(증)] - 일찍이.
[憶(억)] - 생각할 억.
[無聊(무료)] - 의지할 곳이 없음.
[草履(초리)] - 짚신.
[貨(화)] - 팔다.
[炊(취)] - 불 땔 취.
[寐(매)] - 잠잘 매.
[擁(옹)] - 안을 옹.
[毁(훼)] - 헐 훼. 망치다. ex) 毁損(훼손): 못 쓰게 함.
[脫(탈)] - 벗을 탈.
[拯救(증구)] - 구제함, 구원함.
[存歿(존몰)] - 살고 죽음. 생사.
[援(원)] - 당길 원, 도울 원.

소의가 가서 황후를 만나 황제가 한 말을 갖추어 이야기하고 또 말하기를 "언니는 일찍이 집안이 가난해서 주리고 춥고 살길이 막막해 나더러 이웃집 아가씨와 함께 짚신을 삼아 시장에 가서 신을 팔고 쌀을 팔아 오라고 한 걸 기억하나요? 하루는 쌀을 팔아 오는데 비바람이 몰아치고 땔감은 없어 주림과 추위가 심하여 잠을 이룰 수가 없었는데 나로 하여금 언니 등을 안으라고 하고 함께 울었지요. 이 일을 언니는 기억하지 못한단 말인가요? 오늘날 다행히 부귀해져 누구도 우리를 굴복시키지 못하는데 이같이 스스로 훼손하다니요? 벗어나 또다시 이런 일이 생겨 황제가 다시 노한다면 일은 구해 낼 수가 없고 몸과 머리가 두 동강이 나서 천하의 웃음거리가 될 것입니다. 오늘은 제가 구할 수 있었으나 생사란 알 수 없으니 만약 내가 죽으면 언니는 누가 도와주겠습니까?"

하고 울기를 그치지 않았고 황후도 역시 울었다. 이로부터 황제는 다시는 후궁에 가지 않고 총애를 받는 자는 오직 소의 하나뿐이었다.

●●● 원문5

昭儀方浴, 帝私覘. 侍者報昭儀, 昭儀急趨燭後避, 帝瞥見之, 心愈眩惑. 他日, 昭儀浴, 帝默賜侍者金錢, 特令不言. 帝自屛罅覘, 蘭湯灔灔, 昭儀坐其中, 若三尺寒泉浸明玉, 帝意思飛蕩, 若無所主. 帝常語近侍曰: "自古人主無二后, 若有, 則吾立昭儀爲后矣." 趙后知帝見昭儀浴, 益加寵幸, 乃具湯浴請帝以觀. 旣往, 后入浴, 后裸體, 以水沃帝, 愈親近而帝愈不樂, 不終浴而去. 后泣曰: "愛在一身, 無可奈何!"

●●● 한자풀이 및 주석

[浴(욕)] - 목욕하다.
[覘(첨)] - 엿볼 점.
[侍者(시자)] - 모시는 사람.
[趨(추)] - 달릴 추.
[瞥(별)] - 언뜻 볼 별.
[愈(유)] - 더욱. 점점 더.
[眩惑(현혹)] - 정신이 혼미하여 어지러움. 홀림에 빠져 미혹됨.
[默(묵)] - 묵묵할 묵, 몰래.
[屛罅(병하)] - 병풍 틈. 罅는 틈 하.
[蘭湯(난탕)] - 난초 욕물.
[灔灔(염염)] - 물이 넘치는 모양.

[浸(침)] - 담글 침.
[飛蕩(비탕)] - 날아 흔들리다.
[寵幸(총행)] - 특별히 사랑함.
[裸體(나체)] - 벗은 몸.
[沃(옥)] - 물댈 옥. 물을 붓다.
[愈……愈(유……유)] - ~할수록 더욱 더.

●●● 번역

소의가 바야흐로 목욕하고 있는데 황제가 몰래 보았다. 모시는 시녀가 소의에게 보고하니 소의는 급히 등불 뒤로 달려가 숨었다. 황제는 잠깐 보았지만 마음이 더욱 현혹되었다. 다른 날 소의가 목욕할 때 황제가 시녀에게 돈을 주어 말하지 못하게 했다. 황제가 병풍 틈으로 보는데 향기로운 목욕물이 흔들거리고 소의는 그 가운데 앉았는데 마치 삼 척 깊이의 찬 샘에 밝은 옥이 잠겨 있는 듯하여 황제는 마음이 뒤흔들리고 정신이 없는 듯하였다. 황제는 자주 시자들에게 말하기를 "자고로 군주는 두 명의 황후를 두지 못하니 만약 있어도 된다면 나는 소의를 황후로 삼겠다." 조 황후는 황제가 소의의 목욕 장면을 보고 더욱 총애하게 되었다는 걸 알고 욕조를 준비하고 황제를 불러 보라고 하였다. 가니까 황후가 입욕하는데 황후는 나체로 물을 황제에게 뿌리며 더욱 친근하게 할수록 황제가 더욱 싫어해 목욕을 마치기도 전에 떠났다. 황후가 울면서 말하기를 "총애가 한 몸에 있으니 이를 어찌하겠나?"

●●● 원문6

后生日, 昭儀爲賀, 帝亦同往. 酒半酣, 后欲感動帝意, 乃泣數行下. 帝曰: "他人對酒而樂, 子獨悲, 豈不足耶?"

后曰: "妾昔在主家時, 帝幸其第. 妾立主後, 帝時視妾不移目, 甚久. 主知帝意, 遣妾侍帝, 竟成更衣之幸. 下體嘗汚御衣, 欲爲浣去, 帝曰: '留以爲憶.' 不數日, 備後宮, 時帝嚙痕猶在妾頸, 今日思之, 不覺感泣." 帝惻然懷舊, 有愛后意, 顧視嗟嘆. 昭儀知帝欲留, 先辭去, 帝逼暮方離後宮.

●●● 한자풀이 및 주석

[賀(하)] – 축하하다.

[酣(감)] – 무르익다.

[耶(야)] – 어조사.

[遣(견)] – 보내다.

[竟(경)] – 마침내.

[更衣(경의)] – 옷을 갈아입음.

[嘗(상)] – 일찍이.

[汚(오)] – 더럽히다, 오염시키다.

[浣(완)] – 빨래할 완.

[嚙痕(설흔)] – 깨문 흔적. 嚙은 물 설. 齧(설)과 같음.

[頸(경)] – 목 경.

[惻然(측연)] – 슬퍼하는 모양. 가엾게 여기는 모양.

[嗟嘆(차탄)] – 탄식함. 嗟歎(차탄).

[逼暮(핍모)] – 저물녘이 되어 가다.

●●● 번역

황후의 생일에 소의가 축하하러 가는데 황제도 역시 함께 갔다. 술이 반쯤 무르익었을 때 황후가 황제의 마음을 감동시키려고 울면서 눈물을 떨어뜨렸다. 황제가 말하기를 "다른 사람은 술을 마주하고 즐기는데 그대 홀로 슬퍼하는 건 부족함이 있어서인가?" 황후가 말하기를 "첩이 옛날에 공주 집에 있을 때 황제가 그 집에 오셨지요. 첩은 공주님 뒤에 서 있었는데 황제께서 당시 저를 보고 눈을 떼지 못하시자 한참 지나 공주님이 황제의 뜻을 알고 저를 보내 황제를 모시게 해서 옷을 갈아입히는 행운을 얻었지요. 제 하체가 황제의 옷을 더럽혀 빨러 가려 하니 황제가 말씀하기를 '남겨서 추억으로 두라.' 며칠 안 되어 후궁으로 발탁되었는데 당시 황제께서 깨문 자국이 아직도 제 목에 있으니 오늘 그 것을 생각하니 부지불식간에 슬퍼서 웁니다." 황제가 측은하게 옛일을 생각하고 황후를 사랑하는 마음이 생겨 둘러보며 탄식하였다. 소의는 황제가 머물고 싶어 하는 걸 알고 먼저 하직하고 떠났고 황제는 저물녘이 되어서야 비로소 후궁을 떠났다.

● ● ● **원문7**

后因帝幸, 心爲奸利, 三月後乃詐托有孕, 上箋奏云: "臣妾久備掖庭, 先承幸御, 遣賜大號, 積有歲時. 近因始生之日, 優加善祝之私, 特屈乘輿, 俯臨東掖, 久侍宴私, 再承幸御. 臣妾數月來, 內宮盈實, 月脈不流, 飲食甘美, 不異常日. 知聖躬之在體, 辨六甲之入懷. 虹初貫日, 應是珍祥, 龍据妾胸, 茲爲佳瑞. 更期誕育神嗣, 抱日趨庭, 瞻望聖明, 踊躍臨賀, 謹此以聞." 帝時在西宮, 得奏喜動顏色, 答云: "因閱來奏, 喜慶交集. 夫妻之私, 義均一體: 社稷之重, 嗣續爲先. 姙體方初, 保綏宜厚. 藥有性者勿擧, 食無毒者可親. 有懇來上, 無

煩箋奏, 口授宮使可矣." 兩宮候問, 宮使交至. 后慮帝
幸, 見其詐, 乃與宮使王盛謀自爲之計. 盛謂后曰: "莫若
辭以有姙者不可近人, 近人則有所觸, 觸則孕或敗." 后
乃遣王盛奏帝. 帝不復見后, 第遣使問安否.

●●● 한자풀이 및 주석

[奸利(간리)] - 간교한 이익.

[孕(잉)] - 잉태하다.

[箋奏(전주)] - 상주서. 상주하는 글.

[掖庭(액정)] - 궁중의 正殿(정전) 옆에 있는 궁전. 妃嬪(비빈)이나 궁녀
　　　　　　들이 거처하던 곳.

[幸御(행어)] - 사랑하여 가까이함. 침소의 시중을 들게 함.

[優(우)] - 특별히.

[乘輿(승여)] - 수레.

[俯臨(부림)] - 굽혀 왕림하다.

[東掖(동액)] - 동궁. 掖은 正殿(정전)에 딸린 궁.

[盈實(영실)] - 그득하고 실하다.

[月脈(월맥)] - 月經(월경).

[聖躬(성궁)] - 성스런 몸. 천자의 몸.

[六甲(육갑)] - 六十甲子(육십갑자). 甲(갑), 乙(을), 丙(병), 丁(정), 戊(무),
　　　　　　己(기), 庚(경), 辛(신), 壬(임), 癸(계)의 天干(천간)에 子
　　　　　　(자), 丑(축), 寅(인), 卯(묘), 辰(신), 巳(사), 午(오), 未(미),
　　　　　　申(신), 酉(유), 戌(술), 亥(해)의 地支(지지)를 차례로 맞추
　　　　　　어, 예순 가지로 늘어놓은 것.

[虹(홍)] - 무지개.

[珍祥(진상)] - 진귀하고 상서로움.

[佳瑞(가서)] - 훌륭한 징조. 瑞는 상서, 길조.

[誕育(탄육)] - 기름, 양육함.

[神嗣(신사)] - 신성한 후사. 즉 천자의 아들.
[瞻望(첨망)] - 멀리서 우러러봄. 우러름.
[聖明(성명)] - 거룩하고 밝음. 聖君(성군)의 治世(치세).
[踊躍(용약)] - 뛰어 일어나 기세 좋게 나아감. 춤추듯이 뜀.
[閱(열)] - 검열하다, 문서를 보다.
[均(균)] - 고를 균.
[社稷(사직)] - 土地神(토지신)과 穀神(곡신). 국가.
[嗣續(사속)] - 대를 이음.
[姙體(임체)] - 임신한 몸.
[保綏(보수)] - 편안함을 지킴. 綏는 편안할 수.
[勿(물)] - 말 물. 부정사.
[懇(간)] - 간절하다, 구하다. 간절히 구하는 것.
[煩(번)] - 번거롭다.
[口授(구수)] - 입으로 전하다.
[候問(후문)] - 안부를 묻다.
[慮(려)] - 생각하다, 이리저리 헤아려 보다.
[謀(모)] - 꾀하다.
[敗(패)] - 해치다, 손상시키다.

●●● 번역

황후는 황제가 행차한 것을 두고 마음에 간교한 생각이 생겨 삼 개월 후 거짓으로 임신하였다고 하고 상주를 올려 말하기를 "신첩이 오랫동안 후궁에서 모시다가 일찍이 은총을 입어 황후의 존호를 하사받은 것이 이미 오래전의 일입니다. 근일에 생일로 하여 폐하가 저에게 많은 좋은 말씀을 해 주시고 특별히 옥체를 낮추어 동궁에 왕림하사 장시간 저와 더불어 연회를 베풀고 또 한 번 저에게 은총을 베푸셨습니다. 신첩은 몇 개월 사이 내궁이 가득하고 월맥이 흐르지 않고 음식이 감미로워 보통 때와 같지 않습니다. 폐하의 정혈이 신첩의 몸에 있고 육갑이 가슴에 들어왔음을 알았습니다. 무지개가 처음에 태양을 꿰었으니 응당 진귀하고 상서로운 일입니다. 용이 신첩의 가슴에 서렸으니 이것은 훌륭한 징조입니다. 폐하를 위하여 태자를 하나 낳아 드리고자 하였는데 꿈속에 뜰로 달려오는 태양을 품으면 성세를 바라볼 수 있다 하니 경사에 임하여 저는 뛸 듯이 기뻐 공경히 이 소식을 보고합니다." 황제는 이때 서궁에 있다가 상주를 받고 기뻐 안색이 변하여 답하여 말하기를 "상주한 것을 읽어 보니 경사가 다 모였구나. 부부의 사이는 마땅히 한 몸이고 사직의 중함은 후사를 최고로 삼는다. 회임한 지 얼마 안 되었으니 두터이 보호해야 할 것이다. 약성이 있는 것을 들지 말고 독이 없는 음식을 먹어야 할 것이다. 무슨 요청할 일이 있으면 번거롭게 상주할 것 없이 궁녀를 시켜 입으로 전달하면 될 것이다." 태후와 소의는 이 사실을 알고 모두 안부를 전하였고 궁중의 사신들이 왔다 갔다 하였다. 황후는 황제가 와서 접촉하면 거짓말이 들통 날까 봐 궁사 왕성과 계책을 세웠다. 왕성이 황후에게 말하기를 "임신하였으니 접촉을 금해야 하고 접촉하면 임신이 혹여 잘못될지 모른다고 말하는 것이 가장 좋겠습니다." 황후는 이에 왕성을 보내 황제에게 상주하였다. 황제는 다시 황후를 만나지 않았고 다만 사신을 보내 안부를 물을 뿐이었다.

●●● 원문 8

而甫及誕月, 帝具浴子之儀. 后召王盛及宮中人曰: "汝自黃衣郎出入禁掖, 吾引汝父子俱富貴. 吾欲爲自利長久計, 托孕乃吾之私意. 今已及期, 子能爲吾謀焉? 若事成, 子萬世有厚利." 盛曰: "臣與后取民間才生子携入宮, 爲后子, 但事密不泄, 亦無害." 后曰: "可." 盛於都城外有生子者, 以百金售之. 以物囊之, 入官見后.

旣發器, 則子死矣. 后驚曰: “子死, 安用也?” 盛曰: “臣
今知矣, 載子之器不泄氣, 子所以死也. 臣今再求子, 盛
之器中, 穴其上, 使氣可出入, 則子不死.” 盛得子, 趨
宮門欲入, 則子驚啼尤甚, 盛不敢入. 少選, 復携之趨
門, 子復如是, 盛終不敢携入宮.

●●● 한자풀이 및 주석

[甫及(보급)] – 비로소, 처음으로 ……에 이르다.
[浴子之儀(욕자지의)] – 자식을 목욕시키는 의식.
[黃衣郞(황의랑)] – 궁정의 하인. 黃衣夫(황의부).
[禁掖(금액)] – 대궐. ‘掖’은 대궐 좌우에 있는 夾門(협문)을 말함.
[托孕(탁잉)] – 잉태에 의지함. 잉태하였다고 거짓말한 것을 가리킴.
[才(재)] – 방금.
[携(휴)] – 들다, 이끌다.
[泄(설)] – 샐 설.
[售(수)] – 팔 수.
[囊(낭)] – 자루 낭. 자루에 넣다의 뜻.
[發器(발기)] – 펼 발, 그릇 기. 기물을 펴다.
[載(재)] – 실을 재.
[盛(성)] – 담다.
[穴(혈)] – 구멍 혈. 구멍을 내다의 뜻.
[驚啼(경제)] – 놀랄 경, 울 제. 놀라 울다.
[少選(소선)] – 극히 짧은 시간.

●●● 번역

처음으로 탄생일이 다가오자 황제는 아기를 씻기는 의식을 준비했다.

황후는 왕성과 궁중인을 불러 말하기를 "그대는 황의랑으로 궁성을 출입하다 내가 너희 부자를 부귀하게 끌어 주었다. 나는 나를 위해 장구한 계책을 세우다가 임신했다고 했는데 이것은 내 사적인 거짓말이다. 이제 산달이 이르렀는데 그대는 나를 위해 도모해 줄 수 없는가? 만약 일이 이루어진다면 그대는 만세토록 두터운 이익을 받으리라." 왕성이 말하기를 "제가 황후에게 민간의 막 태어난 아이를 궁으로 데려와 황후의 아들이라고 하고 사실을 절대 발설하지 않으면 해가 될 게 없을 겁니다." 황후가 말하기를 "좋다." 왕성은 도성 밖에서 막 낳은 아이를 구해 백 냥을 주고 샀다. 물건으로 그 아기를 싸서 궁에 들여 황후에게 보였다. 물건을 푸니 아기는 죽어 있었다. 황후가 놀라 말하기를 "아기가 죽었으니 어디에 쓰겠는가?" 왕성이 말하기를 "저는 이제 알았습니다. 아기를 담은 물건이 공기가 안 통해서 죽은 것입니다. 이제 다시 아기를 구해 윗부분에 구멍을 뚫어 공기가 통하도록 하면 아기가 죽지 않을 것입니다." 왕성이 아기를 얻어 궁문으로 들어가려 하였으나 아기가 놀라 심히 울어 대니 왕성은 들어갈 수가 없었다. 조금 기다렸다가 다시 궁문으로 가면 아기가 또 이같이 우니 왕성은 종내 궁에 들어올 수가 없었다.

●●● 원문 9

後宮守門吏嚴密, 因嚮有壁衣中事, 故帝令加嚴之甚. 盛來見后, 具言子驚啼事. 后泣曰: "爲之奈何?" 時已逾十二月矣, 帝頗疑訝. 或奏曰: "堯之母十四月而生堯, 后所姙當聖人." 后終無計, 乃遣人奏帝云: "臣妾昨夢龍臥, 不幸聖嗣不育." 帝但嘆惋而已. 昭儀知其詐, 乃遣人謝后曰: "聖嗣不育, 豈日月未滿也? 三尺童子尚不可欺, 況人主乎? 一日手足俱見, 妾不知姐之死所也."

[守門吏(수문리)] - 문을 지키는 관리.
[嚴密(엄밀)] - 엄중하여 빈틈이 없음.
[奈何(내하)] - 어떻게, 어찌하여.
[逾(유)] - 넘을 유.
[疑訝(의아)] - 의심스럽고 괴이함.
[堯(요)] - 전설 중 고대 황제 陶唐氏(도당씨)의 호. ≪說文解字(설문해
　　　자)≫에 '堯'는 '高'의 뜻으로 풀이했고 淸(청)나라 段玉裁(단
　　　옥재)의 주에 "堯는 본래 高의 뜻이다. 陶唐氏가 號(호)로 삼
　　　았다. 堯의 말씀이 至高(지고)하기 때문이다."라 하였다.
[聖嗣(성사)] - 성스런 후사. 천자의 아들.
[育(육)] - 기를 육.
[嘆惋(탄완)] - 탄식할 탄, 한탄할 완. 탄식하고 한탄하다.

번역

후궁의 문을 지키는 것이 매우 엄하였으니 지난번 벽 중의 옷 사건 때
문에 황제의 명령이 더욱 엄해졌기 때문이다. 왕성이 와서 황후를 뵙고
아기가 놀라 울어 댄다는 말을 했다. 황후가 울면서 말하기를 "이 일을
어찌할꼬?" 때는 이미 열두 달을 넘었기에 황제가 자못 의아하게 여겼
다. 혹자가 상주하여 말하기를 "요임금의 모친은 열네 달 만에 요임금
을 낳았으니 황후가 회임한 아기는 필시 성인일 것입니다." 황후는 끝
내 대책이 없어 사람을 보내 황제에게 상주하기를 "신첩이 어젯밤 꿈에
용이 누운 꿈을 꾸었는데 불행히도 성스런 후사를 잃게 되었습니다."
황제는 단지 탄식하고 애석해할 뿐이었다. 소의는 그것이 거짓말임을

알고 사람을 보내 황후에게 인사하며 말하기를 "후사를 잃은 것이 어찌 달이 못 차서이겠습니까? 삼척동자도 속일 수 없는데 하물며 왕을 속입니까? 어느 날 수족을 함께 발견하는 날엔 저는 언니가 어디서 죽었는지도 모를 것입니다."

時後宮掌茶宮女朱氏生子, 宦者李守光奏帝, 帝方與昭儀共食, 昭儀怒, 言語帝曰: "前者帝言自中宮來, 今朱氏生子, 從何而得也?" 乃以身投地, 大慟. 帝自持昭儀起坐. 昭儀呼宮吏祭規曰: "急爲吾取此子來." 規取子上, 昭儀謂規曰: "爲吾殺之." 規疑慮, 昭儀怒罵曰: "吾重祿養汝, 將安用也? 不然, 吾幷戮汝." 規以子擊殿礎死, 投之後宮. 後宮人凡孕子者, 皆殺之.

[掌茶(장다)] – 차를 관장하다.

[宦者(환자)] – 제왕의 종복. 宦官(환관). ≪史記‧李斯列傳(사기‧이사열전)≫에 "승상 趙高(조고)는 宦人(환인)이다."라 하였으니 宦人(환인)이 왕조에 있었던 유래가 오래되었음을 알 수 있다.

[持(지)] – 돕다, 부축하다.

[疑慮(의려)] – 의심스럽게 생각함.

[怒罵(노매)] – 성내어 꾸짖음.

[重祿(중록)] – 중한 봉록. 후한 월급.

[戮(륙)] – 죽일 륙.

[擊(격)] - 칠 격.
[殿礎(전초)] - 궁전 주춧돌. 礎는 주춧돌.

이 무렵 후궁에서 차를 담당하는 궁녀 주 씨가 아들을 낳아 환관 이수광이 황제에게 아뢰었다. 황제는 마침 소의와 식사를 하던 중이었는데 소의가 노하여 황제에게 말하기를 "지난번에 중궁(태후의 처소)에서 오셨다더니 이제 주 씨가 아들을 낳은 것은 어디에서 얻은 것입니까?" 하고는 몸을 땅에 내던지며 크게 통탄하였다. 황제가 스스로 소의를 부축해 앉혔다. 소의는 궁리 제규를 불러 말하기를 "급히 나에게 이 아이를 데려오시오." 제규가 아기를 데려와 올리니 소의가 제규에게 말하기를 "나를 위해 그 아이를 죽이시오." 제규가 머뭇거리자 소의가 노하여 꾸짖기를 "내가 중한 봉록으로 그대를 길렀는데 장차 어디에 쓰겠는가? 죽이지 않으면 내가 너까지 죽이겠다." 제규는 아기를 궁전 주춧돌에 쳐서 죽이고 그것을 후궁에 던졌다. 후궁 중에 아들을 잉태한 자는 모두 그들을 죽였다.

●●● 원문11

後帝行步遲澁, 氣頗憊, 不能御昭儀. 有方士獻大丹, 養
於火百日乃成. 先以瓮貯水, 滿, 卽置丹於水中, 卽沸,
又易去, 復以新水. 如是十日, 不沸方可服. 帝日服一
粒, 頗能幸昭儀. 帝一夕在太慶殿, 昭儀醉進十粒. 初
夜, 絳帳中擁昭儀, 帝笑聲吃吃不止. 及中夜, 帝昏昏,
知不可, 將起坐, 或仆或臥. 昭儀急起, 秉燭視帝, 精

出如涌泉. 有頃, 帝崩. 太后遣人理昭儀, 且急窮帝得
疾之端, 昭儀乃自縊.

●●● 한자풀이 및 주석

[遲澁(지삽)] - 늦을 지, 막힐 삽. 걸음이 더디고 부진함.

[憊(비)] - 고달플 비. 앓다.

[御(어)] - 다스리다, 거느리다.

[方士(방사)] - 方術之士. 고대에 자칭 신선에게 煉丹術(연단술)을 물어
　　　　　　불로장생을 구하던 사람.

[獻(헌)] - 바치다.

[大丹(대단)] - 큰 단약. 丹(단)은 道家(도가)에서 단련하여 만든 불로장
　　　　　　생하는 약.

[瓮(옹)] - 독 옹. 항아리.

[貯(저)] - 쌓을 저.

[沸(비)] - 끓을 비.

[服(복)] - 복용하다.

[粒(립)] - 알.

[絳帳(강장)] - 붉은 장막.

[吃吃(흘흘)] - 껄껄 웃는 모양, 또는 그 소리.

[昏昏(혼혼)] - 정신이 가물가물하고 희미함.

[仆(부)] - 엎드릴 부. 넘어지다, 자빠지다.

[秉燭(병촉)] - 촛불을 들다.

[涌泉(용천)] - 솟는 샘물.

[有頃(유경)] - 조금 지나서. 조금 있다가 이윽고. 有間(유간).

[崩(붕)] - 무너질 붕, 천자가 죽다.

[理(리)] - 다스리다.

[窮(궁)] - 궁구하다.

[得疾之端(득질지단)] - 병을 얻게 된 단초.

[縊(액)] - 목맬 액.

⬤⬤⬤ 번역

후에 황제는 걸음이 더뎌지고 기운이 자못 딸려서 소의를 거느릴 수가
없었다. 한 방사가 큰 단약을 바쳤는데 불에 백 일을 단련하여 만든 것
이었다. 우선 항아리에 물을 담고 물이 가득하면 그 속에 단약을 넣으면
즉시 끓는다. 다시 물을 바꾸어 새 물을 넣는데 이렇게 하기를 열흘을
하면 끓어오르지 않아 비로소 복용할 수가 있다. 황제는 하루에 한 알을
먹고 자못 소의를 기쁘게 할 수 있었다. 황제가 하루는 태행전에 있는데
소의가 취하여 열 알을 먹였다. 초밤에는 붉은 장막 안에서 소의를 안고
황제가 웃는 소리가 껄껄 멈추지 않았다. 한밤이 되자 황제가 혼미해져
서 지각이 없어 일어나 앉으려면 엎어졌다 누웠다 했다. 소의가 급히 일
어나 촛불을 들고 황제를 보니 정액이 샘처럼 솟아 나왔다. 조금 지나서
황제는 죽어 버렸다. 태후가 사람을 보내 소의를 심문하고 황제가 죽은
이유를 급히 따져 물으니 소의는 목을 매어 죽어 버렸다.

⬤⬤⬤ 원문12

后居東宮, 久失御. 一夕后寢, 驚啼甚久, 侍者呼問, 方
覺. 乃言曰: "適吾夢中見帝, 帝自雲中賜吾坐. 帝命進
茶, 左右奏帝云: '嚮日侍帝不謹, 不合啜此茶.' 吾意旣
不足, 吾又問帝: '昭儀安在?' 帝曰: '以數殺吾子, 今
罰爲巨黿, 居北海之陰水穴間, 受千歲冰寒之苦.' 故爾
大慟."
後北鄙大月氏王獵於海上, 見巨黿出於穴上, 首猶貫玉

釵, 顒望波上, 睠睠有戀人意. 大月氏王遣使問梁武帝,
武帝以昭儀事答之.

●●● 한자풀이 및 주석

[適(적)] - 마침, 우연히.

[謹(근)] - 삼갈 근. 엄하게 하다.

[啜(철)] - 마실 철.

[巨黿(거원)] - 거대한 자라. 黿은 자라 원.

[冰寒(빙한)] - 얼음 추위.

[北鄙(북비)] - 북쪽 변경의 두메 지역.

[大月氏(대월지)] - 옛 종족명. 月氏(월지)의 일족. 漢(한) 文帝(문제) 초
            년에 匈奴(흉노)의 압박하에서 敦煌(돈황), 祁連(기
            련) 간에서 유목생활을 하던 월지인은 일부분은 지금
            의 伊犁河(이리 강: 신강성 위구르 자치구의 서북부
            에 있는 지명) 상류유역으로 옮겨가 대월지라 불렀
            다. 문제 때 烏孫(오손)의 공격을 받고 다시 서쪽 大
            夏(대하)로 옮겨 갔다. 武帝(무제) 元朔(원삭) 元年
            (원년: B.C.128)쯤 한나라 사신 張騫(장건)이 그 나라
            에 갔다. 休密(휴밀), 雙靡(쌍미), 貴霜(귀상), 비頓(비
            돈), 都密(도밀)의 5部 翕侯(흡후)로 나뉘었는데 1세
            기 무렵에 貴霜흡후가 기타 4부를 합병하여 귀상왕
            국을 세웠다.

[獵(렵)] - 사냥할 렵.

[玉釵(옥채)] - 옥비녀.

[顒(옹)] - 공경할 옹. 우러러보다.

[睠睠(권권)] - 眷眷(권권)과 같은 글자. 戀慕(연모)하는 모양.

[梁武帝(양 무제: 465 - 549)] - 南北朝(남북조)시대 南朝(남조)의 梁(양)
            나라를 개국한 왕. 성명은 蕭衍(소연).

전대 왕조인 齊(제)나라에서 벼슬하였는
데 왕위를 찬탈하여 자립하여서는 48년
간 왕위에 있었고 불교를 숭상하였다.
侯景(후경)이 왕성을 함락시켜 굶어 죽
었다.

●●● 번역

황후는 동궁에 있으면서 황제를 못 뵌 지 오래되었다. 하루는 저녁에
황후가 잠자리에 들었는데 오랫동안 놀라 울기에 시녀가 불러 깨우니
바야흐로 깨어났다. 그리고 말하기를 "마침 내가 꿈속에 황제를 뵈었는
데 황제가 구름 속에서 내게 자리를 하사하였다. 황제가 차를 가져오라
명하니 좌우 측근들이 황제에게 아뢰기를 '옛날 황후가 황제를 잘 모시
지 못했으니 이런 차를 마셔서는 안 되는 것이옵니다.' 내가 이미 스스
로 부족하다 여기고 황제에게 묻기를 '소의는 어디에 있습니까?' 황제
가 말하기를 '여러 번 내 자식을 죽인 탓에 벌을 받아 지금 커다란 자
라가 되어 북해의 음수굴 안에 있으면서 천 년의 얼음추위의 고통을 받
고 있다오.' 그래서 내가 크게 통탄한 것이다."
후에 오랑캐 대월지가 북해에서 수렵을 하다가 굴속에서 나오는 큰 자
라를 발견하였는데 머리에는 여전히 옥비녀를 꽂고 수면 위에서 머리
를 들어 멀리 바라보는데 기운이 안타까이 여전히 인간세상의 생활을
그리워하는 모습이었다. 대월지의 왕이 양 무제에게 사자를 보내 그 까
닭을 물으니 양 무제가 소의의 이야기로써 그에게 대답해 주었다.

●●● 해제

이 작품은 송대에 나온 전기소설 작품이다. 송대에는 講唱(강창)과 話
本小說(화본소설)이 발달하고 전기소설은 크게 발달하지 않아서 당대 전

기소설만큼 많은 작품과 좋은 작품이 없는 편이다. 그래서 魯迅(노신)은 ≪中國小說史略(중국소설사략)≫에서 "송나라 사람들이 지괴소설을 쓴 것은 평범하고 문채가 없으며 전기소설은 지난 일을 쓰고 최근의 것은 피하였고 말할 만한 독창적인 작품이 없다."고 하였다. 즉 송대의 전기 소설은 제재가 협소하고 내용이 자잘한 것이다. 隋(수) 煬帝(양제)와 唐 (당) 玄宗(현종) 등의 역사적 사실을 부연해서 창작한 작품들이 많은데 이 작품도 '조비연' – 조 황후의 역사적 이야기를 부연하여 쓴 것이다.

≪漢書 · 外戚傳(한서 · 외척전)≫에 조 황후의 이야기가 실려 있다. 조 황후는 본래 장안의 궁인으로 陽阿主(양아주) 공주의 집에 하사되었 는데 가무를 배워 飛燕(비연)이라 불렀다. 한나라 成帝(성제)가 민가에 잠행할 때 공주의 집에 들렀다가 조비연을 보고 마음에 들어 그녀를 궁 중으로 불러들였고 여동생도 뒤이어 불려들어가 총애를 받았다. 그리하 여 후궁 許后(허후)를 폐하고 조비연을 황후로 세우려는데 태후가 미천 한 출신임을 꺼리자 조비연의 부친을 成陽侯(성양후)로 봉한 후 얼마 뒤 황후로 세운다. 조 황후가 된 뒤로는 총애가 조금 줄고 여동생 소의 를 총애하여 昭陽宮(소양궁)에 두고 화려한 생활을 하게 한다. 성제에 게 마침 후사가 없었는데 후궁 중에서 아이를 낳은 자가 나오니 소의는 머리로 벽의 기둥을 들이박고 침대에서 땅으로 몸을 내던지며 울며 음 식을 먹지 않았다. 그리고 궁중에 아기를 낳는 자는 모두 죽여 버렸다.

이 작품에는 성제가 밤에 소의를 제어하지 못하자 방사가 기운을 돋 우는 단약을 만들어 주었는데 소의가 그것을 너무 많이 먹여 황제가 결 국 죽은 것으로 나오나 ≪漢書(한서)≫에는 그런 이야기는 없다. 그런 데 이 작품의 끝 부분에 조 황후가 꿈에 황제를 만나 차를 대접하려고 하는데 측근들이 옛날 황제를 잘못 모셔 죽었으니 이런 차는 드려서는 안 된다고 만류한 것을 두고 중국인들은 특별한 효능이 있는 차가 있는 것이 아닌가 의론이 분분하다.

소의가 목욕하는 장면을 황제가 엿본다든가 하는 것도 正史(정사)인

≪漢書(한서)≫에는 없는 것으로 이 작품은 역사 소재를 부연하여 흥미
위주의 소설로 만든 작품이다. 조비연 자매의 이야기가 흥미 있게 진행
되고 황제의 후사를 낳으려는 갖은 계략과 조비연의 여동생 소의의 독
한 질투 및 황제가 荒淫(황음)에 빠져 죽음에 이르는 결말이 잘 묘사되
었다. 성제 이후 얼마 안 가 西漢(서한)이 망하고 王莽(왕망)의 新(신)나
라가 생겨났으니 이 조비연 자매도 일견 중국 역사상 왕조를 멸망으로
이끈 미녀들의 이야기와 궤를 같이하는 듯하다.

明清史傳小說

- 명청대(1368 - 1911)에 쓰여진
역사인물전기를 쓴 소설

18. 秦淮健兒傳

李漁

李漁

●●● 작자 소개

李漁(이어)는 淸(청)나라 錢塘(전당) 사람이고 자가 입옹(笠翁)이다. 康熙(강희) 연간 중에 金陵(금릉)에 살면서 저서를 지었다. 唐(당)나라 때 사람들의 소설(즉 傳奇小說)을 지을 줄 알았으며 詞譜(사보: 사의 곡보)와 樂曲(악곡)에 정통하였다. 당시 사람들이 그를 李十郎(이십랑)이라고 불렀다. ≪國朝耆獻類徵(국조기헌류징)≫ 426에 기록이 보인다.

그의 저서로 ≪笠翁十種曲(입옹십종곡)≫, ≪閑情偶記(한정우기)≫가 있고 단편소설집 ≪十二樓(십이루)≫가 있다. '십종곡'은 <風箏誤(풍쟁오)> 등 그의 傳奇(전기) 16종 중 대표작 10종을 가리킨다. 이 작품은 ≪笠翁一家言(입옹일가언)≫에서 뽑은 것이다.

●●● 원문1

嘉靖中, 秦淮民間有一兒, 貌魁梧, 色黝異, 生數月便不乳, 與大人同飮啜. 周歲怙恃交失, 鞠於外氏. 長有膂力, 善拳擊, 嘗以一掌斃一犬, 人遂呼爲"健兒". 健

兒與群兒鬪, 莫不辟易. 群兒結數十輩攻之, 健兒縱拳
四揮, 或啼或號, 各抱頭歸, 訴其父兄. 父兄來叱曰: "誰
家豚犬! 敢與老子相觸耶?" 健兒曰: "焉敢相觸, 爲長
者服步武之勞, 則可耳." 乃至父兄前, 以兩手擎父兄,
兩脛去地二尺許, 且行且止, 或昂之使高, 或抑之使下,
父兄恐顚仆, 莫敢如何, 但咭咭笑, 鄕人哄焉.

●●● 한자풀이 및 주석

[嘉靖(가정)] – '嘉靖'은 훌륭한 교화로써 안정되고 편안하게 한다는 뜻.
명나라 世宗(세종)의 연호(1522 – 1566).

[秦淮(진회)] – 강 이름. 南京을 흘러 지나므로 남경의 명승지 중의 하나.
전하는 말로는 秦始皇이 남쪽을 순수할 때 龍藏浦(용장포)
에 이르니 왕의 기운이 보여 方山을 뚫고 긴 언덕을 끊어
江水에 흘러 들어가게 하여 왕의 기운을 새게 하였으므로
秦淮라 한다고 한다.

[貌(모)] – 모습.

[魁梧(괴오)] – 체구가 큰 모양. 건장함.

[黝(유)] – 검푸를 유.

[啜(철)] – 마시다. 먹다.

[周歲(주세)] – 만 일 년.

[怙恃(호시)] – 믿고 의지하다. '부모'의 뜻.

[交失(교실)] – 차례로 잃다.

[鞠(국)] – 기르다.

[膂力(여력)] – 등뼈의. 힘. 체력. 膂는 등골뼈 려.

[善(선)] – 잘하다. 뛰어나다.

[拳擊(권격)] – 주먹으로 치다. 권투.

[斃(폐)] – 넘어뜨려 죽게 하다.

[鬪(투)] - 싸우다.

[辟易(벽역)] - [피역]으로도 읽음. 놀라서 뒤로 물러섬. 기세에 눌려 꽁
　　　　　　　　무니를 뺌.

[輩(배)] - 무리.

[縱拳四揮(종권사휘)] - 주먹을 마음대로 사방으로 휘두르다.

[訴(소)] - 호소하다.

[叱(질)] - 꾸짖을 질.

[豚犬(돈견)] - 돼지와 개. 자기 자식의 겸칭.

[服(복)] - 행하다. 복무하다.

[步武之勞(보무지로)] - '步武'는 사소한 간격. 얼마 안 되는 거리. 1步
　　　　　　　　　는 6尺. 또한 위엄 있고 씩씩하게 걷는 걸음걸
　　　　　　　　　이의 뜻도 있다. '步武之勞'는 걷는 수고.

[擎(경)] - 들다. 높이 들어 올리다.

[脛(경)] - 정강이 경.

[尺(척)] - 한 자. 1尺은 10寸.

[許(허)] - 쯤, 정도.

[昂(앙)] - 오를 앙. 머리를 들다.

[抑(억)] - 누를 억. 굽히다. 숙이다.

[顚仆(전복)] - 넘어짐, 넘어뜨림.

[咭咭(길길)] - 웃는 모양 길. 낄낄 웃음.

[哄(홍)] - 떠들썩하다.

●●● 번역

명나라 가정 연간에 진회지방 민간에 한 아이가 있었는데 모습이 장대
하였고 피부색이 남달리 검푸름하며 태어난 지 몇 달 만에 곧 젖을 먹
지 않고 어른들과 같이 마시고 먹었다. 일 년 만에 부모를 모두 여의고
외가에 의해 길러졌다. 자라서는 체력이 세었고 치고받는 걸 잘해서 일
찍이 한 주먹으로 개 한 마리를 죽였으므로 사람들이 마침내 그를 '건
아'라고 불렀다. 건아는 여러 아이들과 싸울 때 기세에 눌려 피하는 법

이 없었고 여러 아이들이 수십 배로 몰려 덤비면 건아가 주먹을 마구 놀려 사방으로 휘두르면 혹은 울고 혹은 소리 지르며 각기 머리를 싸매고 돌아가 그 부형에게 호소했다. 부형들이 와서 꾸짖으며 "뉘 집의 개 돼지 같은 녀석이 감히 내 아들을 건드리느냐?" 건아가 말하기를 "어찌 감히 건드리겠습니까? 어르신네를 위해 걷는 수고를 대신해 드리는 것은 해 드릴 수 있습니다." 하고는 부형 앞으로 나아가 두 손으로 부형을 높이 들어 두 정강이가 땅으로부터 두 척쯤 떨어지게 하여 가다가 멈추다 하면서 혹은 높이 쳐들어 올리고 혹은 아래로 내려놓고 하면 부형이 넘어질까 두려워 어찌하지 못하고 다만 낄낄 웃었고 마을 사람들이 그 때문에 떠들썩하곤 했다.

●●● 원문2

健兒性善動, 不喜讀書. 外氏命就外傅, 不率教, 師夏楚之, 則奪朴裂眦曰: "功名應赤手致, 焉用瑣瑣章句爲!" 師出, 卽與同塾諸兒鬪, 諸兒無完膚. 又時盜其外氏簪珥衣物, 向酒家飲. 醉卽猖狂生事, 外氏苦之, 逐於外, 爲人牧羊. 每竊羊換飲, 詐言多歧亡. 主人怒, 復見擯. 時已弱冠矣, 聞倭入寇, 乃大快曰: "是我得意時也!" 卽去海上從軍, 從小校擢功至神將. 與僚友飲, 酒酣, 鬪, 力斃之, 罪當死; 遂棄官, 逃之泗, 易姓名, 隱於庖丁. 民家有犢, 丙夜往盜之. 牽出, 必劇呼曰: "君家牛我騎去矣!" 呼竟, 倒騎牛背, 以斧砍牛臀, 牛畏痛, 迅奔如風, 追之莫及. 次日, 亡牛者適市物色之. 健兒曰: "昨過君家, 取牛者我也; 告而後取, 道也, 奚其盜?" 索

之, 牛已脯矣, 無可憑. 市中惡少, 推爲盟主. 晝縱六博,
夜游狹斜, 自恃日甚. 嘗嘆曰: "世人皆不足敵, 但恨生
千載後, 不得與拔山擧鼎之雄一較勝負耳."

●●● 한자풀이 및 주석

[就(취)] - 나아갈 취.
[外傅(외부)] - 바깥 스승.
[率敎(솔교)] - 가르침을 따르다. 率에는 좇다, 따르다의 뜻이 있음.
[夏楚(하초)] - 학생을 벌할 때 쓰는 회초리.
[奪朴(탈박)] - 朴은 樸과 같음. 나무둥치 박. 옛날 글방에서 학생을 벌
　　　　　　　할 때 쓰던 목판. 奪은 빼앗다.
[裂眦(열자)] - 裂은 찢을 렬, 眦는 눈초리 제, 흘길 자.
[赤手(적수)] - 맨손.
[焉(언)] - 어찌.
[瑣瑣(쇄쇄)] - 자질구레함. 번거로움.
[同塾(동숙)] - 같은 서당. 塾은 글방, 서당.
[完膚(완부)] - 온전한 피부.
[簪珥(잠이)] - 비녀와 귀고리.
[猖狂(창광)] - 미쳐 날뜀.
[逐(축)] - 쫓을 축.
[牧羊(목양)] - 양을 치다.
[竊(절)] - 훔칠 절.
[詐(사)] - 속일 사.
[多岐亡(다기망)] - 갈림길이 많아 잃어버리다. 多岐亡羊(다기망양)은 ≪열
　　　　　　　자(列子)≫ 설부편(說符篇)에 보이는 이야기이다. 楊
　　　　　　　子(양자)의 이웃집에서 양 한 마리가 도망을 했다.
　　　　　　　양의 주인이 동네 사람들을 이끌고 양자에게 노복(奴
　　　　　　　僕)을 청하여 양을 쫓아가려 하자, 양자가 물었다.

　“단 한 마리의 양을 잃었는데 어찌 그렇게 많은 사람들이 뒤쫓아 가는고.” 이웃집 사람이 대답하였다. “도망간 쪽에는 갈림길이 많기 때문이오.” 얼마 뒤에, 그들이 피곤한 몸으로 돌아와서 양을 잃었다고 하였다. 양자가 양을 잃은 까닭을 묻자, “갈림길을 가면 또 갈림길이 있어서, 양이 어디 갔는지 모르게 되어 버렸소(多岐亡羊).” 양자는 그 말을 듣고는 묵묵히 앉아 입을 떼지 않았다. 뿐만 아니라 하루 종일 웃는 얼굴 한 번 보이지 않았다. 제자들이 기껏해야 양 한 마리를 잃은 일이요, 더구나 자기의 양도 아닌데, 그렇게 침울해 있는 것은 이상하다 생각하고, 까닭을 물어도 대답이 없었다. 뒷날, 한 제자가 그 일에 대해서 묻자, 양자는 “단 한 마리의 양이라 할지라도, 갈림길에서 또 갈림길로 헤매어 들어가서 찾다가는 결국 양을 잃어버리는 것이다. 하물며 학문의 길은 어떻겠느냐? 목표를 잃고 무수한 학설들에 빠져 헤맨다면 아무리 노력한들 그 또한 무의미한 것 아니겠느냐.” 하였다(네이버 백과사전 인용).

[擯(빈)] - 물리치다. 배척하다.

[弱冠(약관)] - 남자 나이 스무 살. 또는 스무 살 전후의 나이.

[倭(왜)] - 왜국, 일본.

[寇(구)] - 약탈하다, 침범하다.

[小校(소교)] - 낮은 武官(무관). 小卒(소졸).

[擢功(탁공)] - 공으로 발탁되다.

[神將(신장)] - 신묘한 위엄이 있는 장군.

[僚友(요우)] - 같은 일자리에 있는 벗. 僚는 동료 료.

[泗(사)] - 옛날의 물 이름. 지금의 山東省(산동성) 泗水縣(사수현) 북쪽에서 발원하는데 네 근원이 함께 발원하므로 그렇게 부른다. 泗上(사상)은 泗水(사수) 북안의 지역을 범칭한다. 춘추시대 孔子(공자)가 泗上(사상)에서 제자들을 가르쳤으므로 후에 ‘泗上’으로 학술의 마을을 칭하게 되었다.

[隱(은)] - 숨을 은.

[庖丁(포정)] - 소나 돼지 따위를 잡는 일을 업으로 하는 白丁(백정).

[犢(독)] - 송아지.

[丙夜(병야)] - 오후 11시부터 다음 날 상오 1시까지. 三更(삼경).

[牽(견)] - 끌 견. 끌고 가다. ex) 牽引(견인): 끌어당김.

[劇呼(극호)] - 빠르게 외치다. 劇에는 빠르다의 뜻이 있다.

[騎(기)] - 탈 기.

[砍(감)] - 벨 감.

[牛臀(우둔)] - 소 볼기. 臀은 볼기 둔.

[迅奔(신분)] - 신속히 달아나다.

[物色(물색)] - 물건의 모양이나 빛깔. 어떤 기준에 맞는 사람이나 물건
                을 고름.

[脯(포)] - 저미어 말린 고기. 포.

[憑(빙)] - 의거하다. 증거.

[推(추)] - 밀 추. 추대하다.

[六博(육박)] - 중국 고대의 놀음놀이의 한 가지.

[狹斜(협사)] - 花柳街를 일컬음. 원래는 長安의 유흥가의 이름. 길이
                비스듬히 교차되어 좁아서 수레도 지날 수 없었기 때문
                에 붙은 이름.

[恃(시)] - 믿을 시.

[千載(천재)] - 천 년. 載는 해의 뜻이 있다.

[拔山擧鼎之雄(발산거정지웅)] - ‘拔山擧鼎’은 ‘拔山扛鼎’과 같은 말. 역
                량이 초인적인 사람. 대체로 項羽(항우)
                를 가리킴. ≪史記 · 項羽本紀(사기 · 항
                우본기)≫에 “항적은 키가 팔 척 남짓이
                고 힘이 무쇠 솥을 들어 올릴 만했다(籍
                長八尺餘, 力能扛鼎).”라 하였고 또 “힘은
                산을 뽑을 만하고 기운은 세상을 뒤덮네
                (力拔山兮氣蓋世).”라 하였다.

[較勝負(교승부)] - 승부를 겨루다.

건아는 본성이 움직이기를 좋아하고 독서를 좋아하지 않았다. 외가에서 바깥 스승에게로 나가 배우게 하였는데 가르침을 따르지 않자 스승이 그를 회초리로 때리면 목판을 빼앗고 찢어지게 흘겨보며 말하기를 "공명은 응당 맨손으로 이루어야지 자잘한 문장을 무엇에 쓰겠습니까?"라 하였다. 스승이 나가면 곧 같은 서당의 여러 아이들과 싸웠는데 아이들은 피부가 온전한 애가 없었다. 또한 때때로 그 외가의 비녀와 귀고리, 옷 등을 훔쳐 술집에 가서 마셨다. 취하면 미쳐 날뛰어 일을 내니 외가에서 그것을 괴롭게 여겨 밖으로 내쫓아 남을 위해 양 치는 일을 하였다. 매번 양을 훔쳐 술로 바꿔 마시고 갈림길이 많아서 잃어버렸다고 거짓말을 하였다. 주인이 노하여 다시 쫓겨났다. 당시 이미 약관의 나이가 되었는데 왜구가 침입했다는 말을 듣고 "이는 내가 득의할 때이다." 즉시 바닷가로 가서 종군하여 공을 세워 소교로부터 공이 발탁되어 신장이 되었다. 막료와 술을 마시는데 술자리가 무르익었을 때 싸워서 힘으로 그를 죽이니 죄가 마땅히 죽어야 하지만 마침내 관직을 버리고 사수로 도망쳐서 이름을 바꾸고 백정으로 숨어 살았다. 민가에 송아지가 있으면 한밤에 가서 훔쳤다. 끌고 나오면서 반드시 빨리 외치기를 "그대 집의 소는 내가 타고 간다." 외침이 끝나면 소 등에 거꾸로 타고 도끼로 소 볼기를 찍으면 소가 아픔을 두려워하여 바람처럼 빨리 달리니 아무도 따라잡을 수가 없었다. 다음 날 소를 잃은 자가 시장에서 그것을 찾으면 건아가 말하기를 "어제 그대 집에 들러 소를 가져간 사람은 나이다. 알리고 난 뒤 가져갔으니 도리에 맞는 것으로 어찌 도둑질한 것이겠는가?" 그것을 달라고 찾으면 소는 이미 포를 떠 버려서 아무것도 증빙할 게 없었다. 시중의 악당들이 그를 맹주로 추대하였다. 낮에는 놀음에 탐닉하고 밤에는 기생집을 노닐면서 스스로 우쭐함이 날로 심했다. 일찍이 탄식하여 말하기를 "세상 사람들은 대적할 자가 없

으니 오직 천 년 뒤에 태어나 산을 뽑고 무쇠 솥을 들어 올리는 영웅과
한 번 승부를 겨뤄 보지 못하는 것이 한스러울 따름이다.”

원문3

邑使者禁屠牛, 健兒無所事事, 取嚮所屠牛皮及骨角, 往
瓜揚間售之, 得三十金. 將歸, 飲旅館中, 解金置案頭.
酒家翁見之, 謂曰: “前途多豪客, 此物宜善藏之.” 健
兒擲杯砍案曰: “吾縱橫天下三十年, 未逢敵手, 有能取
得腰間物者, 當叩首降之.” 時有少年數人, 釀於左席,
聞之錯愕, 起問姓名里居. 健兒曰: “某姓名不傳, 嚮嘗
堅功於邊陲, 今掛冠微服, 牛耳於泗上諸英雄.” 少年問:
“能敵幾何輩?” 健兒曰: “遇萬萬敵, 遇千千敵, 計人
而敵, 斯下矣.” 諸少年益錯愕. 健兒飲畢, 束裝上馬, 不
二三里, 一騎追之, 甚訊. 健兒自度曰: “殆所云豪客耶?”

한자풀이 및 주석

[屠牛(도우)] – 소를 도살하는 것. 屠는 잡을 도. 屠殺(도살): 짐승을 죽임.
[瓜(과)] – 瓜州(과주). 江蘇省(강소성) 邗江縣(한강현) 남부의 大運河(대
　　　　운하)의 지류가 양자강에 들어가는 곳. 鎭江市(진강시)와 강을
　　　　사이에 두고 비스듬히 마주하고 있으며 양자강 남북의 수운
　　　　교통의 요충이었다.
[揚(양)] – 江蘇省(강소성)에 있는 도시의 이름. 고대엔 九州(구주)의 하
　　　　나로 江蘇(강소), 浙江(절강), 安徽(안휘), 江西(강서), 福建省
　　　　(복건성) 일대였다.

[置(치)] – 둘 치.

[豪客(호객)] – 豪氣(호기) 있는 사람. 불한당이나 火賊(화적). 도둑.

[藏(장)] – 감출 장.

[擲(척)] – 던질 척.

[叩首(고수)] – 머리를 조아리다.

[降(항)] – 항복하다.

[醵(거/각)] – 술잔치 각, 거. 연회.

[錯愕(착악)] – 뜻밖의 일로 놀람.

[堅功(견공)] – 공을 굳게 하다. 공을 굳히다.

[邊陲(변수)] – 국토의 끝. 邊疆(변강).

[掛冠(괘관)] – 관을 쓰지 않고 걸어 둠. 관직을 내놓고 물러남.

[微服(미복)] – 신분을 감추기 위한 복장.

[牛耳(우이)] – 소의 귀/우두머리, 맹주. cf. 제후들이 모여서 맹세할 때 희생이 되는 소의 왼쪽 귀를 베어 그 피를 받아 마셨는데, 이때 맹주가 쇠귀를 잡았다는 데서 온 말.

[畢(필)] – 다할 필. 마치다.

[束裝(속장)] – 행장을 차림.

[訊(신)] – 재빠르다. 迅(신)과 같음.

[度(탁)] – 헤아릴 탁.

[殆(태)] – 처음, 당초에.

●●● 번역

읍의 사자가 소 도살하는 것을 금하자 건아는 할 일이 없어져서 지난날 도살한 소 껍질과 뼈들을 가지고 과주, 양주 간에 가서 그것을 팔아 삼십 금을 얻었다. 장차 돌아올 때 여관에서 술을 마시면서 전대를 풀어 탁상가에 놓았다. 술집주인이 그것을 보고 일러 말하기를 "앞길에 호걸들이 많으니 이 돈은 의당 잘 간수해야 합니다." 건아가 술잔을 던져 상을 찍으며 말하기를 "내가 삼십 년간 천하를 종횡하면서 적수를 만나지

못했는데 내 허리춤의 이 물건을 뺏을 수 있는 자가 있다면 응당 머리를
조아려 그에게 항복하겠다.” 그때 젊은이 몇 사람이 왼쪽 좌석에서 술잔
치를 하고 있었는데 그것을 듣고 뜻밖에 놀라 일어나 성명과 사는 곳을
물었다. 건아가 말하기를 “나는 성명은 없고 옛날에 일찍이 변방에서 공
을 세우다가 지금은 관직을 그만두고 미복을 하고 사수가의 여러 영웅들
의 맹주를 하고 있다.” 소년이 묻기를 “몇 명을 대적할 수 있나요?” 건아
가 말하기를 “만 명을 마주치면 만 명을 대적하고 천 명을 마주치면 천
명을 대적하니 사람을 헤아리면서 대적하는 것은 이것은 하급이다.” 여
러 소년들이 더욱 놀랐다. 건아가 술을 다 마신 뒤 행장을 차려 말에 올
라타 이삼 리를 못 가서 말 하나가 그를 따라오는데 매우 신속하였다.
건아가 스스로 헤아려 말하기를 “아마도 이른바 호걸이렷다?”

●●● 원문4

比至, 則一後生, 健兒遂不介意. 後生問: “何之?” 健
兒曰: “歸泗.” 後生曰: “予小子亦泗人, 歸途迷失, 望
長者指南之.” 於是, 健兒前驅, 馬上談笑頗相得, 健兒
謂後生曰: “子服弓矢, 善決拾乎?” 後生曰: “習矣, 而
未嫺.” 健兒援弓試之, 力盡而弓不及彀, 棄之, 曰: “此
物無用, 佩之奚爲?” 後生曰: “物自有用, 用物者無用
耳!” 乃引自試. 時, 有鷺唳空, 後生一發飮羽, 鷺墮馬
前. 健兒異之. 後生曰: “君腰短刀, 必善擊刺?” 健兒
曰: “然. 我所長不在彼, 在此.” 脫以相示. 後生視而劇
曰: “此割鷄屠狗物, 將焉用之?” 以兩手一折, 刀曲如
鉤; 復以兩手伸之, 刀直如故. 健兒失色, 籌腰間物非

復我有矣！ 雖與偕行, 而股栗之狀, 漸不自持. 後生轉
以溫言慰之. 復前數里, 四顧無人, 後生縱聲一喝, 健兒
墮馬, 後生先斬其馬, 曰: "今日之事, 有不唯吾命者, 如
此焉!" 健兒匍伏請所欲. 後生曰: "無用物! 盍解腰纏
來獻." 健兒解囊輸之, 頓首乞命. 後生曰: "吾得此一囊
金, 差可十日醉; 子猶草菜,何足誅鋤?" 撥馬尋故道去.

●●● 한자풀이 및 주석

[比(비)] - 견줄 비. 나란히 하다.
[介意(개의)] - 마음에 두어 생각함.
[指南(지남)] - 가르쳐 인도함.
[驅(구)] - 달릴 구.
[頗(파)] - 자못.
[服(복)] - 입다, 잡다, 쥐다. 사용하다.
[弓矢(궁시)] - 활 궁, 화살 시.
[決拾(결습)] - 깍지와 팔찌. 決은 시위를 당길 때 엄지손가락에 끼우는
　　　　　　　 깍지, 拾은 활을 잡은 손의 소매를 걷어 매는 팔찌.
[嫺(한)] - 우아할 한. 익숙하다.
[彀(구)] - 활 당길 구.
[佩(패)] - 찰 패.
[鶩(목)] - 집오리 목.
[唳(려)] - 울 려.
[飲羽(음우)] - 화살이 화살에 붙인 깃까지 깊이 박힘.
[墮(타)] - 떨어질 타.
[腰(요)] - 허리. 허리에 띠다.
[擊刺(격자)] - 치고 찌르다.
[劇(극)] - 재빨리.

[割鷄屠狗(할계도구)] – 닭을 자르고 개를 잡는 것.

[鉤(구)] – 갈고리 구.

[伸(신)] – 펼 신.

[籌(주)] – 셀 주. 헤아리다.

[偕(해)] – 함께.

[股栗(고율)] – 다리가 떨리다.

[持(지)] – 가질 지. 지키다. 유지하다.

[溫言(온언)] – 따뜻한 말.

[慰(위)] – 위로할 위.

[縱(종)] – 멋대로 하다. 놓다.

[喝(갈)] – 꾸짖을 갈. 고함치다.

[斬(참)] – 벨 참.

[唯(유)] – 예. 공손하게 대답하는 말.

[匍伏(포복)] – 땅에 배를 깔고 김. 匍匐(포복).

[盍(합)] – 어찌 ~하지 아니 하느냐. '何不'의 합음자. 의문의 반어적 표
　　　　현.

[腰纏(요전)] – 허리춤의 전대.

[頓首(돈수)] – 머리를 조아리다.

[草萊(초래)] – 무성한 잡초.

[誅鋤(주서)] – 초목을 뿌리째 뽑아 버림.

[撥馬(발마)] – 발군이 타는 말. 발군은 역마를 급히 몰아서 중요한 공문
　　　　서를 전달하던 군졸.

● ● ●　**번역**

나란히 이르고 보니 한 명의 후생으로 건아는 드디어 개의치 않았다.
후생이 묻기를 "어디에 가십니까?" 건아가 말하기를 "사수로 돌아간
다." 후생이 말하기를 "저 소인도 사수 사람인데 돌아가는 길을 잘 모
르겠으니 어른께서 인도하여 주시기 바랍니다." 이리하여 건아가 앞에
서 달리면서 말 위에서 담소하며 자못 득의했는데 건아가 후생에게 일

러 말하기를 "그대는 활과 화살을 가지고 있는데 활을 잘 쏘는가?" 후생이 말하기를 "익혔지만 잘하지는 못합니다." 건아가 활을 당겨 시험해 보니 힘을 다 주어도 활이 당겨지지 않자 버리고 말하기를 "이 물건은 쓸모가 없는데 무엇 때문에 차고 있는가?" 후생이 말하기를 "물건은 절로 쓰임이 있고 물건을 쓰는 사람이 쓸모가 없을 뿐이오." 하고는 당겨서 시험해 보았다. 이때 집오리 하나가 창공에서 우니 후생이 한 발 쏘자 화살깃털까지 깊이 박힌 채 집오리는 말 앞에 떨어졌다. 건아가 그를 괴이하게 여겼다. 후생이 말하기를 "그대 허리의 짧은 칼은 분명 잘 찌르겠지요?" 건아가 말하기를 "그렇소. 내가 잘하는 것은 활이 아니라 이것이오." 풀어서 보여 주었다. 후생이 보고서 급히 말하기를 "이것은 닭이나 개를 잡는 물건이니 어디에다 쓰겠소?" 두 손으로 한 번 꺾으니 칼이 갈고리처럼 굽어졌고 다시 두 손으로 그것을 펴니 칼이 전처럼 반듯해졌다. 건아가 실색하였고 속으로 허리춤의 전대는 이제 내 것이 아니구나 싶었다. 비록 같이 가고 있어도 다리가 떨리는 모습을 점점 그칠 수 없었다. 후생은 부드러운 말로 바꾸어 그를 위안했다. 다시 앞으로 몇 리를 가서 사방을 둘러 아무도 없자 후생이 소리를 질러 일갈하니 건아는 말에서 떨어졌다. 후생이 먼저 그 말을 베고 말하기를 "오늘의 일처럼 내 명에 공손하게 대답하지 않는 자는 이렇게 된다." 건아가 기어가면서 원하는 바를 물었다. 후생이 말하기를 "쓸모없는 것! 어찌 아니 허리춤을 전대를 풀어서 바치지 않는가!" 건아는 주머니 자루를 풀어서 그에게 주었고 머리를 조아리며 목숨을 구걸하였다. 후생이 말하기를 "내 이 한 자루의 돈을 얻었으니 대략 열흘은 마시겠다. 너는 무성한 잡초와 같으니 뿌리째 뽑아 버릴 필요나 있겠느냐?" 발마처럼 옛길을 따라 떠났다.

健兒神氣沮喪, 足循循不前. 自思: "三十金非長物, 但
半世英雄, 敗於乳臭兒之手, 何顔復見諸兄弟?" 遂不
歸泗, 向一村墅, 結廬賣酒聊生. 每思往事, 則悢悢欲
死. 一日, 春風淡蕩, 有數少年索飮, 裘馬甚都, 似五
陵公子, 而意氣豪縱, 又似長安遊俠兒. 擊案狂歌, 旁
若無人. 且曰: "滌器翁似不俗, 當偕之." 遂拉健兒入
座. 健兒視九人皆弱冠, 唯一總角者, 貌白皙若處子, 等
閑不發一言, 一言則九人傾聽; 坐則右之, 飮則先之. 健
兒不解其故. 而末坐一冠者, 似嘗謀面. 睇視之, 則嚮
斬馬劫財之人也. 謂健兒曰: "東君尙識故人耶?" 健兒
不敢應. 後生曰: "疇昔途中, 解腰纏贈我者, 非子而誰?
我儕豈攘攫者流? 特於郵旁肆中, 聞子大言恐世, 故來
與子雌雄, 不意竟輸我一籌, 今來歸趙璧耳." 遂出左袖
三十金置案頭, 曰: "此母也. 於今一年, 子當肖之." 又
探右袖, 出三十金, 共予之. 健兒不敢受. 旁一後生拔
劍努目曰: "物爲人攫而不能復, 還之又不敢取, 安用此
懦夫爲!" 健兒懼, 急納袖中.

● ● ●　　**한자풀이 및 주석**

[沮喪(저상)] – 기운이 없어짐. 기가 꺾여 약해짐.
[循循(순순)] – 질서 바른 모양. 정연한 모양.
[長物(장물)] – 그럴 듯한 물건.

[乳臭兒(유취아)] – 젖내 나는 아이.

[村墅(촌서)] – 시골에 있는 별장.

[結廬(결려)] – 오두막을 짓다.

[聊生(요생)] – 의지하여 믿고 살다.

[恧恧(뉵뉵)] – 부끄럽다.

[淡蕩(담탕)] – 담담히 흔들리다.

[裘(구)] – 갖옷 구.

[都(도)] – 성하다. 우아하다. 아름답다.

[五陵公子(오릉공자)] – 五陵의 공자. 오릉은 長陵(장릉), 安陵(안릉), 陽陵(양릉), 茂陵(무릉), 平陵(평릉)의 합칭. 모두 渭水(위수) 북쪽 지금의 陜西省(섬서성) 咸陽市(함양시) 부근에 있다. 西漢(서한)의 다섯 황제의 묘가 있는 곳이다. 漢(한) 元帝(원제) 이전에는 매번 능묘를 지으면 사방의 부호와 외척들을 이곳에 거주하게 하였다. 한편 唐(당)나라 때에는 高祖(고조), 太宗(태종), 高宗(고종), 中宗(중종), 睿宗(예종)의 陵園(능원)을 가리키고 모두 長安(장안) 부근에 있었다. 따라서 오릉 공자는 수도 부근의 부호 자제들을 가리킨다.

[豪縱(호종)] – 매우 방자함.

[遊俠兒(유협아)] – 호방하고 의협심이 있는 청년들.

[案(안)] – 탁상.

[傍若無人(방약무인)] – 곁에 사람이 없는 듯이 제멋대로 행동하다.

[滌器翁(척기옹)] – 그릇 세척하는 노인.

[拉(랍)] – 끌 랍.

[總角(총각)] – 머리를 양쪽으로 갈라 빗어 올려 귀 뒤에서 두 개의 뿔 같이 묶어 맨 아이들의 머리 모양. 혼인하지 않은 성년 남자를 가리킴.

[白晳(백석)] – 살갗의 빛이 흼. 흰 피부.

[等閒(등한)] – 등한히 하다. 되는 대로 하다.

[傾聽(경청)] – 귀를 기울여 들음.

[謀面(모면)] – 서로 대면하다.

[睇(제)] – 흘끗 보다.

[嚮(향)] – 접때, 이전.

[劫財(겁재)] – 재물을 겁탈하다.

[東君(동군)] – 태양을 가리키는 말. 봄을 맡았다고 하는 가상적인 신. 그러나 여기에서는 주인장을 의미하는 말로 쓰였다.

[疇昔(주석)] – 전날. 前日(전일).

[儕(제)] – 동배. 무리. 동아리.

[攘(양)] – 훔치다.

[攫(확)] – 후리치다. 움키다.

[郵(우)] – 역참. 역말을 갈아타는 곳.

[雌雄(자웅)] – 암컷과 수컷. 약자와 강자. 우열을 가르다.

[輸(수)] – 지다. 패하다.

[籌(주)] – 꾀. 제비. 승부나 차례를 결정하는 한 방법으로 쓰는 물건.

[歸趙璧(귀조벽)] – 조나라의 벽옥을 돌려주다. 完璧歸趙(완벽귀조)는 다음과 같은 뜻의 성어이다. 전국시대 조(趙)나라의 혜문왕(惠文王)이 화씨지벽(和氏之璧)이라는 진귀한 벽옥(璧玉)을 얻었는데, 진(秦)나라 소왕(昭王)이 이를 빼앗을 속셈으로 15개의 성과 벽옥을 바꾸자고 제안하였다. 혜문왕은 소왕의 속셈을 짐작하였으나, 제안을 거절하였다가는 강대국인 진나라의 공격을 받게 될까 우려하였다. 그러자 무현(繆賢)이라는 신하가 자신의 식객으로 있는 인상여(藺相如)가 지용(智勇)을 겸비하였으니 대책을 상의해 보라고 건의하였다. 혜문왕을 만난 인상여는 자신이 벽옥을 가지고 진나라로 가서 소왕이 약속을 지키면 벽옥을 내주고, 그렇지 않으면 반드시 '벽옥을 온전히 하여 조나라로 돌아오겠다(完璧歸趙)'고 말하였다. 인상여가 진나라로 가서 소왕에게 벽옥을 주었으나 소왕은 약속한 15개 성을 내줄 생각이 없어 보였다. 인상여는 소왕에게 벽옥이 둘도 없는 진귀한 보물이기는 하지만

작은 흠집이 있으니 그것을 보여 주겠다고 하였다. 소왕이 그 말을 믿고 벽옥을 인상여에게 도로 내주었다. 그러자 인상여는 벽옥을 가지고 기둥 옆으로 가서는 약속을 지키지 않으면 벽옥을 기둥에 던져 부서뜨리고 자신도 머리를 부딪쳐 자결하겠다고 소리쳤다. 소왕은 벽옥이 손상될까 두려워하여 임시변통으로 성을 내주겠다고 약속하였다. 그러나 소왕의 진의를 간파한 인상여는 5일 내로 약속을 지키면 벽옥을 돌려주겠다고 말하고는 남몰래 사람들을 시켜 벽옥을 조나라로 돌려보냈다. 이로써 벽옥은 온전한 상태로 조나라로 다시 돌아가게 되었다.

이 고사는 ≪사기(史記)≫의 <인상여열전> 편에 실려 있다. 여기서 유래하여 完璧歸趙는 화씨지벽이 처음의 온전한 상태로 조나라로 돌아간 것과 마찬가지로 원래의 물건을 조금도 상하지 않게 하여 완전한 상태로 주인에게 돌려주는 것을 비유하는 고사성어로 사용된다(네이버 백과사전 인용).

[袖(수)] - 옷소매.
[母(모)] - 원금.
[肖(초)] - 닮을 초.
[探(탐)] - 찾을 탐. 더듬어 찾다.
[予(여)] - 줄 여.
[拔劍(발검)] - 칼을 뽑다.
[懦夫(나부)] - 겁이 많고 의지가 약한 사람.
[懼(구)] - 두려워할 구.
[納(납)] - 들일 납.

번역

건아는 정신이 완전히 기가 꺾여 발이 꼼짝 못 하고 앞으로 나아가지 못했다. 스스로 생각하기를 "삼십 금은 많은 돈이 아니다. 그러나 반평생의 영웅이 젖비린내 나는 아이의 손에 패하였으니 무슨 얼굴로 다시 형제들을 보겠는가?" 드디어 사수로 돌아가지 않고 한 농촌 농막으로 가서 오두막을 짓고 술을 팔며 의지하고 살았다. 매번 지난 일을 생각하면 부끄러워 죽고 싶었다. 하루는 봄바람이 담담히 몰아치는데 몇 명 청년이 술을 마시러 왔는데 옷과 말이 몹시 도회적이어서 오릉의 공자 같기도 하나 의기가 호방한 것이 장안의 유협아 같기도 하였다. 술상을 치며 마구 노래 부르며 방약무인하였다. 또 말하기를 "그릇 닦는 아저씨 보아하니 범상치 않은데 함께 하십시다." 드디어 건아를 끌어서 좌석에 앉혔다. 건아가 보니 아홉 명이 모두 약관의 나이인데 오직 한 총각만이 모습이 희기가 여자 같고 한가로이 한마디도 하지 않고 있다가 한마디를 하면 아홉 사람이 경청하고 앉을 때는 그를 오른편에 앉히고 술을 마실 때에는 그에게 먼저 잔을 올렸다. 건아는 그 까닭을 알지 못했다. 그런데 말석의 한 관을 쓴 자는 일찍이 대면한 듯했다. 흘끗 살펴보니 지난번에 말을 베고 돈을 빼앗은 사람이었다. 건아에게 일러 말하기를 "주인장은 아직 이 사람을 아는가요?" 건아가 감히 응답하지 못했다. 후생이 말하기를 "지난번에 길에서 전대를 풀어 나에게 준 사람이 그대가 아니고 누구이겠소? 우리들이 어찌 물건을 후리는 사람들이겠소? 다만 역참 곁의 시장에서 그대가 큰 소리로 세상을 떨게 하기에 그대와 함께 자웅을 겨룬 것인데 생각지도 못하게 나한테 한 판에 졌는데 이제 그대의 보물을 돌려주겠소." 드디어 왼쪽 소매에서 삼십 금을 꺼내 탁상에 놓으며 말하기를 "이것은 원금이고 지금까지 일 년이 되었으니 이자가 이만큼 많아졌소." 오른쪽 소매를 뒤져 삼십 금을 내어 함께 그에게 주었다. 건아는 감히 받지 못하였다. 옆의 한 후생이 칼을 뽑아 눈을 부라리며 말하기를 "물건을 남에게 뺏기고 돌려받지 못하고 또 그것을 돌려주는데도 감히 받지 않으니 이 나약한 놈을 어디에 쓸 것인가?" 건아가 두려워서 급히 소매에 넣었다.

乃治鷄黍爲歡. 諸後生不肯留. 歸金者曰: "翁亦可怜
矣, 峻拒之則難堪." 衆乃止. 時爨下薪窮, 健兒欲乞諸
鄰. 後生指屋旁枯株謂之曰: "盍載斧斤?" 健兒曰: "正
苦無斧斤耳." 後生躊躇久之曰: "此事須讓十弟, 我九
人無能爲也." 總角者以兩手抱株, 左右數撓, 株已臥矣.
遂拔劍砍旁柯燃之. 酒至無算, 乃辭去. 竟不知何許人.
健兒自是絶不與人較力, 人毆之, 則袖手不報. 或曰: "子
曩日英雄安在?" 健兒則以衰朽謝之. 後得以天年終, 不
可謂非後生力也.

● ● ● **한자풀이 및 주석**

[治(치)] – 다스릴 치. 만들다.

[鷄黍(계서)] – 닭국과 기장밥으로 대접함. 정중히 대접함.

[怜(령)] – 가엾게 여길 령. 憐(련)의 뜻.

[峻拒(준거)] – 단호히 거절함.

[難堪(난감)] – 견디어 내기 어려움.

[爨(찬)] – 불 땔 찬. 부뚜막.

[薪(신)] – 땔나무 신.

[窮(궁)] – 다하다.

[諸(저)] – '之於'의 合音字(합음자). '……에게 그것을'.

[鄰(린)] – 이웃 린.

[枯株(고주)] – 마른 그루터기. 株는 나무 밑동.

[斧斤(부근)] – 도끼. 큰 도끼와 작은 도끼.

[躊躇(주저)] – 머뭇거림, 망설임.

[須(수)] - 모름지기 수. 필요로 하다. 기다리다.

[讓(양)] - 사양할 양. 남에게 양보하다.

[撓(요)] - 어지러울 뇨. 어지럽히다, 구부러지게 하다.

[旁柯(방가)] - 곁가지. 柯는 줄기, 나뭇가지.

[無算(무산)] - 셈을 하지 않다. 헤아리지 않다.

[何許人(하허인)] - 어떠한 사람.

[較力(교력)] - 힘을 비교하다.

[毆(구)] - 때릴 구. ex) 毆打(구타): 함부로 사람을 때림.

[袖手(수수)] - 팔짱을 낌. 손을 옷소매 속에 꽂음. 아무 일도 하지 아니
                하고 있음.

[曩日(낭일)] - 지난 번. 접때. 曩은 접때 낭.

[衰朽(쇠후)] - 쇠약함. 쇠약하고 연로함.

[天年(천년)] - 천연의 수명.

●●● 번역

이에 닭고기와 기장밥을 해서 환대를 하려 했다. 여러 후생들은 머물려 하지 않았다. 전대를 돌려준 자가 말하기를 "노인도 가련하니 단호히 거절하면 난감할 것이다." 무리들이 이에 머물렀다. 이때 불 때는데 땔 나무가 다하였기에 건아는 이웃에게서 구하려 하였다. 후생이 집 옆의 마른 나무 그루터기를 가리키며 그에게 일러 말했다. "어찌 도끼로 찍지 않는가?" 건아가 말하기를 "마침 도끼가 없어서 그렇습니다." 후생이 한참 머뭇거린 후 말하기를 "이 일은 열째에게로 양보해야겠다. 우리 아홉 사람은 할 수가 없다." 총각이 두 손으로 나무그루를 안고 좌우로 몇 번 흔드니 나무가 이미 무너졌다. 마침내 칼을 뽑아 곁가지를 쳐서 그것을 불로 땠다. 술을 헤아릴 수 없을 만큼 마신 후 인사하고 떠났다. 끝내 어떠한 사람들인지 알 수 없었다. 건아는 이로부터 절대로 남과 힘을 비교하려 하지 않았고 남이 그를 때려도 손을 옷소매에 넣고 보복하지 않았다. 혹자가 말하기를 "그대의 옛날의 영웅기개는 어

디에 있는가?” 건아는 노쇠하였다고 사양하였다. 후에 천수를 마칠 수 있었던 것은 후생의 힘이 아니라고 할 수가 없다.

●●● 해제

명청대에는 구어체인 白話(백화)소설이 주류가 되어 명대에 유명한 ‘四大奇書(사대기서)’가 나오고 청대엔 ‘紅樓夢(홍루몽)’ 등 대표작이 나왔다. 그러나 한편에서는 文言(문언)소설의 흐름이 이어졌는데 명대 문언소설은 오랫동안 지속되어 온 문인문화를 계승한 것으로 육조의 지괴와 당송전기소설의 전통을 이어받고 거기에 새로운 소재를 첨가하여 이루어진 것이다. 역사를 소재로 한 이야기들이 講史(강사)의 전통을 벗어나 읽는 문언체로 쓰였고 인물의 전기들도 문언체로 쓰였는데 이런 종류를 史傳(사전)소설이라 분류해 볼 수 있다. 명청대의 사전소설로 명대 高啓(고계)의 <南宮生傳(남궁생전)>, 청대 袁枚(원매)의 <書麻城獄(서마성옥)> 같은 작품들이 있는데 여기에 뽑은 작품은 청대 작가 李漁(이어)가 명대 嘉靖(가정) 연간의 健兒(건아) 이야기를 적은 역사인물전기이다.

건아는 가상의 인물로 어려서 부모를 여의고 조부에게 길러지나 유난히 힘이 센 아이로 동네 아이들과 늘 싸우고 어른들도 놀리는 등 말썽꾸러기이다. 종군하여 공을 세우기도 하였으나 동료를 때려 죽여 도망쳐 泗水(사수)가에서 백정 노릇을 하며 사는데 남의 집 소를 훔쳐 도살해 증거를 없애 버리는 등 현실의 객관적 시각에서 볼 때 분명한 건달 깡패로 악당의 맹주로 추대된다. 그는 도살업이 금지되자 사수를 떠나 다른 지방으로 가는데 도중에 주막에서 힘자랑을 하다 그를 눈여겨본 젊은이 무리 중의 한 청년에게 시험당하고 청년에게 맥을 못 추고 져서 전대를 뺏기고 창피함을 못 견뎌 사수로 돌아가지도 못하고 농촌에 숨어 술장사를 하며 다시는 힘자랑을 하지 않는다. 어느 날 한 무리 젊은이들이 그의 술집에 들렀는데 그중의 한 명은 전에 그와 힘을 겨루고 돈을 뺏어간 자로서 건아에게 뺏어간 돈과 이자까지 돌려준다. 그 무리들은 정체를 알 수 없는 호방한 협객들로서 아직 약관의 나이가 채 못 된 총각이 가장 힘이 세어 우두머리 노릇을 한다. 건아는 그들이 떠난 후 죽을 때까지 다시는 힘자랑을 않고 살았다는 이야기이다.

이렇게 볼 때 이 이야기는 건달의 세계에 뛰는 놈 위에 나는 놈 있다는 사실을 깨우쳐 주고 가벼이 힘자랑을 말라는 교훈으로 들리는데 약간의 은유적 함의도 있는 듯하다. 건아가 泗水(사수)가에서 백정 노릇을 하였다고 하였는데 사수라면 孔子(공자)가 講學(강학)했던 유명한 곳으로 인문학으로 보면 儒學(유학)을 떠올리게 된다. 건달이야기로서 글공부란 공명에 도움이 못 된다고 무시하는 이야기이지만 그래도 그 힘겨루기의 전말을 선비들의 학문의 깊이와 비교해서 생각해보는것도 의미 있을 듯하다.

明淸志異小說

– 명청대(1368 – 1911)에 쓰여진 기이한
이야기를 적은 소설

19. 中山狼傳

馬中錫

馬中錫

●●● 작자 소개

馬中錫(마중석)은 明(명)나라 故城(고성) 사람이고 字(자)가 天祿(천록)이다. 成化(성화) 연간에 進士(진사)가 되었고 刑科給事中(형과급사중) 벼슬을 받았다. 공주가 畿內(기내)의 땅을 침범한 것을 백성들에게 돌려주는 등 황실귀족들의 잘못을 비판하여 武宗(무종) 때 죄를 얻어 파면되었다. 후에 다시 右都御使(우도어사)가 되어 명을 받들고 劉六(유육)을 토벌하였는데, 그는 비록 당시의 명망이 있었지만 전투를 익히지 않아 적이 강한 것을 보면 겁을 내고 격파할 수 없다고 생각하였으므로 적을 무마시켜 故城을 통과하게 하고 마씨집을 침범하지 못하게 하였으므로 비방하는 자들이 그것을 탄핵하여 드디어 옥중에서 죽었다. 후에 어사 盧雍(노옹)이 그 사건을 追訟(추송)하여 원래의 관직으로 복관시켰다. 저서로 ≪東田漫稿(동전만고)≫가 있고 別集(별집)으로 ≪東田集(동전집)≫이 있다. ≪明史(명사)≫ 187에 기록이 보인다.

●●● 원문1

趙簡子大獵於中山, 虞人導前, 鷹犬羅後. 捷禽鷙獸,

應弦而倒者, 不可勝數. 有狼當道, 人立而啼. 簡子垂
手登車, 援烏號之弓, 挾肅愼之矢, 一發飮羽, 狼失聲
而逋. 簡子怒, 驅車逐之, 驚塵蔽天, 足音鳴雷, 十步
之外, 不辨人馬.

●●● 한자풀이 및 주석

[趙簡子(조간자)] - 춘추시대 晉(진)나라 사람. 趙鞅(조앙). 晉(진)나라 定
公(정공) 때에 재상이 되었다. 晉(진)나라가 쇠란하여
荀寅(순인)과 范吉射(범길사)가 趙(조) 씨를 정벌하자
趙簡子(조간자)는 晉陽(진양)으로 달아났다. 韓(한)나
라 魏(위)나라가 공에게 조 씨를 내어 달라고 하였는
데 불러서 복위시키자 이름을 바꾸어 지냈다. 荀躒
(순력)이 조간자의 家臣(가신) 董安于(동안우)가 조
씨를 위해 도모하다 진나라에 화를 미친다고 하여
간자에게 그 죄를 다스리라고 하자 동안우는 목을
매어 죽었다. 조간자의 스승이 衛(위)나라 태자 蒯聵
(괴외)를 친척으로 받아들여 鄭(정)나라 군대를 패배
시키고 荀寅(순인), 范吉射(범길사)를 쫓아냈다. 죽은
후 諡號(시호)를 簡(간)이라 하였다.
[獵(렵)] - 사냥할 렵.
[中山(중산)] - 옛날 나라 이름. 춘추시대 말 鮮虞人(선우인)이 세운 나
라로 지금의 河北省(하북성) 定縣(정현), 唐縣(당현) 일대
로 후에 趙(조)나라에 멸망되었다.
[虞人(우인)] - 산림, 연못, 짐승을 기르는 동산을 맡아보던 벼슬아치. 虞
官(우관).
[鷹犬(응견)] - 사냥하는 데 쓰려고 길들인 매와 개.
[捷禽鷙獸(첩금지수)] - 민첩한 날짐승과 사나운 길짐승.
[倒(도)] - 쓰러지다.

[垂手(수수)] - 손을 내리다.

[援(원)] - 당길 원.

[烏號之弓(오호지궁)] - ≪淮南子·原道訓(회남자·원도훈)≫에 나오는 '오호지궁'에 대한 高誘의 주에 다음과 같이 썼다. "……烏號(오호), 桑柘(상자)는 그 재목이 굳센데 까마귀가 그 위에 머물다가 그것이 날려고 하면 가지가 반드시 아래로 흔들리고 힘이 둥지를 엎을 만하여 까마귀가 그 때문에 감히 날지를 못하고 그 위에서 울어 대었다. 그 가지를 잘라 활로 만들고 '오호지궁'이라 하였다."

[挾(협)] - 낄 협. 끼우다.

[肅愼之矢(숙신지시)] - 周(주) 武王(무왕), 成王(성왕) 때에 肅愼氏(숙신씨)가 楛矢(고시)와 石砮(석노)를 바쳐서 '숙신지시'라는 호칭이 생겨났다.

[逋(포)] - 잡다, 체포하다.

[蔽(폐)] - 가릴 폐. 덮다.

●●● 번역

조간자가 중산에서 대규모의 수렵을 하는데 수렵을 관장하는 벼슬아치가 앞에서 길을 열고 사냥에 쓰는 매와 개가 뒤에 나열하였다. 재빠른 날짐승과 사나운 길짐승이 화살에 맞아 쓰러지는 것이 수를 헤아릴 수가 없었다. 갑자기 한 마리 이리가 사람처럼 서서 길에서 울부짖었다. 간자가 보고 팔을 내리고 수레에 올라 오호궁을 당겨 숙신씨의 화살을 끼워 한 발에 깊이 박히게 쏘니 이리는 소리를 못 내고 붙들렸다. 간자가 노하여 곧 수레를 몰아 쫓아갔다. 졸지에 먼지가 휘날려서 하늘과 해를 가리고 말발굽소리가 뇌성처럼 울리며 열 걸음 밖은 사람과 말을 분간할 수 없었다.

時, 墨者東郭先生, 將北適中山, 以干仕. 策蹇驢, 囊圖書, 夙行失道, 望塵驚悸. 狼奄至, 引首顧曰: "先生豈有志於濟物哉! 昔毛寶放龜而得渡, 隨侯救蛇而獲珠, 龜蛇固弗靈於狼也. 今日之事, 何不使我得早處囊中, 以苟延殘喘乎? 異時倘得脫穎而出, 先生之恩, 生死而肉骨也, 敢不努力, 以效龜蛇之誠?" 先生曰: "嘻! 私汝狼, 以犯世卿, 忤權貴, 禍且不測, 敢望報乎? 然墨之道, 兼愛爲本, 吾固當有以活汝. 脫有禍, 固所不辭也." 乃出圖書, 空囊橐, 徐徐焉實狼其中. 前虞跋胡, 後恐疐尾, 三納之而未克. 徘徊容與, 追者益近. 狼請曰: "事急矣, 先生果將揖遜救焚溺, 而鳴鑾避寇盜耶? 惟先生速圖!" 乃跼蹐四足, 引繩而束縛之, 下首至尾, 曲脊掩胡, 蝟縮蠖屈, 蛇盤龜息, 以聽命先生. 先生如其指, 納狼於囊, 遂括囊口, 肩擧驢上, 引避道左, 以待趙人之過.

● ● ● **한자풀이 및 주석**

[墨者(묵자)] - 墨家(묵가)의 제자나 학자.
[干仕(간사)] - 벼슬을 구하다. 干은 구하다의 뜻.
[囊(낭)] - 자루 낭. 자루에 넣다.
[夙(숙)] - 일찍 숙. 아침 일찍.
[驚悸(경계)] - 놀라고 두려워서 가슴이 몹시 두근거림.
[奄(엄)] - 갑자기, 문득.
[濟物(제물)] - 사물을 구제하다.

[毛寶(모보)] − 毛寶放龜(모보방귀)의 고사를 이름. ≪晉書·毛寶傳(진
　　　　　　　서·모보전)≫에 "처음에 모보가 武昌(무창)에 있을 때
　　　　　　　군인으로 시장에서 흰 거북이를 산 적이 있었는데 길이
　　　　　　　가 사오 촌 되었고 기르니 점점 자라자 강물 속에 풀어
　　　　　　　주었다. 邾城(주성)이 패하자 거북이를 길렀던 자가 갑옷
　　　　　　　을 입고 칼을 가지고 물속에 몸을 던졌는데 한 바위 위
　　　　　　　에 떨어진 듯하였으나 보니 전에 길렀던 거북이였다. 오
　　　　　　　륙 척으로 자라서 동쪽 강안에 데려다 주었기에 드디어
　　　　　　　목숨을 구했다."라 하였다. 후에 '毛寶放龜'는 '은혜를
　　　　　　　베풀어 보답을 받는다'는 고사성어로 쓰이게 되었다.
[隨侯(수후)] − 隨侯之珠(수후지주)의 고사를 이름. 전설 속의 隨侯(수후)
　　　　　　　가 얻은 보석구슬이다. 고대 隨(수)나라 姬姓(희성) 제후
　　　　　　　가 한 큰 뱀이 상처 입고 끊어진 것을 보고 약을 발라
　　　　　　　주니 나았는데 후에 뱀이 강 속에서 밝은 구슬을 물고
　　　　　　　나와 보답했다고 한다. 이를 隨侯珠(수후주) 또는 靈蛇珠
　　　　　　　(영사주)라고 한다.
[靈(령)] − 영험하다. 신령스럽다.
[苟延(구연)] − 구차히 연명하다.
[殘喘(잔천)] − 남은 목숨. 殘生(잔생). 또는 자기 목숨의 겸칭.
[倘(당)] − 혹시 당. 아마.
[脫穎(탈영)] − 자루 속의 송곳 끝이 삐죽이 나오다. 재주가 남보다 뛰어
　　　　　　　나다.
[嘻(희)] − 아! 탄사.
[忤(오)] − 거스를 오.
[測(측)] − 헤아리다.
[囊橐(낭탁)] − 자루, 전대. '囊'은 한쪽 끝만 튼 자루, '橐'은 양쪽 끝을
　　　　　　　튼 자루.
[徐徐(서서)] − 조용히. 천천히.
[跋胡(발호)] − 턱 밑의 처진 살을 밟게 됨. ex) 跋胡疐尾(발호치미): 이
　　　　　　　리가 앞으로 가려니 턱 밑의 처진 살(胡)을 밟게 되고 뒤
　　　　　　　로 물러나려니 꼬리에 걸림. 이리도 저리도 하기 어려운

상황.

[憊尾(치미)] - 꼬리에 미끄러지다.

[容與(용여)] - 느긋한 모양. 여유 있는 모양.

[揖遜(읍손)] - 겸손함.

[焚溺(분닉)] - 불에 타고 물에 빠짐.

[鳴鑾(명란)] - 임금의 수레에 다는 방울.

[寇盜(구도)] - 남의 나라에 쳐들어가서 도둑질을 함.

[跼蹐(국척)] - 몹시 두려워서 몸을 웅크림.

[束縛(속박)] - 얽어매어 구속함.

[曲脊(곡척)] - 굽은 등. 굽은 등뼈.

[掩胡(엄호)] - 胡는 턱살. 턱살을 가리다.

[蝟縮(위축)] - 蝟는 고슴도치. 고슴도치가 적과 마주치면 畏縮(외축)하
는 것처럼 두려워서 웅크린 모양.

[蠖屈(확굴)] - 蠖은 자벌레. 자벌레가 등을 움츠림.

[括(괄)] - 묶을 괄.

[肩(견)] - 어깨 견.

●●● 번역

이때 묵가의 신도인 동곽 선생이 장차 북쪽으로 중산지방을 가서 벼슬을 하려던 참이었다. 절룩거리는 나귀를 채찍질하며 한 자루의 책을 지고서 아침부터 길을 떠나서는 길을 잃었는데 먼지를 바라다보고 깜짝 놀라 당황하였다. 이리가 갑자기 그의 앞으로 달려와 머리를 들어 돌아보며 말하기를 "선생은 어찌 남을 구제하는 데 뜻을 두지 않겠는가? 옛날에 모보는 거북이를 방생하였다가 강을 건네주는 보답을 받았고 수후는 상처 입은 뱀을 구했는데 뱀이 나중에 강에서 커다란 진주를 물어다 그에게 보답하였다. 거북이와 뱀은 실로 이리보다 영험한 동물이 아니다. 오늘의 일을 당하여 어찌 나를 빨리 자루 속에 넣어 주어 내 목숨을 연명하게 해 주지 않으시나? 다른 날 뛰어난 재능을 나타내게 된다면 선

생의 은혜가 죽은 자를 살리고 뼈에 살이 붙게 함과 같으니 모보나 수후에게 보답한 거북이와 뱀처럼 감히 그대의 공에 보답하기에 힘쓰지 않겠는가?” 선생이 말하기를 “아아, 너를 감추어 주어서 높은 관직을 가진 사람에게 득죄하면 나중에 어떤 재앙을 받을지 모르는데 네게 무슨 보답을 바라겠는가? 그러나 묵자의 학설은 예부터 겸애를 근본으로 하니 내 마땅히 너를 어떻게든 구해 보겠다. 잘못되어 화가 미치더라도 실로 사양하지 않는 바이다.” 이리하여 책들을 꺼내 자루를 비우고 천천히 이리를 그 속에 넣었다. 앞부분은 이리의 턱을 비틀고 뒷부분은 이리의 꼬리를 구부러뜨려 여러 번 넣어도 잘 넣어지지가 않았다. 천천히 머뭇거리고 있을 때에 쫓아오는 자가 더욱 가까워졌다. 이리가 청하여 말하기를 “일이 급하다. 선생은 과연 불에 타고 물에 빠진 사람을 구할 때 그렇게 겸손하게 하고 있겠는가? 도적을 만났는데 수레의 방울소리를 내며 피하겠는가? 어서 방법을 생각하시오.” 이리하여 그 네 발을 움츠려 선생에게 끈으로 그것을 묶어 머리가 꼬리에 닿고 굽은 등이 배에 닿고 고슴도치처럼 웅크려 뱀처럼 똬리를 틀어 거북이처럼 조용히 동곽선생이 처리해 주기를 기다렸다. 선생은 그의 뜻에 따라 이리를 자루 속에 넣고 드디어 자루 입구를 봉하고 어깨에 메고 나귀에 올라 나귀를 길 왼쪽으로 피하여 조간자가 지나가기를 기다렸다.

<h2>⬤ ⬤ ⬤ 원문3</h2>

已而簡子至, 求狼弗得, 盛怒, 拔劍斬轅端示先生, 罵曰: “敢諱狼方向者, 有如此轅!” 先生伏躓就地, 匍匐以進, 跽而言曰: “鄙人不慧, 將有志於世, 奔走遐方, 自迷正途, 又安能發狼踪以指示夫子之鷹犬也? 然嘗聞之, ‘大道以多岐亡羊’. 夫羊, 一童子可制也, 如是其馴也, 尚

以多岐而亡；狼非羊比，而中山之岐可以亡狼者何限，乃區區循大道以求之，不幾於守株緣木乎？況田獵，虞人之所事也，君請問諸皮冠；行道之人何罪哉？且鄙人雖愚，獨不知夫狼乎？性貪而狠，黨豺爲虐，君能除之，固當窺左足以效微勞，又肯諱之而不言哉？”簡子默然，回車就道. 先生亦驅驢兼程而進. 良久，羽旄之影漸沒，車馬之音不聞.

●●● 한자풀이 및 주석

[轅端(원단)] - 轅은 끌채. 큰 수레의 양쪽에 대는 두 개의 나무. 轅端은 끌채의 끝.

[罵(매)] - 욕하다.

[諱(휘)] - 피하다, 숨기다.

[伏躓(복지)] - 엎드릴 복, 넘어질 지.

[跽(기)] - 꿇어앉을 기.

[鄙人(비인)] - 시골 사람, 촌사람. 또는 신분이 낮은 사람. 자신의 겸칭.

[遐方(하방)] - 먼 곳. 遐는 멀 하.

[馴(순)] - 길들일 순.

[區區(구구)] - 작은 모양. 근소한 모양. 부지런한 모양.

[循(순)] - 따르다.

[幾(기)] - 가깝다.

[守株(수주)] - 守株待兔(수주대토)를 가리킴. ≪韓非子·五蠹(한비자· 오두)≫에 “宋(송)나라 사람 중에 밭을 가는 이가 있었다. 밭에 나무가 한 그루 있는데 토끼가 달려가다 나무에 부딪쳐 목이 부러져 죽었다. 그래서 쟁기를 놓고 나무를 지키며 다시 토끼 얻기를 기다렸다. 토끼는 다시 얻을 수가 없었고 그 몸은 송나라의 웃음거리가 되었다.”라 하였다.

[緣木(연목)] - 緣木求魚(연목구어)를 가리킴. ≪孟子·梁惠王上(맹자·양
　　혜왕상)≫에 "그러한 행위로써 그러한 욕망을 구한다면 나
　　무에 올라가서 물고기를 찾는 것과 같다. 나무에 올라가
　　서 물고기를 찾는 것은 비록 물고기를 얻지는 못해도 뒤
　　의 재앙이 없다. 그러한 행위로 그러한 욕망을 구하여 마
　　음을 다해 그렇게 한다면 뒤에 반드시 재앙이 있다."라
　　하였다. 행동과 목적이 맞지 않아서 고생만 하고 얻는 게
　　없음을 비유한다.
[田獵(전렵)] - 사냥. 사냥을 함.
[皮冠(피관)] - 사냥할 때 쓰던 가죽 관.
[狠(한)] - 개 싸우는 소리 한. 패려궂다.
[黨(당)] - 무리.
[豺(시)] - 승냥이 시. 개과의 맹수로 이리와 비슷하다.
[虐(학)] - 사나울 학. 해치다.
[驅驢(구려)] - 나귀를 몰다.
[羽旄(우모)] - 羽는 깃털, 旄는 깃대 장식 모.

●●● 번역

이미 간자가 이르러 이리를 찾다가 못 찾자 크게 노하여 동곽 선생에게
검을 뽑아 수레 끌채 끝을 베어 보이며 욕하며 말하기를 "감히 이리의
방향을 알려 주지 않는 자는 이 수레 끌채처럼 되리라!" 선생은 땅에
엎드려 넘어져 기어가면서 무릎을 꿇고 말하기를 "천한 사람이 지혜롭
지 못하여 세상에 뜻을 품고 먼 곳으로 분주히 다니다가 스스로 바른
길을 잃었는데 제가 어찌 이리의 종적을 찾아 선생의 사냥개에게 알려
주겠습니까? 그런데 들건대 '큰 길은 갈림길이 많아 양을 잃기가 쉽다.'
하였습니다. 무릇 양이란 아이 하나면 쫓아갈 수 있건만 이와 같이 길
들인 짐승도 오히려 길이 많으면 잃어버리게 되는데 지금 이리는 양에
비할 바가 아니고 하물며 중산에는 갈림길이 많아 이리를 잃어버린 자

가 수도 없습니다. 그런데 구구히 큰길을 따라 찾으신다면 나무를 지키며 토끼가 달려와 부딪치기를 바라거나 나무 위에 올라가 물고기를 잡는 것을 바라는 것에 가깝지 않겠습니까? 하물며 수렵은 전문적인 관리가 하는 것입니다. 그대는 청컨대 그들에게 물으십시오. 길을 지나는 사람에게 무슨 죄가 있겠습니까? 또한 비천한 저는 어리석지만 저 이리에 대해 모르겠습니까? 본성이 탐욕스럽고 사나우며 승냥이와 무리 지어 포학한 짓을 하니 군께서 능히 그것을 죽일 수 있다면 저로서는 실로 미력을 보태어야 마땅하니 또 어찌 숨기고 말씀드리지 않겠습니까?” 간자가 말없이 수레를 돌려 길을 갔다. 선생도 나귀를 몰고 여정을 계속해 갔다. 한참 지나자 사냥꾼들의 깃발 그림자가 점점 사라지고 수레와 말의 소리도 들리지 않게 되었다.

●●● 원문4

狼度簡子之去遠, 乃作聲囊中曰: “先生可留意矣. 出我囊, 解我縛, 拔矢我臂, 我將逝矣.” 先生擧手出狼. 狼咆哮謂先生曰: “適爲虞人逐, 其來甚遠, 幸先生生我, 我餒甚, 餒不得食, 亦終必亡而已. 與其飢死道路, 爲群獸食, 毋寧斃於虞人, 以俎豆於貴家. 先生旣墨者, 摩頂放踵, 思一利天下, 又何吝一軀啖我, 而全微命乎?” 遂鼓吻奮爪以向先生, 先生倉卒以手搏之, 且搏且却, 引蔽驢後, 便旋而走. 狼終不得有加於先生. 先生亦極力拒, 彼此俱倦, 隔驢喘息. 先生曰: “狼負我, 狼負我!” 狼曰: “吾非固欲負汝, 天生汝輩, 固需我輩食也.” 相持旣久, 日晷漸遷.

[縛(박)] – 묶을 박.

[拔(발)] – 뽑을 발.

[臂(비)] – 팔뚝 비.

[逝(서)] – 죽을 서. ex) 逝去(서거): 서거하다. 죽다.

[咆哮(포효)] – 사나운 짐승이 울부짖음.

[餒(뇌)] – 주릴 뇌.

[俎豆(조두)] – 祭器(제기). 俎는 도마, 적대(제향 때 희생을 올려놓는 그릇).

[摩頂放踵(마정방종)] – 정수리부터 닳아서 발뒤꿈치까지 이름. 자기를
돌보지 않고 남을 위하여 희생함.

[吝(린)] – 아낄 린. ex) 吝嗇(인색): 재물을 지나치게 아낌.

[軀(구)] – 몸 구. 신체.

[啖(담)] – 먹일 담.

[微命(미명)] – 작은 목숨.

[鼓吻(고문)] – 입술을 부풀리다.

[奮爪(분조)] – 발톱을 내밀다.

[倉卒(창졸)] – 미처 어찌할 겨를이 없이 갑작스러움.

[搏(박)] – 치다.

[便旋(편선/변선)] – 방황함. 배회함.

[俱倦(구권)] – 함께 지치다.

[隔(격)] – 격하다. 사이에 두다.

[喘息(천식)] – 헐떡임. 숨이 참.

[負(부)] – 저버리다. 배반하다.

[需(수)] – 공급하다.

[日晷(일구)] – 해 그림자.

● ● ● **번역**

이리는 간자가 떠난 것이 이미 멀어졌을 때쯤 자루 속에서 소리를 내어

말하기를 "선생은 안심해도 되오. 나를 자루에서 꺼내고 묶은 걸 풀고 내 팔의 화살을 뽑아 주오. 나는 죽을 지경이오." 선생이 손으로 이리를 꺼내 주었다. 이리는 포효하며 선생에게 말하기를 "마침 사냥꾼에게 쫓겨 멀리 왔다. 다행히 선생이 비록 나를 살려 주었으나 주림이 너무 심하다. 주린데도 먹이를 얻지 못하면 역시 종내는 죽게 될 것이다. 도로에서 굶어 죽어 짐승들의 밥이 되느니 차라리 사냥꾼의 손에 잡혀 죽어 부귀한 집의 제기에 오르는 것이 낫다. 선생은 겸애설을 주장하는 묵가로서 머리끝에서 발끝까지 닳도록 천하의 이익을 위해 일하니 또 어찌 그대 한 몸을 아껴 나에게 먹여 이 미물을 살리지 않겠는가?" 하고는 입을 벌리고 발톱을 내밀며 선생에게 달려드니 선생은 창졸간에 손으로 그것을 쳤는데 치면서 물러나 나귀 뒤에 숨었고 이리가 쫓아가면 곧 달아나 살아났다. 이리는 종내 선생을 잡을 수가 없었다. 선생은 또한 극력 이리를 막으니 둘 다 피곤하여져서 나귀를 사이에 두고 숨을 헐떡였다. 선생이 말하기를 "이리가 나를 죽이려고 해요! 나를 죽이려고 해요." 이리가 말하기를 "나는 너를 배반하려는 것이 아니다, 하늘이 너희 무리들을 낸 것은 실로 내 먹잇감으로 삼으라는 것이다." 서로 버티기를 끌자 해 그림자가 점차 저물려고 하였다.

● ● ● **원문5**

先生竊念: "天色向晚, 狼復群至, 吾死已夫!" 因紿狼曰: "民俗, 事疑必詢三老. 第行矣, 求三老而問之. 苟謂我可食, 即食; 不可, 即已." 狼大喜, 即與偕行. 踰時, 道無行人. 狼饞甚, 望見老木僵立路側, 謂先生曰: "可問是老." 先生曰: "草木無知, 叩焉何益?" 狼曰: "第問之, 彼當有言矣." 先生不得已, 揖老木, 具述始

末, 問曰: "若然, 狼當食我耶?" 木中轟轟有聲, 謂先
生曰: "我杏也, 往年老圃種我時, 費一核耳. 踰年華,
再踰年實, 三年拱把, 十年合抱, 至於今二十年矣. 老
圃食我, 老圃之妻子食我, 外至賓客, 下至於僕, 皆食
我. 又復鬻實於市, 以規利於我. 其有功於老圃甚巨. 今
老矣, 不得斂華就實. 賈老圃怒, 伐我條枚, 芟我枝葉,
且將售我工師之肆取直焉. 噫, 樗朽之材, 桑楡之景, 求
免於斧越之誅而不可得. 汝何德於狼, 乃覬免乎? 是固
當食汝." 言下, 狼復鼓吻奮爪以向先生. 先生曰: "狼爽
盟矣. 矢詢三老, 今値一杏, 何遽見迫邪?" 復與偕行.

⬤ ⬤ ⬤ 한자풀이 및 주석

[紿(태)] − 속일 태.

[詢(순)] − 물을 순.

[踰(유)] − 넘다. 지나가다.

[饞(참)] − 탐할 참. 음식을 탐하다. 걸신들리다.

[僵(강)] − 빳빳해지다.

[叩(고)] − 두드릴 고. 묻다.

[揖(읍)] − 읍. 공경을 뜻하는 예의 한 가지. 읍하다.

[具述(구술)] − 갖추어 서술함.

[轟轟(굉굉)] − 수레의 요란한 소리. 천둥소리.

[杏(행)] − 살구 행.

[老圃(노포)] − 늙은 농부. 老農(노농).

[核(핵)] − 씨 핵.

[拱把(공파)] − 한 아름. 두 팔을 벌려 에워쌀 만한 크기.

[合抱(합포)] − 한 아름의 크기. 큰 나무를 이르는 말. 巨樹(거수).

[鬻(육)] - 팔 육.

[規利(규리)] - 이익을 도모하다.

[賈(고)] - 살 고. ex) 賈害(고해): 스스로 재앙을 삼. 화를 자초함.

[條枚(조매)] - 條는 나뭇가지, 枚는 나무줄기.

[芟(삼)] - 벨 삼.

[樗朽(저후)] - 가죽나무 저, 썩을 후.

[桑楡(상유)] - 뽕나무와 느릅나무. 저녁 무렵의 해 그림자. 저녁 해의
　　　　　　　그림자가 뽕나무와 느릅나무 가지에 비쳐 있다는 뜻에서
　　　　　　　온 말.

[覬(기)] - 바랄 기. 분에 넘치는 일을 바라다.

[爽盟(상맹)] - 맹세를 어기다. 爽에는 어긴다의 뜻이 있다.

[矢(시)] - 맹세하다.

[值(치)] - 만날 치.

[迫(박)] - 닥칠 박. 다급하다.

●●● 번역

선생이 몰래 생각하여 말하기를 "날이 다 저물어 가니 이리가 떼로 몰려오면 나는 죽을 것이다." 이리하여 이리를 속여 말하기를 "민간의 습속에 의심나는 것이 있으면 반드시 세 노인에게 물어보라고 했다. 우선 걸어가다가 세 노인을 만나면 물어보고 그들이 만약 모두 네가 나를 잡아먹어야 한다고 말하면 그럼 먹어라. 만약 안 된다고 하면 너는 나를 놓아줘라." 이리는 듣고 기뻐서 함께 앞으로 향해 갔다. 시간이 흘렀는데 길에는 사람이 없자 이리가 배가 아주 고파서 노변에 뻣뻣이 서 있는 늙은 나무를 보고 선생에게 말하기를 "이 노인에게 물으면 되겠다." 선생이 말하기를 "초목은 무지한데 물어봐야 무슨 보탬이 되겠는가?" 이리가 말하기를 "가령 물어본다면, 그것이 분명 너에게 말해 줄 것이다." 선생은 부득이하여 고목에게 읍하고 일의 시말을 알려 주고는 묻기를 "이리가 나를 잡아먹어야 합니까?" 나무속에서 우르릉 천둥소리가

나더니 선생에게 말하기를 "당연히 널 잡아먹어야 한다. 나는 살구나무로 왕년에 늙은 농부가 나를 심을 때엔 한 알의 살구 씨만을 썼다. 다음 해에 나는 꽃을 피우고 그 다음 해엔 과실을 맺어 삼 년 후에는 한 움큼 둘레로 자랐고 십 년 뒤에는 한 아름드리로 자랐다. 지금까지 이십 년이 되었다. 노인이 내 열매를 먹었고 그의 마누라, 아들, 밖에서 온 손님, 그에게 일해 주는 종복들도 모두 내 과실을 먹었다. 또 열매를 시장으로 가져가 팔아 이익을 도모했다. 내가 노인네 집에 한 공헌이 실로 크다. 지금 내가 늙어 다시는 꽃을 피우지 못하고 열매를 맺지 못하니 늙은 농부의 화를 사서 내 가지를 치고 내 잎사귀를 잘라 내었으며 또 나를 목재상에 팔아 돈으로 바꾸려 한다. 아, 나 같은 이 썩은 나무 한 그루도 늙음에 이르면 도끼로 쳐짐을 면할 수 없는데 너는 이리에게 무슨 큰 은덕이 있기에 죽음을 면하기를 바라는가? 이러니 실로 이리는 마땅히 너를 잡아먹어야 한다." 말이 막 떨어지자 이리는 또 선생을 향하여 입술을 내밀고 발톱을 들고 덤벼들었다. 동곽 선생이 급히 말하기를 "이리야, 너는 약속을 위반했다. 우리는 세 노인에게 물어보기로 약속했는데 이제 너는 한 그루 살구나무에게 물어보았을 뿐인데 왜 그리도 급히 다그치느냐?" 다시 함께 앞을 향해 갔다.

●●● 원문6

狼愈急, 望見老牸曝日敗垣中, 謂先生曰: "可問是老."
先生曰: "向者草木無知, 謬言害事. 今牛禽獸耳, 更何
問爲?" 狼曰: "第問之, 不問, 將咥汝!" 先生不得已,
揖老牸, 再述始末以問. 牛皺眉瞪目, 舐鼻張口, 向先
生曰: "老杏之言不謬矣. 老牸繭栗少年時, 筋力頗健,
老農賣一刀以易我, 使我貳群牛, 事南畝. 旣壯, 群牛

日以老憊, 凡事我都任之. 彼將馳驅, 我伏田車, 擇便途以急奔趨; 彼將躬耕, 我脫輻衡, 走郊坰以辟榛荊. 老農親我, 猶左右手. 衣食仰我而給, 婚姻仰我而畢, 賦稅仰我而輸, 倉庾仰我而實. 我亦自諒, 可得帷席之敝如狗馬也. 往年家儲無儋石, 今麥收多十斛矣; 往年窮居無顧藉, 今掉臂行村社矣; 往年塵卮罌, 涸脣吻, 盛酒瓦盆, 半生未接, 今醞黍稷, 据尊罍, 驕妻妾矣; 往年衣袒褐, 侶木石, 手不知揖, 心不知學, 今持兎園冊, 戴笠子, 腰韋帶, 衣寬博矣. 一絲一粟, 皆我力也. 顧欺我老, 逐我郊野; 酸風射眸, 寒日吊影, 瘦骨如山, 老淚如雨; 涎垂而不可收, 足攣而不可擧, 皮毛俱亡, 瘡痍未瘳. 老農之妻妒且悍, 朝夕進說曰: ‘牛之一身, 無廢物也; 肉可脯, 皮可鞹, 骨角可切磋爲器.’ 指大兒曰: ‘汝受業庖丁之門有年矣. 胡不礪刃於硎以待?’ 迹是觀之, 是將不利於我, 我不知死所矣. 夫我有功, 彼無情乃若是, 行將蒙禍. 汝何德於狼, 覬幸免乎?” 言下, 狼又鼓吻奮爪以向先生, 先生曰: “毋欲速.”

● ● ● 한자풀이 및 주석

[兪(유)] – 점점. 더욱더.
[牸(자)] – 암컷 자. 암소.
[曝(폭)] – 쬐다. 햇볕에 쬐어 말리다.
[敗垣(패원)] – 무너진 담장.
[謬(류)] – 그릇될 류.

[咥(절)] - 물 절. 씹다, 깨물다.

[皺眉(추미)] - 눈썹을 찌푸림. 근심스럽거나 언짢아하는 모양.

[瞪(징)] - 바로 볼 징. 주시하다, 노려보다.

[舐鼻(지비)] - 코를 핥음. 舐는 핥을 지.

[繭栗(견률)] - 뿔이 갓 돋아날 때의 송아지.

[筋力(근력)] - 근육의 힘. 체력.

[貳(이)] - 돕다, 보좌하다.

[南畝(무)] - 畝는 이랑 묘, 무. 南畝는 남쪽 이랑.

[憊(비)] - 고달플 비. 피곤하다.

[擇(택)] - 가리다. 고르다.

[途(도)] - 길.

[奔趨(분추)] - 달려감.

[躬耕(궁경)] - 몸소 농사지음.

[輻(복)] - 바퀴살.

[郊坰(교경)] - 坰은 들. 교외.

[辟(벽)] - 열다, 개간하다.

[榛荊(진형)] - 초목이 우거진 수풀. 우거진 가시덤불.

[倉庾(창유)] - 쌀 창고. 庾는 지붕이 없는 곳집.

[諒(량)] - 믿다. 살피다.

[帷席(유석)] - 휘장과 자리.

[敝(폐)] - 해어질 폐. 蔽와 통하기도 함.

[儲(저)] - 마련해 둘 저.

[儋石(담석)] - 분량의 단위. 얼마 되지 않는 곡식. '儋'은 두 항아리,
　　　　　　 '石'은 한 항아리.

[麥(맥)] - 보리.

[斛(곡)] - 휘 곡. 10말의 용량.

[掉(도)] - 흔들 도.

[卮罌(치앵)] - 술잔 치, 양병 앵(병의 총칭).

[涸(학)] - 물 마를 학.

[脣吻(순문)] - 입술.

[盛(성)] - 담을 성.

[瓦盆(와분)] - 기와와 동이.

[醞(온)] - 술을 빚다.

[黍稷(서직)] - 찰기장과 메기장. 곡물의 범칭.

[尊罍(준뢰)] - 尊은 술통 준. 罍는 술독 뢰.

[裋褐(수갈)] - 종들이 입는 거친 옷. 裋는 해진 옷 수. 褐은 베옷 갈.

[侶(려)] - 짝 려, 벗하다.

[兎園冊(토원책)] - 卑近(비근)한 책. 글방에서 아이들을 가르치는 책을
兎園冊이라 한 데서 온 말. 자기가 지은 책을 겸칭
할 때도 쓰임.

[戴(대)] - 쓰다.

[笠子(입자)] - 갓. 子는 助字(조자)로 붙었음.

[韋帶(위대)] - 외겹의 무두질한 가죽으로 만든 평민용 띠.

[寬博(관박)] - 큰 옷.

[欺(기)] - 속이다, 업신여기다.

[酸風(산풍)] - 시린 바람.

[眸(모)] - 눈동자.

[弔影(조영)] - 자기 그림자를 위로하다. 홀로 있음을 말함.

[涎(연)] - 침 연.

[攣(련)] - 오그라질 련. 손발이 오그라들다. 경련이 일어나다.

[瘡痍(창이)] - 兵器(병기)에 다친 상처.

[瘥(채)] - 병 나을 채.

[妒(투)] - 시기하다. 샘하다.

[悍(한)] - 사납다. 성질이나 행동이 억세고 모질다.

[鞹(곽)] - 무두질한 가죽.

[切磋(절차)] - 칼로 다듬고 줄로 쓸다.

[礪刃(여인)] - 礪는 거친 숫돌 려. 刃은 칼날 인.

[硎(형)] - 숫돌 형.

[蒙禍(몽화)] - 화를 입음.

[毋(무)] - 말 무. ……하지 마라. 禁止辭(금지사).

이리는 더욱 급해졌는데 한 마리 암소가 무너진 담장 곁에서 햇볕을 쬐고 있는 것이 보여 동곽 선생에게 말하기를 "이 노인에게 물으면 되겠다." 동곽 선생이 말하기를 "아까는 초목에게 물으니 그것이 무지하여 잘못된 말로 일을 그르쳤다. 이제 소는 짐승인데 더욱 무엇을 묻겠는가?" 이리가 말하기를 "우선 물어봐라, 묻지 않으면 널 잡아먹겠다." 동곽 선생은 하는 수 없이 가서 암소 앞에 읍을 하고 일의 경과를 한 차례 설명하고 물어보았다. 소는 미간을 찌푸리고 눈을 크게 뜨더니 코를 핥고 입을 벌려 동곽 선생에게 말하기를 "살구나무의 말이 아주 옳다. 내 머리 위에 뿔이 막 자라날 송아지 때를 생각하면 근력이 좋아서 기운이 아주 세었다. 농부는 겨우 한 자루 칼을 팔고 나를 사 갖고 와서는 나를 다른 소들과 함께 남쪽 밭을 갈게 했다. 장년이 되니까 다른 소들은 하나씩 늙어 가고 모든 일을 나한테 맡겼다. 농부가 집을 나서면 나는 곧 열심히 수레를 끌고 가까운 길을 찾아 급히 달려야 했고 그가 밭을 갈면 수레바퀴를 풀어 놓고 들로 나가서 가시덤불을 개간했다. 그가 나를 친히 하는 것이 왼팔 오른팔처럼 했다. 먹는 것 입는 것 모두 나에 의지해서 얻었고 자식들이 결혼하는 것도 내 노동으로 마쳤고 세금도 내 덕에 냈고 창고도 나로 하여 가득 찼다. 내 스스로도 늘 생각하기를 죽은 후에는 말이나 개처럼 몸을 매장할 장소를 얻겠거니 했다. 왕년에 그의 집의 비축한 양식이 얼마 안 되었는데 지금은 보리만 해도 백수십 되가 되고 예전엔 그가 가난해서 아무도 상대하지 않았는데 지금은 팔을 휘저으며 마을 모임에 참석하고 예전에 그의 집의 술그릇은 텅 비어 먼지가 가득하였고 입술은 항상 말라 있었으며 반평생 술의 맛을 못 보았는데 지금은 찰기장과 메기장으로 술을 빚어 술잔과 술병을 들고 처첩 앞에서 교만해한다. 예전에는 짧은 베옷을 입고 하루 종일 밭에서 흙과 어울렸고 두 손은 공손히 읍하는 법도 몰랐고 마음은 공부라곤 몰랐는데 지금은 글방 책을 들고 머리에는 갓을 쓰고 허리에는 가죽 띠를 매고 넓은 소매의 옷을 입었다. 그 집안의 한 오라기 실, 한 알의 쌀도 모두 나의 힘이다. 내가 늙은 뒤로는 나를 들판으로 쫓아내어 시린 바람이 내 눈을 찌르고 찬 햇빛이 내 그림자만 비춘다. 나는 뼈가 산처럼 앙상하게 말랐고 눈물이 비처럼 끊임없이 흘러내린다. 침이 나도 모르게 흘러내리고 다리는 오그라들어 켜들 수가 없고 털들은 다 떨어져 나가고 다친 상처도 낫지 않는다. 농부의 마누라는 시기심이 많고 사나워서 아침저녁으로 농부에게 조르기를 '소 몸에는 한 가지도 버릴 것이 없으니 고기는 육포를 만들 수 있고 껍질은 가죽을 만들 수 있고 뼈와 뿔은 갈아서 기물을 만들 수 있어요.' 큰아들을 가리키며 말하기를 '너는 백정에게 기술을 배운 지 이미 오래되었는데 어찌 빨리 숫돌에 칼을 갈지 않고 기다리고 있느냐?' 이런 정황으로 볼 때 장차 나에게 이롭지 못하다. 나는 내가 어디서 죽을지 모른다. 내가 그들에게 그렇게 많은 공로를 바쳤는데 그들은 나에게 이렇게 무정하다니 이제 곧 화를 입을 것이다. 너는 이리에게 무슨 큰 은덕이 있다고 이리가 너를 놓아주기를 희망하느냐?" 소리가 막 끝나자 이리는 또 입을 내밀고 발톱을 세워 동곽 선생에게 달려드니 동곽 선생이 외치기를 "너무 서두르지 마라."

遙望老子杖藜而來, 須眉皓然, 衣冠閑雅, 盖有道者也. 先生且喜且愕, 舍狼而前, 拜跪啼泣, 致辭曰: "乞丈人一言而生." 丈人問故. 先生曰: "是狼爲虞人所窘, 求救於我, 我實生之; 今反欲咥我, 力求不免, 我又當死之. 欲少延於片時, 誓定是於三老. 初逢老杏, 强我問之, 草木無知, 幾殺我; 次逢老牸, 强問我之, 禽獸無

知，又將殺我．今逢丈人，是天之未喪斯文也，敢乞一
言而生．” 因頓首杖下，俯伏聽命．丈人聞之，欷戲再三，
以杖叩狼曰：“汝誤矣．夫人有恩而背之，不祥莫大焉．
儒謂受人恩而不忍背者，其爲子必孝，又謂虎狼知父子．
今汝背恩如是，則並父子亦無矣！” 乃厲聲曰：“狼速去，
不然，將杖殺汝．”

⬤ ⬤ ⬤　한자풀이 및 주석

[杖藜(장려)] - 명아주 지팡이를 짚다. 지팡이 장, 명아주 려.

[須眉(수미)] - 턱수염과 눈썹.

[晧然(호연)] - 머리털이 하얗게 센 모양.

[愕(악)] - 놀랄 악.

[舍(사)] - 두다, 놓아두다. 버리다. 捨와 같음.

[拜跪(배궤)] - 무릎 꿇어 인사드림.

[啼泣(제읍)] - 울다.

[窘(군)] - 막힐 군. ex) 窘塞(군색): 살기가 구차함.

[咥(질)] - 물 질.

[片時(편시)] - 잠시. 짧은 시간.

[誓(서)] - 맹세하다.

[斯文(사문)] - 이 글, 이 도. 유학자의 존칭.

[頓首(돈수)] - 머리가 땅에 닿도록 몸을 굽혀 절함.

[俯伏(부복)] - 구부려 엎드림.

[歔欷(허희)] - 흐느껴 욺.

[不祥(불상)] - 상서롭지 못함.

[儒(유)] - 선비 유. 儒學(유학).

[厲聲(여성)] - 성난 목소리로 꾸짖음.

멀리 바라보니 한 노인이 지팡이를 짚고서 오는데 수염과 눈썹이 하얗고 옷과 관은 반듯한 것이 사리를 잘 아는 사람 같아 보였다. 동곽 선생은 놀랍고 기뻐 이리를 떠나 앞으로 가서 무릎을 꿇고 절하고 울면서 말씀을 올렸다. "노인께서 한마디 말씀으로 저를 살려 주시기 바랍니다." 노인이 그에게 무슨 연고인가 물으니 동곽 선생이 대답하기를 "이 이리가 사냥꾼에게 쫓겨 갈 곳이 없어서 저에게 구해 달라고 하였고 제가 실제로 그를 살려 주었습니다. 그런데 도리어 저를 물려 하고 아무리 노력해도 면할 수 없어 이제 막 잡아먹히게 생겼습니다. 제가 짧은 시간을 더 연장하고자 세 분의 노인께 물어 시비를 가리자고 하였습니다. 처음에 늙은 살구나무를 만났는데 이리가 그것에게 물어보라 몰아쳤고 초목이라 무지하여 저를 해치려 하였습니다. 다음에 한 늙은 암소를 마주쳤는데 이리가 또 억지로 그것에게 물어보라고 하였지만 금수는 역시 무지하여 또 저를 죽이려 하였습니다. 이제 어르신을 만났으니 이것은 하늘이 이 가련한 서생을 죽이지 않게 하려고 하신 듯합니다. 어르신께서는 공정한 말씀으로 살려 주십시오." 그리고는 노인의 지팡이 아래 머리를 조아리고 땅에 엎드려 노인의 명을 기다렸다. 노인이 그의 호소를 듣고 재삼 탄식하고는 지팡이로 이리를 때리면서 말하기를 "너는 그릇되었다. 대저 남이 네게 은혜를 베풀었는데 너는 은혜를 잊고 저버리려 하니 이보다 상서롭지 못한 것은 없다. 유가에서는 말하기를 남의 은혜를 받고 남을 저버리지 않는 사람은 그 사람됨이 분명 효자라고 하였다. 또 설사 호랑이와 이리라 하더라도 부자의 정을 안다 하였다. 지금 너는 이와 같이 은혜를 저버리려 하니 그런즉 부자의 정도 없는 것이로다." 말하고는 성난 소리로 외치기를 "이리는 속히 꺼져라. 그렇지 않으면 널 지팡이로 죽이겠다."

狼曰: "丈人知其一, 未知其二. 請愬之. 願丈人垂聽!
初, 先生救我時, 束縛我足, 閉我囊中, 壓以詩書, 我鞠
躬不敢息, 又蔓詞以說簡子, 其意盖將死我於囊, 而獨
竊其利也. 是安可不哇?" 丈人顧先生曰: "果如是, 羿
亦有罪焉." 先生不平, 具狀其囊狼憐惜之意. 狼亦巧辯
不已以求勝. 丈人曰: "是皆不足以執信也. 試再囊之,
吾觀其狀, 果困苦否?" 狼欣然從之, 信足先生. 先生復
縛置囊中, 肩舉驢上, 而狼未之知也. 丈人附耳謂先生曰:
"有匕首否?" 先生曰: "有." 於是出匕. 丈人目先生使
引匕刺狼. 先生曰: "不害狼乎?" 丈人笑曰: "禽獸負恩
如是, 而猶不忍殺, 子固仁者, 然愚亦甚矣. 從井以救人,
解衣以活友, 於彼計則得, 其如就死地何! 先生其此類
乎? 仁陷於愚, 固君子之所不與也." 言已大笑, 先生
亦笑, 遂舉手助先生操刃共殪狼, 棄道上而去.

● ● ●　한자풀이 및 주석

[愬(소)] – 하소연할 소.
[垂聽(수청)] – 아랫사람에게서 들음. 경청함.
[壓(압)] – 누를 압.
[鞠躬(국궁)] – 존경하는 뜻으로 몸을 굽힘.
[蔓詞(만사)] – 장구하고 많은 말.
[羿(예)] – 사람 이름 예. 堯(요)임금의 신하로, 10개의 태양이 함께 떠올
　　　　　랐을 때 그중 9개를 쏘아 떨어뜨렸다 한다. 활의 명수.

[執信(집신)] - 굳게 믿다.
[信(신)] - 펼 신. 곧게 펴다.
[附耳(부이)] - 귀에 대고 소곤소곤 말함. 귓속말.
[負恩(부은)] - 은혜를 저버리다.
[愚(우)] - 어리석을 우.
[陷(함)] - 빠질 함.
[操刃(조인)] - 칼날을 잡다.
[殪(에)] - 쓰러질 에.
[棄(기)] - 버릴 기.

●●● 번역

이리가 말하기를 "어르신은 한 가지만 알고 둘은 모르십니다. 제가 호소하게 해 주시고 어르신께서는 끝까지 들어주세요. 처음에 이 선생이 저를 구해 줄 때에 끈으로 저의 사지를 묶어 큰 자루 안에 넣고 ≪시경≫, ≪서경≫ 같은 책으로 눌러 저는 몸을 굽혀 숨도 못 쉴 지경이었습니다. 그는 또 한참 동안 조간자에게 쓸데없는 말을 하였는데 그 뜻은 제가 자루 속에서 숨 막혀 죽어 저를 홀로 독점하려 한 것입니다. 이런 사람을 어찌 잡아먹지 않겠습니까?" 노인이 고개를 돌려 동곽 선생에게 말하기를 "만약 정말 그렇다면 후예 같은 활의 명수라 해도 잘못이 있다." 동곽 선생은 듣고 불만스러워 자기가 이리를 자루에 담을 때의 조심스런 모양을 갖추어 얘기해 주었다. 이리도 역시 끊임없이 교묘한 말로 동곽 선생을 이기려 했다. 노인이 말하기를 "너희들의 이야기는 모두 굳게 믿기에 부족하다. 시험 삼아 다시 자루 속에 넣어 나로 하여금 그 상태를 보아 정말로 고통스러웠는지 보게 하는 게 좋겠다." 이리는 기쁘게 그 말을 따라서 다리를 동곽 선생에게 곧게 펴 주었다. 동곽 선생은 다시 이리를 묶어서 자루에 넣어 어깨에 메어 나귀 등에 얹어 놓았는데 이리는 그것을 몰랐다. 노인은 귓속말로 동곽 선생에게 "비수가 있느냐?" 하고 물었다. 동곽 선생이 말하기를 "있습니다." 이리하여 비수를 꺼내었다. 노인은 선생에게 눈짓으로 비수를 뽑아 이리를 찔러 죽이라고 하였다. 동곽 선생이 말하기를 "그러면 이리를 해치는 것이 아닙니까?" 노인이 웃으며 말하기를 "이 짐승이 이렇게 은혜를 모르는데 그런데도 차마 그것을 죽이지 못하다니 너는 정말로 인자한 사람이다. 그러나 우둔함이 역시 심하다. 우물에 들어가 빠진 사람을 구하고 옷을 벗어 얼어 죽으려는 친구를 구하는 것 이것은 조난자에게 가장 좋은 계책이지만 스스로는 사지에 빠지는 것을 어찌하겠느냐? 당신은 아마도 이런 사람이렷다? 인자함의 정도가 우둔함에 이르는 것은 실로 군자들이 찬동하지 않는 것이다." 말을 마치고는 크게 웃었고 동곽 선생도 웃었다. 마침내 동곽 선생이 비수를 잡는 것을 도와 함께 이리를 쓰러뜨려서 길가에 버리고 길을 떠났다.

●●● 해제

이 작품은 궁지에 빠진 이리를 구해 주었다가 도리어 이리에게 잡아먹히게 생긴 사람이 기지를 발휘해 이리를 도로 자루에 넣어 위기를 모면했다는 스토리로 우리에게도 잘 알려진 우화이다.

사냥꾼에게 쫓기는 이리를 구해 준 동곽 선생은 묵가학설을 따르는 자로서 겸애설의 원칙을 동물에도 적용해 불쌍한 이리를 구해 준다. 그러나 이리는 사냥꾼이 속아 되돌아간 후 자기를 숨겨 준 자루에서 나오자 배가 고프니 동곽 선생을 잡아먹어야겠다고 한다. 겸애설을 도로 동곽 선생에게 적용하여 불쌍한 자기를 위해 희생당하라는 것이다.

놀란 동곽 선생은 세 노인에게 그것이 타당한지를 물어본 연후에 잡아먹든지 말든지 하자고 하나 이리는 동물인지라 사람이 아닌 늙은 살구나무, 늙은 암소 등에게 차례로 묻는다. 살구나무는 식물의 하나로서 농부 집에서 20년간 자라며 수많은 열매를 맺어 사람들에게 베풀었지만 이제 도끼로 베어 버림을 당하게 되었으니 하물며 이리에게 큰 공도 없는 동곽 선생이 무슨 까닭으로 살기를 바라느냐고 한다. 늙은 암소 또한 농부 집에 팔려가 송아지 때부터 일하기 시작하여 온 집안을 풍족하게 해 주었건만 늙으니 소의 포까지 떠서 한 점도 남김없이 이익을 취하려고 하는 데 분노하고 있다. 이 동식물들은 사람들에게 은혜를 배반당한 사례들이다.

동곽 선생이 이리하여 궁지에 몰렸는데 이번에는 사람인 노인이 멀리에서 오기에 그에게 묻기로 한다. 노인은 사람인지라 동곽 선생의 편을 들어 은혜를 모르는 이리는 유가학설에도 어긋난다고 크게 나무란다. 그러나 이리는 동곽 선생이 자기를 자루에 넣을 때 인정사정없이 숨도 못 쉬게 책들로 눌러 덮었다며 비난하고 동곽 선생은 아니라고 반박하니 노인은 그럼 그때의 상황을 재현해 보라고 한다. 이리가 다시 자루에 들어간 후 노인은 동곽 선생에게 비수가 있냐고 묻고 찔러 죽이라고 하니 동곽 선생이 머뭇거리자 은혜를 모르는 것들을 죽이지 않는 것은 우둔한 일이라며 동곽 선생과 함께 비수를 잡아 이리를 찔러 죽인다.

동식물과 사람이 대화를 한다는 동등한 입장을 취하고 또 불평을 토로한 이 우화는 인간의 식물에 대한 착취, 동물에 대한 착취를 잘 드러낸다. 인간 중심주의로 살고 있는 입장에서는 아무렇지도 않은 일이지만 여러 학설 중 남도 자기를 사랑하듯이 사랑하라는 겸애설을 주장하는 묵가의 눈으로 볼 때에는 동식물에 대한 착취도 크게 보일 수 있다. 그러나 충효와 인의를 이야기하는 유가의 입장을 취하는 노인은 다르게 생각한다. 자기의 목숨을 무릅쓰고 남을 돕는 것이라든가 은혜를 받은 자가 은혜를 모르는 것은 사리에 맞지 않는다고 단호히 이리를 찔러 죽인다. 이로써 타인에 대한 이타심을 강조하는 묵가의 학설이 지나칠 경우 자신을 망칠 수 있다는 점을 경고한다고 볼 수 있다.

'중산랑'은 은혜를 모르는 자, 덕망을 원수로 갚는 자의 뜻으로 후세에 널리 쓰이게 되었다. 명대 戱劇家(희극가) 康海(강해), 王九思(왕구사), 陳與郊(진여교), 汪廷訥(왕정눌) 등은 각기 이 이야기를 雜劇(잡극)으로 썼으니 당시 널리 유행했음을 알 수 있다.

20. 席方平

蒲松齡

●●● 작자 소개

蒲松齡(포송령)은 淸(청)나라 淄川(치천) 사람이고 字는 留仙(류선)이고 號는 柳泉(류천)이다. 康熙(강희) 연간에 歲貢(세공: 명청시대 해마다 지방학생 중에서 우수한 학생을 선발하여 서울로 보내어 국자감에서 공부시키던 제도)이 되었지만 후에 학업을 버리고 古文(고문) 짓기에 몰두하여 일가를 이루었다. 저술이 심히 많으나 ≪聊齋志異(요재지이)≫가 가장 인구에 회자된다. ≪國朝耆獻類徵(국조기헌류징)≫ 431 및 ≪國朝詩人徵略初編(국조시인징략초편)≫ 14에 기록이 보인다.

≪聊齋志異(요재지이)≫는 8권으로 되어 있거나 또는 나누어 16권으로 되어 있기도 한데 431편의 작품이 들어 있다. 신선과 요괴, 귀신의 이야기를 적었는데 묘사가 곡절하고 글귀가 아름다우며 서술이 정연하다. 귀로 들은 바를 적기도 하였는데 역시 대부분 간결하다. 매 권의 끝에는 작은 글을 붙였다. 옛날에 대단히 유행하였던 책이다.

●●● 원문1

席方平, 東安人. 其父名廉, 性戇拙, 因與里中富室羊

姓有隙, 羊先死, 數年, 廉病垂危, 謂人曰: "羊某今賄
囑冥使搒我矣." 俄而身赤腫, 號呼遂死. 席慚怛不食,
曰: "我父朴訥, 今見凌於强鬼, 我將赴地下, 代伸冤氣
耳." 自此不復言, 時坐時立, 狀類痴, 盖魂已離舍矣.
席覺初出門, 莫知所往, 但見路有行人, 便問城邑. 少
選, 入城, 其父已收獄中, 至獄門, 遙見父臥檐下, 似
甚狼狽. 舉目見子, 潸然涕流, 便謂: "獄吏悉受賄囑,
日夜搒掠, 脛股摧殘甚矣."

●●● 한자풀이 및 주석

[廉(렴)] - 청렴하다, 모가 나다, 원만하지 않다.
[戇拙(당졸)] - 戇은 외고집인 성질. 拙은 졸렬하다.
[隙(극)] - 틈, 사이.
[垂危(수위)] - 거의 위험해지다.
[賄囑(회촉)] - 賄는 뇌물, 뇌물을 주다. 囑은 부탁할 촉.
[冥使(명사)] - 저승사자.
[搒(방)] - 매질하다, 볼기를 치다.
[赤腫(적종)] - 붉게 붓다.
[慚怛(참달)] - 부끄러워하고 비통해하다.
[朴訥(박눌)] - 순박하고 어눌하다.
[見凌(견릉)] - 능욕을 당하다. 見은 피동태.
[代伸(대신)] - 대신하여 펴다.
[冤氣(원기)] - 원통한 기운. 원기.
[痴(치)] - 어리석다. 정신 이상이 되다.
[少選(소선)] - 극히 짧은 시간.
[檐(첨)] - 처마.
[狼狽(낭패)] - 일이 뜻대로 되지 않아 몹시 딱한 형편이 됨. '狼'은 앞

다리가 길고 뒷다리가 짧으며 '狽'는 그 반대이기 때문에
서로 의지해야만 다닐 수 있다는 데서 온 말.

[潸然(산연)] – 눈물을 하염없이 흘리는 모양.

[悉(실)] – 모두.

[拷掠(방략)] – 죄인을 매질함.

[脛股(경고)] – 정강이와 넓적다리.

[摧殘(최잔)] – 꺾이어 손상을 입음.

◐◕● 번역

석방평은 동안 사람이다. 그 부친은 이름이 석렴이고 성격이 강직하여
마을의 부귀한 집 양 씨와 원수를 맺었는데 양 씨가 먼저 죽고 몇 년
뒤 석렴도 병들어 위급해지자 사람에게 일러 말하기를 "양 씨가 지금
저승사자에게 뇌물을 써서 나를 매질하려 한다." 조금 있다가 몸이 붉
게 부어오르고 부르짖더니 드디어 죽었다. 석 씨는 참담하여 먹지도 못
하고 말하기를 "우리 부친은 어눌하셔서 지금 못된 귀신에게 능욕을 당
하고 계실 거다. 내가 지하로 내려가 원한을 대신 호소해야겠다." 이로
부터 말을 하지 않고 앉았다가 일어났다가 미친 사람처럼 하니 대개 혼
이 이미 떠나간 듯했다. 석 씨가 막 문을 나섰음을 느꼈을 때 어디로 가
야 할지 몰랐으나 길에 행인이 보여 곧 시내를 물었고 조금 있다가 시내
에 들어가니 그 부친은 이미 감옥에 갇혔고 옥문에 이르니 멀리 부친이
처마 아래 누워 있는 것이 보였고 매우 낭패한 듯했다. 눈을 들어 아들
을 보고 하염없이 눈물을 흘리면서 곧 말하기를 "옥리들이 모두 뇌물을
받아 밤낮으로 매질을 하니 종아리와 넓적다리가 다 부서질 지경이다."

◐◕● 원문2

席怒, 大罵獄吏: "父如有罪, 自有王章, 豈汝等死魅所能操耶!" 遂出, 抽筆爲詞, 値城隍早衙, 喊冤以投. 羊懼, 內外賄通, 始出質理, 城隍以所告無据, 頗不直席. 席忿氣無所復伸, 冥行百餘里, 至郡, 以官役私狀, 告之郡司, 遲之半月, 始得質理. 郡司撲席, 仍批城隍復案. 席至邑, 備受械梏, 慘冤不能自舒. 城隍恐其再訟, 遣役押送歸家. 役至門辭去, 席不肯入, 遁赴冥府, 訴郡邑之酷貪, 冥王立拘質對. 二官密遣腹心, 與席關說, 許以千金, 席不聽.

●●● 한자풀이 및 주석

[王章(왕장)] – 왕의 법.
[死魅(사매)] – 죽은 요괴. 귀신.
[操(조)] – 부리다, 조종하다.
[抽筆(추필)] – 붓을 뽑다. 붓을 빼들다.
[城隍(성황)] – 성을 지키기 위해 성 둘레에 파 놓은 마른 해자. 또는 城隍神(성황신).
[早衙(조아)] – 官衙(관아)에서 아침에 행하던 예식.
[喊冤(함원)] – 원망을 외치다.
[懼(구)] – 두려워할 구.
[質理(질리)] – 이치를 따져 묻다.
[直(직)] – 향하다. 대하다.
[忿氣(분기)] – 분한 기운.
[郡司(군사)] – 각 고을에 있던 戶長(호장)의 집무소.
[撲(박)] – 때리다.
[械梏(계곡)] – 차꼬와 수갑. 桎梏(질곡).
[慘冤(참원)] – 비참하게 원망하다.
[舒(서)] – 펴다.

[押送(압송)] - 죄인을 호송함.

[遁(둔)] - 달아나다. 도망치다.

[冥府(명부)] - 저승. 黃泉(황천).

[酷貪(혹탐)] - 혹독한 탐욕.

[立(립)] - 곧, 즉시.

[拘(구)] - 체포하다.

[質對(질대)] - 대질하다.

[腹心(복심)] - 심복.

[關說(관설)] - 남을 대신하여 말하다. 중간에서 남에게 좋은 말을 해 주다.

● ● ● **번역**

석방평이 노하여 크게 옥리를 나무라며 말하기를 "부친에게 죄가 있다면 왕의 법으로 다스리게 마련인데 어찌 너희 귀신들이 마음대로 하느냐?" 하고는 나가서 붓을 들어 글을 써서 마침 성황이 아침에 근무하러 나갈 때 아전에 투고하였다. 양 씨는 놀라서 은전을 써서 뇌물을 주고 대질에 나섰다. 성황은 투고한 것이 사실 근거가 없다고 하고 도리어 석방평을 나무랐다. 석방평은 분해도 신고할 데가 없어 다시 어둠 속을 백여 리를 더 갔다. 군에 이르러 관리들이 뇌물을 받은 사사로운 일을 군의 관리에게 보고하였다. 반 개월을 끌고 나서 비로소 대질 심문을 했다. 군의 성황도 일을 제대로 처리하지 않고 석방평을 한바탕 때리고는 여전히 현의 성황에게로 다시 심문하게 보냈다. 석방평은 다시 현으로 돌아오면서 또 각종 형구로 벌을 받아 참통하고 원통한 것이 이루 말할 수 없었다. 성황은 그가 다시 상소할까 봐 그를 집으로 압송해 버렸다. 사신들이 그를 집 앞까지 압송하고 돌아갔으나 석방평은 들어가려고 하지 않고 되돌아서 몰래 염라대왕이 있는 곳으로 가서 군과 읍의 부패를 호소하였고 염라대왕은 곧 군과 현의 성황을 불러다 대질시켰다. 양급관리는 몰래 심복을 파견하여 석방평에게 사정을 말하고 천 냥을 뇌물로 주겠다고 하였으나 석방평이 듣지 않았다.

過數日，逆旅主人告曰：“君負氣已甚，官府求和而執
不從，今聞於王前各有函進，恐殆矣.” 席以道路之口，
猶未深信，俄有皁衣人喚入，升堂，見冥王怒色，不容
置詞，命笞二十. 席屬聲問：“小人何罪？” 冥王漠若不
聞. 席受笞，喊曰：“受笞允當，誰教我無錢也！” 冥王
益怒，命置火床，兩鬼捽席下. 見東墀有鐵床，熾火其下，
床面通赤，鬼脱席衣，掬置其上，反復揉捺之，痛極，骨
肉焦黑，苦不得死. 約一時許，鬼曰：“可矣.” 遂扶起，
促使下床着衣，猶幸跛而能行. 復至堂上，冥王問：“敢
再訟乎？” 席曰：“大怨未伸，寸心不死！若言不訟，是欺
王也. 必訟！” 又問：“訟何詞？” 席曰：“身所受者，皆
言之耳！”

[逆旅(역려)] – 여관.
[函(함)] – 편지.
[殆(태)] – 위태할 태.
[皁(조)] – 하인 조. 천한 사람.
[笞(태)] – 볼기 칠 태.
[漠(막)] – 조용하다, 소리가 없다.
[喊(함)] – 외치다.

[允當(윤당)] – 정당하다, 타당하다.
[捽(졸)] – 잡을 졸. 머리채를 잡다.
[墀(지)] – 섬돌 위 뜰 지.
[鐵床(철상)] – 쇠 침대.
[熾火(치화)] – 불을 피우다.
[掬(국)] – 손바닥.
[揉捺(유날)] – 揉는 주무를 유, 주물러 부드럽게 하다, 捺은 누르다, 찍
　　　　　다. ex) 捺印(날인): 도장을 찍음.
[焦(초)] – 그을릴 초.
[許(허)] – 쯤, 정도.
[跛(파)] – 절뚝거리며 걷다.

◉◉◉ 번역

며칠이 지나서 여관의 주인이 말하기를 "그대는 너무 의기를 믿고 있다. 관부에서 화해를 해 왔는데 고집 피우고 듣지 않고 이제 염라대왕전에 그들이 각기 편지를 들여놓았다 하니 그대가 위태로울 것이다." 석방평은 듣고 길에서 하는 말이니 깊이 믿을 바가 못 된다 여겼고 조금 있다가 검은 옷을 입은 사자가 불러 당에 오르니 염라대왕이 노한 빛으로 말을 들을 필요도 없이 곤장 이십 대를 때리라고 명하였다. 석방평이 외치기를 "소인에게 무슨 죄가 있습니까?" 염라대왕은 듣지 못한 듯했다. 석방평이 곤장을 맞으면서 외치기를 "맞아도 싸다. 누가 나더러 돈이 없게 했느냐?" 염라대왕이 더욱 노하여 불 침대를 갖다 놓으라 하고 두 귀신이 석방평을 끌고 갔다. 동쪽 섬돌 위에 한 철제 침대가 놓여 있는데 침대 아래에 불이 타올라 침대를 온통 벌겋게 달아오르게 하였다. 귀신은 석방평의 옷을 벗기고 그를 불 침대 위에 끌어다 놓고 이리저리 굴리며 그를 지졌다. 근골과 살갗이 모두 검게 타올라 그는 아파서 견딜 수가 없었다. 곧 죽어 버리는 게 나을 듯했다. 약 한 시간 뒤 귀신이 말

하기를 "됐다." 이리하여 그를 끌어내어 그더러 침대에서 내려와 옷을 입도록 했다. 다행히도 비틀비틀 억지로 걸을 수는 있었다. 석방평은 다시 큰 당으로 압송되어 갔다. 염라대왕이 묻기를 "그래도 할 말이 있느냐?" 그가 말하기를 "원한을 아직 말씀드리지 못했으니 절대로 단념치 않겠습니다. 제가 만약 다시 고소하지 않는다면 그건 왕을 속이는 것이 됩니다. 꼭 다시 고소하겠습니다." 또 물었다 "넌 무엇을 고소하겠다는 거냐?" 석방평이 말하기를 "몸으로 겪은 것을 다 말하겠습니다."

●●● 원문 4

冥王又怒, 命以鋸解其体, 二鬼拉去, 見立木, 高八九尺許, 有木板二, 仰置其上, 上下凝血模糊. 方將就縛, 忽堂上大呼 "席某", 二鬼卽復押回. 冥王又問: "尚敢訟否?" 答曰: "必訟!" 冥王命: "捉去速解!" 旣下, 鬼乃以二板夾席, 縛木上, 鋸方下, 覺頂腦漸辟, 痛不可忍, 顧亦禁而不號, 聞鬼曰: "壯哉此漢!" 鋸隆隆然, 尋至胸下, 又聞一鬼云: "此人大孝, 無辜, 鋸令稍偏, 勿損其心." 遂覺鋸鋒曲折而下, 其痛倍苦. 俄頃, 半身辟矣, 板解, 兩身俱僕. 鬼上堂大聲以報, 堂上傳呼: "令合身來見!" 二鬼卽推令復合, 曳使行. 席覺鋸縫一道, 痛欲復裂, 半步而踣. 一鬼於腰間出絲帶一條授之, 曰: "贈此以報汝孝." 受而束之, 一身頓健, 殊無少苦, 遂升堂而伏. 冥王復問如前, 席恐再罹酷毒, 便答: "不訟矣." 冥王立命送還陽界, 隷率出北門, 指示歸途, 反身遂去.

[鋸(거)] – 톱 거.

[拉(랍)] – 끌 랍.

[凝血(응혈)] – 엉긴 피.

[模糊(모호)] – 분명하지 못함. 흐릿함.

[捉(착)] – 잡을 착. ex) 捕捉(포착): 포착하다.

[夾(협)] – 낄 협. 벌어진 사이에 넣어 좌우에서 누르다.

[頂腦(정뇌)] – 정수리와 뇌.

[辟(벽)] – 치우치다.

[隆隆(융륭)] – 세력이 왕성한 모양. 우렛소리.

[尋至(심지)] – 미치다, 이르다.

[無辜(무고)] – 무고하다, 죄가 없다. 辜는 허물 고.

[稍(초)] – 조금.

[損(손)] – 해치다. 상하게 하다.

[鋒(봉)] – 칼끝 봉. 물건의 뾰족한 끝.

[倍(배)] – 곱절 배.

[俄頃(아경)] – 잠깐 동안. 暫時(잠시).

[僕(복)] – 붙다. 따라붙다.

[曳(예)] – 끌 예.

[縫(봉)] – 틈새.

[裂(렬)] – 찢어질 렬.

[踣(복)] – 넘어질 복. 넘어질 부.

[絲帶(사대)] – 명주실 허리띠.

[一條(일조)] – 한 가닥.

[授(수)] – 줄 수.

[束(속)] – 묶을 속.

[殊(수)] – 특히. 유달리.

[罹(리)] – 걸리다. 병, 재앙 따위에 걸리다. 당하다.

[酷毒(혹독)] – 정도가 몹시 심함.

[陽界(양계)] - 이 세상.
[隷(례)] - 종.
[率(솔)] - 거느릴 솔.

●●● 번역

염라대왕이 또 노하여 그의 몸을 톱으로 자르라 하였다. 두 귀신이 잡아가니 세운 나무가 보이는데 높이가 팔구 척쯤 되었고 목판이 두 개가 그 위에 놓여 있었고 위아래에 흐릿하게 응혈이 있었다. 바야흐로 묶으려 할 때 홀연 당 위에서 크게 '석 씨'를 부르는 소리가 들려 두 귀신이 즉시 다시 압송하여 갔다. 염라대왕이 다시 묻기를 "아직도 감히 다시 고소하겠느냐?" 답하여 말하기를 "반드시 고소하겠습니다." 염라대왕이 명하기를 "잡아끌고 가서 속히 비틀어라." 내려오자, 귀신이 두 개의 목판에 석방평을 끼워 넣고 나무 위에 묶고 톱이 막 내려오니 정수리와 뇌가 빠개지는 것을 느껴 아픔을 참을 수가 없었으나 돌아다보며 역시 꽉 다물고 소리치지 않았는데 귀신이 하는 말이 들리기를 "대단하도다, 이 대장부는!" 톱이 융융히 가슴 아래까지 내려오니 또 한 귀신이 말하기를 "이 사람은 대효자로 무고한 사람이니 톱을 좀 치우치게 해서 그 심장을 다치지 않게 하자." 그리하여 톱의 예리한 곳이 굽어지며 내려오는 걸 느끼니 그 고통이 더욱 심했다. 조금 지나서 반신이 잘라졌고 목판을 푸니 두 쪽의 몸이 함께 땅에 쓰러졌다. 귀신이 당에 올라가 큰 소리로 고하니 당 위에서 전하기를 "몸을 합쳐서 데리고 오너라." 두 귀신이 영에 따라 몸을 합쳐서 끌어서 갔다. 석방평은 톱날의 틈이 머리끝에서 발끝까지 느껴져 찢어지는 듯 아파서 반걸음 가다 땅 위에 엎어졌다. 한 귀신이 허리에서 허리띠 하나를 꺼내 그에게 주면서 말하기를 "네가 효심이 있는 걸 생각해서 너에게 주는 것이다." 석방평은 허리띠를 받아 몸에 묶으니 즉시 온몸이 편안해짐을 느꼈고 조금도 아프지 않았다. 이리하여 당 위로 올라가 땅 위에 엎드렸다. 염라대왕은 여전히 앞에서처럼 그에게 물었는데 그는 다시 참형을 받기가 무서워 대답하기를 "고소하지 않겠습니다." 염라대왕은 듣고서 곧 그를 세상으로 보내라고 명령하였다. 사자들이 석방평을 데리고 북문을 나서 집으로 가는 길을 알려 주고 몸을 돌려 가 버렸다.

●●● 원문5

席念陰曹之昧暗, 尤甚於陽間, 奈無路可達帝聽, 世傳灌口二郎爲帝勣戚, 其神聰明正直, 訴之當有靈異. 竊喜二隷已去, 遂轉身南向, 奔馳間, 有二人追至曰: "王疑汝不歸, 今果然矣." 捽回, 復見冥王. 竊疑冥王益怒, 禍必更慘, 而王殊無慍容, 謂席曰: "汝志誠孝, 但汝父冤, 我已爲若雪之矣. 今已往生富貴家, 何用汝鳴呼爲! 今送汝歸, 予以千金之産, 期頤之壽, 於願足乎?" 乃注籍中, 箝以巨印, 使席親視之, 席謝而下.

●●● 한자풀이 및 주석

[陰曹(음조)] – 저승. 冥土(명토)와 같음.
[昧暗(매암)] – 어두움.
[灌口二郎(관구이랑)] – 二郎神을 가리킴. 秦(진)나라 때 李氷(이빙)과 그 둘째 아들이 灌口(관구: 사천성에 있음)에 都江堰(도강언)를 만들어 요물뱀을 막았으므로 촉 지방 사람들에게 덕이 있었다. 촉나라 사람들이 이에 묘를 짓고 그들을 받들어 신령으로 모셨다.

후에 소설과 희곡중의 신화적 인물로 발전하였다.

[勳戚(훈척)] - 나라에 공훈이 있는 임금의 친척.

[靈異(영이)] - 영묘하고 기이함.

[奔馳(분치)] - 말을 타고 빨리 달림.

[嗚呼(명호)] - 울어 외침.

[期頤(기이)] - 백 살이 된 사람.

[箝(겸)] - 재갈 먹일 겸. 끼우다.

●●● 번역

석방평은 음계의 암흑세계가 양계의 인간세계보다 더욱 심하다고 생각하였다. 옥황상제에게 호소할 길이 없는데 세상에 전하는 말로 관구의 이랑이 옥황상제에게 공훈이 있는 친척으로 총명하고 정직한 신이니 그에게 호소하면 영험한 효과가 있을 것이라 하였다. 두 귀신이 떠난 것을 기뻐하며 드디어 몸을 돌려 남쪽으로 향하였는데 막 달려가는 중에 두 사람이 쫓아오면서 말하기를 "염라대왕이 네가 돌아가지 않을까 의심하였는데 과연 그렇구나." 다시 그를 잡아가서 염라대왕을 뵙게 했다. 속으로 염라대왕이 더욱 노하여 화가 분명 더욱 참혹하리라 생각하였는데 왕은 별달리 무서운 표정을 짓지 않고 석방평에게 말하기를 "너의 뜻은 진심으로 효성스러운데 너의 부친의 원한은 내가 이미 다 씻어 주었다. 이제 그가 부귀한 집에 왕생하였는데 또 무슨 너의 호소가 필요하겠느냐? 이제 너를 돌아가도록 하고 천금의 재산을 주고 백 세의 수명을 내리겠으니 너는 만족하겠느냐?" 이에 생사부에 그 일을 올리고 큰 도장을 찍어 그의 눈으로 보게 하자 석방평은 염라대왕에게 감사하고 당에서 내려왔다.

鬼與俱出, 至途, 驅而罵曰: "奸猾賊! 頻頻反復, 使人奔波欲死! 再犯, 當捉入大磨中細細硏之." 席張目叱曰: "鬼子胡爲者! 我性耐刀鋸, 不耐撻楚, 請反見王, 王如令我自歸, 亦復何勞相送!" 乃返奔. 二鬼懼, 溫語勸回. 席故蹇緩, 行數步, 輒憩路側, 鬼含怒, 不敢復言. 約半日, 至一村, 一門半辟, 鬼引與共坐, 席乃据門閾, 二鬼乘其不備, 推入門中, 驚定自視, 身已生爲嬰兒, 憤啼不乳, 三日遂殤. 魂搖搖不忘灌口, 約奔數十里, 忽見羽葆來, 旛戟橫路, 越道避之, 因犯鹵簿, 爲前馬所執, 縶送車前.

●●● 한자풀이 및 주석

[奸猾(간활)] – 간특하고 교활함.

[反復(반복)] – 되풀이함.

[奔波(분파)] – 세차게 흐르는 파도. 여기서는 고생함, 애씀의 뜻.

[磨(마)] – 연자방아.

[硏(연)] – 갈다, 문지르다.

[叱(질)] – 꾸짖을 질.

[耐(내)] – 견딜 내.

[刀鋸(도거)] – 칼과 톱. 옛날 刑具(형구)의 한 가지. 칼은 割刑(할형)에 쓰고 톱은 刖刑(월형)에 썼음.

[撻楚(달초)] – 회초리로 볼기나 종아리를 때림.

[溫語(온어)] – 온화한 말.

[蹇(건)] – 절다, 절뚝거리다.

[緩(완)] - 느릴 완.

[憩(게)] - 쉴 게.

[門閾(문역)] - 문지방. 閾은 문지방 역.

[嬰兒(영아)] - 갓난아이.

[憤啼(분제)] - 성을 내어 울다.

[殤(상)] - 일찍 죽을 상. ex) 殤死(상사): 20세가 되기 전에 죽음.

[羽葆(우보)] - 깃털 수레 덮개 장식.

[旛戟(번극)] - 깃발과 창. 旛은 淸대에 천자가 거둥할 때 쓰던 기.

[鹵簿(노부)] - 천자가 거둥할 때의 행렬. 鹵는 경호할 때 쓰는 큰 방패,
簿는 행렬의 순서를 적은 장부.

[繫送(집송)] - 묶어서 이송하다.

●●● 번역

귀신이 함께 나오면서 길에 이르자 달리며 욕하여 말하길 "간사한 놈!
몇 번을 번복하여 우리를 죽도록 달리게 했다. 다시 또 이러면 너를 큰
절구에 넣어 가루로 만들어 버리겠다." 석방평이 눈을 크게 뜨고 꾸짖
어 말하기를 "귀신이란 뭐하는 자인가? 나는 톱날은 견뎌 냈지만 매질
은 참지 못한다. 돌아가 염라대왕을 만나 왕이 나 스스로 돌아가라고
한다면 또 무슨 전송할 필요가 있겠는가?" 하고 돌이켜 달렸다. 두 귀
신은 놀라 온순한 말로 돌아가도록 청했다. 석방평이 이에 말 발길을
늦추고 몇 걸음을 가다가 문득 길가에서 쉬니 귀신이 노하였으나 감히
다시 말을 하지 못했다. 약 반나절 갔을 때 한 마을에 이르니 문 하나
가 반쯤 열렸기에 귀신이 끌어당겨 함께 입구에 앉아 쉬는데 그는 곧
문지방에 앉았다. 생각지 못하게 두 귀신이 그가 방비하지 않은 새 그
를 대문 안으로 밀어 넣었다. 그가 깜짝 놀라 정신을 차려 보니 자기의
몸이 이미 막 태어난 신생아로 변해 있었다. 화가 나 울며 젖도 마시지
않고 삼일 만에 드디어 죽었다. 석방평의 영혼은 떠돌고 있었지만 관구

에 가야 한다는 것은 잊지 않았다. 약 수십 리를 달려갔을 때 아름다운 깃털로 장식한 수레가 천천히 다가오는 것이 보였고 의장대는 수레 주위를 옹위하며 길 가득히 각종 깃발과 창들이 보였다. 석방평은 대로를 지나 몸을 숨기려 하였는데 조심하지 못해 의장대에 부딪쳐 수레 앞에서 길을 열던 기마대에 잡혀 묶여서 수레 앞으로 이송되었다.

●●● 원문7

仰見車中一少年, 豊儀瑰瑋, 問席: "何人?" 席冤憤正無所出, 且意是必巨官, 或當能作威福, 因緬訴毒痛, 車中人命釋其縛, 使隨車行. 俄至一處, 官府十餘員迎謁道左, 車中人各有問訊, 已而指席謂一官曰: "此下方人, 正欲往訴, 宜卽爲之剖決." 席詢之從者, 始知車中卽上帝殿下九王, 所囑卽二郎也. 席視二郎, 修軀多髯, 不類世間所傳. 九王旣去, 席從二郎至一官廨, 則其父與羊姓并衙隷俱在. 少頃, 檻車中有囚人出, 則冥王及郡司、城隍也. 當堂對勘, 席所言皆不妄, 三官戰慄, 狀若伏鼠. 二郎援筆立判, 頃刻傳下判語, 令案中人共視之.

●●● 한자풀이 및 주석

[豊儀(풍의)] - 풍성한 자태.
[瑰瑋(괴위)] - 진귀하게 아름답다.
[冤憤(원분)] - 원망과 분함.
[威福(위복)] - 위력으로 위협하거나 은혜를 입혀 남을 억누름.
[緬訴(면소)] - 아득히 호소하다. 멀리서 호소하다.

[毒痛(독통)] - 심한 고통.

[迎謁(영알)] - 나아가서 맞이하여 알현함.

[問訊(문신)] - 소식을 묻다.

[剖決(부결)] - 판결함. 剖斷(부단).

[詢(순)] - 물을 순.

[囑(촉)] - 부탁할 촉.

[修軀(수구)] - 큰 키.

[官廨(관해)] - 관청.

[衙隸(아례)] - 지방 관청에서 부리던 하인.

[檻車(함거)] - 죄인을 호송하는 데 사용하던 사방을 통나무나 판자 등
으로 난간을 두른 수레. 轞車(함거).

[囚人(수인)] - 죄수.

[對勘(대감)] - 이해를 달리하는 두 사람을 대질시켜 조사함.

[戰慄(전율)] - 두려워서 떪.

[伏鼠(복서)] - 엎드린 쥐.

[援筆(원필)] - 붓을 잡음.

[頃刻(경각)] - 눈 깜빡할 사이. 아주 짧은 시간.

[案(안)] - 판결. 소송의 결재서.

●●● 번역

우러러 바라보니 수레 안에 한 젊은이가 앉아 있는데 분위기가 기품 있
고 당당하였으며 석방평에게 뭐 하는 사람인가 물었다. 석방평은 가득
한 분함을 호소할 길 없다가 생각해 보고 형용을 살피니 이 젊은이는
분명 높은 관리일 거라 생각되어 그를 대신하여 그 악당들을 징벌할 것
같아 자기의 참혹한 고통을 처음부터 끝까지 쭉 설명하였다. 수레 안의
그 사람은 곧 석방평을 풀어 주라고 명령하고 그를 수레 뒤에 타게 하
고 함께 갔다. 잠깐 사이에 한 곳에 이르렀는데 노변에는 십여 명의 관
원이 나와서 맞이하였다. 수레 안의 그 청년은 그들과 일일이 인사를

한 후 석방평을 가리키며 그중의 한 관원에게 말하기를 "그는 하계에서 온 사람이다, 마침 너한테로 가서 호소하려던 참이니 너는 곧 그를 위해 진상을 샅샅이 파헤쳐 시비를 판명하라." 석방평은 몰래 그들의 말을 들어 보니 수레 안에 앉았던 사람이 바로 옥황상제의 황태자 구왕 전하임을 알았다. 그가 당부한 그 관원은 알고 보니 바로 이랑신이었다. 그가 이랑신의 모습을 자세히 보니 큰 키에 얼굴엔 수염이 가득하여 인간 세상에 전하는 그 모습이 아니었다. 구왕이 가버린 뒤 석방평은 이랑신을 따라 한 관청에 갔는데 그의 부친 석렴, 양 씨, 그리고 저승사자들이 이미 그곳에서 기다리고 있었다. 잠시 뒤, 죄수수레에서 몇 명의 죄수가 걸어 나오는데 염라대왕과 부와 현의 성황이었다. 당에서 대질한 결과 석방평이 호소한 안건은 구절구절이 다 사실로 세 명의 관리들은 놀라서 벌벌 떨며 땅에 엎드려 모습이 마치 고양이 앞의 쥐 같았다. 이랑신은 붓을 들어 즉각 판결을 내렸다. 잠시 뒤, 판결문을 전달하여 이 사건과 관련된 모든 사람들이 일일이 보게 하였다.

⬤ ⬤ ⬤ 원문8

判云: "勘得冥王者: 職膺王爵, 身受帝恩. 自應貞潔以率臣僚, 不當貪墨以速宮謗. 而乃繁纓榮戟, 徒夸品秩之尊; 羊狠狼貪, 竟玷人臣之節. 斧敲斫, 斫入木, 婦子之皮骨皆空; 鯨吞魚, 魚食蝦, 螻蟻之微生可憫. 當挹西江之水, 爲爾湔腸; 卽燒東壁之床, 請君入瓮. 城隍、郡司, 爲小民父母之官, 司上帝牛羊之牧. 雖則職居下列, 而盡瘁者不辭折腰; 卽或勢逼大僚, 而有志者亦應強項. 乃上下其鷹鷙之手, 既罔念夫民貧; 且飛揚其狙獪之奸, 更不嫌乎鬼瘦. 惟受臟而枉法, 眞人面而

獸心. 是宜剔髓伐毛, 暫罰冥死; 所當脱皮換革, 仍令
胎生. 隷役者旣在鬼曹, 便非人類, 祇宜公門修行, 庶還
落蓐之身; 何得苦海生波, 益造彌天之孽. 飛揚跋扈, 狗
臉生六月之霜; 隳突叫號, 虎威斷九衢之路. 肆淫威於
冥界, 咸知獄吏爲尊; 助酷虐於昏官, 共以屠伯是懼. 當
於法場之内, 剁其四肢; 更向湯鑊之中, 撈其筋骨. 羊某
富而不仁, 狡而多詐. 金光盖地, 因使閻摩殿上盡是陰
霾; 銅臭熏天, 遂教枉死城中全無日月. 餘腥猶能役鬼,
大力直可通神. 宜籍羊氏之家, 以償席生之孝. 卽押赴
東嶽施行."

●●● 한자풀이 및 주석

[勘(감)] - 헤아리다, 조사하다.
[膺(응)] - 받다. 가까이하다.
[王爵(왕작)] - 왕의 작위.
[率(솔)] - 거느릴 솔.
[臣僚(신료)] - 많은 벼슬아치.
[貪墨(탐묵)] - 욕심이 많고 마음이 검음.
[謗(방)] - 헐뜯을 방.
[繁纓(번영)] - 호화로운 갓끈.
[棨戟(계극)] - 의장용 기구의 하나로, 적흑색 비단으로 싼 나무 창.
[夸(과)] - 자랑할 과.
[狠(한)] - 사납다. 패려궂다.
[玷(점)] - 이지러지다, 욕되게 하다.
[敲斫(고작)] - 두드리고 베다. 斫은 벨 작.
[鯨(경)] - 고래 경.

[蝦(하)] − 새우 하.

[螻蟻(누의)] − 땅강아지와 개미. 보잘것없는 것의 비유.

[憫(민)] − 불쌍히 여기다.

[掬(국)] − 움킬 국. 두 손으로 움키다.

[湔腸(전장)] − 창자를 씻다. 湔은 씻을 전.

[瓮(옹)] − 독 옹.

[盡瘁(진췌)] − 몸이 여위도록 몸과 마음을 다하여 애씀.

[强項(강항)] − 목덜미가 강하여 쉽게 머리를 숙이지 않음. 剛直(강직)함.

[鷹鷙(응지)] − 매 응, 맹금 지. 사나운 새들.

[罔念(망념)] − 생각지 아니하다.

[狙獪(저회)] − 교활하다.

[臟(장)] − 장물 장.

[剔髓(척수)] − 剔은 바를 척, 파헤쳐 폭로하다. 髓는 골수 수.

[落蓐(낙욕)] − 떨어질 락, 깔개 욕.

[彌天(미천)] − 하늘에 가득 참. 뜻이 고원함.

[孽(얼)] − 재앙. 폐.

[跋扈(발호)] − 세력이 강대하여 제멋대로 행동함.

[狗臉(구검)] − 狗는 개. 범 새끼. 臉은 뺨.

[隳突(휴돌)] − 들이받아 날뛰고 설침. 隳는 무너뜨릴 휴.

[淫威(음위)] − 대단한 위세. 권력을 남용함.

[酷虐(혹학)] − 끔찍하게 학대함. 지겹도록 괴롭힘.

[屠伯(백정)] − 잔악한 관리를 비유함.

[剁(타)] − 자르다, 저미다.

[湯鑊(탕확)] − 가마솥에 삶아 죽이는 刑(형)에 쓰던, 다리 없는 큰 가마.

[撈(로)] − 잡을 로. 건져 내다.

[狡(교)] − 교활할 교. ex) 狡猾(교활): 교활하다.

[閻魔殿(염마전)] − 염라대왕전. 閻魔는 불교에서 죽은 사람의 생전의
　　　　　　　　　　죄를 다스린다는 지옥의 임금. 閻魔大王(염마대왕).
　　　　　　　　　　閻羅大王(염라대왕). 梵語(범어)를 음역한 것임.

[陰霾(음매)] − 날이 흐리고 흙비가 내림. 霾는 흙비 올 매.

[銅臭(동취)] − 동전에서 나는 냄새. 돈 냄새. 돈에 탐욕이 많은 사람.

[腥(성)] – 비릴 성. 누린내.
[籍(적)] – 명부. 호적. 밭 갈다.
[押赴(압부)] – 잡아가다.
[東嶽(동악)] – 중국의 五嶽(오악)의 하나인 泰山(태산). 五嶽은 東嶽(동
악) 泰山(태산), 南嶽(남악) 衡山(형산), 西嶽(서악) 華山
(화산), 北嶽(북악) 恒山(항산), 中嶽(중악) 嵩山(숭산)을
가리킨다.

●●● 번역

판결문에 말하기를 "염라왕은 옥황상제의 은덕을 받들어 명계의 왕이
라는 직위를 받았으니 정결하게 여러 신하를 통솔해야지 탐심을 내어
여러 사람들의 비방을 받아서는 안 된다. 그런데 놀랍게도 거짓말을 하
고 호화로움을 즐겨 고위직의 존귀함을 자랑하였다. 또한 잔폭한 정치
를 하여 이리처럼 탐람되이 신하의 절조를 더럽혔다. 뼈를 두드려 골수
를 빨고 부녀와 아동의 피골이 모두 텅 비게 하였다. 약소한 생명 보기
를 개미만도 못하게 보고 고래가 물고기를 삼키듯 민간의 고혈을 마음
대로 쥐어짜 많은 중생들을 가련하고 의지할 데 없게 했다. 이치에 따
르자면 서강의 물을 가져다 네 더러운 심장을 씻어내야겠고 동쪽 계단
의 불 침대를 불붙여 네 스스로도 불에 달구어지는 맛을 보아야 한다.
부와 현의 성황은 서민백성의 부모와 같은 관직으로 직책이 옥황상제
를 대신하여 양육의 덕을 베풀어야 한다. 설사 직위가 높지 않더라도
무릇 힘껏 노력하여 옥황상제의 덕을 드러내야 하니 노고를 마다하지
않고 온몸을 다 바쳐야 하고 권세 있는 자의 핍박을 받더라도 직책을
지키려는 뜻을 지키며 견강불굴해야 한다. 그런데 너희들은 감히 위아
래로 결탁하여 사악한 짓을 마음대로 자행하여 백성의 빈곤을 돌보지
아니하고 발호를 멈추지 않고 간사한 계교를 마구 부려 원숭이보다 더
간교하게 마른 귀신을 착취하였다. 참심을 내어 법을 굽히고 인면수심

의 짓을 하였으니 마땅히 골수를 빼고 터럭을 다 뽑아 버려 음계의 세
계에서 죽도록 벌해야겠고 인간의 껍질을 벗기고 터럭을 씌워 윤회전
생하게 하여 짐승으로 태어나게 해야 한다. 너희 이 저승사자들은 귀신
류에 속하고 당연히 인간이 아니니 본래 공관에서 좋은 일을 하면 혹여
또 태를 바꾸어 인간으로 태어날 수 있겠거늘 어찌하여 고해에 파도를
일으켜 죄악을 저질렀는가? 기염을 토하고 냉혹한 것이 유월에 찬 눈이
내리듯 하였고 무도한 짓을 저지르고 날카롭게 부르짖기를 호랑이의
위엄이 사통팔달의 도로를 가로막듯 하였다. 음계세계에서 위세를 남용
하였으니 누가 감히 옥리를 두려워하지 않겠는가? 어리석은 관리를 도
와 못된 짓을 하게 하여 모두들 너희를 도살자들처럼 무섭게 보도록 하
였다. 응당 법정에서 너희의 사지를 잘라 버리고 끓는 솥에서 너희의
근골을 건져 올려야 한다. 양 씨는 돈을 많이 가지고 좋은 일은 안 하
고 교활하고 사기를 쳤다. 뇌물로 쓴 돈은 땅을 뒤덮을 만하여 염라대
왕전을 검은 구름으로 뒤덮었으니 불의한 재물의 썩은 냄새가 하늘을
더럽혀 죽음의 세계에 어두컴컴하게 해가 없게 하였다. 남은 것으로 자
잘한 귀신들을 부렸으니 더러운 돈의 매력이 신에게도 통하였다. 응당
양 씨의 재산을 다 뺏어 가져다 석방평의 효심에 보상해 주어야 한다.
곧 그들을 동악묘로 압송하도록 즉각 실시하라.”

●●● **원문9**

又謂席廉: “念汝子孝義, 汝性良懦, 可再賜陽壽三紀.”
因使兩人送之歸里. 席乃抄其判詞, 途中, 父子共讀之.
旣至家, 席先蘇. 令家人啓棺視父, 僵尸猶冰, 俟之終
日, 漸溫而活, 又索抄詞, 則已無矣. 自此家日益豊, 三
年間良沃遍野, 而羊氏子孫微矣, 樓閣田産, 盡爲席有.

里人或有置其田者，夜夢神人叱之曰：“此席家物，汝烏得有之！”初未深信，旣而種作，則終年升斗無所獲，於是復鬻歸席．席父九十餘歲而卒．

異史氏曰：“人人言淨土，而不知生死隔世，意念都迷．且不知其所以來，又烏知其所以去，而況死而又死，生而復生者乎！忠孝志定，萬劫不移，異哉席生，何其偉也！”

⬤ ⬤ ⬤　한자풀이 및 주석

[良懦(양나)] – 어질고 나약하다.
[三紀(삼기)] – 紀는 12년으로 木星(목성)의 공전 주기. 三紀는 36년.
[抄(초)] – 베낄 초.
[判詞(판사)] – 판결문 글.
[蘇(소)] – 깨어날 소. ex) 蘇生(소생): 깨어나다. 소생하다.
[啓棺(계관)] – 관을 열다.
[僵尸(강시)] – 넘어져 있는 시체. 송장.
[俟(사)] – 기다릴 사.
[良沃(양옥)] – 좋고 기름지다.
[烏(오)] – 어찌. 惡, 焉과 같음.
[升斗(승두)] – 되와 말. 얼마 안 되는 祿(녹).
[獲(획)] – 얻을 획. ex) 獲得(획득): 얻다.
[鬻(육)] – 팔 육.
[萬劫(만겁)] – 불교에서 말하는 영원한 세월. 무한한 시간.

⬤ ⬤ ⬤　번역

또 석렴에게 말하기를 “네 아들이 효성스럽고 너의 성격이 온량한 것을 고려하여 다시 양계의 수명을 36년 더해 주겠다.” 곧 두 명의 사자를 파견하여 그들 부자를 돌아가도록 전송하게 했다. 석방평은 판결문을 베끼고 돌아가는 길에서 부자 두 사람이 세세히 읽었다. 집에 온 후로 석방평이 먼저 소생하여 집안사람들을 시켜 부친의 관을 열라고 하니 그 시체가 아직도 차갑게 굳어 있는 것이 보였는데 하루를 기다리니 천천히 온기가 생겨 마침내는 살아났다. 다시 그 베낀 판결문을 찾으니 찾을 수가 없었다.

이 이후로 석 씨 집안의 광경은 날마다 좋아져 삼 년 안에 좋은 밭이 들에 가득하였고 양 씨 집안의 자손은 이로부터 쇠퇴해져 그 누각과 전답은 모두 석 씨 집안으로 넘어왔다. 길거리와 마을 사람들 중 양 씨 집 전답과 재산을 산 사람은 밤에 귀신이 꾸짖어 말하기를 "이것은 석 씨 집안의 것인데 너는 어디에서 그것을 얻었느냐?"라고 하니 처음엔 그들은 그다지 믿지 않았지만 사서 씨앗을 뿌린 후로는 일 년 되도록 한 알도 수확을 못 얻고 마침내는 석 씨 집에 팔았다. 석방평의 부친은 구십여 세를 살고 죽었다.

이사씨가 말하기를 "사람들은 모두 극락세계를 말하기 좋아하지만 생전과 사후로 음양의 두 세계가 놓여 있는 것을 모른다. 무엇이고 미혹되어 잘 모르며 어떻게 인간세계에 왔는지도 잘 알지 못하니 어느 곳으로 갈지는 어떻게 알겠는가? 더욱이 하물며 이렇게 죽었다가 또 죽고 살았다가 또 사는 정황에 있어서이랴? 충효의 뜻은 이렇게 굳센 것으로 온갖 수단으로도 흔들 수 없는 것이다. 석방평은 정말로 얼마나 특수하고 또 얼마나 위대한가!"

●●● 해제

이 작품은 청대의 유명한 文言(문언) 단편소설집인 ≪聊齋志異(요재지이)≫의 한 작품이다. ≪요재지이≫에는 둔갑하는 여우나 귀신 이야기들이 많은데 이 이야기는 이승과 저승세계를 왔다 갔다 하는 점에서 괴이한 일을 적은 志異소설의 특징을 갖추고 있다.

주인공 석방평의 부친은 성격이 강직하여 마을의 부호 양 씨와 원수 지간이었는데 양 씨가 먼저 죽고 난 후 석방평의 부친도 죽어서 저승, 즉 음계에 가게 되는데 거기에서 양 씨의 뇌물을 받은 저승사자들의 괴롭힘을 받는다. 아들은 이를 알고 혼백이 빠져나가 아버지를 구하러 저승으로 가서 음계의 성황에게 고하나 성황은 이미 뇌물을 받은 상태여서 들어주지를 않는다. 다시 상급관리에게 고하나 소용이 없자 염라대왕전에 가서 호소하려고 하였는데 염라대왕조차 뇌물을 받아 그지없이 고통스러운 형벌만 받는다. 그런데 염라대왕은 그의 용감한 인내심에 감동되어 다시 고소하지 않기만 하면 된다고 하고 양계로 돌려보내나 여전히 부친을 구해야 한다는 일념을 못 잊어 정직하다는 옥황상제의 신하 이랑신을 찾아가다가 옥황상제의 아들을 만나 이랑신에게 인도되고 정당한 판결을 받아 결국 부친의 원한을 풀게 된다.

석방평은 효심이 지극한 아들로서 부친을 구하려고 저승으로 가서 양계와 음계 두 세상을 다 경험하는데 음계의 부패가 양계 못지않아 염라대왕까지 부패하였고 단지 천상계의 옥황상제의 관리만이 부패한 자들의 죄를 공정히 다스린 것에서 당시 사회의 부패상이 심했음을 알 수 있다. 또한 중국인의 전통적 세계관이 양계와 음계의 이분법에 그치지 않고 다시 천상계의 다스림을 받고 있음을 알 수 있다.

이 작품이 기이한 이야기에 그치지 않고 부패한 사회상을 고발한 점에서 이 작품이 나온 시기와는 좀 거리가 있지만 청 말에 유행한 譴責(견책)소설과 비슷한 분위기가 풍긴다. 견책소설은 魯迅(노신)이 ≪中國小說史略(중국소설사략)≫에서 淸末(청말)에 나온 사회나 官界(관계)의 병폐를 폭로하고 비판한 소설들에 붙인 명칭인데 이 작품 역시 양계와 음계에 공통된 관리들의 부패를 폭로하고 있다는 점에서 유사한 일면이 있다.

끝부분의 異史氏는 저자 포송령을 가리키는 말로 ≪史記≫에서 '太史公曰'로 원문에 대한 저자의 평을 적은 것과 체재가 유사하다.

최금옥 ─────────────────────────────

■ 약 력

　서울대학교 중어중문학과 학사(영문학 부전공)
　서울대학교 중어중문학과 석사(漢代 樂府詩의 句法 연구)
　서울대학교 중어중문학과 박사(陳師道詩 연구)
　전, 동해대학(현 한중대학교) 전임강사 및 이화여자대학교, 성심여자대학교, 강릉대학교,
　성결대학교, 청운대학교 시간강사 역임
　현, 서울대학교, 방송통신대학교 시간강사 및 한양대학교 ERICA 캠퍼스 소속 연구원

■ 주요논문 및 저서

　「陳師道 送別詩의 서정성과 정련미」
　『양송시(兩宋詩) 여행』
　『리얼 상하이 쉬운 만다린』
　『중국시와 시인-송대편』(공저)
　『고금한어의 어법 차이』(편역)
　수필집『요리사와 천하지사』(공저) 외 다수

클래시컬
차이니즈
중국소설 20

초판인쇄 | 2010년 3월 8일
초판발행 | 2010년 3월 8일

편저자 | 최금옥
펴낸이 | 채종준
펴낸곳 | 한국학술정보㈜
주　소 | 경기도 파주시 교하읍 문발리 파주출판문화정보산업단지 513-5
전　화 | 031) 908-3181(대표)
팩　스 | 031) 908-3189
홈페이지 | http://www.kstudy.com
E-mail | 출판사업부　publish@kstudy.com
등　록 | 제일산-115호(2000. 6. 19)

ISBN　978-89-268-0839-9 03820 (Paper Book)
　　　　978-89-268-0840-5 08820 (e-Book)

어담 Books 는 한국학술정보(주)의 지식실용서 브랜드입니다.